TENDA DOS MILAGRES

COLEÇÃO JORGE AMADO
Conselho editorial
Alberto da Costa e Silva
Lilia Moritz Schwarcz

Coordenação editorial
Thyago Nogueira

O país do Carnaval, 1931
Cacau, 1933
Suor, 1934
Jubiabá, 1935
Mar morto, 1936
Capitães da Areia, 1937
ABC de Castro Alves, 1941
O Cavaleiro da Esperança, 1942
Terras do sem-fim, 1943
São Jorge dos Ilhéus, 1944
Bahia de Todos-os-Santos, 1945
Seara vermelha, 1946
O amor do soldado, 1947
Os subterrâneos da liberdade
    Os ásperos tempos, 1954
    Agonia da noite, 1954
    A luz no túnel, 1954
Gabriela, cravo e canela, 1958
De como o mulato Porciúncula descarregou seu defunto, 1959
Os velhos marinheiros ou O capitão-de-longo-curso, 1961
A morte e a morte de Quincas Berro Dágua, 1961
O compadre de Ogum, 1964
Os pastores da noite, 1964
A ratinha branca de Pé-de-vento e A bagagem de Otália, 1964
As mortes e o triunfo de Rosalinda, 1965
Dona Flor e seus dois maridos, 1966
Tenda dos Milagres, 1969
Tereza Batista cansada de guerra, 1972
O gato malhado e a andorinha Sinhá, 1976
Tieta do Agreste, 1977
Farda, fardão, camisola de dormir, 1979
O milagre dos pássaros, 1979
O menino grapiúna, 1981
A bola e o goleiro, 1984
Tocaia Grande, 1984
O sumiço da santa, 1988
Navegação de cabotagem, 1992
A descoberta da América pelos turcos, 1992
Hora da Guerra, 2008
Toda a saudade do mundo, 2012
Com o mar por meio: Uma amizade em cartas (com José Saramago), 2017

JORGE AMADO

TENDA DOS MILAGRES

Posfácio
João José Reis

1ª reimpressão

Copyright © 2008 by Grapiúna — Grapiúna Produções Artísticas Ltda.
1ª edição, Livraria Martins Editora, São Paulo, 1969.

Grafia atualizada segundo o Acordo Ortográfico da Língua Portuguesa de 1990, que entrou em vigor no Brasil em 2009.

Consultoria da coleção
Ilana Seltzer Goldstein

Capa
Jeff Fisher

Cronologia
Ilana Seltzer Goldstein e Carla Delgado de Souza

Preparação
Cecília Ramos

Revisão
Renato Potenza Rodrigues
Carmen T. S. Costa

Texto estabelecido a partir dos originais revistos pelo autor. Os personagens e as situações desta obra são reais apenas no universo da ficção; não se referem a pessoas e fatos concretos, e não emitem opinião sobre eles.

Dados Internacionais de Catalogação na Publicação (CIP)
(Câmara Brasileira do Livro, SP, Brasil)

Amado, Jorge, 1912-2001.
 Tenda dos milagres / Jorge Amado ; posfácio João José Reis. —
1ª ed. — São Paulo : Companhia de Bolso, 2022.

 ISBN 978-65-5921-220-0

 1. Ficção brasileira I. Reis, João José Maria. II. Título.

22-100676   CDD-B869.93

Índice para catálogo sistemático:
1. Ficção : Literatura brasileira 869.93

Maria Alice Ferreira – Bibliotecária – CRB-8/7964

Todos os direitos desta edição reservados à
EDITORA SCHWARCZ S.A.
Rua Bandeira Paulista, 702, cj. 32
04532-002 — São Paulo — SP
Telefone: (11) 3707-3500
www.companhiadasletras.com.br
www.blogdacompanhia.com.br

Para Zélia, a rosa e a bruxaria.

Enquanto escrevi este livro, muitas vezes recordei o falecido professor Martiniano Eliseu do Bonfim, Ajimuda, sábio babalaô e meu amigo; quero aqui deixar memória de seu nome — ao lado dos nomes de Dulce e Miécio Tati, de Nair e Genaro de Carvalho, de Waldeloir Rego e de Emanoel Araújo, axé.

Isto sois, minha Bahia,
Isto passa em vosso burgo.
GREGÓRIO DE MATOS

O Brasil possui duas grandezas reais: a uberdade do solo e o talento
do mestiço.
MANUEL QUERINO, *O colono preto como fator da civilização brasileira*

Resta-lhes, pois, um recurso em grande moda; conformá-lo a outra
imagem [...] Farão um imenso robô, dócil e institucionalizado. Um
moderno engenho integrado no sistema que falece ou no que virá. Pa-
recido com GM, por certo mais bonito e melhor comportado. E o dis-
tribuirão pelas escolas primárias, secundárias e superiores, pelas livra-
rias e bancas de jornais. Como força da comunicação, gerida nos cursos
das faculdades e nas agências de propaganda, eles o disseminarão por
todas as idades, da criança ao velho, e o estabelecerão com a eficiência
de sua verdade comedida [...] como qualquer mercadoria industrial.
[...]
Deveriam esses letrados atentar para a verdade de que o Poeta prefe-
riu não ser justo nem injusto, importante ou anônimo, não se recolheu
ao santuário do eremita nem se permitiu o refúgio no campo, de que,
antes, fora nostálgico. GM não se perdeu na abstinência da ação nem
na paz da contemplação sem engajamento. Praticou a vida que sua
poesia lhe ensinou, o amor e a liberdade do homem para além da
medida comum.
[...]
Esta imagem é aqui reproduzida em toda a sua pureza — ou impu-
reza, se assim o preferis.
JAMES AMADO, "A foto proibida há trezentos anos" — notas à margem da editoração do texto de *Obras completas de Gregório de Matos*

Pardo, paisano e pobre — tirado a sabichão e a porreta.
(de um relatório policial sobre Pedro Archanjo, em 1926)

Iabá é uma diaba sem rabo.
CARYBÉ, *Iabá*, roteiro para um filme

No amplo território do Pelourinho, homens e mulheres ensinam e estudam. Universidade vasta e vária, se estende e ramifica no Tabuão, nas Portas do Carmo e em Santo Antônio Além-do-Carmo, na Baixa dos Sapateiros, nos mercados, no Maciel, na Lapinha, no largo da Sé, no Tororó, na Barroquinha, nas Sete Portas e no Rio Vermelho, em todas as partes onde homens e mulheres trabalham os metais e as madeiras, utilizam ervas e raízes, misturam ritmos, passos e sangue; na mistura criaram uma cor e um som, imagem nova, original.

Aqui ressoam os atabaques, os berimbaus, os ganzás, os agogôs; os pandeiros, os adufes, os caxixis, as cabaças: os instrumentos pobres, tão ricos de ritmo e melodia. Nesse território popular nasceram a música e a dança:

Camaradinho ê
Camaradinho, camará

Ao lado da igreja do Rosário dos Pretos, num primeiro andar com cinco janelas abertas sobre o largo do Pelourinho, mestre Budião instalara sua Escola de Capoeira Angola: os alunos vinham pelo fim da tarde e à noitinha, cansados do trabalho do dia mas dispostos ao brinquedo. Os berimbaus comandam os golpes, variados e terríveis: meia-lua, rasteira, cabeçada, rabo de arraia, aú com rolê, aú de cambaleão, açoite, bananeira, galopante, martelo, escorão, chibata armada, cutilada, boca de siri, boca de calça, chapa de frente, chapa de costas e chapa de pé. Os rapazes jogam ao som dos berimbaus, na louca geografia dos toques: São Bento Grande, São Bento Pequeno, Santa Maria, Cavalaria, Amazonas, Angola, Angola Dobrada, Angola Pequena, Apanhe a Laranja no Chão Tico-Tico, Iúna, Samongo e

Cinco Salomão — e tem mais, oxente!, ora se tem: aqui nesse território a capoeira angola se enriqueceu e transformou: sem deixar de ser luta, foi balé.

A agilidade de mestre Budião é inaudita: haverá gato tão destro, leve e imprevisto? Salta para os lados e para trás, jamais adversário algum conseguirá tocá-lo. No recinto da escola demonstraram valor e competência, todo o seu saber, os grandes mestres: Querido de Deus, Saveirista, Chico da Barra, Antônio Maré, Zacaria Grande, Piroca Peixoto, Sete Mortes, Bigode de Seda, Pacífico do Rio Vermelho, Bom Cabelo, Vicente Pastinha, Doze Homens, Tiburcinho de Jaguaribe, Chico Me Dá, Nô da Empresa, e Barroquinha:

> *Menino, quem foi seu mestre?*
> *Meu mestre foi Barroquinha*
> *Barba ele não tinha*
> *Metia o facão na polícia*
> *E paisano tratava bem*

Um dia chegaram os coreógrafos e encontraram os passos do balé. Vieram os compositores, de todas as bossas, os decentes e os vigaristas, e para todos há e sobra, então não é? Aqui, no território do Pelourinho, nessa universidade livre, na criação do povo nasce a arte. Noite adentro, os alunos cantam:

> *Ai, ai, Aidé*
> *Jogo bonito que eu quero aprendê*
> *Ai, ai, Aidé*

Os professores estão em cada casa, em cada tenda, em cada oficina. No mesmo prédio da escola de Budião, num pátio interno, ensaiou e preparou-se para o desfile o Afoxé dos Filhos da Bahia e ali tem sua sede o Terno da Sereia, sob o comando do moço Valdeloir, um porreta em folias de pastoril e Carnaval: sobre capoeira sabe tudo e lhe acrescentou golpes e toques quando abriu sua própria escola, no Tororó. No grande pátio se estabeleceu também o samba de roda, aos sábados e domingos, e nele se exibe o negro Ajaiy, rival de Lídio Corró no posto de embaixador de afoxé, mas único e absoluto na roda de samba, seu ritmista principal, seu maior coreógrafo.

São vários os riscadores de milagres, a traçá-los no óleo, nas tintas de água e cola, no lápis de cor. Quem fez promessa a Nosso Senhor do Bonfim, a Nossa Senhora das Candeias, a outro santo qualquer, e foi atendido, mereceu graça, benefício, vem às tendas dos riscadores de milagres para lhes encomendar um quadro a ser pendurado na igreja, em grato pagamento. Esses pintores primitivos chamam-se João Duarte da Silva, mestre Licídio Lopes, mestre Queiroz, Agripiniano Barros, Raimundo Fraga. Mestre Licídio abre também gravuras na madeira, capas para folhetos da literatura de cordel.

Trovadores, violeiros, repentistas, autores de pequenas brochuras, compostas e impressas na tipografia de mestre Lídio Corró e em outras desprovidas oficinas, vendem a cinquenta réis e a tostão o romance e a poesia no livre território.

São poetas, panfletários, cronistas, moralistas. Noticiam e comentam a vida da cidade, pondo em rimas cada acontecido e as inventadas histórias, umas e outras de espantar: "A donzela do barbalho que enfiou uma banana" ou "A princesa Maricruz e o cavaleiro do ar". Protestam e criticam, ensinam e divertem, de quando em vez criam um verso surpreendente.

Na tenda de Agnaldo, as madeiras de lei — o jacarandá, o pau-brasil, o vinhático, a peroba, o putumuju, a maçaranduba — se transformam em oxês de Xangô, em Oxuns, em Iemanjás, em figuras de caboclos, Rompe-Mundo, Três Estrelas, Sete Espadas, as espadas fulgurantes em suas mãos poderosas. Poderosa a mão de Agnaldo: quando já lhe desfalece o coração condenado pela doença de Chagas (nesse tempo a moléstia fatal nem nome ainda possuía, era apenas a morte lenta e certa), as mãos infatigáveis criam orixás e caboclos e eles possuem um mistério, ninguém sabe o que seja, como se Agnaldo, tão perto de morrer, lhes transmitisse um sopro imortal de vida. São inquietantes personagens, recordam ao mesmo tempo seres legendários e pessoas conhecidas. Certa ocasião, um pai de santo de Maragogipe lhe encomendou um Oxóssi enorme e para tanto levou um tronco de jaqueira; foi preciso juntar seis homens para transportá-lo. Já golpeado pela doença, arfante, Agnaldo sorriu ao ver a árvore: tronco assim, descomunal, lhe agradava trabalhar. Rasgou a madeira num encantado desmedido, Oxóssi, o grande caçador; mas não de arco e flecha e sim de espingarda. Era um Oxóssi diferente: sendo com certeza aquele mesmo rei de Queto e dono da floresta, mas parecia com Lucas da Feira, com bandido do sertão ou cangaceiro, com Besouro Cordão de Ouro:

> *Besouro antes de morrer*
> *Abriu a boca e falou*
> *Meu filho não apanhe*
> *que seu pai nunca apanhou*

Assim viu Agnaldo a Oxóssi e assim o fez: de chapéu de couro, peixeira e espingarda e na aba do chapéu a estrela do cangaço. O babalorixá o recusou, profana imagem: Oxóssi permaneceu a guardar a tenda muitos meses até que um dia um viajante francês ali esteve e, ao vê-lo, logo por ele ofereceu um bom dinheiro. Segundo dizem, foi parar num museu, em Paris. Contam muita coisa no território livre.

Nas mãos de Mário Proença, um cidadão franzino, mulato quase branco, as folhas de flandres, o zinco, o cobre são espadas de Ogum, leques de Iemanjá, abebés de Oxum, paxorôs de Oxalá. Uma grande Iemanjá em cobre é a insígnia de sua oficina: Tenda da Mãe-d'Água.

Mestre Manu, encardido, fero e cafuringa, de palavras exatas e exigente natureza, forja em sua fornalha o tridente de Exu, os múltiplos ferros de Ogum, o teso arco de Oxóssi, a cobra de Oxumarê. No fogo e nas mãos violentas de Manu nascem os orixás e seus emblemas. Nasce a escultura, das mãos criadoras desses iletrados.

Assentado nas Portas do Carmo, mestre Didi trabalha com

as contas, as palhas, os rabos de cavalo, os couros: vai criando e recriando ebiris, adês, eruexins e eruquerês, xaxarás de Omolu. Seu vizinho é Deodoro, mulato de estridente gargalhada, especialista em atabaques, de todos os tipos e nações: nagô e jeje, angola e congo, e em ilus da nação ijexá. Fabrica também agbês e xerés mas os melhores agogôs são de Manu.

Na rua do Liceu, numa porta de prosa alegre e franca, o santeiro Miguel faz e encarna anjos, arcanjos e santos. Santos católicos, devoção de igreja, a Virgem da Conceição e santo Antônio de Lisboa, o arcanjo Gabriel e o Deus Menino — qual então o parentesco a ligá-los assim intimamente aos orixás de mestre Agnaldo? Há entre esses eleitos do Vaticano e aqueles curingas e caboclos de terreiro um traço comum: sangues misturados. O Oxóssi de Agnaldo é um jagunço do sertão. Não o será também o são Jorge do santeiro? Seu capacete mais parece chapéu de couro e o dragão participa do jacaré e da caapora de reisado.

De quando em vez, quando lhe sobra tempo e lhe palpita o coração, Miguel esculpe, para seu prazer, uma negra nua, na força do dengue, e a oferece a um amigo. Uma delas saiu o retrato da negra Doroteia, sem tirar nem pôr: os seios altos, a bunda indômita, o ventre em flor e os pés redondos. Quem poderia merecê-la senão Archanjo? Não acertou, no entanto, fazer Rosa de Oxalá, não conseguiu "aprender sua pabulagem", como ele dizia.

Prateiros trabalham os metais nobres: a prata e o cobre se revestem de uma sóbria beleza em frutas, peixes, figos, balangandãs. Na Sé e na Baixa dos Sapateiros tocam o ouro e ei-lo virado em colares e pulseiras. O mais afamado dos prateiros foi Lúcio Reis; o pai, competente lusitano, lhe ensinou o ofício mas ele desprezou as filigranas pelos cajus, abacaxis, pitangas, pinhas, figas de todos os tamanhos. Da negra Predileta, sua mãe, herdou o gosto de inventar e inventou brincos, broches, anéis — hoje valem fortunas nos antiquários.

Nas barracas de folhas, os obis e os orobôs, as mágicas sementes rituais, somam-se à medicina. Dona Adelaide Tostes, esporrenta, boca suja e zarra na cachaça, conhece cada conta e cada folha, sua força de ebó e sua quizila. Sabe das raízes, das cascas de pau, das plantas e capins e de suas qualidades curativas: alumã para o fígado, erva-cidreira para acalmar os nervos, tiririca-de-babado para ressaca, quebra-pedra para os rins, capim-santo para a dor de estômago, capim barba-de-bode para levantar cacete e ânimo. Dona Filomena é outra sumidade: se lhe solicitam e pagam, reza e fecha o corpo do cliente contra o mau-olhado, e positivamente cura o catarro crônico, o mal de peito, com certa mezinha de mastruço, mel, leite e limão e não se sabe o quê. Não há tosse, por mais convulsa, que resista e aguente. Um médico aprendeu com ela uma receita para lavar o sangue, mudou-se para São Paulo e enriqueceu curando sífilis.

Na Tenda dos Milagres, ladeira do Tabuão, 60, fica a reitoria dessa universidade popular. Lá está mestre Lídio Corró riscando milagres, movendo sombras mágicas, cavando tosca gravura na madeira; lá se encontra Pedro Archanjo, o reitor, quem sabe? Curvados sobre velhos tipos gastos e caprichosa impressora, na oficina arcaica e paupérrima, compõem e imprimem um livro sobre o viver baiano.

Ali bem perto, no Terreiro de Jesus, ergue-se a Faculdade de Medicina e nela igualmente se ensina a curar doenças, a cuidar de enfermos. Além de outras matérias: da retórica ao soneto e suspeitas teorias.

DE COMO O POETA FAUSTO PENA, BACHAREL EM CIÊNCIAS SOCIAIS, FOI ENCARREGADO DE UMA PESQUISA E A LEVOU A CABO

Encontrarão os leitores, nas páginas que se seguem, o resultado de minha pesquisa em torno da vida e da obra de Pedro Archanjo. Este trabalho foi-me encomendado pelo grande James D. Levenson, e pago em dólares.

Impõem-se alguns esclarecimentos preliminares, pois tal assunto resultou, do começo ao fim, um tanto absurdo, insensato jogo de equívocos. Ao rever minhas notas, não posso fugir à evidência nelas expressa: sob muitos aspectos o contrassenso e o disparate permanecem, tudo confuso e obscuro apesar de meu esforço, real e ingente, creiam-me ou não.

Ao falar em dúvidas e incertezas, em imprecisões e mentiras, não me refiro apenas à vida do mestre baiano e, sim, ao conjunto de fatos, em sua complexidade: dos sucessos do passado distante às ocorrências dos dias de hoje com a sensacional entrevista de Levenson, da inaudita bebedeira nos festejos dos cinquenta anos até a noite do solene encerramento das comemorações do centenário. No que se refere à reconstituição da vida de Pedro Archanjo, a tanto não me propus nem o exigiu o sábio da Columbia, cujo interesse reduzia-se aos métodos de pesquisa e estudo e às condições de trabalho capazes de gerar e permitir a criação de obra tão viva e original. Encomendou-me apenas a colheita de dados através dos quais pudesse ter melhor ideia da personalidade de Archanjo, sobre quem ia escrever algumas páginas, espécie de prefácio à tradução de suas obras.

Da existência de Archanjo escaparam-me não só detalhes mas fatos importantes, talvez vitais. Com frequência encontrei-me ante o vazio, um hiato no espaço e no tempo, ou em face de acontecimentos inexplicáveis, múltiplas versões, interpretações disparatadas, completa desordem no material recolhido, informações e informantes contraditórios. Nunca cheguei a saber, por exemplo, se a negra Rosa de Oxalá foi ou não a mesma mulata Risoleta descendente de malês, ou a tal de Doroteia do pacto com o diabo. Houve quem a personificasse em Rosenda Batista dos Reis, vinda de Muritiba, enquanto outros atribuíam a narrativa à formosa Sabina dos Anjos, "de todos os anjos o mais belo", no galanteio de mestre Archanjo. Afinal, era uma única mulher ou eram criaturas diferentes? Desisti de saber e, ao demais, não creio que ninguém o sabia.

Confesso ter renunciado, por cansaço ou irritação, a elucidar certas hipóteses, a pôr a limpo pormenores quem sabe definitivos, tal a barafunda dos relatos e a discordância das notícias. Tudo se resumia em "talvez", "pode ser", "se não foi assim, foi assado" — absoluta falta de consistência e segurança, como se aquela gente não tivesse os pés na terra e visse no finado não um ser de carne e osso e, sim, uma coorte de heróis e mágicos, tantas e tais façanhas lhe atribuem. Jamais consegui estabelecer o limite entre a informação e a invenção, a realidade e a fantasia.

Quanto a seus livros, eu os li, de cabo a rabo, tarefa aliás de pouca monta — apenas quatro livrinhos, e o mais volumoso não alcança sequer as duzentas páginas (um editor de São Paulo vem de reunir três deles num único tomo, deixando à parte apenas o de culinária, já que seu caráter especial possibilita-lhe público mais amplo). Não vou opinar sobre a obra de Archanjo, hoje acima de qualquer debate ou restrição; ninguém se atreve a negá-la, após sua definitiva consagração por Levenson, e as várias traduções, o sucesso em toda parte. Ainda ontem li no serviço telegráfico dos jornais: "Archanjo publicado em Moscou com louvores do Pravda".

Posso, quando muito, acrescentar meus elogios ao elogio universal. Direi ter-me agradado a leitura: muita coisa referida por Archanjo ainda hoje é parte de nossa vida, do cotidiano da cidade. Diverti-me, e muito, com o penúltimo de seus quatro livros (consta que ao morrer preparava novo volume), aquele que lhe trouxe tantos aborrecimentos, tantas dificuldades.

Agora, ao ver certos tipos arrotando sangue azul, árvore genealógica, brasões, avoengos nobres e outras tolices, pergunto-lhe o nome da família e lá vou eu encontrá-lo na lista estabelecida por Archanjo, tão meticuloso e sério, tão apaixonado pela verdade em sua obra.

Resta-me explicar como entrei em contato com o sábio norte-americano e vi-me honrado com sua escolha. O nome de James D. Levenson dispensa qualquer apresentação ou comentário, e o fato de haver-me confiado o difícil encargo deixa-me vaidoso e grato. De nosso breve convívio, guardo amável lembrança, apesar dos pesares. Simples, risonho e cordial, bem-posto e elegante, é a negação dos sábios das caricaturas, velhos, bolorentos, enfadonhos.

Aproveito para pôr os pontos nos ii num aspecto dessa minha colaboração com o ilustre professor da Columbia, miseravelmente explorada pela maledicência dos invejosos e recalcados. Não satisfeitos com se imiscuírem em minha vida íntima, em arrastar na lama, onde se comprazem viver, o nome de Ana Mercedes, tentaram incompatibilizar-me com a esquerda, alardeando ter-me eu vendido, a mim próprio e à memória de Archanjo, ao imperialismo norte-americano, por um punhado de dólares.

Ora, qual a ligação entre Levenson e o Departamento de Estado ou o Pentágono? Longe disso, a posição de Levenson é considerada bem pouco ortodoxa pelos reacionários e conservadores, estando seu nome ligado a movimentos progressistas, a manifestações contra a guerra. Quando lhe foi concedido o prêmio Nobel por sua contribuição ao desenvolvimento das ciências sociais e humanas, a imprensa europeia ressaltou exatamente a juventude — mal atingira a casa dos quarenta — e a independência política do laureado, a torná-lo suspeito em certos meios oficiais. Aliás, a obra de Levenson está aí, ao alcance de qualquer um, esse imenso panorama da vida dos povos primitivos e subdesenvolvidos, que alguém classificou de "dramático clamor de protesto contra um mundo injusto e errado".

Em nada concorri para a divulgação dos livros de Archanjo

nos Estados Unidos, mas considero tal divulgação uma vitória do pensamento progressista, tendo sido o baiano, como foi, um libertário, sem ideologia, é certo, mas de incomparável paixão popular, bandeira de luta contra o racismo, o preconceito, a miséria e a tristeza.

Cheguei a Levenson pelas mãos de Ana Mercedes, autêntico valor da jovem poesia, hoje dedicada por completo à música popular brasileira, redatora na época de um matutino local e encarregada de cobrir a curta estada do sábio em nossa cidade. Tão bem cumpriu o mandato de seu diretor, que se fez inseparável do americano, acompanhante e intérprete, dia e noite. Sua recomendação pesou certamente na minha escolha, mas daí a dizerem o que disseram dela e de mim alguns canalhas, vai grande distância e um mar de infâmia: antes de contratar-me, Levenson teve ocasião de medir minha capacidade.

Juntos fomos os três à festa de Iansã no terreiro do Alaketu e ali pude exibir minha cultura especializada, demonstrando-lhe meus conhecimentos e minha valia. Num misto de português e espanhol, somando meu parco inglês ao de Ana, ainda mais parco, expliquei-lhe as diversas cerimônias, disse-lhe os nomes dos orixás, a razão de movimentos, gestos e posições, falei de danças e cantigas, das cores dos trajes, e de tanta coisa mais — quando estou de veia, sou bom de prosa, e o que não sabia, inventei, pois não me encontrava em estado de perder os prometidos dólares, dólares e não desvalorizados cruzeiros, metade dos quais me foram pagos pouco depois, no hall do hotel, onde, um tanto a contragosto, me despedi.

Já nada mais tenho a explicar, tudo está dito. Acrescento apenas, com certa melancolia, não ter sido meu trabalho, este meu trabalho, levado em consideração pelo grande Levenson. Tão logo o concluí, dele lhe enviei cópia a máquina, conforme o acertado, juntando um dos dois únicos documentos fotográficos que me foi possível descobrir e obter: no descolorido retrato, vê-se um mulato pardo, jovem e forte, metido em roupa escura, posudo — eis Archanjo, recém-nomeado bedel da Faculdade de Medicina da Bahia. Achei por bem não enviar a

18

outra foto, onde mestre Pedro, já velho e descuidado, um trapo, é visto em companhia de duvidosas mulheres, empinando o copo, em evidente esbórnia.

Uns quinze dias depois, entregou-me o correio carta assinada pela secretária de Levenson, acusando o recebimento de meu texto e remetendo um cheque em dólares, correspondente à metade ainda por pagar e a umas quantas despesas, que fiz ou poderia ter feito, necessárias ao sucesso da pesquisa. Pagaram tudo sem discutir centavo e mais pagariam com certeza, não fosse eu tão modesto em minhas pretensões, tão tímido em minha lista de despesas.

De todo o material enviado, o sábio usou apenas a fotografia ao publicar em inglês a tradução de boa parte da obra de Pedro Archanjo, num dos volumes de sua monumental enciclopédia sobre a vida dos povos da África, da Ásia e da América Latina (*Encyclopedia of Life in the Tropical and Underdeveloped Countries*), na qual colaboraram os maiores nomes do nosso tempo. Nas páginas introdutórias, Levenson praticamente não se preocupou com a análise dos livros do baiano; pouquíssimas são as referências à sua vida. Bastante, porém, para demonstrar-me não ter ele sequer lançado um golpe de vista em meu texto. Em seu prefácio, Archanjo é promovido a professor, a membro eminente da Congregação da Faculdade de Medicina (*"distinguished Professor, member of the Teacher's Council"*), por cuja conta e encargo realizara suas pesquisas e publicara seus livros, imagine--se! Quem impingiu tais patranhas a Levenson, não o sei, mas houvesse ele ao menos folheado meus originais, não teria incorrido em erro assim grosseiro — de bedel a professor, ah! meu pobre Archanjo, só te faltava mais esta!

Nem uma vez ao menos meu nome é citado nem há referências a este trabalho nas páginas de James D. Levenson. Assim sendo, sinto-me livre e à vontade para aceitar a proposta que vem de me fazer o sr. Dmeval Chaves, o próspero livreiro da rua da Ajuda, agora também editor, para a editoração e comércio destas despretensiosas páginas. Impus uma única condição: o estabelecimento de contrato em termos pois, segundo dizem, o sr.

19

Chaves, tão opulento e rico, é duro no pagamento dos direitos autorais, seguindo aliás uma tradição local — já o nosso Archanjo foi vítima de um tal Bonfanti, também livreiro e editor, com negócio no largo da Sé, em tempos idos, como se verá adiante.

DA CHEGADA AO BRASIL DO SÁBIO NORTE-AMERICANO JAMES D. LEVENSON E DE SUAS IMPLICAÇÕES E CONSEQUÊNCIAS

1

— Mas é um pão! Ai, meu Deus, um pão de mel! — exclamou Ana Mercedes, dando um passo à frente, a destacar-se, palmeira tropical, da massa de jornalistas, professores, estudantes, grã-finas, literatos, vadios, ali reunidos, no amplo salão do grande hotel, à espera de James D. Levenson para a entrevista coletiva.

Microfones das estações de rádio, câmeras de televisão, refletores, fotógrafos, cinematografistas, um cipoal de fios elétricos, e por entre eles a jovem repórter do *Diário da Manhã* atravessou, risonha e rebolosa, como se encarregada pela cidade de receber e saudar o grande homem.

Rebolosa é termo chulo e falso, adjetivo vil para aquela navegação de ancas e seios, em compasso de samba, em ritmo de porta-estandarte de rancho. Muito sexy, a minissaia a exibir-lhe as colunas morenas das coxas, o olhar noturno, o sorriso de lábios semiabertos, um tanto grossos, os dentes ávidos e o umbigo à mostra, toda ela de oiro. Não, não ia a rebolar-se, pois era a própria dança, convite e oferta.

O americano saíra do elevador e detivera-se a olhar a sala e a deixar-se ver: um metro e noventa de estatura, o físico de esportista, o jeito de ator, cabelos loiros, olhos azul-celeste, cachimbo, quem lhe daria os quarenta e cinco anos de seu curriculum vitae? As fotos de página inteira nas revistas cariocas e paulistas eram responsáveis pelo mulherio presente, mas todas imediatamente constataram: o material ao vivo excedia de muito os retratos. Que homem!

— Despudorada! — disse uma delas, de peitos de rola; referia-se a Ana Mercedes.

Fascinado, o sábio fitou a moça: vinha decidida em sua direção, o umbigo de fora, nunca vira andar tão de dança, corpo assim flexível, rosto de inocência e malícia, branca negra mulata.

Veio e parou em sua frente — não era voz, era gorjeio:

— Alô, boy!

— Alô! — gemeu Levenson, retirando o cachimbo da boca para beijar-lhe a mão.

As mulheres estremeceram, em uníssono suspiraram, aflitas, em pânico. Ah! essa Ana Mercedes não passava mesmo de uma reles putinha, jornalista de araque, poetisa de merda, aliás quem não sabe que seus versos são escritos por Fausto Pena, o corno do momento?

"O charme, a classe e a cultura da mulher baiana estavam representados *comme il faut* na entrevista genial de James D., as bonecas gastando etnologia, as deslumbradas esnobando em sociólogas...", escreveu em sua coluna o excelente Silvinho, e algumas daquelas donas possuíam merecimentos outros além da formosura, da elegância, das perucas, da competência na cama: possuíam diplomas de cursos de "trajes e costumes folclóricos", "tradição, história e monumentos da cidade", "poetisa concretista", "religião, sexo e psicanálise" ministrados no Turismo ou na Escola de Teatro. Mas, diplomadas ou simples amadoras, adolescentes indóceis ou irredutíveis matronas às vésperas da segunda ou terceira operação plástica, sentiram todas elas o fim da leal concorrência, a inutilidade de qualquer esforço: audaciosa e cínica, Ana Mercedes antecipara-se e pusera o másculo expoente da ciência sob seu controle, propriedade privada e exclusiva. Possessiva e insaciável — "vaca insaciável, copulativa estrela", no verso do lírico e sofrido Fausto Pena — não iria dividi-lo com nenhuma outra, perdidas as esperanças de qualquer competição.

Pela mão da poetisa e jornalista, o professor da Columbia University veio até ao centro da sala, à poltrona reservada. Fotógrafos explodiam flashes, luzes semelhando flores — se abrissem o piano e tocassem a marcha nupcial, Ana Mercedes, de minissaia e miniblusa, e James D. Levenson, de tropical azul, seriam os noivos do ano, em caminho do altar. "Noivos", sussurrou Silvinho.

Sentou-se o sábio e só então as mãos se separaram. Mas Ana manteve-se de pé a seu lado, em guarda, não era idiota para largá-lo solto, em meio à avidez de tantas cadelas em cio. Conhecia essas éguas todas, cada qual mais fácil e desfrutável. Riu para elas, só para machucar. Os fotógrafos, tomados de total desvario, subiram pelas cadeiras, punham-se de pé sobre as mesas, de rastros no piso, numa alucinação de ângulos e posturas. A discreto sinal do superintendente do Turismo os garçons serviram bebidas e deu-se início à entrevista.

Depondo o copo, imenso de importância e erudição, de suficiência e empáfia, levantou-se o redator do *Jornal da Cidade* e crítico de literatura, Júlio Marcos. Houve um silêncio e uma auréola de admiração. Na ala feminina alguém respirou fundo — na falta do sábio loiro, do produto estrangeiro, o arrogante Marcos, levemente sarará, tinha seu encanto. Em nome do *Jornal da Cidade* — e dos intelectuais mais avançados — fez a primeira pergunta, primeira e esmagadora:

— Desejaria ouvir, em poucas palavras, a opinião do ilustre professor sobre Marcuse, obra e influência. Não lhe parece que, depois de Marcuse, Marx é uma velharia inútil? Concorda ou não?

Disse e percorreu o salão com o olhar vitorioso, enquanto o tradutor designado pela reitoria — pronúncia perfeita, é claro — vertia a pergunta para o inglês, e a indócil Mariucha Palanga, duas plásticas no rosto, uma nos seios, triste caricatura de mocinha, aplaudiu em voz baixa porém audível:

— Que talento!

James D. Levenson aspirou a fumaça do cachimbo, olhou com ternura o umbigo de Ana Mercedes, flor em campo de sonho, poço de profundo segredo, e respondeu em espanhol gutural, com aquela grosseria que vai tão bem aos artistas e aos sábios:

— A pergunta é idiota e só um leviano ou um cretino iria opinar sobre a obra de Marcuse ou discutir a atualidade do marxismo nos limites de uma entrevista à imprensa. Se eu tivesse tempo para uma conferência ou uma aula sobre esses assuntos, muito bem; mas não tenho tempo nem vim à Bahia para falar de Marcuse. Vim até aqui para conhecer a cidade onde viveu e trabalhou um homem notável, de ideias profundas e generosas, um criador de humanismo, vosso concidadão Pedro Archanjo. Para isso, e somente para isso, vim à Bahia.

Tirou outra baforada do cachimbo, sorriu para toda a assistência, descontraído, calmo, uma simpatia de gringo, e sem ligar para o cadáver do jornalista Marcos, envolto no sudário de sua jactância, novamente contemplou Ana Mercedes, medindo-a de alto a baixo, da negra e solta cabeleira às extraordinárias unhas dos pés pintadas em branco, encontrando-se cada vez mais à sua medida e gosto. Num de seus livros, Archanjo escrevera: "A formosura das mulheres, das simples mulheres do povo, é atributo da cidade mestiça, do amor das raças, da clara manhã sem preconceito". Fitou mais uma vez aquele umbigo em flor, umbigo do mundo, e disse em seu correto e duro espanhol de universidade norte-americana:

— Sabem com que eu compararia a obra de Pedro Archanjo? Com a senhorita aqui presente. Ela parece uma página de Mister Archanjo, igualzinha (*"igualita"*), sem tirar nem pôr.

Assim começou na Bahia, naquela doce tarde de abril, a glória de Pedro Archanjo.

2

A notoriedade, o reconhecimento público, o aplauso, a admiração dos eruditos, a glória, o sucesso — inclusive mundano, com a citação de seu nome nas colunas sociais e gritinhos histéricos de mulheres de primeira ordem, insignes e dadivosas — Pedro Archanjo só os teve *post mortem*, quando para nada lhe serviam, nem mesmo as mulheres, em vida tão de seu regalo e apetite.

Aquele fora o "ano de Pedro Archanjo", escreveu, em balanço de fim de ano, destacado jornalista, ao enumerar os acontecimentos culturais. Realmente, nenhuma figura intelectual gozou de tamanha evidência, nenhuma outra obra obteve os elogios concedidos aos seus quatro pequenos volumes, reimpressos às carreiras, livros por tantos lustros esquecidos, ou melhor: desconhecidos não só da massa de leitores mas também dos especialistas — com as costumeiras e honrosas exceções das quais logo se dará notícia.

Tudo começou com a chegada ao Brasil do famoso James D. Levenson, "um dos cinco gênios do nosso século", segundo a *Enciclopédia Britânica*: filósofo, matemático, sociólogo, antropólogo, etnólogo, muita coisa mais, professor da Columbia University, prêmio Nobel de Ciência, tudo isso e, como se tudo isso não bastasse, norte-americano. Polêmico e atrevido, revolucionara a ciência contemporânea com suas teorias: estudando e explicando, de ângulos imprevistos, o desenvolvimento da humanidade, chegou a conclusões novas e audazes, numa reformulação de teses e conceitos. Para os conservadores, era um perigoso herético; para seus alunos e partidários, um deus; para os jornalistas, uma bênção do céu, pois James D. não media palavras nem opiniões.

Veio ao Rio de Janeiro a convite da Universidade do Brasil para um curso de cinco conferências na Faculdade de Letras. Foi o imenso sucesso que todos sabemos: marcada a primeira palestra para o salão nobre da faculdade, fez-se necessário transferi-la às pressas para o grande auditório da reitoria e ainda assim sobraram ouvintes pelos corredores e escadas. Os jornais e revistas, os repórteres e fotógrafos tiveram assunto farto: Levenson não era apenas genial, era igualmente fotogênico.

As conferências, seguidas de perguntas e debates inflamados, por vezes ácidos, deram lugar a violentas manifestações estudantis de apreço ao sábio e de repúdio à ditadura. De pé e durante longos minutos, por mais de uma vez, os estudantes ovacionaram-no em delírio. Certas frases suas caíram no gosto do público, correram o país de extremo a extremo: "Mais valem dez anos de intermináveis conferências internacionais do que um só dia de guerra e são mais baratos"; "As prisões e os policiais são idênticos e sórdidos em todos os regimes, sem exceção de nenhum"; "O mundo só será realmente civilizado quando as fardas forem objetos de museu".

Cercado por fotógrafos e vedetes, metido numa sunga minúscula, Levenson reservou as manhãs inteiras para a praia.

Sistemático, recusava convites de academias, institutos, grêmios, conselhos culturais, professores — tudo isso tinha de sobra em Nova York e estava farto, mas aquele sol do Brasil quando voltaria a tê-lo? Nas praias jogou até futebol e foi fotografado atirando a gol, embora as mulheres fossem sem dúvida seu esporte predileto. Estabeleceu intimidade com ótimos exemplares nacionais, na praia e nas boates.

Recém-divorciado, os colunistas sociais se desmandaram em lhe atribuir casos e noivas. Desvairada macaca, noticiarista de escândalos, previu a ruína de um lar grã-fino; enganou-se: o marido, honradíssimo, fez-se íntimo do sábio garanhão. "Ontem, na pérgula do Copa, num biquíni de Cannes, Katy Siqueira Prado contemplava com ternura seu marido Baby e o grande James D., inseparáveis", refutara o gabaritado Zul. Certa revista de ampla circulação exibiu na capa do número daquela semana a nudez atlética do Nobel ao lado da promocional nudez de Nádia Silvia, atriz de grande talento a ser revelado quando lhe derem no cinema ou no palco a oportunidade que até agora inexplicavelmente lhe têm negado — e Nádia, ouvida pela reportagem, riu muito, nada confessou, tampouco negou paixão e compromisso. "Levenson é a sexta celebridade mundial a perder a cabeça por Nádia Silvia, a irresistível", noticiou um jornal, a sério, e deu a relação dos cinco anteriores: John Kennedy, Richard Burton, Aga Khan, um banqueiro suíço e um lorde inglês. Sem falar na condessa italiana, nobre, milionária e machona.

"O genial Levenson ontem mais uma vez na pista do Le Bateau, *in love* com a glamourosa Helena von Kloster", lia-se na *Crônica da Noite*, de Gisa; "aprendeu o samba e não aceita outro ritmo", revelava Robert Sabad em dezoito jornais e outras tantas estações de TV, dando ciência aos povos da frase de Branquinha do Val Burnier, a *hostess* magnífica, mesa e cama incomparáveis: "Se James não fosse o prêmio Nobel que é, poderia ganhar a vida como dançarino profissional". Jornais e revistas se esbaldaram, não lhes faltou o sábio.

Nada, porém, tão sensacional quanto a declaração sobre Pedro Archanjo, bomba a explodir no aeroporto, na hora do embarque para a Bahia. Em verdade, no primeiro contato com a imprensa, ao chegar de Nova York, Levenson fizera breve referência ao baiano, citara-lhe o nome: "Estou na pátria de Archanjo, sinto-me feliz". Os repórteres, no entanto, não consignaram a frase, ou por não entendê-la, ou por não lhe atribuir maior significação. Ao partir para a Bahia, porém, foi diferente, pois o desconcertante prêmio Nobel declarou ter reservado dois dias de sua curta permanência no Brasil para ir a Salvador, "conhecer a cidade e o povo que foram objeto dos estudos do fascinante Pedro Archanjo, em cujos livros a ciência é poesia", autor que elevara tão alto a cultura brasileira. Foi um deus nos acuda.

Quem é esse tal de Pedro Archanjo, do qual nunca se ouviu falar? — interrogavam-se os jornalistas, boquiabertos. Um deles, na esperança de uma deixa, quis saber de que maneira Levenson tomara conhecimento desse autor brasileiro. "Lendo seus livros" — respondeu o sábio —, "seus livros imperecíveis."

A pergunta fora de Ápio Correia, um sabidório, editor do caderno de ciência, arte e literatura de um matutino, sabidíssimo e temerário picareta.

Levou seu blefe adiante: disse não ter notícias de tradução de livros de Archanjo para o inglês.

Não lera tais livros em inglês e, sim, em português, informou o terrível americano, acrescentando tê-lo podido fazer, apesar de possuir conhecimentos mínimos de nossa língua, devido ao seu domínio do espanhol e sobretudo do latim. "Não foi difícil", completou, esclarecendo ter descoberto os livros de Archanjo na biblioteca da Columbia, em pesquisa recente sobre a vida dos povos tropicais. Tinha a intenção de fazer traduzir e publicar nos Estados Unidos a "obra de vosso grande compatriota".

"Tenho de agir rapidamente", pensou Ápio Correia, retirando-se em busca de um táxi que o levasse à Biblioteca Nacional.

Foi um corre-corre até os jornalistas descobrirem e localizarem o professor Ramos, eminente por vários títulos e agora por conhecer a obra do tal Archanjo, cujo valor mais de uma vez afirmara e exaltara em artigos nas revistas especializadas, infelizmente de quase nenhuma circulação e menor leitura.

"Durante anos" — contou ele — "andei de editor em editor, numa via-crúcis, oferecendo os livros de Archanjo para que os reeditassem. Escrevi prefácios, notas de pé de página, explicações: nenhuma editora se interessou. Fui ao professor Viana, diretor da Faculdade de Filosofia, para ver se, com sua interferência, a universidade colaboraria na publicação. Respondeu-me que eu 'estava perdendo o tempo com as baboseiras de um negro bêbado. Bêbado e subversivo'. Talvez agora se deem conta da grandeza da obra de Archanjo, já que Levenson lhe empresta a devida importância. Aliás, diga-se de passagem, ser a obra de Levenson igualmente mal conhecida no Brasil e esses que tanto o elogiam e adulam não leram sequer seus livros fundamentais, não percebem a essência de seu pensamento, são uns charlatães."

Um tanto amarga, como se nota, a entrevista do professor Ramos, mas, convenhamos: sobravam-lhe razões para sentir-se melancólico — tantos anos lutando por um lugar ao sol para o pobre Archanjo, sem nada conseguir, ouvindo recusas de editores, estultícias e ameaças de Viana Dedo-Duro, enquanto, com uma única entrevista, um estrangeiro pusera em movimento toda a imprensa e a matilha dos intelectuais a farejar os livros, a fuçar a memória do ignorado baiano — intelectuais de todas as tendências e correntes, sem distinção de ideologia, os festivos e os soturnos, pois Pedro Archanjo entrara em moda e quem não conhecesse e não citasse suas obras não poderia considerar-se atualizado e para a frente.

Verdadeiramente sensacional o artigo de Ápio Correia, três

semanas depois, "Pedro Archanjo, o poeta da etnologia". Nele se encontra curiosa e brilhante versão do diálogo, travado no aeroporto, entre o sábio Levenson e o erudito Correia, onde um e outro demonstraram profundos conhecimentos da obra de Archanjo. Que os do crítico fossem mais antigos e extensos, é natural, em se tratando de um brasileiro.

3

Na Bahia, terra de Archanjo, local e motivo de seus estudos, fonte de suas pesquisas, razão de sua obra, o carnaval foi muito maior.

O desconhecimento do nome consagrado por Levenson não era aqui tão universal quanto no Rio e em São Paulo. Em São Paulo, vale observar, os jornalistas obtiveram a muito custo uma única referência ao baiano se bem da mais alta significação: um artigo de Sérgio Milliet, escrito em 1929 para *O Estado de S. Paulo*. Comentando com extrema simpatia e rasgados elogios o livro de Archanjo sobre culinária baiana (*A culinária da Bahia — Suas origens e preceitos*), o grande crítico modernista enxergou no autor um prócer, "e dos maiores, dos mais autênticos" da Antropofagia, "o revolucionário e discutido movimento recém-lançado por Tarsila, Oswald de Andrade e Raul Bopp". O "delicioso volume", pela qualidade brasileira do conteúdo e pelo sabor da prosa, parecia-lhe o "exemplo perfeito do verdadeiro ensaio antropofágico". Milliet concluía lastimando não conhecer os livros anteriores de ensaísta de tanto saber, o qual, não tendo certamente ouvido falar dos antropófagos paulistas, a eles se adiantara.

Na Bahia, apareceu até quem o houvesse conhecido e tratado pessoalmente, como o atestam os jornais. Tal conhecimento reduzia-se, porém, a algumas pessoas e a umas quantas histórias. A obra de Pedro Archanjo, os quatro pequenos volumes sobre a vida popular baiana, publicados a duras penas, em edições mínimas, na precária oficina manual de seu amigo Lídio Corró, na ladeira do Tabuão, essa obra cujos méritos empolgaram o sábio americano, era aqui tão ignorada e inexistente quanto no resto do país.

Não houvesse Archanjo enviado exemplares para instituições, universidades, bibliotecas nacionais e estrangeiras, e de seus livros não se teria voltado a falar, pois Levenson não os teria descoberto. Em Salvador, apenas alguns etnólogos e antropólogos sabiam deles, a maioria por ouvir dizer.

Ora, de súbito, não só os jornalistas mas os poderes públicos, a universidade, os intelectuais, o instituto, a academia, a Faculdade de Medicina, os poetas, os professores, os estudantes, a classe teatral, a numerosa falange da etnologia e da antropologia, o Centro de Estudos Folclóricos, a turma do turismo e outros desocupados, todos se deram conta de que possuíamos um grande homem, um autor ilustre, e o desconhecíamos, não lhe dávamos serventia sequer em discursos, relegando-o ao anonimato mais completo, sem nenhuma promoção. Começou então a corrida em torno de Archanjo e de sua obra. Muito papel, muita tinta e muito espaço em jornal foram gastos, a partir da entrevista de Levenson, para saudar, analisar, estudar, comentar, louvar o injustiçado escriba. Era necessário tirar o atraso, corrigir o erro, apagar o silêncio de tantos anos.

A obra de Archanjo obteve por fim a presença e o realce a que fazia jus, e em meio aos salafras e vigários que aproveitaram ocasião e tema para se promover, algo de sério se escreveu, páginas dignas da memória de quem trabalhou indiferente ao sucesso e ao lucro. Alguns depoimentos de contemporâneos, gente que conheceu Archanjo e com ele tratou, traziam também a marca de real emoção e a face do homem foi sendo revelada. Não estava Archanjo assim tão distante no tempo como se imaginou a princípio: batera as botas em 1943, há vinte e cinco anos, aos setenta e cinco de idade e, segundo consta, em circunstâncias singulares; encontraram-no morto, caído numa sarjeta, altas horas da noite. Em seus bolsos, apenas uma carteira de anotações e um toco de lápis, nenhum documento de identidade. Dispensável, aliás, naquela zona pobre e imunda da cidade velha, onde todos o conheciam e estimavam.

30

DA MORTE DE PEDRO ARCHANJO, OJUOBÁ, E DE SEU ENTERRO NO CEMITÉRIO DAS QUINTAS

1

Ladeira acima, trôpego, o velho sustenta-se nas paredes dos casarões, quem o visse pensaria em bebedeira, sobretudo se o conhecesse. A escuridão era total, todas as lâmpadas apagadas nas ruas e nas casas, nem uma nesga de luz — medida de guerra, os submarinos alemães rondavam as costas brasileiras, onde se sucediam os afundamentos de pacíficos navios de carga e passageiros.

O velho sente a dor crescer no peito, tenta apressar o passo, se chegasse em casa acenderia a lamparina e anotaria na caderneta o diálogo, a prodigiosa frase; sua memória já não era a mesma de antes, quando guardava uma conversa, um gesto, um fato com todos os detalhes durante meses e anos, sem necessidade de notas. Feito o apontamento do debate, então poderia descansar, aquela dor viera e se fora por mais de uma vez. Nunca tão forte, porém. Ah! se vivesse ainda alguns meses, uns poucos, o suficiente para completar suas anotações, pôr os papéis em ordem e entregá-los ao moço simpático, sócio da gráfica! Uns meses, apenas.

Apalpa a parede, procura ver em torno, a vista se reduzira, não tinha dinheiro para novos óculos, nem para um trago de cachaça tinha dinheiro. A dor mais funda o encosta ao sobrado, arfante. Basta, no entanto, um esforço para chegar em casa, uns quarteirões adiante, ao quartinho dos fundos do castelo de Ester. À luz da lamparina escreverá com sua letra miúda — se a dor se aquietar e permitir. Lembra-se de seu compadre Corró, caído morto em cima do risco do milagre, um laivo de sangue no canto da boca. Tanta coisa fizeram juntos os dois, ele e o riscador de milagres, tanta correria nestas ladeiras, cabrochas

31

derrubadas nos portais. Lídio Corró morrera há muito tempo: uns quinze anos, talvez mais. Há quantos, meu bom? Dezoito, vinte? Já lhe falha a memória, mas a frase do ferreiro ainda a retém, íntegra, palavra por palavra. Apoiado à parede, tenta repeti-la, não pode esquecê-la, deve apontá-la quanto antes na caderneta. Apenas uns poucos quarteirões, umas centenas de metros. Num esforço murmura a imprecação final do ferreiro, que a sublinhara com um murro na mesa, a negra mão igual ao malho na bigorna.

Fora ouvir rádio, as estações estrangeiras, a BBC de Londres, a Rádio Central de Moscou, a Voz da América; seu amigo Maluf adquirira um aparelho que pegava o mundo todo. As notícias daquela noite davam gosto, os "arianos" apanhando de criar bicho. Todo mundo xingava os alemães, "os nazistas alemães", "os monstros alemães", o velho, porém, só se referia aos "bandidos arianos", assassinos de judeus, negros e árabes. Conhecia alemães ótimos, seu Guilherme Knodler casara com uma negra e tivera oito filhos. Um dia foram lhe falar de arianismo, ele puxou o cacete para fora das calças e retrucou:

— Só se eu cortar o pau.

Quando Maluf, para comemorar as vitórias do dia, serviu uma pinga, a discussão começou: se Hitler ganhasse a guerra poderia ou não matar tudo que não fosse branco puro, acabando de vez com o resto do povo? Opina daqui, opina de lá, pode, não pode, ora se pode, o ferreiro se alterou:

— Nem Deus, que fez o povo, pode matar tudo de uma vez, vai matando de um a um e quanto mais ele mata mais nasce e cresce gente e há de nascer, de crescer e de se misturar, filho da puta nenhum vai impedir! — A mão ao bater sobre o balcão emborcou o copo e lá se foi o resto da cachaça. Mas o turco Maluf era boa-praça, compareceu com outra rodada antes da despedida.

Tenta o velho prosseguir sua subida, remoendo as palavras do ferreiro, "há de nascer, de crescer e de se misturar...". Quanto mais misturado, melhor: o velho quase sorri em meio à dor posta em cruz sobre seu lombo, dor mais pesada de carregar.

Sorri ao lembrar-se da neta de Rosa, tão igual à avó em sua boniteza e tão outra: os cabelos lisos e sedosos, o corpo esguio, os olhos azuis, a pele morena, muitos se somaram para fazê-la assim perfeita. Rosa, Rosa de Oxalá, perdição de mulher, tantas o velho amara e tivera, nenhuma se lhe comparava no entanto, por ela sofrera o indescritível, fizera bobagens, papéis ridículos, pensara em morrer e em matar.

Quem dera ver a neta de Rosa outra vez, o riso, a graça, o requebro da avó — e os olhos azuis; de quem seriam? Ver também alguns amigos, ir ao terreiro e saudar o santo, um passo de dança, uma cantiga, comer xinxim de galinha, moqueca de peixe na mesa do castelo com Ester e as raparigas. Não, não queria morrer, morrer para quê? Não valia a pena. Como foi mesmo que o ferreiro falou? Tinha de tomar nota no caderno para não esquecer, já estava esquecendo. O livro pela metade, devia concluí-lo, selecionar acontecidos, frases, histórias, o caso da iabá que veio de enxerida danar o mulherengo e se enrabichou pelo pachola, virou trapo em sua mão; desse caso assombroso quem bem sabe é ele. Ah! Doroteia! Ai Tadeu!

A dor o rasga em dois, rompe-lhe o peito, ai não alcançará a casa de Ester, perdida a frase do ferreiro, tão bonita e certa, ai a neta de Rosa...

Cai no passeio, rola devagar para a sarjeta. Ali seu corpo permaneceu, primeiro coberto só de escuridão; depois vieram os laivos da aurora e o vestiram de luz.

2

O santeiro aponta o corpo estendido, ri, e, firmando-se nas pernas, faz a divertida constatação:

— O colega ali está mais cheio do mel do que nós três, juntos. Arriou de borco, vomitou as tripas — novamente ri e tropeça no ar, numa pirueta de circo.

O major Damião de Souza, fosse por menor cachaça, fosse por maior contato com a morte — rábula de profissão, às voltas com crime e cadáveres, habituê de necrotério — , desconfia e aproxima-se, observa o sangue, toca com a ponta da botina as costas do velho, o esmolambado paletó:

— Mortinho da silva. Ajudem aqui.

Que quantidade de álcool poderia o major ingerir sem embriagar-se? — interroga-se o santeiro repetindo a pergunta unânime dos paus-d'água da terra, humilhados e perplexos ante aquele mistério, além de toda a compreensão. Até agora os alambiques da cidade e do Recôncavo haviam se revelado insuficientes, e, segundo Mané Lima, o major podia "esgotar o estoque do mundo". Lúcido até o fim.

Aos tombos e risos, acodem o santeiro e Mané Lima e entre os três dão volta ao corpo. Antes mesmo de vê-lo de frente, de fitar-lhe a face, o major o reconhecera, desde o princípio alguma coisa se lhe afigurava familiar, quem sabe o paletó. Mané Lima, pegado de surpresa, de começo sem voz, solta depois um grito medonho:

— É Pedro Archanjo!

De pé, reteso, o major, apenas uma sombra em sua face de cobre. Não se enganara, era o velho; e o major, com seus quarenta e nove anos bem vividos, sente-se abandonado, órfão de pai e mãe. Era o velho, sim, e ai, não tinha jeito, ai; por que não outro qualquer, um desconhecido, de preferência? Tanta gente ruim no mundo, merda de mundo, e era logo o velho Archanjo quem ia morrer assim, de noite, na rua, sem avisar ninguém, onde já se viu?

— Ai, que é o velho, que desgraça! — Toda a cachaça desce para as pernas do santeiro e ele arria-se na calçada, mudo e incapaz. Pôde apenas retirar da lama a mão do defunto e a mantém apertada entre as suas.

Uma vez por semana, às quartas-feiras, invariável, com sol ou chuva, Archanjo vinha buscá-lo em sua tenda de imagens, primeiro para as cervejotas geladíssimas no bar de Osmário, depois para o amalá no candomblé da Casa Branca. A conversa mansa, entremeada de casos, uma conversa antiga:

— Despeje o saco, meu bom, conte as peripécias.

— Não sei de nada, mestre Archanjo, de novidade nenhuma.

— Ora, se sabe. Meu bom, a toda hora acontecem coisas, coisas lindas, umas de rir, outras de chorar. Vá, desamarre a língua, camarado, que boca foi feita para falar.

Que maneira, que léria, que poder possuía ele para abrir a boca, o coração dos demais? Nem as mães de santo mais ciosas e estritas, tia Maci, dona Menininha, Mãe Senhora, do Opô Afonjá, as respeitáveis matronas, nem elas guardavam segredos para o velho, tudo lhe revelando de mão beijada — aliás os orixás assim tinham ordenado, "para Ojuobá não há porta fechada". Ojuobá, os olhos de Xangô, agora ali estirado, morto junto ao passeio.

Se acabaram as cervejas, mestre Archanjo, três ou quatro garrafas; numa quarta-feira pagava o velho, na outra a despesa era do santeiro — se bem nos últimos tempos o velho andasse liso e teso, sem níquel. Valia a pena ver-se sua satisfação na semana em que obtinha uns trocados, uns escassos caraminguás — batendo com força na mesa para advertir o garçom:

— Traga a conta, meu bom.

— Deixe comigo, mestre Archanjo, guarde seu dinheirinho.

— Em que lhe ofendi para você me desconsiderar, camarado? Quando eu não tenho dinheiro, você paga, não me aflijo, que não é por minha culpa e querer. Mas se hoje estou rico, por que você há de pagar? Não me tire meu dever nem meu direito, não diminua o velho Archanjo, me deixe inteiro, meu bom.

Ria um riso de dentes brancos, conservara perfeitos todos os seus dentes, chupava roletes de cana, mastigava jabá:

— Não é dinheiro roubado, ganhei com meu suor.

Servindo de moço de recados em casa de putas, seu trabalho derradeiro, quem o visse, tão alegre e satisfeito, não imaginaria nunca as limitações, os apertos, a infinita pobreza de seus últimos anos. Ainda na última quarta-feira não cabia em si de contente: na pensão de Ester conhecera um moço estudante, sócio de uma gráfica, disposto a imprimir seu livro — lera os anteriores e dissera em alto e bom som que Archanjo era um retado, desmascarara toda aquela corja de charlatães da faculdade.

No bonde, no começo da noite de estrelas e viração do mar, no caminho do Rio Vermelho de Baixo onde se ergue na colina a Casa Branca do Engenho Velho, mestre Archanjo contara do novo livro, os olhinhos brilhando, trêfegos e maliciosos. Quanta coisa recolhera, anotara nas cadernetas, para aquela obra, "um embornal de abregueces", a sabedoria do povo:

— Só o que juntei em casa de mulher-dama, meu bom, você nem se imagina. Fique sabendo, camarado, não há melhor lugar para um filósofo morar do que casa de rapariga.

— Você é mesmo um filósofo, mestre Archanjo, o maior que já vi, não tem igual para saber levar a vida com filosofia.

Iam ao candomblé para o amalá de Xangô, obrigação das quartas-feiras. Tia Maci dava de-comer ao santo, no peji, ao som do adjá e do canto das feitas. Depois, em torno à grande mesa na sala, serviam o caruru, o abará, o acarajé, por vezes um guisado de cágado. Mestre Archanjo era bom de garfo, de garfo e copo. A conversa prolongava-se noite adentro, animada e cordial no calor da amizade; ouvir Archanjo era privilégio dos pobres.

Se acabou o livro, o amalá e a cachaça, a viagem de bonde e de imprevistos; o velho conhecia cada recanto do caminho, casas e árvores eram-lhe familiares, de uma familiaridade secular, pois sabia de agora e de antes, de quem era e de quem fora, o filho e o pai, o pai do pai e o pai do avô e com quem se misturaram. Sabia do negro vindo escravo da África, do português degredado da Corte, do cristão-novo fugido da Inquisição. Agora todo o saber se terminou, e o riso e a graça, fecharam-se os olhos dos olhos de Xangô, Ojuobá só serve para o cemitério. O santeiro desfaz-se em lágrimas solitário e vazio.

Assim como não fica bêbado, o major não consegue chorar a não ser — e com que facilidade! — em júri ou em comemoração se necessário emocionar os ouvintes, ganhá-los para sua causa. Mas a dor verdadeira, essa o come por dentro, nas entranhas, não se exibe no rosto.

Mané Lima proclamou o nome e a morte do velho para o mundo inteiro, postado no meio da ladeira do Pelourinho, lugar próprio e certo, mas na hora baça da antemanhã apenas uns ratos enormes e um cachorro magro escutaram-lhe o grito.

O major desprende-se da visão fatal, sai rua afora em direção à casa de Ester, o peso da notícia verga-lhe os ombros. Lá emborcará o trago forte e necessário.

3

De repente a ladeira começou a animar-se. Do largo da Sé, da Baixa dos Sapateiros, do Carmo, surgiram homens e mulheres apressados e aflitos. Não vinham pela morte de Pedro Archanjo, sábio autor de livros sobre miscigenação, talvez definitivos, e, sim, pela morte de Ojuobá, os olhos de Xangô, um pai daquele povo. Do castelo de Ester, a notícia se propagara de boca em boca, de porta em porta, de casarão em casarão, rua afora, escada acima, ladeira abaixo e nos becos. Chegou ao largo da Sé a tempo de embarcar nos primeiros bondes e ônibus.

Mulheres arrancadas do sono ou dos braços de tardos fregueses para a lágrima e a lamentação. Trabalhadores de horário preciso, vagabundos sem relógio de ponto, bêbados e mendigos, habitantes dos sobradões, dos infectos cortiços, árabes de prestação, moços e velhos, gente de santo e comerciantes do Terreiro de Jesus, um carroceiro com sua carroça, e Ester, um quimono sobre a nudez mostrando tudo a quem quisesse ver. Mas, quem ia se aproveitar, se ela puxava os cabelos e batia nos peitos:

— Ai, Archanjo, meu santo, por que não disse que estava doente? Como eu ia saber? Agora, Ojuobá, como vai ser? Tu era a luz da gente, nossos olhos de ver, nossa boca de falar. Tu era a coragem da gente e nosso entendimento. Tu sabia de ontem e de amanhã, quem mais vai saber?

Quem, ai, quem? Na hora do espanto, homens e mulheres encaravam a morte nua e crua, ali na sarjeta, despida de qualquer enfeite, do menor consolo. Pedro Archanjo Ojuobá ainda não se fizera memória, tão somente morte e nada mais.

Portas e janelas se abriam, veio o sacristão da igreja com

uma vela acesa, Ester se abraçou com ele em prantos. A multidão em torno ao corpo, e um soldado da Polícia Militar com armas e autoridade. Ester sentou-se ao lado do santeiro, tomou da cabeça de Archanjo. Com a ponta do quimono limpou-lhe o sangue entre os lábios. O major dirigiu-lhe a palavra, desviando os olhos para não ver os seios soltos, não sendo a hora apropriada — será que para isso há hora proibida, Archanjo? Você dizia que não, "qualquer hora é boa para distrair o corpo".

— Vamos levar ele para sua casa, Ester.

— Para casa? — Ester suspendeu o pranto, fitou o major, desconhecendo-o. — Tu ficou maluco? Não está vendo que não pode ser? É o enterro de Ojuobá, não é enterro de rameira ou de xibungo para sair de casa de mulher-dama.

— Não é para o enterro sair de lá, é só para mudar de roupa, que não vai se enterrar ele com essas calças imundas e esse paletó remendado.

— Nem sem gravata, ele nunca foi a nenhuma festa sem gravata — acudiu Rosália, a mais velha das raparigas, noutros tempos xodó de Archanjo.

— Outra muda ele não tem.

— Por isso não. Dou minha roupa azul, de casimira, fiz para meu casamento e está como nova — ofereceu João dos Prazeres, mestre de marcenaria, residente nas proximidades. — Por isso não — repetiu e foi em busca da roupa.

— Depois para onde a gente leva ele? — perguntou Rosália.

— Não me pergunte nada, minha filha, não estou capaz de pensar ou resolver, pergunte ao major, me deixe com meu velho — rugiu Ester, a cabeça de Archanjo em seu colo, no calor de sua carne.

O major foi pegado de surpresa. Para onde? Ora, não me aborreça com tolices, o importante agora é tirar ele daqui do meio da rua. Depois, casa não vai faltar. Mas o sacristão da igreja de Nossa Senhora do Rosário dos Pretos, parceiro de longa data e de muita pagodeira, lembrou ser Pedro Archanjo membro antigo da Confraria, benemérito e remido, com direito a velório no templo, encomendação do corpo, missa de sétimo dia e a jazigo perpétuo no Cemitério das Quintas.

— Vamos, então — ordenou o major.

Foram levantar o corpo, mas o soldado empombou: ninguém se atrevesse a tocar no cadáver antes de chegar a polícia, o delegado e o doutor. Um jovem soldado, ainda adolescente, quase um menino; tinham-lhe vestido uma farda, armas e ordens drásticas, encarnaram nele a força e o poder, o ruim do mundo.

— Ninguém se atreva.

O major examinou o soldado e a situação: recruta do interior, místico da disciplina, difícil de contornar. O major tentou:

— Você é daqui, rapaz? Ou é do sertão? Sabe quem é esse? Se não sabe, vou lhe dizer...

— Não quero saber. Só sai daqui com a polícia.

Então o major se retou. Não ia consentir que o corpo de Archanjo continuasse exposto no meio da rua — corpo de criminoso, sem direito a velório.

— Vai sair e é agora mesmo.

Por muitas razões, todas de primeira grandeza, apelidaram o major Damião de Souza de "Rábula do Povo": fizeram-no em paga de seus muitos merecimentos. Já antes lhe tinham outorgado o título de major — major sem patente, sem batalhões, sem dragonas, sem farda, sem mando nem comando, um major porreta. O Rábula do Povo subiu no degrau da calçada e perorou com trêmulos na voz indignada:

— Será que o povo da Bahia vai consentir que o corpo de Pedro Archanjo, de Ojuobá, fique no meio da rua, na lama dos esgotos, nessa podridão que o prefeito não vê e não manda limpar, que fique aqui à espera que apareça um doutor da polícia? Até que horas? Até o meio-dia, as quatro da tarde? O povo, oh! o povo glorioso da Bahia, que expulsou os holandeses e derrotou os marotos lusitanos, vai deixar nosso pai Ojuobá apodrecendo na imundície? Oh! povo da Bahia!

O povo da Bahia — bem umas trinta pessoas, sem contar as que despontavam em cima e embaixo da ladeira — urrou, as

39

mãos se ergueram e as mulheres em pranto partiram para o soldado da Briosa. Foi hora de perigo, feia e difícil; o soldado, como previra o major, era dureza. Enquadrado, torvo, inflexível porque tão jovem e porque autoridade não se deixa desfeitear, saca das armas: "Quem vier, morre!". Levantou-se Ester para morrer.

Mais alto, porém, trinou o apito quase civil do guarda-noturno Everaldo Fode-Mansinho, de volta ao lar após a noite do dever cumprido e de algumas lapadas de pinga: que significava aquele fuzuê na madrugada? Viu o soldado de sabre na mão e Ester de peitos de fora — briga de putas, pensou, mas Ester era muito sua merecedora:

— Praça — bradou para o recruta — sentido!

Autoridade *versus* autoridade, de um lado o guarda-noturno, o último dos fardados, com seu apito avisa-ladrão e a picardia, a flexibilidade, a matreirice; do outro lado, o soldado da Briosa, milico de verdade, com seu sabre, seu revólver, seu regulamento, sua violência, sua força bruta.

Everaldo deu com o defunto no chão:

— Archanjo, que é que ele faz aqui? É só cachaça, não é?

— Ai que não é.

O major explicou a descoberta do corpo e o cabeça-dura do soldado não querendo permitir a remoção para a casa de Ester. Everaldo, dito Fode-Mansinho, de farda a farda, quebrou o galho.

— Praça, é melhor você cair fora enquanto é tempo, você perdeu a cabeça e desrespeitou o major.

— Major? Não estou vendo major nenhum.

— Aquele ali, o major Damião de Souza, nunca ouviu falar?

Quem não ouvira o nome do major? Até mesmo o jovem soldado o escutara, ainda em Juazeiro e no quartel, diariamente.

— Aquele é o major? Por que não disse logo?

Perdeu a intransigência, sua única pobre força, ei-lo cordato, o primeiro a cumprir as ordens do major — depuseram o corpo na carroça e lá se foram todos para o castelo de Ester.

Mestre Pedro Archanjo ia contente da vida, contente da

morte: aquela viagem de defunto em carroça aberta, puxada por burro de guizos no pescoço, com acompanhamento de bêbados, notívagos, putas e amigos, na frente do cortejo o guarda Everaldo trinando seu apito, atrás o soldado batendo continência, ah! essa curta viagem parecia invenção sua, pagodeira para registro na caderneta, para relato na mesa do amalá, na quarta-feira de Xangô.

4

O dinheiro para o enterro proveio sobretudo das mulheres da vida. Para o caixão, os ônibus, as velas e as flores.

Rosália, na condição de antigo xodó, revestiu-se de luto e viuvez, xale negro sobre a rala e oxigenada cabeleira — saiu Pelourinho afora coletando dádivas, ninguém se negou. Nem sequer Marques Unha de Fome; até ele, que jamais fiara um trago de cachaça, contribuiu com um óbolo e uma palavra sobre o finado.

Sim, porque, além do dinheiro, Rosália recolhia casos, recordações, ditos, lembranças; em toda parte o rastro de Pedro Archanjo, sua presença. A pequena Kiki, de quinze anos incompletos e raquíticos, iguaria de desembargadores no castelo de Dedé, arregalou os olhos enormes, trouxe a boneca que ele lhe dera, caiu no pranto.

Dedé, encarquilhada proxeneta, conhecera Archanjo a vida inteira e sempre desprendido e louco. Ainda menina-moça, pastorinha de terno de reis, fora seu par predileto nas festas de fim de ano, em novenas e trezenas, nos ensaios de blocos, na folia do Carnaval. Archanjo era um trem de risco, quem podia com sua vida? Muito cabaço comera; só de pastoras de reisado, uma porção. Dedé chorava e ria, recordando. "Eu, moderna e linda, ele um valdevinos."

— Foi o primeiro, foi quem lhe fez a mercê?

Ficou a pergunta sem resposta, Dedé nada mais disse, Rosália partiu na dúvida. Também ela tinha seu pedaço a referir e portanto ia contida, sem soluço e sem choro, arrecadando donativos.

— Dou com gosto e mais tivesse mais daria — disse Roque, esvaziando o bolso, uns magros mil-réis.

Na oficina, todos os cinco contribuíram e Roque esclareceu:

— Não faz tanto tempo, uns quinze anos, nem isso... Espere, lhe digo a data certa, foi em trinta e quatro, há nove anos; quem não se lembra da greve da Circular? No começo era só o pessoal dos bondes, o diabo do velho não tinha por que se meter.

— Ele trabalhou na Circular? Nunca soube.

— Por pouco tempo, era entregador dos recibos de luz, tinha conseguido o lugar com empenho e a muito custo, andava precisado.

— Sempre andou precisado.

— Pois não é que entrou em greve também, acabou na comissão, escapou de ser preso e foi posto no olho da rua. Também nunca mais ninguém lhe cobrou passagem de bonde. O velho era o cão.

Na Escola de Capoeira, no primeiro andar vizinho à igreja, mestre Budião, sentado no banco, olhava fixo em frente, seco de pele e ossos, atento aos ruídos e sozinho. Aos oitenta e dois anos um derrame o possuíra como se não bastasse a cegueira. Mas ainda assim, nas noites de sala repleta, assumia o berimbau e puxava o canto. Rosália deu seu recado.

— Já soube e já mandei a mulher levar uma ajuda. Quando ela voltar, vou na igreja ver Pedro.

— Meu tio, vosmicê não está em condições...

— Cala a boca. Como não havia de ir? Sou mais velho que ele um bocado de anos, lhe ensinei capoeira, mas tudo que sei devo a Pedro. Foi o homem mais cumpridor e mais sério.

— Sério? Tão festeiro que era.

— Falo que era sério de retidão, não de cara fechada.

Perdido nas trevas, preso nas pernas bambas, mestre Budião enxerga o moço Archanjo às voltas com os livros, sempre com os livros, estudando sozinho, nunca teve professor:

— Nem precisava, aprendia por si.

A mulher do capoeirista, cinquentona robusta, sobe as escadas, sua voz enche a sala:

— Está bonitão, de roupa nova, todo cheio de flores. Vai ir para a igreja e tem gente assim. O enterro sai às três.

— Entregou a quantia?

— Na mão do santeiro Miguel, é ele quem está cuidando.

Lá seguiu Rosália, de casa em casa, de loja em loja, de bar em bar, de castelo em castelo; atravessou as Portas do Carmo, desceu o Tabuão. Onde fora a oficina de Lídio Corró, agora um bazar de miudezas, fez uma pausa na caminhada.

Acontecera há mais de vinte anos, de vinte e cinco ou trinta, quem sabe? Para que contar o tempo, de nada adianta. Também ela, Rosália, era moderna e linda, não mais menina-moça, porém mulher feita e apetecível, na força da idade; Archanjo beirando os cinquenta. Um xodó desmedido, paixão de loucura, de desespero.

Na oficina de Lídio Corró, passavam parte do tempo: os dois homens nas caixas dos tipos, com o pequeno ajudante. De quando em quando, um trago para esquentar o trabalho. Rosália acendia o fogo, cozinhava quitutes, de noite apareciam os amigos trazendo bebidas.

Mais adiante, na esquina da ladeira, erguia-se o sobradão, já não existe. Da mansarda, no alto, viam a aurora surgir sobre o cais, os navios e os saveiros. Pelos vidros rotos da janela penetravam a chuva, a brisa do mar, a lua amarela, as estrelas. Morriam os ais de amor nas dobras da manhã. Pedro Archanjo, um retado na cama, e que delicadeza!

Já não existe o sobrado, a mansarda, a janela sobre o mar. Rosália retoma a caminhada, não mais solitária, porém, nem triste tampouco. Dois homens sobem apressados:

— Conheci um filho dele, meu chapa nas docas, depois embarcadiço num navio.

— Mas se ele nunca foi casado...

— Fez para mais de vinte filhos, era um pai-d'égua.

Riu com vontade, o companheiro também, o homem era o

cão. E esse outro riso, mais sonoro e claro, de onde vem, Rosália? Somente vinte? Bote filho nisso, camarado, não se acanhe; estrovenga poderosa, pastor de donzelas, sedutor de casadas, patriarca de putas, Pedro Archanjo, com umas e outras, povoou o mundo, meu bom.

5

A igreja toda azul no meio da tarde, igreja dos escravos no largo onde se ergueram tronco e pelourinho. É o reflexo do sol ou um laivo de sangue no chão de pedras? Tanto sangue correu sobre essas pedras, tanto gemido de dor subiu para esse céu, tanta súplica e tanta praga ressoaram nas paredes da igreja azul do Rosário dos Pretos.

Faz muito não se reunia tamanha multidão no Pelourinho, sobrando da igreja, do adro, da escadaria, espalhada nos passeios e na rua. Os dois ônibus serão suficientes? Com o racionamento da gasolina não fora fácil obtê-los, o major teve de se mexer, usar influências. Um povaréu pelo menos igual espera na ladeira das Quintas, ao pé do cemitério. Muitos vêm até a igreja, fitam o rosto sereno do finado, alguns beijam-lhe a mão; depois, na Baixa dos Sapateiros, tomam o bonde das Quintas, onde aguardarão o cortejo. Uma faixa de pano negro, de lado a lado, na sede do afoxé.

Na escadaria da igreja, o major fuma seu charuto de tostão, resmunga boas-tardes, não está de humor para conversa fiada. Lá dentro, Pedro Archanjo pronto para o enterro, limpo e bem trajado, decente. Assim, nos trinques, ia às cerimônias dos terreiros, às festas de rua, aos aniversários, casamentos, velórios e funerais. Só no fim da vida desleixou-se um pouco, obrigado pela extrema miséria. O que jamais perdeu foi a alegria.

Rapaz de trinta anos, vinha cada manhã ao Mercado do Ouro, à barraca da comadre Terência, mãe do moleque Damião, tomar café com cuscuz de puba e beiju de tapioca. De graça, quem ia cobrar? De cedo se acostumara a não pagar certas despesas, ou melhor, a pagá-las com a moeda de seu riso, de sua prosa, diversão e ensinamento. Não por avarícia — mão-aberta, esbanjador — e, sim, porque não lhe cobravam ou porque o mais das vezes não tinha com que satisfazer; dinheiro não esquentava em seus bolsos e para que serve dinheiro senão para gastar, meu bom?

O moleque Damião apenas percebia o som do riso claro, abandonava tudo, a briga mais emocionante, para vir sentar-se no chão à espera das histórias. Dos orixás, Archanjo sabia a completa intimidade; de outros heróis também: Hércules e Perseu, Aquiles e Ulisses. Demônio travesso, terror dos vizinhos, debochado e perdido, chefe de malta sem lei, Damião não aprenderia a ler não fosse Archanjo lhe ensinar. Nenhuma escola o reteve, nenhuma palmatória o convenceu, três vezes fugiu do patronato. Mas os livros de Archanjo — a *Mitologia grega*, o Velho Testamento, *Os três mosqueteiros*, *As viagens de Gulliver*, *Dom Quixote de La Mancha* —, a risada tão comunicativa, a voz quente e fraterna: "Sente aqui, meu camaradinho, venha ler comigo uma história batuta", ganharam o vadio para a leitura e as contas.

Archanjo sabia de cor uma quantidade de versos, e sabia dizê-los, um ator. Poemas de Castro Alves: "... Era um sonho dantesco... O tombadilho que das luzernas avermelha o brilho, em sangue a se banhar"; de Gonçalves Dias: "Não chores, meu filho; não chores que a vida é luta renhida: viver é lutar" — a molecada a ouvir de boca aberta, num assombro de interesse.

Quando acontecia Terência estar de calundu, a cabeça no marido que a largara por outra e sumira no mundo, o compadre forçava-lhe o sorriso nos lábios formosos, declamando versos líricos, poemas de amor: "... sua boca era um pássaro escarlate onde cantava festival sorriso...". Comadre Terência em sua barraca de comidas, vivendo para aquele filho Damião, punha no compadre os olhos pensativos — que jeito senão sorrir, deixar as tristezas de lado? Na tenda de Miro, a impulsiva Ivone largava os embrulhos, no enlevo das rimas: "Uma noite, eu me lembro... Ela dormia numa rede encostada molemente... Quase aberto o roupão, solto cabelo...". Os olhos de Terência, pensativos.

No Mercado do Ouro, certa manhã de temporal, o céu de breu e o vento solto, deu-se o encontro de Pedro Archanjo com a sueca Kirsi. O major parece revê-la: fascinante visão, parada na porta, batida de chuva, o vestido colado ao corpo, cheia de curiosidade e espanto. O menino nunca vira cabelos assim tão lisos e loiros, loiríssimos, a pele de rosa, os olhos de infinito azul, azuis como essa igreja do Rosário dos Pretos.

Dentro da igreja um zum-zum, um vaivém, gente que entra, gente que sai, permanente aglomeração em torno ao ataúde. Não era esquife de primeira classe, féretro de luxo, para tanto não dera o arrecadado, mas não fazia vergonha com os galões e os alamares, o pano roxo, as alças de metal, e Archanjo vestido com a opa vermelha da confraria.

Sentadas em torno, as mais veneradas mães de santo: todas, sem exceção. Antes, ainda na casa de Ester, no esconso quartinho dos fundos, mãe Pulquéria cumprira as primeiras obrigações do axexê de Ojuobá. Por toda a igreja e na praça, o povo dos terreiros: respeitáveis ogãs, filhas de santo, iaôs de barco recente. Flores lilases, amarelas, azuis, uma rosa vermelha na mão parda de Archanjo. Assim desejara e pedira. O sacristão e o santeiro foram chamar o major, faltavam cinco para as três.

O carro fúnebre e os ônibus superlotados partem em direção ao Cemitério das Quintas onde, em terras de sua confraria católica, Ojuobá, os olhos de Xangô, tem direito a jazigo perpétuo. Um automóvel a gasogênio acompanha o cortejo, levando o professor Azevedo e o poeta Simões, os dois únicos que ali vieram porque o finado escrevera quatro livros, debatera teorias, polemizara com os sábios da época, negara a pseudociência oficial, contra ela levantando para destruí-la. Os demais tinham vindo para despedir um velho tio de muita sabedoria e esperteza, de bom conselho e experiência, conversador de fama, bebedor de marca, mulherengo até o fim, pródigo fazedor de filhos, preferido dos orixás, confidente dos segredos, um velho tio do maior respeito, quase um feiticeiro, Ojuobá.

O cemitério fica no alto de uma colina, mas o carro fúnebre, os ônibus e o automóvel não sobem até a porta como habitualmente o fazem nos enterros. Não sendo esse um funeral qualquer, o morto e os acompanhantes desembarcam ao sopé da ladeira.

Mistura-se o povaréu chegado da igreja aos que já esperavam nas Quintas, incontável multidão: enterro assim concorrido só o de mãe Aninha, quatro anos atrás. Político algum, nem milionário, nem general, nem bispo reuniu tanto povo na hora da despedida.

Obás e ogãs, alguns dobrados ao peso da idade, anciãos de cansada travessia, o major e o santeiro Miguel tomam do caixão e por três vezes o suspendem acima do povo, por três vezes o baixam à terra, no início do ritual nagô.

A voz do pai de santo Nezinho se ergue no canto fúnebre, em língua iorubá:

> *Axexê, axexê*
> *Omorodé*

O coro repete, as vozes crescem na cantiga de adeus: "Axexê, axexê".

Prossegue o enterro, subindo a ladeira: três passos em frente, dois passos atrás, passos de dança ao som do cântico sagrado, o caixão erguido à altura dos ombros dos obás:

> *Iku lonan ta ewê xê*
> *Iku lonan ta ewê xê*
> *Iku lonan*

No meio da encosta, o professor Azevedo toma de uma alça do esquife, fáceis lhe foram os passos, trazia-os na mistura do sangue. As janelas estão cheias, vem gente correndo para ver o espetáculo único. Enterro igual a esse, só na Bahia e de raro em raro.

Lá vai Pedro Archanjo Ojuobá, bem-posto, roupa nova e

gravata, a opa vermelha, todo decente, dançando sua dança derradeira. O canto poderoso penetra as casas, corta o céu da cidade, interrompe negócios, imobiliza passantes; a dança domina a rua, três passos à frente, dois passos atrás — o morto, os que o conduzem e o povo inteiro:

Ara ara la insu
Iku ô Iku ô
A insu bereré

Chegam finalmente à porta do cemitério. Obás e ogãs, de costas como ordena a obrigação, entram com o caixão de Ojuobá. Ao lado do jazigo, em meio às flores e ao pranto, calam-se os atabaques, cessam a dança e a cantiga. "Somos os últimos a ver essas coisas", diz o poeta Simões ao professor Azevedo, que se pergunta, aflito, quantos ali têm ideia da obra de Archanjo. Não valeria a pena fazer constância em pequeno discurso? A timidez o impede. Todos vestem de branco, a cor do luto.

O esquife descansa um instante, antes de ser encerrado para sempre na sepultura: Pedro Archanjo ainda está entre os seus. A multidão se comprime, alguém soluça.

Então, quando se fez silêncio total e os coveiros tomaram de Pedro em seu caixão, uma voz solitária se elevou, trêmula e grave, no canto pungente, dilacerante, no adeus mais terno e doloroso. Era mestre Budião, todo de branco, todo de luto, guiado por sua mulher, amparado por Mané Lima, no alto de um túmulo, cego e paralítico: conversa de pai e filho, de inseparáveis irmãos, adeus-adeus, irmão, adeus para sempre adeus, uma frase de amor, *Iku ô Iku ô dabó ra jô ma boiá.*

"Quando eu morrer me ponha na mão uma rosa vermelha." Uma rosa de fogo, uma rosa de cobre, de canto e de dança, Rosa de Oxalá, axexê, axexê.

DO NOSSO VATE E PESQUISADOR EM SUA CONDIÇÃO DE AMANTE (E CORNO) COM AMOSTRA DE POESIA

1

Necessitando o grande Levenson da ajuda de Ana Mercedes para colocar em ordem, ainda naquela noite, algumas notas, e não sendo minha presença útil ou desejável ao sucesso da tarefa, ofereci ao sábio minhas despedidas no hall do hotel. Almejou-me bom trabalho e pareceu-me cínico.

Assim, chamei à parte sua novel colaboradora para lhe recomendar cuidado e firmeza, não fosse o gringo armar-se em conquistador barato, descambando a noturna ciência em patifaria grossa. Arrogante, ferida em seus brios, cortou-me ela preocupação e dúvida com a pergunta ríspida e ameaça terrível: "acreditava eu ou não em sua lealdade e honradez? Porque, se tivesse a mínima dúvida, então era melhor...". Não lhe permiti concluir, pobre de mim; assegurei-lhe confiança cega e obtive seu perdão, um beijo rápido e um sorriso dúbio.

Saí em busca de um botequim para a vigília cívica: encher a cara, afogar em cachaça os restos de ciúme que os dólares do americano e os protestos de Ana Mercedes não haviam liquidado.

Sim, ciúmes, pois deles eu morria e nascia a cada manhã, a cada instante do dia e sobretudo da noite — se não a tinha comigo —, ciúmes de Ana Mercedes, por quem briguei, bati e fui batido, por quem sofri o indescritível, em poço de humilhações e rancores, por quem me fiz trapo mísero e indigno, riso universal de literatos e subliteratos — e tudo isso valeu a pena, sendo ainda pouco, pois muito mais ela merecia.

Musa e baluarte da novíssima geração poética, Ana Mercedes participou do movimento Comunicação através do Hermetismo, fórmula genial, palavra de ordem cuja atualidade só mesmo os quadrados e invejosos poderão negar. Nessas hostes da

49

nova poesia meu nome é admirado e aplaudido. "Fausto Pena, autor de *O arroto*, um dos mais significativos líderes da jovem poesia", escreveu no *Jornal da Cidade* Zino Batel, autor de *Viva o cocô*, não menos líder nem menos significativo. Estudante de jornalismo na mesma faculdade onde, dois anos antes, eu obtivera diploma de sociólogo, Ana Mercedes alugara, por vil salário, o brilho de sua inteligência à redação do *Diário da Manhã* (e em sua condição de repórter conheceu Levenson e com ele tratou) e concedera gratuitamente a este barbudo e desempregado vate as graças de seu corpo divino, incomparável. Ah! como descrever esta mulata de Deus, de ouro puro da cabeça aos pés, carne perfumada de alecrim, riso de cristal, construção de dengue e de requebro, e sua infinita capacidade de mentir!

No *Diário da Manhã*, dos donos aos porteiros, passando pela redação, pela administração e pelas oficinas, enquanto ela ali trafegou, saveiro em navegação de mar revolto, nenhum daqueles pulhas teve outro pensamento, outro desejo senão naufragá-la num dos macios sofás da sala da diretoria, ante o retrato do egrégio fundador, obra de Jenner; nas vacilantes mesas da redação e da gerência, em cima da velhíssima impressora, das resmas de papel ou do sórdido piso de graxa e porcaria: se Ana Mercedes estendesse seu corpo sobre o solo de imundície, em leito de rosas o transformaria, chão bendito.

Não creio ter ela consentido a qualquer daqueles patifes; falam que antes, sim: candidata ao emprego, facilitara ao dr. Brito, diretor executivo da folha, com ele vista nas suspeitas redondezas do Oitenta e Um, castelo de luxo entregue à competência de madame Elza. Jurou-me inocência; andara com o patrão em tais vizinhanças, é bem verdade, mas assim agira para provar-lhe aptidão, tino de repórter, numa história confusa que não desejo aprofundar — nem cabe fazê-lo aqui.

Aceitei a obscura explicação, essa e muitas outras, inclusive aquela de teor científico, na noite em que assumi o compromisso de sair em busca de Pedro Archanjo pelas ladeiras e becos da Bahia: meus ciúmes, atrozes e violentos, assassinos e suicidas, desfaziam-se em juras de amor, quando a víbora, arrancando a miniblusa e a minissaia, exibia o resto, estendendo braços e pernas, toda aquela paisagem doirada, cobre e oiro e o perfume de alecrim, mestra da fornicação: "Contigo aprenderam e se formaram as prostitutas", escrevi num dos múltiplos poemas que lhe dediquei, múltiplos e belos (perdoem-me a imodéstia).

A literatura foi o laço inicial a nos ligar e Ana Mercedes admirou este poeta e sua rude poesia antes de ceder ao cobra bárbaro, de barbas, cabeleira e calças Lee. Cobra bárbaro, perdoem-me outra vez a imodéstia; quem o dizia eram as poetisas, um cobrão.

Inesquecível momento, quando ela, tímida e medrosa, estendeu-me para julgamento o caderno estudantil com suas primícias: comovente beleza, o sorriso súplice, inteira de humildade. Foi a primeira e a única vez em que a tive humilde a meus pés.

Zino Batel obtivera um quarto de página no suplemento dominical do *J. C.* para a Coluna da Jovem Poesia e quis que a organizássemos juntos: escravo numa agência de banco oito horas por dia, à noite no copydesk do jornal, não lhe sobrava tempo para coletar e escolher poemas. Coube-me a tarefa, gratuita e difícil, mas de certa maneira compensadora, dava prestígio e gabarito. Assentei banca num bar de pouca luz e reduzidas proporções, ao fundo de uma galeria de arte, e vi-me às voltas com numerosa clientela de moças e rapazes — nunca imaginei existissem tantos jovens poetas e tão ruins —, cada qual mais inspirado e fecundo, todos ansiosos por uma polegada de espaço em nossa coluna. Os candidatos, em geral ricos de inspiração e parcos de posses, pagavam a batida de limão; alguns, mais empreendedores, ofereciam uísque. Reafirmo aqui não ter-me deixado influenciar no julgamento e escolha dos originais pela qualidade ou dose da bebida. Mesmo algumas assanhadas poetisas que me abriram as pernas magras, nem assim venceram minha reconhecida severidade crítica; quando muito a abrandaram.

Em poucos minutos, Ana Mercedes pôs fim a tanta firmeza de caráter e isenção. Apenas passei os olhos nas linhas do caderno e pude constatar: não nascera para aquilo; Senhor meu Deus, como era ruim! Os joelhos dela, porém, e mais um palmo de coxas, perfeições da natureza, e os olhos de medo: "Minha filha", eu lhe disse, "você tem talento". Como sorrisse grata, frisei: "Talento paca!".

— Vai publicar? — quis logo saber, sôfrega, semiabrindo os lábios e sobre eles passando a ponta da língua. Meu Deus!

— É possível. Depende de você — respondi, a voz marota, cheia de insinuações e subentendidos.

Confesso que naquele momento ainda pensei velhacamente sair do embaraço com proveito e honra: dormindo com a poetisa e não lhe publicando as baboseiras. Ledo engano: no domingo lá estreava ela, a ocupar sozinha a Coluna da Jovem Poesia, entre elogios: "Ana Mercedes, a grande revelação literária dos últimos tempos", e eu não conseguira ir além de uns beijos, da mão nos peitos e de promessas. É verdade também que os três poemas impressos sob sua assinatura eram praticamente de minha autoria. Num deles, de Ana Mercedes aproveitara apenas a palavra "subilatório", belíssima e por mim desconhecida; significa ânus. Aliás, da produção poética de Ana Mercedes pode-se dizer ter sido toda ela obra minha, primeiro, e do poeta Ildásio Taveira, depois, quando a ingrata, cansada talvez das cenas de ciúme, abandonou-me o leito e iniciou nova fase em sua literatura. Do poeta Ildásio partiu para a música popular, parceira do compositor Toninho Lins, mais na cama do que em letra e melodia.

Quando Levenson chegou à Bahia, meu caso com Ana Mercedes atingira seu momento culminante: paixão definitiva, amor eterno. Durante meses e meses não tive olhos nem forças para outra mulher, e se ela traiu algumas vezes nossas juras de amor nunca o consegui comprovar — por não querer realmente fazê-lo, quem sabe? De que me serviria tal prova senão para romper em definitivo, e isso, ah!, nunca!, ou para não ter sequer, nas horas amargas, o benefício da dúvida, da menor, da mais ínfima parcela de dúvida?

Dúvidas e ciúmes, desejo de tê-la na cama e tendo-a deixado com o sábio no hotel, àquela hora da noite, crucificado em minha abjeção e pago em dólares, fui esconder-me e embriagar-me no Xixi dos Anjos, ignoto buraco de nenhuma freguesia.

Apenas acomodei-me ante a cachaça sem mistura, e quem é que vejo em íntimo colóquio com torpe megera, não sei se meretriz ou solteirona, indescritível estrepe? O acadêmico Luiz Batista, sustentáculo da Moral e da Família, o carola por excelência, o paladino das Boas Causas! Tremeu ao ver-me e não lhe coube opção: foi obrigado a vir afável e cordial dar-me explicações, numa história tão confusa quanto as de Ana Mercedes.

Sofri o professor Batista no ginásio, suas aulas chatíssimas, seus bestialógicos, seu reacionarismo bovino, seu mau hálito, sua gramatiquice; não nos demos bem nem então nem depois, nas raras vezes em que nos cruzamos. Mas eis que no infecto botequim de fim de linha, eu roendo minhas mágoas, minha dor de corno, ele descoberto em conúbio torpe, encontramos causa a nos ligar, traço de comum interesse, inimigo a nos unir: Levenson, o sábio americano, e seu contraponto brasileiro, o anônimo Pedro Archanjo.

Expôs o ínclito acadêmico suas suspeitas a respeito de Levenson, dúvidas sobre sua missão no Brasil; eu silenciei as minhas, por íntimas e pessoais. As dele eram de interesse público e atinentes à segurança nacional.

— Tanta gente egrégia na Bahia, pátria de gênios e heróis, a começar pelo imortal Rui, a Águia de Haia, e esse estrangeiro elege para os seus louvores, como o único merecedor de seus encômios, a um negro bêbado e patife.

A indignação começou a possuí-lo e ele pôs-se de pé, em pose oratória, tão em transe quanto as iaôs no terreiro do Alaketu; voltado ora para mim, ora para o glorioso estrepe ou para o garçom a palitar os dentes:

— Vai-se perquirir e toda essa encenação de cultura não passa de um plano de origem comunista para solapar as bases do regímen — a voz em tom menor, confidencial: — Já li em qualquer parte que esse tal Levenson esteve ameaçado de depor na Comissão de Atividades Antiamericanas, e sei, de fonte segura, constar seu nome da lista do FBI.

Agita o dedo em direção à solene indiferença do garçom, habituado aos ébrios mais diversos e ridículos:

— Afinal, que tenta ele nos impingir como suprassumo da ciência? Baboseiras em mau português sobre a ralé, o zé-povinho. Quem foi esse tal Archanjo? Alguma figura exponencial, um professor, um doutor, um luminar, um prócer político, ao menos um comerciante rico? Nada disso: um reles bedel da Faculdade de Medicina, pouco mais que um mendigo, praticamente um operário.

Espumava o insigne cidadão e eu não lhe nego motivos para tamanha cólera. Dedicara sua existência a clamar contra a porneia, a dissolução dos costumes, os maiôs, Marx e Lênin, o abastardamento da língua portuguesa, "última flor do Lácio", e que resultados obtivera? Nenhum: impera a pornografia nos livros, no teatro, no cinema e na vida; a dissolução dos costumes fez-se normalidade cotidiana, as moças conduzem a pílula junto ao terço, os maiôs viraram biquínis e olhe lá: como se não bastassem Marx e Lênin, aí estão Mao Tsé-tung e Fidel Castro, sem falar nos padres, todos eles possuídos do demônio: quanto a livros e língua portuguesa — os tomos do ilustre acadêmico, vazados no terso e castiço idioma de Camões e publicados por conta do autor, jazem nas prateleiras das livrarias, em eterna consignação, enquanto vendem-se aos milhares os livros daqueles escribas que desprezam as regras da gramática e reduzem a língua dos clássicos a um subdialeto africano.

Tive medo de que me mordesse ou ao garçom. Não o fez. Tomou de sua quenga, entrou no Volkswagen e partiu em busca de um canto qualquer, realmente discreto, onde um pai da pátria e da moral pudesse exercitar as indispensáveis preliminares capazes de conduzi-lo uma vez na vida à prática do coito carnal em outra que não a santa esposa, sem ser nessas doces iniciativas espionado por tipos de baixa extração moral e literária.

De baixa extração, sem dúvida. Se assim não fosse, em vez de cultivar tênues dúvidas em cachaça, na inspiração de versos discutíveis — implacável eu invadiria hotel e apartamento para o flagrante delito; numa das mãos os dólares para atirá-los na cara do canalha, na outra o revólver carregado: cinco tiros na infiel, em seu dissoluto ventre de gozo e traição, a última bala por fim no próprio ouvido. Meus ciúmes, ai, são assassinos e suicidas.

2

COBRÃO CABRÃO

Poluída estrela
camas estrangeiras
coitos em latim
oh poluída
comerei teus restos
as sobras
as rosas o cansaço a noite de vigília
o pai da pátria a dor do mundo
comerei teus restos
sociológicos
perfume de alecrim cheiro de lavanda
uísque banho sabonete fumo de cachimbo
oh yes

Puro merecedor
nem revólver nem punhal
nem lâmina nem vômito nem
choro queixas ameaças gritos
tão somente amor
comerei teus restos

Rei dos cornos
cobra cobrão cabrão
jardim de chifres
chavelhos hastes aspas grampas tocos galhas
na testa na mão nos pés

nos ossos da espinha
no subilatório
com eles te penetrarei
poluída estrela pura
teu rei senhor.

Fausto Pena
Xixi dos Anjos, alta madrugada, 1968

ONDE SE TRATA DE GENTE ILUSTRE
E FINA, INTELECTUAIS DE ALTA
CATEGORIA, EM GERAL SABIDÍSSIMOS

1

As declarações de Levenson colocaram as páginas das gazetas, os microfones das rádios, as câmaras de tevê a serviço da memória e da obra do baiano até então desconhecido — de súbito celebridade internacional. Reportagens, entrevistas, pronunciamentos dos bambambãs da cultura, artigos nos suplementos domingueiros, crônicas, mesas-redondas nos programas de maior audiência.

Em geral os intelectuais, nas entrevistas e nos artigos, no rádio e na televisão, buscaram sobretudo provar íntimo contato, de longa data, com a obra de Archanjo. Nenhuma diferença, como se vê, entre os daqui e os do Rio e de São Paulo: o progresso vem liquidando desigualdades e distâncias culturais, a distinguir anteriormente metrópole e província. Somos hoje tão adiantados, capazes, cultos e audaciosos quanto qualquer grande centro do sul, e nossos talentosos rapazes nada ficam a dever a Ápio Correia e aos demais colossos dos bares de Ipanema e do Leblon, por mais argutos e audaciosos. Permanece uma única e violenta diferença: aqui os salários e os cachês mantêm-se baixos, misérrimos — provincianos.

Surpreendentemente, descobriu-se que cada um dos nossos maiores talentos havia trombeteado, há longo tempo e por todos os meios, o inestimável valor da obra de master Pedro (até o promoveram de bedel da Faculdade de Medicina a master da universidade), ante a ignominiosa indiferença dos colegas. Lendo-os, tinha-se a impressão de que o nome e os livros de Archanjo jamais se encontraram na obscuridade e no anonimato de onde os foram retirar as citações de Levenson, e, sim, em permanente evidência e brilho, proclamados aos quatro ventos, em ensaios, aulas, conferências e debates, por toda uma enorme coorte de continuadores da obra e dos conceitos do autor de *A vida popular na Bahia*. Emocionante unanimidade de pensamento, comovedora constatação: quem pudera prever a existência de tão grande número de discípulos de Pedro Archanjo, verdadeiro batalhão, sendo a Bahia, como é, extremamente rica em etnólogos, sociólogos, antropólogos, folcloristas e outros espécimes da mesma fauna, cada qual mais estudioso e competente, valha-nos o Senhor do Bonfim!

Vale a pena destacar, em meio a esse farto, erudito e burlesco material de imprensa, duas ou três contribuições realmente sérias e dignas de nota. A extensa entrevista concedida pelo professor Azevedo ao vespertino *A Tarde*, por exemplo.

Catedrático de sociologia, o professor nada tinha de comum com a urgente avidez de promoção dos intelectuais. Conhecia de fato a obra de Archanjo; colaborara com o professor Ramos, do Rio de Janeiro, no estabelecimento de notas capazes de atualizá-la e esclarecê-la; fizera esforço no sentido de interessar jovens especialistas naqueles pequenos livros, mas os especialistas estavam contentes de si e de seu saber, bastavam-se. Fez--se necessária a vinda de James D. Levenson, prêmio Nobel, para que eles se convertessem e assumissem o comando da tardia glória de Archanjo.

A entrevista do professor Azevedo foi a fonte principal em que beberam os signatários dos brilhantes artigos nos suplementos e nas revistas, não sendo fácil encontrar os livros de Archanjo, de antigas e circunscritas edições. Meticuloso, explicou, analisou, detalhou a obra do autor de *Influências africanas nos costumes da Bahia*, realçando seu autodidatismo, sua seriedade e sua coragem científicas, espantosas para a época. Citou títulos, trechos, locais de pesquisa, nomes, datas, disse alguma coisa sobre o homem, com quem tivera breve contato e a cujo enterro comparecera.

Mais de vinte ensaios, artigos e crônicas brotaram dessa entrevista; alguns valeram a seus autores pingues elogios: nem um único fez menção ao catedrático, mas todos citavam as obras de Levenson, de vários outros autores ianques e europeus. Um, mais para a frente de todos, classificou a "mensagem archangiana" como um "produto retroativo do pensamento de Mao". Outro, não menos para a frente, escreveu sobre "Archanjo e Sartre: Duas medidas do homem". Uns portentos!

Curiosa matéria, a merecer destaque em meio a tanta bobageira, foi a crônica do colunista Guerra, um dos raros a não se proclamar etnólogo, a não se propor discípulo de Archanjo. Irreverente língua de trapo, esse Guerra só entrou no debate para denunciar os repetidos plágios de que vinha sendo vítima uma das obras do mestre, a única a obter certa divulgação quando exposta nas montras das livrarias há mais de trinta anos.

O professor Azevedo, em seu depoimento, dera conta do imenso sacrifício feito pelo paupérrimo bedel, de ordenado parco e cachaça longa, para imprimir seus livros. Seu amigo e compadre Lídio Corró, riscador de milagres, flautista e festeiro, montara diminuta tipografia na ladeira do Tabuão: imprimia volantes e anúncios para lojas da redondeza, para os cinemas da Baixa dos Sapateiros, compunha fascículos de trovadores, literatura de cordel vendida em mercados e feiras. (Sobre Lídio Corró, no quadro das comemorações do centenário de Archanjo, o ensaísta Valadares elaborou meticuloso trabalho, digno de atenção e leitura: "Corró, Archanjo e a Universidade do Tabuão".) Ali, na tacanha oficina, foram compostos e impressos três dos quatro volumes do ignorado mestre, todos de péssima qualidade gráfica.

Um de seus livros, porém, teve editor responsável e tiragem de mil exemplares, grande para a época e enorme para Archanjo, cujas edições anteriores não ultrapassaram a casa das trezentas cópias, sendo que da última, a dos importantíssimos *Apontamentos sobre a mestiçagem das famílias baianas*, imprimiram-se apenas cento e quarenta e dois volumes, para mais não dera o papel. Cento e quarenta e dois, tão poucos, suficientes no entanto para provocar escândalo, horror e violência. Quando Corró obteve outras resmas de papel e quis reiniciar a impressão, a polícia chegou.

A culinária baiana — Origens e preceitos mereceu melhor sorte. Um fulano Bonfanti, de procedência duvidosa e crédito suspeito, estabelecera-se na praça da Sé com sortido sebo, especialista em artigos escolares e na exploração dos estudantes de ginásios e faculdades, a quem comprava barato e vendia caro os mesmos livros: antologias, tábuas de logaritmos, dicionários, tratados de medicina e direito. Pedro Archanjo frequentava-lhe o negócio, em prosas perdidas com o mafioso, e chegara mesmo a lhe dever uns cobres da compra de uma edição usada, porém completa, das *Memórias de um médico*, de Dumas Pai, prova de grande estima por parte do livreiro, que não fiava a quem quer que fosse.

Bonfanti editara alguns livrecos destinados a ajudar estudantes relapsos nos exames do Ginásio da Bahia e dos liceus particulares: a tradução das fábulas de Fedro, obrigatórias na prova escrita de latim, soluções de problemas de álgebra e geometria, certas noções de gramática, análise de *Os lusíadas*, tudo em volumes de tamanho reduzido para facilitar o transporte clandestino e a consulta proibida nas salas de exame. Para complementar a educação dos jovens, pela qual tanto interesse demonstrava, o italiano imprimia e vendia-lhes folhetos pornográficos, para os quais contava igualmente com seleta freguesia de graves senhores.

Quitutes e iguarias, além dos livros, uniam o mulato baiano e o escuro peninsular, ambos de forte apetite e gosto apurado, ambos cozinheiros de mão cheia. Archanjo não tinha rival em certos pratos baianos, sua moqueca de arraia era sublime. Bonfanti preparava uma *pasta-sciuta-funghi-secchi* de se lamber os dedos, reclamando contra a inexistência na Bahia de ingredientes indispensáveis. Das conversas e de almoços dominicais, nasceu a ideia de um manual de culinária baiana, reunindo receitas até então transmitidas oralmente ou anotadas em cadernos de cozinha.

Não foi pacífico o acerto da edição, querendo Bonfanti reduzir o texto às receitas, com meia página de prefácio, se muito, enquanto Archanjo exigia a publicação na íntegra, sem cortes:

antes, a pesquisa, os comentários, o estudo extenso; depois, as receitas. Finalmente o livro saiu completo, mas a tiragem tardou anos a se esgotar, seja porque "manual de cozinha se destina a donas de casa e não deve conter literatura ou ciência", como proclamava Bonfanti — queixando-se de prejuízo e negando-se a pagar os direitos de autor —, seja porque o "gatuno do italiano fez muito mais de mil exemplares", seja por desinteresse do público. Quando Archanjo morreu, Bonfanti ainda tinha pequeno encalhe, uns poucos volumes.

Mas, se desinteresse houve, com o passar dos anos, com o crescimento da cidade, o progresso, a instalação de indústrias, com o turismo sobretudo, a culinária baiana ganhou fama e popularidade nacionais. Vários livros de receitas foram lançados no Rio e em São Paulo. Alguns em primorosas edições, de excelente trabalho gráfico, ilustrados com fotos coloridas dos pratos. Jornalistas, senhoras da sociedade, um francês dono de restaurante no Corredor da Vitória, improvisados em autores, todos eles, e seus editores, ganharam bom dinheiro com *A cozinha baiana*, *100 receitas de pratos e doces da Bahia*, *Dendê, coco e pimenta*, *Cozinha afro-brasileira*, *Os quindins de Yayá* etc. etc.

Na opinião do turbulento Guerra, copiaram pura e descaradamente a brochura de Archanjo, sem nada acrescentar de novo e original. Ao contrário: abandonaram, por inútil e cacete — "uns imbecis!", exclamava o cronista, irado —, a parte de pesquisa, estudo, conclusões, furtando apenas o receituário. Um jornalista carioca, porém, de maior cancha e despudor, após curta semana na Bahia, roubou tudo — página por página. Pior ainda: teve o desplante de reescrever os conceitos de Archanjo, deturpando-os, degradando-os. O literato Guerra denunciou a safadeza — "conste porém que não sou nem etnólogo nem folclorista".

Quanto à entrevista do major Damião de Souza, a popular figura das lides forenses e de tantas campanhas memoráveis, merece parágrafo à parte, tais as suas consequências, grandiosas e imprevisíveis.

2

Raros, raríssimos aqueles que podiam meter a mão no trinco e entrar direto na sala do dr. Zezinho Pinto, diretor (e dono) do *Jornal da Cidade*, onde o poderoso cidadão se recolhia para pensar e decidir sobre projetos e negócios — na financeira era impossível, na petroquímica, também, na sede das indústrias reunidas nem se fala. Ali, na sala de porta rigorosamente proibida, às duas da tarde, antes de começar o bulício da redação e das oficinas, encontrava o necessário sossego para as elucubrações e também para reparadora soneca.

O major Damião de Souza, porém, tinha trânsito livre em toda parte; meteu a mão ossuda, o trinco funcionou, foi entrando:

— Doutor Zezinho, meu preclaro, Deus lhe guarde e à excelentíssima. Em casa, todos bem? A saúde idem e a fortuna crescendo, não é? Assim é que se quer e vale a pena. Pois eu vim aqui para falar de Pedro Archanjo. Os meninos de seu jornal ouvem todo mundo, publicam retratos de qualquer borra-botas, mas seu criado, que é só quem sabe de Archanjo, na Bahia, fica relegado, esquecido, abandonado. O que é isso, meu doutor? Desprezou o major?

Tocara em chaga recém-aberta, ferida exposta: vinha o dr. Zezinho Pinto do almoço mensal onde os três magnatas da imprensa baiana, senhores dos diários de Salvador, acertavam seus relógios. Amigos de longa data, o almoço era sempre alegre encontro, com bons vinhos e uísque de contrabando; além da troca de informes e da análise da situação política e econômica, riam e falavam da vida alheia, gozavam-se uns aos outros, comentando as gafes das respectivas folhas. Naquele dia a vítima fora o dr. Zezinho, a propósito da pobre cobertura oferecida pelo *Jornal da Cidade* ao grande assunto em pauta: Pedro Archanjo. "Uma redação com tantos talentos, a flor da intelectualidade, e no entanto as matérias sobre o momentoso tema ficavam longe dos êxitos de *A Tarde* — a entrevista do professor Azevedo, para citar um único exemplo — e dos do *Diário da*

Manhã, com o suplemento especial — Archanjo da Bahia —, sem recordar sequer as declarações exclusivas de Levenson concedidas a Ana Mercedes, transcritas pela imprensa do Rio e de São Paulo, de Porto Alegre, do Recife."

— Vamos convir, meu caro Brito, que com tais métodos... Quem não daria entrevista especial a Ana Mercedes, a sós, num quarto de hotel? Até eu. Se isso não é concorrência desleal, não sei o que seja. Vocês sabem como ela é conhecida nas redações? Xibiu de ouro.

— É de ouro mesmo, Brito? Dizem que você sabe — pilheriou Cardim.

Riram os três e beberam o bom vinho alemão mas o espinho ficara na garganta do dr. Zezinho, sectário de seu jornal, de sua categoria. Pagava um dinheirão àqueles moços com títulos e arrotos, deixava-os escrever uma série de heresias em sua gazeta, para que o *Jornal da Cidade* fosse o arauto da cultura, e logo em matéria tão transcendente eles se deixavam bater pelos competidores de redações baratas e quadradas. Hoje, em reunião com os responsáveis — após um rápido cochilo na sala refrigerada —, lhes esquentará os rabos doutos e regalados; pagava bem demais a esses tipos. Não podia admitir o seu jornal em humilhante posição de retaguarda.

— Archanjo? Você o conheceu, major? É verdade?

— Se conheci? Quem me ensinou a ler? Quem o encontrou morto na ladeira do Pelourinho? Escapou de ser meu pai, porque sinhá Terência, minha mãe, só veio a encontrá-lo depois que o Torto Souza deu o suíte na família e ela montou barraca no Mercado do Ouro. Toda de-manhã Archanjo ia tomar café, sozinho valia por um circo: histórias, versos, ditos. Até hoje desconfio que sinhá Terência tinha uma queda por ele, mas Archanjo não chegava para as encomendas. Quem me educou foi ele, quem me ensinou o ABC, o bem e o mal da vida.

Não disse mas podia dizer: o gosto da cachaça e o prazer das mulheres. Mas o dr. Zezinho não mais o ouvia, trilando a campainha, gritando pelo contínuo.

— Já chegou alguém na redação? Quem? Ari? Mande ele

aqui, depressa. — Voltava-se para o major, a sorrir seu famigerado sorriso. — Major, você é o tal, não há dúvida — e lhe sorriu de novo, sorria como se desse um presente. — É o tal.

De alguma forma era certo: às vésperas de completar os setenta e cinco anos, o major não tinha rival em popularidade, sem dúvida a figura mais pitoresca da Bahia. Rábula do Povo, Procurador dos Pobres, Providência dos Infelizes, provisionado no fórum, batera todos os recordes de defesa — e de absolvição — no júri onde atuava há cerca de cinquenta anos; inumerável clientela de réus paupérrimos, desamparados, na maioria gratuitos. Jornalista com banca em todos os jornais, pois em todos escrevia e publicava as lidíssimas "Duas Linhas" de reclamações e pedidos às autoridades, de denúncia de violências e injustiças, de clamor contra a miséria, a fome, o analfabetismo. Ex-vereador pela legenda de um pequeno partido, que, nas águas de sua estima pública, elegera dois sabidórios, o presidente e o primeiro secretário da agremiação, insaciáveis ratos, fez da Câmara Municipal a casa do povo pobre, trouxe os outros edis num cortado, empenhou a vereança nas invasões de onde nasceram os novos bairros, nunca mais obteve legenda. Orador geral e universal, não só de júri e de tribunal de apelação mas de qualquer cerimônia ou festa onde se encontrasse, erguia a voz tanto em solenidade cívica como em almoço ou jantar de casamento, aniversário e batizado; tanto em inauguração de escola pública ou posto de saúde como em abertura de lojas, armazéns, panificadoras, bares; em enterro de figura de proa e em comícios políticos (quando eram permitidos, antigamente) sem distinção de partido. Segundo ele, para defender os interesses do povo, para protestar contra a miséria, a falta de trabalho e de escolas, qualquer pasquim e qualquer tribuna servem, e o mais que se dane.

Vale a pena ouvir um de seus discursos — ah! o infalível discurso do 2 de Julho, na praça da Sé, ante as figuras do Caboclo e da Cabocla, com Labatut, Maria Quitéria, Joana Angélica, monumento de oratória cívica e barroca. A massa, em delírio, quantas vezes não o carregou aos ombros!

A voz roufenha da cachaça e do fumo, própria para os tropos e os chavões a arrancar aplausos, as citações dos grandes homens nacionais e estrangeiros — Cristo, Rui Barbosa e Clemenceau eram seus preferidos. Nos discursos do major refulgiam sentenças e conceitos atribuídos a nomes famosos, vivos, mortos e inventados, nos júris atirava com eles na cara dos promotores boquiabertos ante tanta audácia. Uma vez, em apoio a absurda tese de legítima defesa, tendo citado o "imortal jurisconsulto Bernabó, glória da Itália e da latinidade", o promotor, imberbe, árdego e cheio de si, resolveu denunciar a impostura, desmascarar de vez o embusteiro:

— Senhor major, desculpe-me, mas nunca ouvi falar no criminalista citado por vossa excelência. Existirá realmente esse Bernabó?

Piedosamente o major descansou os olhos no pretensioso:

— Vossa excelência ainda é muito jovem, de pouca leitura, é natural que desconheça as obras clássicas de Bernabó, ninguém pode exigir que as tenha lido. Se vossa excelência tivesse minha idade, os olhos quase cegos, gastos na leitura, então não lhe seria perdoada tamanha ignorância...

Vista excelente, nunca usou óculos. Numa idade em que a maioria está com o pé na cova, nas aposentadorias da espera da morte, mantinha-se rijo e espigado, "conservado em cachaça", comendo sarapatel à meia-noite em São Joaquim, nas Sete Portas, na Rampa do Mercado, derrubando mulheres na cama, "se for dormir sem pitocar não concilio o sono", o charuto barato na boca de maus dentes, as mãos grandes e nodosas, o colarinho alto, o terno branco — sendo de Oxalá não veste senão branco —, por vezes de gola e punhos encardidos.

Seu escritório, em princípio, é onde o major se encontra, pois jamais foi visto andando só, vai pela rua com três ou quatro infelizes a embargar-lhe o passo, e quando se arrima ao balcão de qualquer botequim para um trago sempre salutar contra o frio ou contra o calor, imediatamente começam os relatos, as queixas, os pedidos. Vai tomando nota em pedaços de papel, que enfia no bolso do paletó. Mas seu escritório oficial, onde dá consultas todas as manhãs, fica aos fundos de uma porta em sobradão colonial na rua do Liceu, na ex-oficina do santeiro Miguel. Morto o santeiro, um remendão de sapatos alugou o ponto e nele dispôs suas ferramentas e sua meia-sola. A mesa do major, porém, permaneceu no mesmo lugar, e o novo artesão, simpático sarará de cara sardenta, manteve-lhe a cachaça e a amizade.

Ali, em torno à porta, desde cedo se acumula a espantosa clientela: mulheres de presos, por vezes com toda a filharada, mães com crianças em idade escolar e sem escola, desempregados, prostitutas, vagabundos, enfermos necessitados de médico, hospital e remédios, gatunos com processo e liberdade provisória, parentes de mortos sem dinheiro para o enterro, mulheres abandonadas pelos maridos, donzelas recém-descabaçadas, grávidas de sedutores infensos ao matrimônio, tipos os mais diversos, todos sob ameaça da justiça, da polícia, dos grandes; e bêbados simplesmente bêbados, na esperança de um gole matinal para lavar a boca — população aflita, esfomeada e sedenta. Um a um, o major os atende.

Suas residências ficam na Liberdade, em Cosme de Farias e em Itapagipe, e, em cada uma, terna concubina o espera, com paciência e afeto, madrugada adentro, na noite em que lhe toca a vez.

Na Liberdade, gorda e tranquila crioula, bem servida de seios e quadris, com seus quarenta e vários anos, reside Emerência, que prepara almoços baianos para casas ricas, dona de freguesia selecionada, o mais antigo dos atuais amores do major — há mais de vinte e cinco anos ele a roubou de casa. Em Cosme de Farias, costura para fora a meiga Dalina, costura e borda; mãos de fada, rosto picado de bexiga, trintona, loiraça, graciosa.

Conheceu o major quando o foi procurar de bucho cheio, expulsa pelo pai monarco. O devedor, casado e cabo do Exército, conseguira rápida transferência para o sul. O major obteve maternidade e médico para Dalina e depois a recolheu e ao infante, não ia largá-los ao deus-dará. Em Itapagipe, numa casinhola de fachada verde e janelas cor-de-rosa, Mara, cabocla e linda, com dezoito anos e dois dentes de ouro, faz flores de papel crepom para um armarinho da avenida 7 e quantas faça, vende. O dono do armarinho, aliás, já lhe propôs outros acordos e vantagens; também Floriano Coelho, artista pintor, bonito e bem-falante — um e outro querendo tomá-la a seus cuidados. Mara, porém, é fiel a suas flores e a seu homem. Quando o major chega, ela se aninha em seus braços magros, sente-lhe o hálito forte, ouve a rouca voz noturna:

— Como vai, meu passarinho?

Três lares, três amásias? Ante o compreensível e natural espanto de muitos ao saber do número e das belas — "é mentira, não pode ser verdade" — o major pede compreensão e desculpas: levem em consideração a idade provecta e um tempo lavrado de quefazeres. Quando mais moço e mais vadio, não eram três, eram sem conta casas e mulheres, as de pouso certo, as de acidental passagem.

"Archanjo estava sempre rodeado de gente, e as moças não o largavam", disse o major, enquanto Ari, redator principal, registra a informação com sua letra ilegível. O dr. Zezinho acompanha a entrevista, curioso. Desfilam figuras, casos, lugares e datas; memória do major é poço sem fundo. Tenda dos Milagres, Lídio Corró, Budião, Kirsi, barraca de comidas, Ivone, Rosa, Rosália, Ester, mulheres e mais mulheres, o Afoxé dos Filhos da Bahia, a perseguição a Procópio, o delegado Pedrito Gordo, uma fera, a greve da Circular, a de 34 ("é melhor não falar em greve na situação atual, evite esse tópico, seu Ari", recomenda o doutor ao jornalista de cabeça quente, capaz de fazer da greve o centro da matéria, criando dificuldades com a censura), o Terno da Sereia, o santeiro Miguel. Muita coisa, certamente, mas toda aquela lenga-lenga do major derrota o dono do jornal: de pouco vale, não possui o mínimo caráter científico.

— Morreu na miséria, não foi? — pergunta Ari.

Bom e simples mas obstinado cabeça-dura, um orgulho interior, ninguém pôde com Archanjo. Muitas vezes o major (não só o major, outros amigos também) quisera levá-lo para uma de suas casas, quando o velho perdeu as últimas possibilidades de trabalho. Você aceitou? Nem ele. "Eu me arranjo sozinho, não preciso de esmola." Velho porreta.

— Faz vinte e cinco anos que ele morreu, exatamente. E em dezembro, uma semana antes do Natal, no dia 18, fará cem anos que ele nasceu.

Ouviu-se uma exclamação: era dr. Zezinho finalmente na posse do que queria e buscava:

— O que foi que você disse, major? Cem anos? Repita isso!

— É verdade: o centenário de Archanjo. Quando festejou os cinquenta, meu doutor, a festa foi de arromba, uma semana inteira, que semana!

Agitado, o dr. Zezinho pusera-se de pé, e anunciou:

— Uma semana? Ora, uma semana... O centenário, major, vamos comemorar durante o ano inteiro, a começar de amanhã. Para terminar, na data do nascimento, com uma grande solenidade. Seu Ari, o *Jornal da Cidade* vai patrocinar as comemorações do centenário do imortal Archanjo. Está percebendo, está penetrando na ideia? Agora, quem vai rir sou eu. Quero ver a cara do Brito e a do Cardim. Seu Ari, avise a Ferreirinha, a Goldman; vamos fazer uma reunião ainda hoje, vamos lançar a maior promoção dos últimos tempos, em grande estilo. Convocaremos o governo, a universidade com a Escola de Medicina à frente, o Instituto Histórico, a Academia de Letras, o Centro de Estudos Folclóricos, os bancos, o comércio, a indústria, organizaremos uma comissão de honra, traremos gente do Rio. Ah! Vamos botar essas gazetinhas no chinelo, vamos mostrar como se faz jornal.

Ari estava de acordo:

— O jornal está mesmo precisando de uma boa campanha. Desde que não se pode atacar o governo, a venda só faz cair.

O dr. Zezinho Pinto dirigiu-se ao major:

— Major, você me deu a ideia para a promoção do ano: o centenário de Pedro Archanjo. Nem sei como lhe agradecer, como lhe pagar.

Sorriu-lhe, não existe melhor paga, melhor agradecimento, remuneração mais grata do que aquele sorriso tão afetuoso do notável cidadão. Mas o major, ah!, esse major Damião de Souza:

— Ora, não seja por isso, meu doutor. Venha comigo ao Bar dos Focas ali defronte e pague um conhaque, aliás dois, sem contar o seu. Um para mim, outro bebo por Archanjo, o velho era doido por um gole de macieira. Vamos logo, que a hora é propícia.

Ao prócer não ficava bem emborcar conhaque nacional no balcão de um botequim de terceira, muito menos no calor do meio da tarde. Em generoso rasgo, no entanto, mandou a gerência fornecer um vale para a cachaça do major. Hoje paga-se tudo, foram-se os bons tempos.

3

O grande Levenson não teve conhecimento da entrevista do major Damião de Souza, concedida e publicada quando já o sábio partira da Bahia, e lastimou, meses depois, em breve carta de sua secretária ao dr. Zezinho Pinto, diretor-proprietário do *Jornal da Cidade*, não poder aceitar o convite do conceituado órgão de imprensa para usar da palavra na "sessão solene *in memoriam* do imortal Pedro Archanjo", no encerramento das comemorações do centenário do mestre baiano. "O professor Levenson agradece as notícias das homenagens prestadas a Pedro Archanjo e com elas se solidariza, feliz de constatar que o povo brasileiro demonstra seu apreço e sua estima pelo eminente autor." Infelizmente, não podia vir, embora o desejasse: compromissos anteriores e inadiáveis no Extremo Oriente, no Japão e na China. Um curioso pós-escrito à mão, com a letra e a rubrica do cientista, concedia incrível valor de autógrafo à carta escrita a máquina e assinada pela secretária: "P. S. — A China aqui referida é a continental, a República Popular Chinesa, sendo a outra, a ilha de Formosa, tão somente ridícula e perigosa invenção de belicistas".

"Prêmio Nobel exalta a iniciativa do *Jornal da Cidade*", eis a manchete a encabeçar a notícia da "entusiástica solidariedade de James D. Levenson, o grande homem de ciência dos Estados Unidos, à promoção de nosso jornal", e da lastimável impossibilidade de sua presença. "Estou solidário e feliz com as homenagens", transcrevia a gazeta, escamoteando ao mesmo tempo a secretária e o pós-escrito.

O dr. Zezinho não escondeu a contrariedade: dera o comparecimento de Levenson como certo, agora sua promoção reduzia-se aos gênios nacionais e aos valores da província. Tinha a garantia da presença do professor Ramos, do Rio de Janeiro, fraco consolo para a ausência do prêmio Nobel, vindo expressamente do gigante do norte, do colosso americano, conforme anúncio e badalação.

Não soube o potentado baiano das vacilações de Levenson, quase decidido a mandar para o inferno o curso na Universidade de Tóquio e o convite de Pequim, e a voltar à Bahia, rever o mar verde-azul, as velas dos saveiros, a cidade posta na montanha, aquela gente de civilizada graça, e a moça alta — como era mesmo o seu nome? —, palmeira erguida, lábios, seios, quadris e ventre inesquecíveis, mestiça saída de um livro de Archanjo, aquele perturbador Archanjo cujos rastros mal pudera vislumbrar no mistério da cidade.

Viera por dois dias, ficara três — três dias e três noites —, e guardava da rápida estada uma ideia poética e absurda: Archanjo era um bruxo, disso se dera conta, e inventara aquela moça para ele, Levenson, com o fim de lhe provar ao vivo tudo quanto escrevera. Como era mesmo o nome dela? Ann, sim, Ann, acolhedora e impávida — e com o idiota do noivo a tiracolo.

— Quem é aquele tipo soturno que nos segue por toda parte? Um admirador ou um policial, *un policía*? — perguntou o sábio, conhecedor dos hábitos dos países subdesenvolvidos e de suas ditaduras, apontando o poeta Fausto Pena, sombra de seus passos.

— Aquele? — riu Ana, com desplante. — É meu noivo...

Por falar nisso, você não disse que deseja contratar alguém para recolher dados sobre Pedro Archanjo? Pois ele é a pessoa indicada. É sociólogo e poeta, tem talento e tempo disponível.

— Se ele garantir que começa a trabalhar agora mesmo e nos deixa em paz, pode se considerar sob contrato...

Foram dias cheios: em companhia de Ana Mercedes, Levenson correra a cidade, intrépido andarilho, metido nos becos, nas ladeiras, no pântano dos Alagados, na zona, nas igrejas barrocas de ouro e azulejos. Conversou com variada gente: Camafeu de Oxóssi, Eduardo de Ijexá, Mestre Pastinha, Menininha e Mãezinha, Miguel de Santana Obá Aré. Fugiu dos notáveis e recusou jantar de homenagem a pretexto de indisposição intestinal, declinando do fino menu e do discurso de saudação do acadêmico Luiz Batista, uma notabilidade. Foi comer vatapá, caruru, efó, moqueca de siri mole, cocada e abacaxi no alto do Mercado Modelo, no restaurante da finada Maria de São Pedro, de onde via os saveiros de velas desatadas cortando o golfo, e as coloridas rumas de frutas na rampa sobre o mar.

No candomblé de Olga, filha de Loco e de Iansã, no Alaketu, reconheceu os orixás dos livros de Archanjo e, fazendo ouvidos moucos às explicações do noivo da moça, os saudou com alegria e amizade. Apoiado em seu reluzente paxorô, Oxalá veio dançando até ele e o acolheu nos braços. "Seu encantado, meu pai, é Oxalufã, Oxalá velho", disse-lhe Olga, levando-o para ver os pejis. Uma rainha, aquela Olga, em seus trajes e colares de baiana, com cortejo de feitas e iaôs. "Rainhas nas ruas da cidade, com seus tabuleiros de comidas e doces, duplamente rainhas nos terreiros, mães e filhas", escrevera Pedro Archanjo.

As horas da noite, das três curtas noites baianas, foram para a cama e o amor, as longas pernas da moça, as ancas, os seios morenos, o perfume de trópico, o riso insolente, destemida:

— Vamos ver, seu Gringo, se você presta para alguma coisa ou é só fachada — dissera ela na primeira noite, arrancando a pouca roupa. — Vou lhe ensinar o que vale uma mulata brasileira.

Uma festa, uma festa sem igual, de risos e ais. Uma festa,

que mais dizer? As palavras fenecem e o sábio Levenson, caro dr. Zezinho, esteve a pique de tudo abandonar, Japão e China — a continental, não se esqueça —, e aceitar seu convite para rever a cidade de Archanjo, de mistério e bruxaria.

Ah!, se o dr. Zezinho o soubesse, poderia ordenar outra manchete em seu jornal: "Em Nova York, o grande Levenson padece saudades da Bahia".

4

Alguns poucos contemporâneos de Pedro Archanjo, descobertos pelos repórteres mais ao acaso do que em consequência de busca planificada, tímidos anciãos, pessoas simples do povo, limitaram-se a recordar a figura de um bom vizinho, boêmio um tanto louco, com mania de tomar nota de tudo, boca de perguntas e histórias, ouvinte atento, hábil tocador de cavaquinho e violão, para não falar no berimbau de capoeira e no atabaque, instrumentos sem segredo para quem os manejava desde menino em festas de rua e de terreiro.

Depoimentos medrosos, testemunhas acanhadas ante os jornalistas de opressora exigência, ávidos de detalhes sensacionais, de sexo devassado e triste, de violência pela violência; memórias de um tempo e de uma gente sem encantos para a imprensa do mundo cão. Um tempo e uma gente ainda próximos no calendário mas tão distantes nos hábitos, nos sentimentos, no estilo de vida, a ponto de o repórter Peçanha comentar para a barra dos amigos e amigas no inferninho:

— Imaginem! Eu, na fossa total, e um *colored* velhinho, que morreu e se enterrou há mais de vinte anos e nem desconfia, a me contar uns babados, uns troços cafoníssimos, que ele acha bárbaros, sobre um negócio chamado Tenda dos Milagres...

Na fossa, o repórter Peçanha; todos os seus amigos, todas as suas amigas, na fossa; cada qual mais na fossa, na fossa total, e quem não o estiver é um pobre-diabo:

— Eu nesta fossa medonha que não há bolinha que dê jeito

e o Matusalém a me encher com a tal de Tenda, onde o chato do Archanjo bancava o ator, dizia versos, uma cafonice geral. Vocês sabem o que eu penso? Esse Archanjo não passou de um palhaço.

ONDE SE CONTA DE ENTRUDOS, BRIGAS DE RUA E OUTRAS MÁGICAS, COM MULATAS, NEGRAS E SUECA (QUE EM VERDADE ERA FINLANDESA)

1

O povo veio correndo para ver e batia palmas, gritava, a pular e a dançar, em louco entusiasmo. Veio o entrudo inteiro: máscaras, zé-pereiras, mandus, zabumbas, fantasias, blocos, cordões, esfarrapados, cabeçorras, caretas. Quando o afoxé despontou no Politeama, ouviu-se um grito uníssono de saudação, um clamor de aplauso: viva, viva, vivoô!

A surpresa fazia o delírio ainda maior: o dr. Francisco Antônio de Castro Loureiro, diretor interino da Secretaria de Polícia, não proibira "por motivos étnicos e sociais, em defesa das famílias, dos costumes, da moral e do bem-estar público, no combate ao crime, ao deboche e à desordem", a saída e o desfile dos afoxés, a partir de 1904, sob qualquer pretexto e onde quer que fosse na cidade? Quem ousara, então?

Ousara o Afoxé dos Filhos da Bahia; nunca saíra antes e jamais se concebera e vira afoxé assim de majestade, de figuração tão grande e bela, com batuque igual, maravilha de cores, ordem admirável e Zumbi em sua grandeza.

Duplamente ousara, pois trouxe às ruas a República dos Palmares armada em guerra, os heroicos combatentes e Zumbi, seu chefe e comandante, o maior de todos os guerreiros, vencedor de três exércitos, a enfrentar o quarto, no instante da batalha, pondo em perigo Império e imperador, vitorioso em sua montanha de fogo e liberdade.

Lá estava Zumbi de pé sobre a montanha, a lança em punho, o torso nu, uma pele de onça tapando-lhe as vergonhas. O grito de guerra marca a dança dos negros fugidos dos engenhos, do relho, dos capatazes e senhores, da condição de alimária, recuperados homens e beligerantes; nunca mais escravos. Numa ala, os guerreiros seminus, na outra os mercenários de Domingos Jorge Velho, o escravocrata, cabo de guerra sem dó nem piedade, sem lei e sem tratados. "Quero-os vivos, a todos, para escravos", anunciava em seu discurso ao povo da Bahia, no Carnaval. Tinha barbas longas, túnica e talabarte, chapéu de bandeirante e na mão o chicote de três pontas.

O povo aplaudia o insubmisso, valente desafio; onde já se viu, sr. dr. Francisco Antônio de Castro Loureiro, interino da polícia e branco de cu preto, onde já se viu Carnaval sem afoxé, brinquedo do povo pobre, do mais pobre, seu teatro e seu balé, sua representação? Parece-vos pouco a miséria, a falta de comida e de trabalho, as doenças, a bexiga, a febre maldita, a maleita, a disenteria a matar meninos, ainda quereis, sr. dr. Francisco Antônio Mata Negros, empobrecê-lo mais e reduzi-lo. Fit-ó-fó para o chefe da polícia, na vaia, no assovio, na risada, fit-ó-fó. Palmas e vivas para os intimoratos do afoxé, viva, viva, vivoô!

Veio o Carnaval inteiro saudar o Afoxé dos Filhos da Bahia, aplaudir a República libertária dos Palmares. Tanto sucesso assim não obteve sequer o Afoxé da Embaixada Africana, quando, em 1895, pela primeira vez se apresentou, mostrando a corte mirífica de Oxalá. Tampouco, três anos depois, ao exibir na cidade a corte do último rei do Daomé, Sua Majestade Pretíssima Agô Li Agbô. Nem os Pândegos da África, com o soba Lobossi e seu ritual angola. Nem os Filhos da Aldeia, em 1898, afoxé de caboclo, deslumbrante novidade que arrancou aplausos e elogios. Nenhum capaz de comparar-se aos Filhos da Bahia, no ano da proibição.

Veio o Carnaval inteiro e com ele a cavalaria e a polícia. O povo reagiu, na defesa do afoxé, morra Chico Cagão, morra a intolerância. A batalha se estendeu, os cavalarianos desembainharam as espadas, foram batendo, pisando e derrubando nas patas dos cavalos — o afoxé dissolveu-se na multidão. Gritos e ais, morras e vivas, gente machucada, correrias, quedas, trompaços, alguns guerreiros presos pelos esbirros, soltos pelo povo contumaz na briga e na folia.

Foi assim a primeira e última apresentação, o desfile único do Afoxé dos Filhos da Bahia, trazendo à rua Zumbi dos Palmares e seus combatentes invencíveis.

Um beleguim gritava ordens:

— Prendam aquele pardo, ele é o cabeça de tudo.

Mas o pardo cabeça de tudo, Pedro Archanjo, sumira num beco, ladeira abaixo, com mais dois. Um deles devia ser secretário de Zumbi, posto que, além de tanga, levava caneta, pergaminho e um tinteiro azul a tiracolo. Quem podia ser esse escrevente senão Lídio Corró? Quanto ao segundo fugitivo, nele se reconhecia por branco e por fardado a Domingos Jorge Velho, apesar de perdidos no ardor da refrega o chapéu de bandeirante e as barbas; na vida civil o galego Paco Muñoz, dono do botequim A Flor do Carmo.

Corriam os três em disparada, desabalados campeões. Mas, de repente, Pedro Archanjo, simples guerreiro de Palmares e chefe da baderna, susteve a maratona e começou a rir, a rir às bandeiras despregadas, um riso alto, claro e bom de quem rompera a ordem injusta e proclamara a festa; abaixo o despotismo, viva o povo, límpido e infinito riso de alegria, fit-ó-fó, fit-ó-cu, viva e viva, vivoô!

2

Sua última troça carnavalesca, os Filhos da Bahia: em 1918 os afoxés retornaram, após quinze anos de proibição, mas Archanjo já não lhes deu tempo e o interesse de antes, embora ainda tivesse participado, a pedido de mãe Aninha, da diretoria dos Pândegos da África quando seu glorioso estandarte voltou a percorrer o Carnaval, levantado nas mãos de Bibiano Cupim, axogum do candomblé do Gantois.

Afoxé significa encantamento, e o primeiro de todos, o inicial, fora posto em mãos de Pedro Archanjo por Majé Bassã, a temível: Archanjo viera lhe comunicar a decisão e pedir bênção e conselho. Lídio Corró, José Aussá, Manuel de Praxedes,

Budião, Sabina e ele, de acordo com um pessoal animado do Tororó, pretendiam organizar uma folia carnavalesca, a Embaixada Africana, em honra dos encantados e para exibir no entrudo a civilização de onde provinham negros e mulatos.

Mãe Majé Bassã fez o jogo para saber qual o dono da Embaixada e qual o Exu a protegê-la. Apregoou-se dona a sereia do mar Iemanjá, e Exu Akessan assumiu os cuidados e a responsabilidade. Assim sendo, a ialorixá trouxe o pequeno chifre de carneiro, encastoado em prata, contendo axé, o alicerce do mundo. "Este é o afoxé", disse, e sem ele ou outro igual em fundamento, nenhuma folia ou troça de Carnaval deve sair à rua nem atrever-se.

— Este é o afoxé, o encantamento — repetiu e o colocou nas mãos de Pedro Archanjo.

A Embaixada Africana, o primeiro afoxé a vir disputar a preferência e os aplausos na praça pública — enfrentando as Grandes Sociedades, a todo-poderosa Cruz Vermelha, o monumental Congresso de Vulcano, os Fantoches da Euterpe, os Inocentes em Progresso —, saiu no ano de 1895, com Lídio Corró de embaixador, mestre de cerimônia, coreógrafo sem igual. A seu aviso, o dançador, Valdeloir, um rapaz do Tororó, suspendia o afoxé e tirava o canto:

Afoxé loni
E loni
Afoxé ê loni é

O coro ia avante, na cantiga e na dança:

E loni ô imalé xê

Tem encantamento hoje, diziam, hoje tem encantamento. A corte de Oxalá, tema escolhido para o préstito, obteve tal sucesso que já no ano seguinte o Afoxé dos Pândegos da África juntava-se à Embaixada, fundado e dirigido por uma gente de nação angola, com sede em Santo Antônio Além do Carmo.

Mais um ano e eram cinco a entoar o canto dos negros e mulatos, até então reduzidos ao esconso das macumbas — e o samba nas ruas foi de todos.

Tão do agrado de todos esse canto dos negros, esse samba de roda, a dança, o batuque, o sortilégio dos afoxés — que outro jeito senão proibi-los?

As gazetas protestavam contra o "modo por que se tem africanizado, entre nós, a festa do Carnaval, essa grande festa de civilização". Durante os primeiros anos do novo século, a campanha de imprensa contra os afoxés cresceu violenta e sistemática a cada sucesso dos "cordões dos africanos" e a cada fracasso das grandes sociedades carnavalescas — com a Grécia antiga, com Luís XV, com Catarina de Médicis —, ai-jesus dos senhores do comércio, dos doutores, dos ricos. "A autoridade deveria proibir esses batuques e candomblés, que, em grande quantidade, alastram as ruas nesses dias, produzindo essa enorme barulhada, sem tom nem som, como se estivéssemos na Quinta das Beatas ou no Engenho Velho, assim como essa mascarada vestida de saia e torço, entoando o abominável samba, pois que tudo isso é incompatível com o nosso estado de civilização", bradava o *Jornal de Notícias*, poderoso órgão das classes conservadoras.

Alastravam as ruas os afoxés, a corromper, a envilecer. O povo, nos requebros do samba, já não tinha olhos nem admiração para os carros alegóricos das Grandes Sociedades, para seus temas da corte da França; distante o tempo "quando o entusiasmo explodia à passagem dos clubes vitoriosos, monopolizando todas as atenções". O editorialista exigia providências radicais: "O que será do Carnaval de 1902, se a polícia não providenciar para que nossas ruas não apresentem o aspecto desses terreiros onde o fetichismo impera com seu cortejo de ogãs e sua orquestra de ganzás e pandeiros?". Os afoxés na praça e na rua, em primazia; cada qual mais triunfal e rico em cores e em melodias, em passos de samba — em frente ao Politeama, no Campo Grande, na rua de Baixo, no largo do Teatro. Obtinham triunfo e mais triunfo, aplausos, palmas e até prêmios. Alastravam as ruas, afoxés e samba, uma epidemia. Só um remédio drástico.

Em 1903, quando treze afoxés de negros e mulatos desfilaram seus cortejos portentosos ("Romperão o préstito, atroando os ares com estridentes notas de seus instrumentos, DOIS CLARINS, os quais envergarão LINDOS COSTUMES DE TÚNIS como prova de que a civilização não é UTOPIA NO CONTINENTE NEGRO, como propalam os maldizentes" — assim começava o manifesto ao povo, de um dos afoxés), em 1903, após o entrudo, o jornalista cobriu a cabeça de cinza e de vergonha: "Se alguém julgar a Bahia pelo Carnaval, não pode deixar de colocá-la a par da África, e note-se, para nossa vergonha, que aqui se acha hospedada uma comissão de sábios austríacos, que naturalmente, de pena engatilhada, vai registrando esses fatos, para divulgar nos jornais da culta Europa". Onde estava a polícia? Que fazia "para demonstrar que esta terra tem civilização?". A continuar essa escandalosa exibição de África: as orquestras de atabaques, as alas de mestiças e de todos os graus de mestiçagem — desde as opulentas crioulas às galantes mulatas brancas —, o samba embriagador, esse encantamento, esse sortilégio, esse feitiço, então onde irá parar nossa latinidade? Pois somos latinos, bem sabeis, se não sabeis, aprendereis à custa de relho e de porrada.

A polícia finalmente agiu em defesa da civilização e da moral da família, da ordem, do regime, da sociedade ameaçada e das Grandes Sociedades, com seus carros e graciosos préstitos de elite: proibiu os afoxés, o batuque, o samba, "a exibição de clubes de costumes africanos". Ainda bem, antes tarde do que nunca. Agora podem desembarcar sábios austríacos, alemães, belgas, franceses, ou da loira Albion. Agora, sim, podem vir.

Mas quem veio foi Kirsi, a sueca, que aliás, corrija-se logo, não era sueca como todos pensaram, disseram e ficou sendo; e, sim, finlandesa de trigo e espanto. Cheia de espanto e chuva, na porta do Mercado do Ouro, na manhã da Quarta-feira de Cinzas, um trejeito de medo e os olhos de infinito azul.

Levantou-se Pedro Archanjo da mesa de cuscuz e inhame, sorriu seu sorriso aberto, para ela andou direto e firme, como se o houvessem designado para recebê-la, e lhe estendeu a mão:

— Venha tomar café.

Se compreendeu ou não o matinal convite, jamais se soube, mas o aceitou; sentou-se à mesa na barraca de Terência e gulosa devorou aipim, inhame, bolo de puba, cuscuz de tapioca.

A impetuosa Ivone roeu seu ciúme na tenda de Miro, em murmúrios de xingos: "barata descascada". Terência pousou na mesa os olhos tristes, quem sabe mais tristes. A convidada, farta de comer, disse uma palavra em sua língua e para todos riu. O moleque Damião, até ali em silêncio e de pé atrás, se entregou por fim e riu também:

— Branca mais branca, de alvaiade.

— É sueca — esclareceu Manuel de Praxedes, que vinha chegando por um café e um trago. — Saltou do barco sueco, esse cargueiro que está recebendo madeira e açúcar, veio na mesma alvarenga em que eu vim. — Manuel de Praxedes trabalhava na carga e descarga dos navios. — De vez em quando uma dona rica e doida embarca num mercante para conhecer o mundo.

Não tinha cara de rica nem de doida; pelo menos ali, na barraca, ainda úmida, os cabelos colados ao rosto, tão inocente e frágil, doce menina.

— O barco sai às três, mas ela sabe que tem de embarcar antes, vi o comandante conversando com ela, na hora de descer.

Tocando com o dedo no peito, ela disse:

— Kirsi — disse e repetiu abrindo as sílabas.

— Ela se chama Kirsi — entendeu Archanjo, e pronunciou: — Kirsi.

A sueca bateu palmas, de alegre aprovação, e tocou o peito de Archanjo, perguntando algo em sua língua. Manuel de Praxedes desafiou: "Decifre a charada, vamos, meu compadre sabichão".

— Pois já decifrei, meu bom. Me chamo Pedro — respondeu voltando-se para a moça; adivinhara a pergunta e, fazendo como a gringa o fizera, repetiu: — Pedro, Pedro, Pedro Archanjo, Ojuobá.

— Oju, Oju — ela o chamou.

Era Quarta-feira de Cinzas. Na véspera, Terça-feira Gorda, o Afoxé dos Filhos da Bahia fora dissolvido na espaldeirada e nas patas dos cavalos em frente ao Teatro Politeama, após haver desfilado e imposto a liberdade e o samba. O moleque Damião derrubara de seu cavalo um cavalariano e trouxe-lhe o quepe de troféu. Não o exibira sequer a Terência, no receio de castigo. Saiu correndo para buscá-lo no esconderijo da quadrilha, no areal. Quando retornou com seu butim de guerra, já Archanjo e a sueca não estavam.

Quem ficou no auge do entusiasmo foi Manuel de Praxedes, na véspera o próprio Zumbi dos Palmares, com sua compleição de gigante, seus quase dois metros e o peito de prensa. À tarde, no afoxé e na briga; de madrugada, na alvarenga, no porão do cargueiro ancorado durante a noite. Não tivera tempo sequer para conversa e comentário com Archanjo e Lídio, com Valdeloir e com Aussá; abrira caminho no conflito, derrubando uns quantos babaquaras da polícia, só fora rir no mar, à espera do navio. Com sua mão de ferro acariciou a testa do menino:

— Moleque topetudo!

— Eu corto o topete dele — ameaçou Terência, a voz baixa e grave, os olhos na distância.

— Ora, sinhá Terência, quem não houvera de brigar ontem? O direito estava com a gente, onde já se viu?

— É um menino, não tem idade para tanto.

Um menino? O mais moderno guerrilheiro das hostes de Zumbi, apto para o combate, e a prova ali estava, o quepe do soldado. Riu com toda a força Manuel de Praxedes e sua gargalhada estremeceu os fundamentos do Mercado.

No rumo do Tabuão, sob o chuvisco, a sueca e Archanjo sem palavras mas num riso só. Na barraca um silêncio incômodo, por quê? Manuel de Praxedes retomou o fio da conversa:

— Vosmicê não foi ontem ver o Carnaval, sinhá Terência?

— Para ver o quê? Não tenho gosto de festa e Carnaval, seu Manuel.

— Para ver a gente, o afoxé, eu que saí de Zumbi, trajado de guerreiro. Mestre Pedro havia de gostar de lhe ver lá.

— Não faço falta a ninguém, menos ainda a meu compadre.

Tem tanto para quem olhar, nem me enxerga. Agora, até branca de navio. Seu Manuel, me deixe no meu canto, em meu sossego, com meus abusos.

O vento trazia farrapos de riso; longe, no areal, Archanjo e a sueca, de mãos dadas.

3

Com gestos e risos, se entendiam fácil; de mãos dadas passearam: assistiram às Cinzas na igreja de ouro de São Francisco, na igreja de pedras da Sé, na igreja azul do Rosário dos Pretos. Espectros de luto, velhas beatas curvas ao peso das culpas do tempo pagão do Carnaval, dos pecados dos homens, recebiam as cinzas da penitência. Quem merece a misericórdia de Deus? A sueca, de surpresa em surpresa, de igreja em igreja, os olhos arregalados, a mão apertando o braço de Archanjo.

Andaram ruas e ladeiras, ele lhe mostrou a Tenda dos Milagres de portas fechadas. Lídio Corró, na véspera, esvaziara ao menos uma pipa na comemoração; não ia acordar antes do meio da tarde. Então, com muitos gestos e muito riso, ela lhe perguntou onde ficava sua moradia. Ali bem perto; mansarda sobre o mar, com a lua e as estrelas pela noite. Há cinco anos alugara a água-furtada ao espanhol Cervino, e nela habitaria por mais de trinta.

Na escada escura e abrupta trafegavam ratos, e quando um deles, desmedido, saltou em cima da sueca, deu-lhe tal susto ou tal pretexto, que ela se viu nos braços de Archanjo e lhe entregou a boca de sal e maresia. Frágil criança, ele a tomou ao colo e a carregou escada acima.

Cheiro de folhas de pitanga e uma cachaça envelhecida em barrilete de madeira perfumada. Num canto da mansarda, uma espécie de altar, mas diferente; ferramentas e emblemas de encantados, em lugar de imagens; o peji de Exu com seu fetiche, seu itá. Para Exu, o primeiro gole da cachaça.

Por vezes diziam ser Archanjo filho de Ogum, muitos pensavam-no de Xangô, em cuja casa tinha alto posto e título. Mas quando punham os búzios e faziam o jogo, quem de imediato respondia, antes de outro qualquer, era o vadio Exu, senhor do movimento. Vinha depois Xangô por seu Ojuobá, Ogum estava perto e vinha Iemanjá. Na frente, Exu a rir, amedrontador e fuzarqueiro. Não resta dúvida, Archanjo era o Cão.

Kirsi parou ante o peji, depois apontou pela janela o navio mercante, mais além do forte. Na chaminé, um fio de fumaça. "Minha embarcação", dizia ela em seu dialeto, ele entendeu e olhou as horas no relógio — a hora em ponto do meio-dia, e os sinos confirmaram. Ao som dos sinos, ela se despiu sem exibição e sem vexame, natural e simples, com um sorriso e uma palavra em finlandês, uma jura, um dito, quem sabe lá. Ao som dos sinos estiveram; a tarde andou para o poente e nem se deram conta.

Já não eram os sons do sino e, sim, o importuno apito do navio, aviso de partida, arrancando da zona do meretrício a grumetes e marujos. Do bueiro subia a fumaça em borbotões. Silvo longo para chamar a retardatária passageira. Na água-furtada, os dois eram um só, no mesmo sonho adormecidos. Archanjo lhe ensinara o acalanto e o cafuné. Em seu idioma extravagante, musical porém, com um ninar do norte ela o embalou.

Acordaram ao mesmo tempo, na insistência do cargueiro aflito; o relógio marcou as três e meia da tarde. Archanjo pôs-se de pé, roto de saudade, fulo de desejo, fora tão pouco e se acabara! O barco, o mar, o comandante a reclamavam, Archanjo enfiou as calças, ela riu.

Levantou-se toda nua e branca, pela janela acenou adeus ao barco. A mão desceu pelo peito de Archanjo, pele veludosa de mulato, parou na cintura, que ideia essa de vestir-se? Várias coisas a estrangeira disse; e Archanjo soube, de um saber sem dúvidas, que era de amor esse falar.

"Gringa" — respondeu ele ao pé da letra — "o mulato que faremos juntos, se for homem, será o homem mais inteligente e forte, rei da Escandinávia ou presidente do Brasil. Mas, ah! se nascer mulher, nenhuma outra vai com ela poder se comparar em formosura e porte. Vamos já."

Ainda largo tempo apitou o mercante pela perdida passageira; e a polícia foi notificada. O comandante ordenou a partida finalmente: impossível atrasar mais. Bem lhe dissera seu patrão, o armador, ao ver a viajante no convés: "Essa maluca vai dar dor de cabeça; não me atrase a viagem por favor, quando no primeiro porto ela sumir". Foi na Bahia, onde a mistura se processa.

Vamos depressa, gringa, e façamos devagar, vamos depressa! As palavras se cruzavam, de amor umas e outras.

4

Em sombras se dissolve a luz da tarde; a ladeira do Tabuão, quase vazia, ainda não se refez do Carnaval. Mestre Lídio Corró, debruçado sobre o papel, desenha e pinta, risca o milagre. Começou antes do entrudo, deve terminar ainda hoje. Apesar do cansaço e da preguiça, a fisionomia se abre num sorriso.

O milagre foi famoso, digno de promessa e gratidão, gratidão que Lídio Corró, artista do pincel, expressa sob encomenda, usando para tanto sua tinta de cola e seu talento. Mas Lídio não pensa na grandeza da graça concedida, na categoria do prodígio, do próprio quadro decorrem seu sorriso e seu contentamento: a luz obtida, das cores e da composição difícil, com as figuras, a fuga dos cavalos, o santo e a mata virgem. Gosta da onça, sobretudo.

Uma pincelada aqui, outra mais além, para acentuar o verde da floresta, o negro céu noturno, o palor das criaturas; a cena é patética e o mestre vai chegando ao fim de seu trabalho. Talvez devesse colocar um raio ou dois, cortando as trevas, para dar mais força ao drama.

Quando tomou do pincel para retocar e concluir o milagre, Lídio Corró, quarentão baixo e troncudo, mulato de viveza e de malícia, o fez de má vontade. Na véspera bebera além de todas as medidas; ele e Budião tinham perdido a conta no batuque em casa de Sabina. Lídio, a partir de certo instante, de nada se recorda: de como terminou a festa e ele veio parar na Tenda, quem o trouxe — quando acordou, quase às duas da tarde, viu-se de roupa e de botinas no estrado onde dormia e derrubava quengas, num cômodo ao fundo da oficina. Oficina e residência, ao mesmo tempo, com cozinha, uma torneira para banho que dá gosto, e um pedaço de quintal onde Rosa planta e colhe flores. Se Rosa de vez se decidisse, ah! que jardim não cresceria ao toque de suas mãos! Lídio preparou um café bem forte. Naquele Carnaval ninguém vira Rosa de Oxalá.

O desejo do milagreiro era voltar para a cama e dormir até a noite; só então abriria as portas da Tenda para receber os amigos e conversar. Muito tema e enredo os espera: os acontecimentos da véspera, ampliados numa esteira de rumores, balelas e notícias absurdas. Alguém chegara à casa de Sabina, trazendo uma baita novidade: o diretor interino da Secretaria de Polícia, dr. Francisco Antônio de Castro Loureiro, fora cometido de mal súbito, ao saber que um afoxé de negros e mulatos desobedecera a seu édito e saíra às ruas.

Dr. Francisco Antônio, de família nobre e descendência ilustre, voluntarioso e mau, inflexível — ordem sua era para cega obediência, para rápida e integral execução. Não pudera supor que alguém se atrevesse a desconhecer e violar a lei por ele imposta; que um afoxé se organizasse e saísse a desfilar. Para cúmulo, com aquele enredo de desafio e insulto. Audácia imprevisível, impossível façanha, árdua e complexa, com múltiplas facetas, exigindo tempo, dinheiro, organização e o máximo segredo. Resistia o doutor a crer que apenas a canalha imunda, a malta de mestiços houvesse concebido e ousado o inacreditável feito. Ali devia ter funcionado o dedo corrupto e solerte dos monarquistas ou a subversiva trama da vil oposição. Mas se realmente foram apenas os mestiços, a negralhada, então só lhe restava a morte, ou, ainda pior, a demissão do cargo.

Na presença do dr. Francisco Antônio, com sua fama de coragem e crueldade, medonhos bandidos perdiam a pabulagem, os criminosos mais temíveis de medo se mijavam. Pois esse herói da polícia, esse capitão do mato, fora posto em ridículo nas ruas da cidade, em praça pública, alvo do assovio e da gaitada, fit-ó-fó na boca de capadócios e moleques. Ferido em sua soberbia, envolto em ódio e humilhação, e demissionário, ei-lo recolhido ao leito com médicos e mezinhas.

Riscando o milagre portentoso, Lídio deixa a imaginação correr: quem sabe naquele mesmo instante estaria a família do diretor interino da polícia a fazer promessa ao Senhor do Bonfim para lhe salvar vida e emprego, e ainda caberia a ele, mestre Corró — embaixador do afoxé, secretário de Zumbi, mestre-sala a comandar a dança —, pintar o doutor na cama, verde de raiva e de impotência, o coração doente de sambas e cantigas em nagô, um coração onde só cabiam a vaidade, a arrogância, o desprezo pelo povo. Nunca se fizera troça tão benfeita, nunca se enfrentara com tanto garbo e valentia as regras e as imposições dos poderosos. Quando Archanjo — lendo o decreto no jornal, a proibição dos afoxés, do samba e do batuque — lhe propôs a brincadeira, também ele, Corró, dissera: "É impossível". Mas quem pode resistir a Archanjo, língua de ouro, um monte de razões e argumentos? Coubera a Lídio grande responsabilidade em todo o sucedido. Ele, Budião, Valdeloir e Aussá tinham sido as peças mestras da organização. Sem falar em Archanjo, o principal.

Tomara do pincel e da tinta, com preguiça e má vontade: como pode um folião trabalhar nas Cinzas da quarta-feira morta, dia de descanso? Mas o prazo da entrega era fatal: antes das nove da manhã da quinta-feira, sem o menor atraso, pois para as onze o dono da encomenda, o beneficiário do milagre, um nomeado Assis, homem do interior e de dinheiro, plantador de fumo e cana, já contratara padre e missa com sermão e cantoria. Fizera promessa de verdade, ia gastar um bom pacote, uma safra de tabaco: só de velas de um metro, encomendara duas dúzias. E o foguetório, seu Corró? Toda a família há uma semana na cidade, gastando hotel, um ror de gente. O senhor está convidado, depois da missa vamos festejar, se Deus quiser.

— Ah!, meu prezado, para quinta é impossível, não dá mesmo. Tem o Carnaval no meio, e no Carnaval ninguém conta comigo, ainda menos neste ano. Se o senhor tem tanta pressa assim, procure outro.

Mas o fulano nem quis ouvir falar em outro; para ele só servia Lídio Corró — seu nome de riscador chegara ao sul e ao sertão. De Ilhéus a Cachoeira, de Belmonte e Feira de Santana, de Lençóis e até de Aracaju e Maceió desembarcavam fregueses para a Tenda. Seu Assis foi categórico: "Só me serve o senhor; me disseram que não existe ninguém mais competente, e eu quero, meu amigo, do bom e do melhor; foi milagre de primeira, seu Corró, aquilo não era uma onça, era um despropósito de bicho sem entranhas, os olhos, acredite, uma iluminação!". A crer no sertanejo, daquela vez Senhor do Bonfim se superara.

Da verde mata de arvoredo espesso, sob um triste céu de mau presságio, surge a fera, ágil e faminta, de raias negras e amarelas — domina o céu e o campo, domina o quadro inteiro; junto a seu imenso corpanzil os homens são pigmeus, e as árvores, arbustos de jardim. Fuzilam os olhos do bichano, aqueles olhos de iluminação, única luz presente, pois, tendo refletido, mestre Corró desistiu dos raios, por falsos e excessivos. Para o susto bastam os olhos do animal, de brilho incandescente e hipnótico — varando a escuridão, paralisando os caminhantes.

O urro do felino despertou os quatro adultos e as três crianças do sono na clareira. Lídio os representou estáticos de pavor. Num galope de relinchos dispararam os cavalos, veem-se apenas as ancas no salto e na corrida. Milagre de categoria, prodígio de arromba, coisa demais a colocar nos limites de um quadro: por isso mesmo — por difícil —, capaz de arrancar Lídio Corró da preguiça e do cansaço e de prendê-lo ao trabalho apaixonante. O fácil não o comove, é um artista e tem orgulho e altivez — ou apenas o dr. Francisco Antônio tem direito a amor-próprio, a brio, a altanaria?

Não é todo dia que se pinta um milagre assim, com essa perfeição. Caprichando a letra, escreve ao pé do quadro: "Grande Milagre que fez Nosso Senhor do Bonfim, no dia 15 de janeiro de 1904, à família de Ramiro Assis, quando, viajando o mesmo de Amargosa para Morro Preto, com esposa, irmã solteira, três filhos e mucama, viu-se à noite atacado por uma onça, na clareira onde dormiam. Gritaram pelo Senhor do Bonfim e a onça ficou inerte e mansa e foi embora".

Escrita em quatro linhas, a história resulta muito simples. Ponha no quadro, mestre Corró, a ânsia, o medo, a aflição, o desespero da família, a mãe em desatino. Nas mãos de Ramiro Assis, apenas um punhal de picar fumo, pois a carabina ficara na garupa do cavalo.

Mostre a fera a mover-se em passos sutis e traiçoeiros. Dirige-se para a mais novinha das crianças, ainda a engatinhar, inocente a sorrir para o gato enorme. Foi quando Joaquina, esposa de Assis e mãe dos pequeninos, lançou seu grito atroz:

— Senhor do Bonfim, valei meu filho!

Foi fulminante o santo em seu atendimento. A um passo do menino, a fera parou, como se mão celeste a contivesse. Em nova súplica, reuniram suas vozes adultos e crianças, à exceção do menorzinho, ainda pagão e satisfeito, a rir para a onça, com intimidade. Num brado único apelaram ao santo onipotente: "Valei-nos, Senhor do Bonfim!". Ramiro Assis prometeu mundos e fundos.

"Vosmicê precisava ter visto, mestre Corró, para poder acreditar: a onça deu meia-volta, vagarosamente andou até o mato espesso e sumiu de vez. Me abracei com os meus. Todo mundo diz ser vosmicê o riscador mais afamado da Bahia. Quero um quadro com tudo que contei, tudo, sem tirar nem pôr."

Quem lhe disse, seu Assis, acertou e fez justiça. Muitos são os riscadores de milagres na Bahia; só entre o Tabuão e o Pelourinho tem mais três, além de mestre Lídio, mas igual a ele nem aqui nem no país inteiro. Quem proclama é o povo e não o próprio, pouco dado a farromba e bolodório. "Vou caprichar no santo, ele fez por merecer."

Demora-se mestre Corró na figura do Cristo do Bonfim, na cruz crucificado mas com um braço solto, apontando em direção à onça e à família. No alto do quadro, de onde o santo executa seu milagre, a claridade domina a escuridão, a aurora se antecipa.

Volta Lídio Corró, porém, à sua figura predileta e insubmissa: a onça rajada, inclemente, gigantesca, os olhos fuzilantes, e a boca, ai a boca a sorrir para o menino. O artista já fez tudo para apagar esse sorriso, essa ternura; deu à onça sertaneja porte de tigre e ares de dragão. É superior às suas forças, por mais feroz a pinte, ela sorri; existe entre a fera e a criança um pacto secreto, antigo conhecimento, imemoriável amizade. Lídio desiste e assina a pintura do milagre. Uma tarja vermelha circunda o quadro, e com tinta branca o riscador escreve seu nome e o endereço: Mestre Lídio Corró, Tenda dos Milagres, Tabuão, número 60.

Na meia-luz do fim da tarde, ao roxo clarão crepuscular, mestre Corró, sincero e comovido, admira o trabalho terminado: uma beleza. Mais uma obra-prima a sair dessa oficina, da Tenda dos Milagres (se Rosa consentisse, ele mudaria o nome para Tenda de Rosa e dos Milagres), onde se esforça e luta um artista modesto mas competente em seu ofício. E não somente nesse ofício de riscar milagres, nesta arte de pintar ex-votos: também em muitos outros, basta perguntar na rua quem é Lídio Corró e quanta coisa inventa e realiza.

Ao demais, não é ele só: são dois. Lídio Corró e Pedro Archanjo, quase sempre juntos, e com eles juntos ninguém pode: compadres, irmãos, mais que irmãos, são mabaças, são ibejis, dois exus soltos na cidade. Se quiser saber, vá à polícia e pergunte ao dr. Francisco Antônio.

De costas, mestre Lídio recua, aproxima-se da porta para enxergar melhor. A claridade é pequena, a noite desce.

— Bonito — diz a voz de Archanjo. — Se eu fosse rico, meu bom, todas as semanas lhe encomendaria um milagre, pelo menos. Para ter em casa e olhar quando quisesse.

Voltou-se o riscador, a sorrir na sombra, e deu com a estrangeira: sua brancura de louça, transparente, sua aparência de menina.

— Kirsi — apresentou Archanjo, e era visível sua satisfação.

— Muito prazer — disse Corró, e estendeu a mão. — Entre, a casa é sua — e para Archanjo acrescentou: — Mande ela sentar e acenda a lamparina.

Não demonstrou surpresa ante a forasteira, a inesperada hóspede. Colocou o quadro contra a luz e longamente o viu e o aprendeu de cor. A gringa, alta e esbelta, por sobre seu ombro também olhou, aprovativa, entusiasta, numa veemência de palmas e exclamações inteligíveis. Agora, só falta Rosa, a peregrina, e quem sabe ei-la de repente, em carne e osso. Ali, na Tenda dos Milagres, tudo pode acontecer e acontece.

5

Se durante o dia era intenso o movimento, de noite muito mais. A animação cresce na Tenda dos Milagres desde que o acender das lamparinas anuncia a hora do espetáculo. Depois, apenas os amigos e as formosas, a conversa desatada, ao deus-dará, a la godaça.

Nem sequer em dia de Cinzas, na quarta-feira após o Carnaval, faltam fregueses para a lanterna mágica, a marmota armada na cozinha. De quem a ideia do rudimentar cinematógrafo? De Lídio Corró, de Pedro Archanjo? Difícil precisar, mas certamente são de Corró as figuras recortadas em forte papelão, articuladas, vistas de perfil. De Archanjo será a movimentação, o jogo de cena, o palavrório, o sal e a pimenta.

Extintas as luzes, resta apenas o brilho fosco do fifó sob o pano preto, de onde as sombras ampliadas dos ingênuos e devassos personagens se projetam na parede branca de cal. É tudo muito simples e primário e custa dois vinténs. Atrai moços e velhos, ricos e pobres, marítimos, ganhadores, caixeiros e comerciantes. Até mulheres se atrevem a vir às escondidas.

Para assistir, refletidos na parede, os dois amigos íntimos, Pinguelinho e Zé Piroca, em juras e abraços de amizade. Toda assanhada, Lili Chupeta surge em cena, e vai-se ao beleléu a amizade eterna e franca. Os dois disputam a sirigaita a socos, palavrões, bofetes, umbigadas, rasteiras, pontapés, rabos de arraia, a briga arrancou aplausos da plateia.

Finda tudo na mais grossa patifaria, quando Zé Piroca, de piroca acesa, tendo posto fora de combate a Pinguelinho, atira--se sobre Lili Chupeta, abre-lhe as pernas e lhe manda vara. Delira o público com o barruncho estapafúrdio, em desvairado ritmo, momento supremo, cume emocional da superprodução. Mas não o fim do enredo, nem a sequência de maior comicida-de, a que sozinha paga os dois vinténs da entrada. Essa acontece na hora extrema dos amantes, no melhor do gozo: eis Pingueli-nho, refeito e vingativo, de retorno à cena, e Zé Piroca só se dá conta quando sente o rival que lhe monta às costas e lhe põe nas pregas.

Termina a função, saem os fregueses em gaitadas, daqui a pouco outros chegarão. Das seis da tarde às dez da noite, a mar-mota funciona. Por dois vinténs até que não é caro.

6

Por vezes, ao término de um milagre riscado na arte e no capricho, mestre Lídio Corró experimenta o desejo de desistir da remuneração, de reter o quadro, de não entregá-lo, deixan-do-o na parede da oficina. Os mais bonitos, pelo menos. Na sala da Tenda dos Milagres, entretanto, há apenas um milagre na parede, pendurado.

Representa e mostra a figura de um indivíduo lívido e es-quelético, vítima de tuberculose galopante, salvo da morte em certa ocasião, quando, na hora da hemoptise final, uma sua tia, descrente da medicina e devota da Virgem, recorreu a Nossa Senhora Candeias e lhe entregou a sorte do sobrinho em mar de sangue.

A própria tia veio encomendar o trabalho: senhora gorda, de conversa cativante, mais faladeira do que o Assis das onças e ainda rebolosa. Manuel de Praxedes, presente ao encontro, ficou de olho cheio, chegado como era a uma gorda: "Gosto de sentir carne na mão; quem gosta de osso é cachorro, você sabe, mas experimente dar lombo ou mal-assada e veja o resultado".

Estava a agraciada feliz com seu milagre, contou vantagens, arrotou prestígio junto à Virgem. Manuel de Praxedes disse que ele também era muito devoto das Candeias, não perdia a festa, com sol ou chuva para lá se mandava todo ano. Santa macha, milagreira mesmo, com ela era ali, na batata, não falhava nunca.

A tia, toda dengosa com o frete do pachola, fez questão de pagar metade do preço da encomenda, e foi a sorte, pois nunca mais voltou. Segundo contam, em nova hemoptise a santa se absteve, vá se saber por que motivo, certamente relevante! Na opinião abalizada de Rosenda Batista dos Reis, a quem Corró narrou o episódio, a santa sentira-se insultada com aquela galinhagem da tia gorda e do estivador a se fretarem na sombra de seu nome e os castigou largando o tísico no alvéu, a botar sangue. Rosenda era de julgamento prudente, seguro e acatado, e entendia um bocado de milagres e ebós.

O quadro na parede representa um quarto soturno, sem horizonte, as cores patéticas, o sangue em borbotões. Semierguido no leito de solteiro, magérrimo, exangue, o agonizante: feixe de ossos, pele de cera, em sua face lê-se a morte. A tia, beata e lépida, saia florida, xale vermelho sobre o coque, contempla a figura da Senhora das Candeias e roga compaixão. O sangue desborda do leito, dos lençóis, cobre o chão, atinge o céu. Um pouco à parte dessa sangueira, um urinol de louça, com flores em verde, em rosa e em vermelho. Flores idênticas na saia da tia, na cabeceira e nos pés da cama. Com elas, quisera talvez mestre Corró romper a mesquinha atmosfera de desespero e morte — ah! minha prezada, não há santo que salve esse infeliz. Basta olhar o quadro e ver-lhe a cara.

Por falso e falho, o único milagre a permanecer na parede da oficina, dependurado entre a oleogravura de são Jorge com seu cavalo branco, e o dragão de fogo, e um cartaz do Moulin Rouge, de Paris, assinado por Toulouse-Lautrec, cena de dança de cancã — francesas de saias erguidas exibindo coxas, ligas, meias e babados; como diabos viera ali parar?

Vontade, ah tanta!, de guardar consigo alguns de seus milagres, os mais bonitos, riscados na arte e no capricho, mas como fazê-lo se precisa de dinheiro? De dinheiro e muito, urgentemente. Possui seu pé-de-meia; punha a féria a render em mãos de seu Herval, grossista da Cidade Baixa. Uma tipografia, por menor que seja, não custa dois vinténs, é preciso juntar montanhas de dinheiro.

Uma tipografia, sua única ambição na vida e há de realizá-la. Única, pois a outra, a que se refere a Rosa de Oxalá, essa não depende de trabalho ou dinheiro, é sonho impossível. Para transformar esse sonho em realidade deveriam o Senhor do Bonfim e a Virgem das Candeias juntar suas forças, seus poderes no supremo milagre — e talvez ainda se fizesse necessário encomendar na mesma ocasião um ebó para Oxalufã, que é Oxalá velho, o maior de todos.

7

Milagre é isso, meu amor — Rosa ali dançando, a saia branca, rodada, as sete anáguas, os braços e os ombros nus sob a bata de rendas, os colares, as contas, as pulseiras, o riso agreste. Dizer como era Rosa, Rosa de Oxalá, a negra Rosa, descrevê-la com as chinelas de veludo, seu olor noturno, esse cheiro de fêmea, esse perfume, a pele negro-azul em seda e pétala, seu poderio inteiro, da cabeça aos pés, a profunda bizarria, a prosopopeia, os balangandãs de prata, o langor dos olhos iorubás; ah, meu amor, para fazê-lo só um poeta de provada fama, de lira e de melenas, e não os trovadores da ladeira, em sete sílabas, violeiros bons no desafio, mas para Rosa, ah muito pouco!

Uma vez ia Rosa pela rua, em trajes de festa, pois se destinava à Casa Branca e, em sendo sexta-feira, comprara alva conquém para sacrificar a seu pai Oxalufã. Numa janela do sobrado rico, dois senhores opulentos; um bem idoso, o outro moderninho, viram-na passar com seu presente e sua realeza, toda nos trinques, deixando as chinelas, ao caminhar, um rastro bom de música, a rosa nos cabelos — os cabelos eram um musgo matinal —, a bunda em navegação de maré alta e um pedaço de seio iluminando o sol.

Suspiram os dois, e o jovem, mimoso filho de família, rebento de primas e primos em casamento e fornicação de sangue puro, alfenim raquítico e gabola, a voz tatibitate, disse: "Que coisa, coronel, essa crioula, ai quem me dera, ai se a tivesse por debaixo e eu por cima!". Ao que o velho fazendeiro — fora em tempos uma árvore, um rio de torrente caudalosa, um cavalo bravio e garanhão, um terremoto —, tirando os olhos da visão da negra e pondo-os no lindo bacharel, pobre sangue decadente, débil, debiloide, respondeu: "Ah! seu doutor, isso é mulher para muita competência, não é xibiu para qualquer binguinha de fazer pipi, de verter água, nem para pau já pururuca. Para mim não serve mais e para vosmicê não servirá jamais".

Lídio Corró assume a flauta e o som acorda estrelas; no violão Pedro Archanjo busca a lua e a traz de longe — para Rosa tudo é pouco, dela nasce o samba na Tenda dos Milagres. A flauta geme amor, soluça.

Rosa sempre chega assim, inesperada, vem de súbito. Da mesma forma inconsequente desaparece; por semanas e meses ninguém a enxerga; pontual apenas em poucas e determinadas obrigações de candomblé, quando recebe Oxalá no barracão da Casa Branca do Engenho Velho, onde navega o barco de Oxum. Excetuando na roda das feitas dessas grandes festas, em tudo mais imprevisível.

Um dia se apresenta e está durante uma semana inteira, de segunda a sábado, a chegar antes de todos, a sair na barra da manhã, animadíssima, em risos e cantigas, tirando graças e prosa com Corró em seu braço apoiada, em seu ombro repousando a fronte, tão carinhosa amante e dona de casa tão ativa, a pôr ordem e arrumação nas coisas, que ele a pensa ali definitiva e para sempre, manceba em amigação, esposa em casamento, sua mulher. Mas, quando tudo parece certo e firme, Rosa toma sumiço, não dá notícia durante um mês ou dois, um tempo vazio de alegria.

Quando o milagre sucedeu, vai para mais de um ano, por acaso e de repente, sem prelúdio e sem delongas, Lídio, que de há muito a cobiçava, imediatamente quisera oficializar a ligação: "Traga seus teréns e mude logo".

Regressavam juntos de uma festa, certa noite, Lídio oferecera-lhe companhia na estrada deserta e perigosa, e foi ela quem pediu para ver a marmota tão falada: riu de morrer com Zé Piroca, tomou um copo de aluá e se deu fogosa, quase oferecida, como se necessitada. Demorou indo e vindo três dias e três noites: arrumou oficina e quarto, pôs tudo novo e limpo, encheu a casa de cantigas, Lídio ria pelos cantos. Mas bastou ele falar em juntar os trapos, ela fez-se séria e dura, a voz amarga em ameaça e advertência: "Nunca me fale nisso, nunca mais, senão não volto. Se me quiser, se gosta de mim, tem de ser assim, quando me der na telha, quando de livre vontade eu queira vir. Não lhe peço nada, só lhe peço que não se meta em minha vida, não me vigie, não ande me espiando, porque, se eu souber, juro que nunca mais vai ver minha cara". Disse de tal maneira e com tal acento; não lhe deixou margem a discussão: "Para te ver e ter, comerei sapo e cobra se preciso for".

Cumpriu o prometido: não lhe fez perguntas e não quis fuxicos. Fuxicos, arengas, xeretices, pois em verdade ninguém sabe nada de concreto sobre Rosa. A casa confortável nos Barris, com jardim na frente, cortinas nas janelas e um cão de guarda, lar indevassável — apenas a criança vestida no maior capricho, em meio às flores, joga com o canzarrão: mulatinha digna de altar de igreja, Rosa menina de cabelos lisos, morena cor de sapoti.

Definição do viver de Rosa, de seus particulares, só Majé Bassã a tem, os porquês e a consequência, tudo bem guardado nos desmedidos seios. Seios de mãe de santo devem ser assim, enormes, para neles caber a aflição dos filhos e filhas e de estranhos e estrangeiros. São arcas de desesperos e rancores, de esperanças e sonhos; são cofres de amor e ódio.

Só Majé Bassã a temível e doce mãe, ela e mais ninguém sabe de Rosa e de sua vida, o resto é falatório. "Vive com um ricaço branco, um velho de família nobre, barão ou conde, duque dos Anzóis e Carapuça, o pai de sua filha; é casada no padre e no juiz com um comerciante português e dele teve a menina." Puro conversê de comadrio, bolodório de xeretas, a locê de parler, gosto da má-língua. Lídio nunca perguntou, nem quis saber.

Rosa chega, travessa e alegre, sua presença basta, que importa o resto? Conversa, ri e dança; canta e a voz é grave, de noturno acento. Rosa envolta em sombras na pobre luz da Tenda onde a flauta de Lídio chora e suplica. Para quem dança? Para quem os volteios de seu corpo, os requebros dos quadris, os olhos de manimolência? Para Lídio, constante e casual amante? Para alguém que não está ali e não se sabe quem seja, marido, amásio, nobre ou rico, o pai de sua filha? Para Archanjo?

Milagre é isso, meu benquerer — Rosa com seu canto, um cantar antigo, cheio de promessa, de malícia, de sotaque:

> *Vamos atrás da Sé*
> *Na casa de sinhá Teté*
> *Caiumba*

Morre na flauta mestre Lídio Corró, paixão exposta, rompe seu peito aflito. Para tê-la vez por outra come sapos e lagartos, cascavéis. Em sua frente Rosa dança e canta, se oferece e se recusa. Em frente aos dois. Pedro Archanjo nada demonstra; do fogo a devorá-lo ninguém há de saber; Lídio não pode sequer desconfiar e Rosa muito menos. Seu rosto se fechou, de pedra sua face. Esse enigma de Archanjo, essa adivinha sem resposta, nem mãe Majé Bassã decifra.

Soam as palmas das formosas, abre-se a roda do samba, vibra a flauta, cresce o violão. Cada qual com seu segredo, sua ânsia, seu tormento. Aos pés de Archanjo, reclinada, a sueca branca e loira. Mas não está sozinha. Ao lado, ergue-se Sabina dos Anjos, dos anjos o mais belo, Rainha de Sabá, no dizer de mestre Pedro, com o bucho empinado, à espera de menino; com prenhez e tudo na véspera sambara sem parar e agora mesmo cai na roda, onde já volteia Rosenda Batista dos Reis, a de Muritiba, a mandingueira legatária dos mandês e dos feitiços. Estendeu-se aos pés de Ojuobá na festa das quartinhas de Oxóssi e ele, ao levantá-la, tocou-lhe com a ponta dos dedos os peitos rijos. Próximo à cadeira, de pé, junco flexível, flor da nação muçurumim com mistura de branco e de ijexá, Risoleta desabrocha num sorriso: na Sé, por detrás da igreja, viu Archanjo e o reconheceu.

A única, porém, a ter ciúmes da gringa marinheira, a única entre todas, é aquela que em seus braços não esteve nunca e cuja boca ele jamais beijou; única a queimar o coração no ódio e a pedir a morte — morte para a branca e para todas elas, sem distinção de cor —, é Rosa de Oxalá, os seios soltos sob a bata, os quadris desatados sob as sete anáguas, dançando em frente aos dois. Lídio suspira num sorriso; daqui a pouco a terá nos braços, alta fogueira. Archanjo se tranca em seu enigma.

Milagre é isso, minha santa, milagre do Bonfim, milagre das Candeias, prodígio de Oxalá — Rosa em canto e dança na Tenda dos Milagres, em noite de aflições e adivinhas.

8

Um sonho desolado, um pesadelo: viu-se nas areias do porto, deserto ardente e ao mesmo tempo frio, igual à febre da maleita. Ele, Archanjo, com o coração à mostra e a estrovenga erguida, se transformara em Zé Piroca e Lídio Corró fez-se Pinguelinho. Entre juras e abraços de amizade eterna tocam flauta e violão.

Vinha Lili Chupeta, sem saia, sem anáguas, sem bata rendada, apenas os colares, as contas, as pulseiras, Rosa de Oxalá nua, inteirinha nua, negra azulada, macia rosa, o perfume e o som da voz, tudo velado e grave, a noite imensa e álgida, um céu distante. Dançava em frente aos dois, mostrando tudo, e de imediato se viram adversários, inimigos, fundos poços de ódio. Assassinos implacáveis, a morte em punho: flauta e violão e as espadas dos soldados a cavalo. O duelo teve lugar na esquina do trapiche e o corpo de Lídio Pinguelinho, para sempre morto, tombou nas ondas. Nasceu um sol na noite quando o irmão caiu, e requeimou a cal, no último som da flauta.

Era o momento de assumir a posse de Rosa, abrir-lhe as pernas, em musgo se deitar. De suor coberto, em ânsia e desespero, o peito opresso em calor e frio, febre de maleita, Archanjo luta com o sonho quando já a amizade fenecia aos pés da tentadora.

Não me importa o nobre, não me importa o rico, Rosa, muito ao contrário. Fosse o fidalgo da Cachupeleta, fosse o português dos secos e molhados, lhe ornaria a testa com prazer. Mas entenda, Rosa, e não me olhe assim; se Lídio nascesse de minha mãe, nela posto por meu pai, não seria tão meu irmão, não lhe deveria eu tanta decência e lealdade.

Não, não pode ser — mesmo que de amor eu morra, mesmo que estoure o coração ou vá de porto em porto buscando errante em cada uma teu sabor noturno e teu perfume, em nenhuma decifrando tua adivinha.

Rosa, nós não somos os bonecos da marmota, temos honra e sentimento. Rosa, nós não somos degenerados em promiscuidade imunda, uns animais ou, pior, uns criminosos. Sim, Rosa, exatamente isso: "Mestiços degenerados em sórdida, em imunda promiscuidade", foi o que escreveu um professor de medicina, um doutor, um catedrático. Mas é mentira, Rosa, é calúnia desse sabe-tudo que não sabe nada.

Archanjo rompe o sonho num esforço extremo, abre os olhos, nasce a manhã no mar e os veleiros partem. A sueca é feita de jasmim e exala um perfume suave, matinal. Um menino escuro correrá na neve. Dissolve-se a imagem de Rosa na distância, toda nua.

Na gringa te esquecerei, e em Sabina, em Rosenda, em Risoleta: te esquecerei em muitas outras, livre de tormento e aflição. Livre? Esquecerei ou buscarei em desespero? Em campo de jasmim e trigo, teu negrume. Em todas elas, Rosa de Oxalá, tua indecifrável adivinha, teu proibido eterno amor.

9

Mais abaixo, na dobra da ladeira, em vão de porta, o velho Emo Corró manteve afreguesada cadeira de barbeiro e um armário de mezinhas, além do boticão de arrancar dentes. Ensinou o ofício e a medicina aos dois filhos: Lucas e Lídio. Este último, porém, cedo abandonou a navalha e a tesoura. Atendendo ao convite de seu padrinho, Cândido Maia, mestre tipógrafo, foi aprender com ele no Liceu de Artes e Ofícios. Aluno de inteligência viva, cheio de interesse pelo ofício, rapidamente o dominou, de aprendiz a mestre em pouco tempo.

Nessa ocasião conhecera Artur Ribeiro, estranho personagem, soturno e solitário. Tendo cumprido pena de prisão, não lhe era fácil obter trabalho estável. Cândido e outros antigos camaradas arrumavam-lhe biscates no Liceu. Gravador em metal e em madeira, não tinha rival em todo o norte do país. Em 1848, de acordo com um libanês e um russo, montara secreta oficina de gravura: impossível distinguir as notas falsas, gravadas por Artur, das verdadeiras do governo, feitas na Inglaterra.

O negócio prosperou até demais: Ribeiro na oficina, o libanês e o russo trocando moeda falsa, mercadoria de muita aceitação. Iriam longe, não fosse o libanês um louco. Deu-lhe o delírio do luxo, fez misérias: mulheres, champanha, cabriolé. Acabou-se o que era bom, o segredo foi parar na chefatura de polícia. Ribeiro e Mahul, o libanês, bateram com os costados na cadeia, do russo nunca mais notícia, dera o fora em tempo com a maleta repleta de dinheiro, cédulas do governo, verdadeiras.

Artur Ribeiro, fechado, carrancudo, sem conversa, ainda nas grades da vergonha embora livre do xadrez, tomou-se de interesse pelo moleque esperto, jeitoso no desenho, e lhe ensinou a riscar milagres — outro de seus bicos naquele podre fim de vida — e a gravar pedaços de madeira; não no metal, pois nunca mais tomara de uma placa de cobre, jura feita na prisão. Num dia de cachaça e confidência, disse a Lídio ter um único desejo: matar com suas próprias mãos o miserável Fayerman; o russo soubera com antecedência dos passos da polícia, escafedera-se com o lucro, sem um aviso sequer aos sócios da guitarra.

A morte do irmão Lucas trouxe Lídio de volta para a tesoura e a navalha, o boticão. Emo perdera a firmeza do pulso nos anos e no trago, alguém devia garantir as despesas do velho e as de Zizinha, sua recente esposa, a terceira, frangota de dezoito anos. Mão trêmula, vista curta, ouvido mouco, mas o principal em ordem: "É o que me sobra", dizia Emo, ao apresentar a mulher nova.

Não se reduziu à arte tipográfica, ao risco de milagres, ao corte da madeira a aprendizagem de Lídio no casarão das Artes e Ofícios e nas ruas da Bahia: ensinaram-lhe passos de dança, rudimentos de música, os jogos de damas, de gamão, de dominó, e a tocar flauta, sua aptidão maior. Em cada coisa era hábil e seguro, tinha os pés na terra, muito prático e sagaz.

Durante certo tempo permaneceu na barba e no cabelo, arrancando dentes e impingindo drogas — veneno de cobra, guizos de cascavel, xarope caseiro de agrião (tiro e queda na cura da tísica), miraculosas cascas de árvores, paus-de-resposta, capuava para levantar os ânimos e o resto, pó de lagartixa para asma. Até reencontrar Pedro Archanjo, seu contemporâneo no Liceu, tão curioso e decidido quanto ele e oito anos mais moderno. Também Archanjo andara em diversas oficinas: na tipografia foi onde mais se demorou, embora seu forte residisse na caligrafia e na leitura — estudou gramática, aritmética, história, geografia. Gabavam-lhe a escrita: a letra e a inventiva.

Um dia desapareceu, durante anos não se soube dele. Morrera-lhe a mãe, único parente a prendê-lo na Bahia. Não chegara a conhecer o pai, recruta levado a pulso para a Guerra do Paraguai, deixando Noca de barriga do primeiro filho pois tinham se amigado há pouco. Desencarnou na travessia dos pântanos do Chaco, sem saber sequer do nascimento do menino.

Saiu Archanjo a conhecer o mundo. Por onde passou, foi aprendendo. Não escolheu trabalho — grumete, moço de bar, ajudante de pedreiro, redator de cartas a despachar para os confins de Portugal notícias e saudades de broncos imigrantes.

Andou de ceca em meca, sempre às voltas com os livros e as donas. Por que exercia tanta atração sobre as mulheres? Talvez devido à inata delicadeza e à palavra fácil. Não se impunha apenas ao mulherio: tão moço ainda e todos já o ouviam em silêncio e com atenção.

Ao regressar do Rio, tinha vinte e um anos e um gosto janota no vestir; tocava violão e cavaquinho. Empregou-se na Tipografia dos Frades e meses depois, em noite de reisado, deu com Lídio Corró a ensinar pastoras, fina ocupação. Tornaram-se inseparáveis e a barbearia aos poucos foi se transformando.

Três anos após o encontro no Terno da Estrela-d'Alva, tendo vagado o andar térreo do sobradão número 60, Lídio o alugou e com capricho fez o desenho do letreiro, cada letra numa cor: TENDA DOS MILAGRES — pois de riscar milagres vinha-lhe o principal da féria.

Archanjo escolhera o nome. Deixara a gráfica para ensinar ABC e contas a meninos atrasados e fizera-se uma espécie de sócio de Corró. Sócio no trabalho e na vadiação porque o parco lucro Lídio o colocava a render juros. A meta de Corró: a Tipografia Democrática, na qual seu Estêvão das Dores compunha e imprimia as histórias de cantadores, as modinhas, os versos dos desafios, vasta literatura de cordel; as capas dos folhetos eram gravuras de Lídio, cavadas na madeira. Encanecido e reumático, arrastando os pés, seu Estêvão se comprometera a lhe vender a prazo os abregueces, quando se decidisse por fim a descansar.

Na espera dos tipos e da freguesia da Democrática, a Tenda dos Milagres se transformara no coração, no centro vital de toda aquela parte da cidade, onde se processa, potente e intensa, a vida popular, e que se estende da praça da Sé e do Terreiro de Jesus às Portas do Carmo e a Santo Antônio, englobando o Pelourinho, o Tabuão, o Maciel de Cima e o Maciel de Baixo, São Miguel e a Baixa dos Sapateiros com o Mercado de Iansã (ou de Santa Bárbara à escolha e gosto do distinto).

No corte da madeira, no risco do milagre, no ai do boticão, na venda de mezinhas, na lanterna mágica, mestre Lídio Corró

101

ganha seu rico e suado dinheirinho. Mas naquela mesma sala se discute e se decide sobre um ror de coisas. Ali nascem as ideias, crescem em projetos e se realizam nas ruas, nas festas, nos terreiros. Debatem-se assuntos relevantes, a sucessão de mães e pais de santo, cantigas de fundamento, a condição mágica das folhas, fórmulas de ebós e de feitiços. Ali se fundam ternos de reis, afoxés de Carnaval, escolas de capoeira, acertam-se festas, comemorações e tomam-se as medidas necessárias para garantir o êxito da lavagem da igreja do Bonfim e do presente da mãe-d'água. A Tenda dos Milagres é uma espécie de Senado, a reunir os notáveis da pobreza, assembleia numerosa e essencial. Ali se encontram e dialogam ialorixás, babalaôs, letrados, santeiros, cantadores, passistas, mestres de capoeira, mestres de arte e ofícios, cada qual com seu merecimento.

Foi a partir desse tempo, moço de vinte e poucos anos, que Pedro Archanjo deu na mania de anotar histórias, acontecidos, notícias, casos, nomes, datas, detalhes insignificantes, tudo que se referisse à vida popular. Para quê? Quem sabe lá. Pedro Archanjo era cheio de quizilas, de saberes e certamente não se devera ao acaso sua escolha, tão moderno ainda, para alto posto na casa de Xangô: levantado e consagrado Ojuobá, preferido entre tantos e tantos candidatos, velhos de respeito e sapiência. Coube-lhe, no entanto, o título, com os direitos e os deveres; não completara ainda trinta anos quando o santo o escolheu e o declarou: não pudera haver maior acerto — Xangô sabe os porquês.

Uma versão circula entre o povo dos terreiros, corre nas ruas da cidade: teria sido o próprio orixá quem ordenara a Archanjo tudo ver, tudo saber, tudo escrever. Para isso fizera-o Ojuobá, os olhos de Xangô.

Aos trinta e dois anos, exatamente em 1900, Pedro Archanjo foi nomeado bedel da Faculdade de Medicina e assumiu seu posto no terreiro. Logo popular entre os estudantes, em breve lhes ensinava rudimentos das matérias. O lugar fora obtido graças à intervenção de Majé Bassã, multipotente em suas relações e amizades, temida até por graúdos do governo. Com frequência, ao ouvir a citação do nome de um bambambã da política, do comércio, de um potentado, até mesmo de sacerdotes da Igreja, mãe Bassã murmura: "Esse é dos meus". Entre todos, moços, velhos ou novos, pobres ou ricos, Pedro Archanjo era o preferido, o corifeu.

10

Ensaia Kirsi entre as pastoras, é a nova estrela-d'alva, a própria, a verdadeira. Irene, a anterior, renunciara para ir viver com um relojoeiro, no Recôncavo. Se não o fizesse, a cidade de Santo Amaro da Purificação acabaria sem calendário, sem hora e sem minuto para os engenhos de cana e os alambiques: quando o relojoeiro, de passagem na Bahia, viu Irene no terno, ficou desatinado.

As pastoras vão e vêm no passo do lundu, atentas às ordens de Lídio Corró, o mestre-sala. À frente de todas passa Kirsi e recolhe o olhar aprovador de Archanjo. Um pouco mais atrás também Dedé o recolhe no palpitante seio; a pequena Dedé, tão novinha e cabaçuda, já querendo inaugurar o balancê:

> *Bole a burrinha pra dentro*
> *Pro sereno não molhar.*
> *O selim é de veludo,*
> *A colcha de tafetá.*

Quem esteve no ensaio pôde ver, cutuba e luminosa, Kirsi de estrela-d'alva, mas o povo da cidade não chegou a tê-la no desfile, não deu tempo. Outro navio veio e a levou: permanecera quase seis meses; diziam-na sueca, só uns poucos a souberam finlandesa mas todos a estimaram. Acolhida sem perguntas, fora um deles.

Quando o cargueiro fundeou no porto, ela disse a Archanjo em seu reduzido português de sotaque marinheiro: "É tempo que me vá, levo no ventre o nosso filho. Tudo que é bom tem sua duração exata, tem de se acabar no prazo certo se quisermos que perdure para sempre. Levo comigo o sol, tua música e teu sangue, estarás onde eu esteja e em todos os instantes. Obrigada, Oju".

Manuel de Praxedes a conduziu na alvarenga e o mercante levantou âncora no meio da noite. Pedro Archanjo na sombra das estrelas, sua face de pedra. O navio apitou ao sair da barra nas portas do oceano, não te direi adeus. Um menino cor de bronze, mestiço da Bahia, correrá na neve.

Na fímbria do mar, brincalhona, Dedé canta modas de reisado:

> *Rapariga do balaio*
> *Dá-me um gole pra beber*
> *Cipriana tu não dês*
> *Que nos deitas a perder*

Lá, mais além das ilhas, no rumo dos nevoeiros e das estrelas lívidas, navega um lugre cinzento para o frio norte, leva a estrela-d'alva. Dedé quer alegrá-lo, abrir-lhe em riso a boca de silêncio, a face de pedra. Dedé será a nova estrela, sem a fulva cabeleira de cometa, sem o luminoso halo, mas com um calor de trópico, um desmaio e aquele perfume de alfazema. Dedé, a rapariga do balaio, do balaio grande.

"Não há no mundo gente melhor do que vocês, povo mais civilizado do que o povo mulato da Bahia", dissera a sueca ao despedir-se na Tenda dos Milagres, em conversa com Lídio Corró, Budião e Aussá. Chegara de longe, vivera com eles, dizia por saber, um saber sem restrições ou dúvidas, de real conhecimento. Por que então o dr. Nilo Argolo — catedrático de Medicina Legal na faculdade e mentor científico da congregação, com renome de sábio e descomunal biblioteca — escrevera sobre os mestiços da Bahia aquelas páginas terríveis, as candentes palavras?

O título da magra separata, memória apresentada a um congresso científico e transcrita numa revista médica, já lhe revelava o conteúdo: "A degenerescência psíquica e mental dos povos mestiços — o exemplo da Bahia". Meu Deus, onde fora o professor buscar afirmações assim tão categóricas? "Maior fator de nosso atraso, de nossa inferioridade, constituem os mestiços sub-raça incapaz." Quanto aos negros, na opinião do professor Argolo, não tinham ainda atingido a condição humana: "Em que parte do mundo puderam os negros constituir Estado com um mínimo de civilização?", perguntara ele a seus colegas de congresso.

Numa dessas tardes, de claro sol e doce brisa, Archanjo vinha pelo Terreiro de Jesus em seu passo levemente gingado. Fora levar um recado do secretário da faculdade ao prior dos franciscanos; um frade holandês de barbas e careca, afável, com evidente prazer degustava um cafezinho, serviu ao risonho bedel:

— Eu conheço o senhor... — falou com seu acento crespo.

— Passo o dia quase todo aqui na praça, na escola.

— Não foi aqui — o frade riu um riso cheio e folgazão. — Sabe onde foi? Foi no candomblé. Só que eu estava de civil, escondido num canto, e o senhor numa cadeira especial, junto da mãe de santo.

— O senhor, padre, no candomblé?

— Às vezes vou, não diga a ninguém. Dona Majé é minha camarada. Ela me disse que o senhor é muito competente em coisas de macumba. Um dia desses, se o senhor me der o prazer, desejo conversar consigo... — Archanjo sentiu a paz do mundo no claustro de árvores frondosas, flores e azulejos; a paz do mundo no envolvente franciscano.

— Quando quiser, estou às ordens, padre.

Vinha pelo Terreiro em direção à faculdade: um padre, um frade de convento, assistindo candomblé, uma surpresa, novidade digna de nota; viu-se envolvido por um grupo de estudantes.

As relações de Pedro Archanjo com os alunos de medicina eram muito boas. Prestativo, atento, jovial, o bedel da secretaria não se furtava nunca a ajudar os rapazes em suas dificuldades de presença e faltas; guardava-lhes livros, cadernetas, notas. Um mundo de mínimos favores, a camaradagem de longas conversas. Calouros e doutorandos iam vê-lo na Tenda dos Milagres ou na Escola de Capoeira de Mestre Budião, dois ou três assistiram festas de candomblé.

Com eles, e com os altos funcionários e os professores, Archanjo era solícito e gentil, jamais humilde, reverente ou adulador — assim é o povo da Bahia. O homem mais pobre da cidade é igual ao mais poderoso magnata em seu orgulho de homem; e é, com certeza, mais civilizado.

A simpatia dos rapazes pelo modesto funcionário fizera-se sólida e agradecida quando Pedro Archanjo, num depoimento decisivo, salvou um estudante, ameaçado de expulsão no sexto ano, devido a confuso e complicado assunto, que afetava a honra familiar de um professor livre-docente. No inquérito, o testemunho de Archanjo, de plantão na secretaria, inocentara o moço contra o qual se erguera a ira do ultrajado lente. Os estudantes tinham-se unido em defesa do colega mas eram pessimistas quanto ao resultado. Embora admitido há pouco nas funções de bedel, Archanjo não se deixara envolver nem intimidar. Ganhou a estima dos rapazes e a inimizade do docente que, aliás, abandonou a turma em meio ao curso.

Ao chegar ao chafariz, no centro da praça, foi cercado pelo grupo e um dos estudantes, quartanista pachola, dado a festas e a trotes, apreciador dos talentos de Archanjo ao violão e ao cavaquinho — ele próprio dedilhava com agrado as cordas da viola —, exibiu-lhe um folheto. "Que acha disto, mestre Pedro?" Os outros riam, na evidente intenção de gozar o mulato janota e boa-praça.

Archanjo passou a vista pelas páginas, seus olhos se fizeram pequenos e vermelhos. Para o dr. Nilo Argolo a desgraça do Brasil era aquela negralhada, a infame mestiçagem.

— O professor descasca você, não deixa vasa — comentou a divertir-se, o quartista. — De ladrão e assassino para baixo, não faz por menos. Você está na fronteira entre o irracional e o racional. E os mulatos são piores que os negros, veja lá. O monstro acaba com você e sua raça, mestre Pedro.

Pedro Archanjo veio vindo de muito longe, recompunha-se:

106

— Só comigo, meu bom? — Fitou o cabelo do rapaz, a boca, os lábios, o nariz. — Acaba com todos nós, com todos os mestiços, meu bom. Comigo, com você... — e passando o olhar pelos demais — ... nesse grupo ninguém escapa, nem um para remédio.

Risos breves, desenxabidos, dois ou três às gargalhadas. O quartanista confessou com bom humor:

— Com você ninguém leva vantagem: já reduziu a nada as árvores genealógicas da gente.

Do grupo destacou-se um rapazola, o ar distante e impertinente:

— A minha, não — o estulto cavalgava quatro sobrenomes e duas partículas de nobreza. — Na minha família o sangue é puro, não se sujou com negros, graças a Deus.

Archanjo dissolvera o ódio e agora se diverte; sente-se forte, de um conhecimento absoluto, e sabe que a tese do dr. Nilo — um babaquara, um porrão de merda — é só erro e calúnia, presunção e ignorância. Olhou o rapazinho:

— Tem certeza, meu bom? Quando você nasceu sua bisa já era morta. Sabe como ela se chamava? Maria Iabaci, seu nome de nação. Seu bisavô, homem direito, casou com ela.

— Negro insolente, vou lhe partir a cara.

— Pois, meu bom, não se acanhe, corra dentro.

— Cuidado, Armando, ele é capoeirista — avisou um companheiro.

Mas os outros desfrutaram o enfatuado colega:

— Vamos ver, Armando, essa coragem, o sangue azul!

— Não vou dar ousadia a um bedel — retirou-se o fidalgo da arena e a discussão morreu.

O quartanista ainda zombou:

— Esse gato ruço, mestre Pedro, é metido a besta porque o avô foi ministro do Império. Um tolo.

Um moço de óculos e chapéu-coco interveio na conversa:

— Minha avó era mulata, foi a pessoa melhor que conheci.

Archanjo retomou caminho:

— Pode me emprestar este folheto?

— Fique para você.

Nunca mais nenhum estudante abusou Archanjo com tais assuntos. Nem mesmo quando a sombra de Gobineau se estendeu sobre o Terreiro de Jesus e o arianismo esteve em moda, doutrina oficial da faculdade. Ao estourar o escândalo, vinte anos depois, as turmas eram outras mas os estudantes apoiaram o bedel contra os professores.

No Terno da Estrela-d'Alva, brancos, negros e mulatos dançavam indiferentes às teorias dos catedráticos. Kirsi ou Dedé, qualquer das duas pode ser a estrela do reisado, o povo aplaudirá com o mesmo entusiasmo, não há primeira nem segunda, muito menos superior e inferior.

O navio já se perdeu na noite e no oceano. Dedé silencia o canto, estende-se ostensiva na areia, apta e pronta. Pedro Archanjo ouve o vento do mar, o rumor das ondas e a distância. "Não há no mundo gente melhor." Na fria Suomi brincará um menino feito de sol e neve, cor de bronze, na mão direita um paxorô, o rei da Escandinávia.

ONDE FAUSTO PENA,
INDÓCIL ARRIVISTA,
RECEBE UM VALE (PEQUENO),
UMA LIÇÃO E UMA PROPOSTA

Constato e afirmo com tristeza: a inveja e a presunção campeiam nos meios de nossa melhor *intelligentsia*: é-me impossível esconder a melancólica verdade, pois lhe tenho sentido em carne própria as consequências. De solerte e torpe inveja, de presunção tola e alvar, sou a vítima predileta. Por ter sido honrado com a escolha e o contrato (verbal) do grande Levenson para pesquisar a vida de Pedro Archanjo, arrastam-me os confrades na rua da amargura, dizem de mim e de Ana Mercedes cobras e lagartos, mergulham-me em imundície, sufoco em lama e em calúnia.

Contei das intrigas políticas, tentativas infames de fazer-me passar por assecla cultural do imperialismo norte-americano, de situar-me em conflito com as esquerdas (o que, aliás, no momento, não deixa de ter suas vantagens), impedindo-me o acesso a uma área vital para quem deseja — e eu o desejo — fazer nome e carreira, e para tanto necessita de trombetas e padrinhos. Em tempo pus a limpo miserável trama e se não volto a proclamar aqui, de público, minhas inabaláveis convicções é porque, afinal, sou um pesquisador e não um louco ou um aventureiro em busca de provocação e de cadeia. Prefiro bater-me com a invencível arma da poesia, de minha poesia hermética porém radicalíssima.

Não se reduziram os canalhas às áreas das esquerdas, foram mais longe e fecharam-me as portas dos jornais. Do *Jornal da Cidade* sou colaborador antigo e gratuito (quem ousaria reclamar ao dr. Zezinho pagamento dos poemas publicados em seu jornal? Felizes, eu e os demais poetas, pois ainda não se lembrou de nos cobrar o espaço e os elogios mútuos), sou presença dominical obrigatória nesse querido *J. C.*, em cujas páginas a cultura encontra abrigo e promoção: a ele devemos a magnífica campanha dos festejos do centenário de nascimento de Pedro Archanjo. No suplemento de literatura do vitorioso órgão, mantemos, eu e Zino Batel, a Coluna da Jovem Poesia — em realidade cabe-me o trabalho, dividimos as alabanças e as poetisas.

Somando essa rotineira atividade de poeta e crítico, de colaborador do *J. C.*, à atual e relevante posição do sociólogo em "pesquisa de vivência e repercussão internacionais" (a frase é de Silvinho que, em sua cordial coluna, me oferta irisadas "opalas gráficas e arquiangélicas"), mandei-me para a redação do combativo matutino assim tive notícia de memorável empreendimento.

Diga-me, por favor e com isenção: quem melhor para nele colaborar, senão dirigi-lo, do que eu, assistente direto, espécie de procurador do gênio da Columbia University, que me escolheu, a mim e a mais ninguém, para investigar sobre o imortal baiano? Não só encarregado e contratado mas também pago. PAGO, permitam-me escrever essa sagrada, santa palavra em maiúsculas, esfregá-la na cara faminta dessa saparia de inveja e presunção: qual deles já foi pago com largueza e em dia por trabalho sério, pago por um gênio transcontinental, e em dólares? Vivem das migalhas do governo e da universidade, roncam muito mas na hora do tutu são mansos cordeiros. Quem mais indicado — digam-me —, por todos os títulos, para assessorar, contra pequeno pagamento e razoável publicidade, essa meritória campanha do meritório *Jornal da Cidade*? Afinal, Pedro Archanjo é chão onde lavoro, é roça minha.

Pois acreditem: fui recebido com paus e pedras e entre mim e o dr. Zezinho semearam obstáculos de toda ordem. Pensei não poder vê-lo, sequer, tais e tantas as tentativas vãs e as negativas cínicas. Os donos da promoção — poderoso trio de biltres — escutaram-me às pressas, ou melhor, ouviu-me um deles e despachou-me com promessas vagas: "Por ora não precisamos de nada, caríssimo, mas, no decorrer da campanha, quem sabe surge uma oportunidade para você, numa entrevista ou numa reportagem". Isso que eu, de sabido, nem falei em assessoria; ofereci-me tão só para colaborar com eles.

Voltei, não me vencem assim facilmente. Trouxe algum material para lhes mostrar e obtive que a cáfila se reunisse em pleno. Ofereceram-me irrisória quantia pelos documentos — e não me davam a menor chance de ligar meu nome à ruidosa promoção.

Resolvi fazer-lhes frente e concorrência dirigindo-me aos demais jornais e Ana Mercedes tentou interferir em meu favor no seu *Diário da Manhã*. Inúteis diligências: os mandões da imprensa estão unidos em monopólio da opinião pública, não se combatem.

Não me restando alternativa, retornei ao *Jornal da Cidade*, disposto a aceitar a proposta indigna, porém única, e vender por dez réis de mel coado o melhor de meu material. Com o arrojo dos desesperados, bati à porta do dr. Zezinho e o grande patrão me escutou bondosamente. Quando, porém, lhe exibi minhas notas, por pouco não fatura uma crise histérica. "Isto é exatamente o que não quero: essa falta de respeito com um grande homem, com um espírito superior. Esse achincalhe, esse apequenamento da figura de Archanjo. Não admito! Se lhe compramos essas laudas de tagarelices e maledicências é exatamente para pô-las fora, para que não sejam usadas e não maculem a imagem de Pedro Archanjo. Meu caro Fausto, pense nas crianças das escolas."

Pensei nas crianças das escolas, vendi por ninharia meu silêncio. Dr. Zezinho, ainda nervoso, completou: "Polígamo, que infâmia! Não era sequer casado! Meu caro poeta, aprenda esta lição: um grande homem tem de possuir integridade moral e se, por acaso, transigiu e prevaricou, cabe-nos repô-lo em sua perfeição. Os grandes homens são patrimônios da pátria, exemplos para as novas gerações: devemos mantê-los no altar do gênio e da virtude".

Com o vale e a lição, agradeci e retirei-me, fui em busca de Ana Mercedes e de uísque, consolos caros.

Não pude assim associar-me à glória jornalística de Pedro Archanjo. Sobram-me apenas umas poucas notícias promocionais de generosos colunistas: Silvinho e Renot, July e Matilde. Procuraram-me também simpáticos rapazes da classe teatral, integrantes do grupo muito para a frente intitulado Abaixo o Texto e as Gambiarras — o nome já diz tudo. Propõem-me um projeto de peça sobre Pedro Archanjo, ou melhor, de espetáculo, eles não gostam da palavra peça. Vou estudar o assunto e se me derem ao menos parceria na direção, talvez embarque na aventura.

DE COMO A SOCIEDADE DE CONSUMO PROMOVEU AS COMEMORAÇÕES DO CENTENÁRIO DE PEDRO ARCHANJO, CAPITALIZANDO-LHE A GLÓRIA, DANDO-LHE SENTIDO E CONSEQUÊNCIA

1

A secretaria-geral da comissão executiva, promotora das comemorações do centenário de Pedro Archanjo, foi entregue ao professor Calazans, acertada escolha.

Historiador, o nome de Calazans transpôs de há muito as fronteiras do estado da Bahia e se projeta em ampla área federal: seus trabalhos sobre Canudos e Antônio Conselheiro, realmente sérios e originais, valeram-lhe aplausos dos velhinhos do Instituto Histórico Nacional e, salvo engano, prêmio da Academia Brasileira (se a informação é falsa e não lhe deram a láurea aí fica a deixa; ainda é tempo dos senhores imortais sanarem injustiça tão gritante). Professor de duas faculdades e de várias turmas, douto e bonachão, corre de aula em aula ao passar do dia, com bom humor e farto sortimento de anedotas históricas, defendendo o pão difícil. Com tantos afazeres, ainda encontra tempo e gosto para ser cabide de lugares e títulos: alguns pomposos, trabalhosos todos e todos graciosos — sem sombra sequer de remuneração; secretário da Academia Baiana, tesoureiro do Instituto Histórico e Geográfico da Bahia, presidente do Centro de Estudos Folclóricos e da Casa de Sergipe, sem levar em conta o condomínio do edifício onde reside, do qual é síndico *ab aeterno*.

Tantas atividades bem-sucedidas, tanta tarefa executada a tempo e hora, e mais o estudo, a pesquisa, a elaboração de artigos e ensaios — e o professor sempre lépido, descansado, pa-

113

chorrento —, esse corre-corre, essa lufa-lufa só parecerão extraordinários e absurdos a quem ignore a circunstância de proceder o professor Calazans do mítico estado de Sergipe. Para o sergipano, nascido em pleno latifúndio feudal, na ilimitada pobreza, na falta de qualquer recurso, na ausência de mercado de trabalho e de salário, para o sergipano que sobrevive à mortalidade infantil, às endemias, da maleita à bexiga, a todas as limitações e dificuldades, para esse herói não há nada difícil e o tempo se multiplica. Com o professor Calazans centralizando os trabalhos, o êxito das comemorações estava assegurado.

Aliás, a Grande Comissão de Honra (GCH de sigla; Carro--Chefe de apelido) já constituía uma antecipação da magnitude dos festejos. Colocada sob a presidência do excelentíssimo sr. governador do estado, constituíram-na o cardeal primaz, os comandantes militares, o magnífico reitor, o prefeito da capital, os presidentes das instituições culturais e das diretorias dos bancos baianos, o gerente do Banco do Brasil, o diretor-geral do Centro Industrial de Aratu, o presidente da Associação Comercial, os diretores dos jornais diários, o secretário de Educação e Cultura e o major Damião de Souza.

Excluindo aqueles nomes cuja presença se impunha, pois sem sua anuência ou simpatia qualquer manifestação estaria fadada ao fracasso ou à proibição, todos os demais membros da GCH nela figuravam com fim específico e determinado. Assim explicou dr. Zezinho Pinto quando, assessorado pelo secretário e pelo gerente do *Jornal da Cidade*, reuniu, em seu gabinete, a pequena comissão executiva, "pequena exatamente para ser ágil e efetiva".

Não era tão pequena assim. Formavam-na, além do dr. Zezinho, seu nato presidente, e do secretário-geral Calazans, presidentes do Instituto Histórico e Geográfico e da Academia de Letras, os diretores da Faculdade de Medicina e da Faculdade de Filosofia, a secretária do Centro de Estudos Folclóricos, o superintendente do Turismo, e o gerente-geral para a Bahia da Doping Promoção e Publicidade S. A.

Todos compareceram à primeira reunião, o ambiente era

114

festivo e um garçom — o porteiro da noite — trouxe copos de uísque, já servidos, gelo, soda, guaraná e água à discrição.

— Nacional... — sussurrou, provando o uísque, o macabro Ferreirinha, secretário da redação.

Ao saudar as "eminentes figuras que honram com sua presença a redação do *J. C.*", dr. Zezinho expôs em rápido (porém brilhante) *speech* as linhas mestras da promoção e referiu-se com calorosos elogios aos outros componentes da Grande Comissão de Honra, do governador ao major. Ao mesmo tempo foi insinuando o que deveria ser pedido a cada um deles. Assim, ao dinâmico prefeito da capital, caberia dar o nome de Pedro Archanjo a uma das novas ruas da cidade, enquanto o secretário de Educação e Cultura o daria a uma escola onde a memória de Archanjo brilhará, "reverenciada pelas criancinhas que serão os homens de amanhã, o futuro esplendoroso do Brasil". Do magnífico reitor obter-se-ia a indispensável ajuda intelectual e material da universidade à organização de toda a campanha e, em particular, do seminário previsto; do superintendente do Turismo, passagens e hospedagens dos convidados vindos do sul e do norte do país. Dos diretores dos jornais, "colegas e não concorrentes", esperava-se noticiário farto, incondicional apoio não só através dos órgãos da palavra escrita mas também das estações de rádio e de TV por eles igualmente controladas. Quanto aos demais: banqueiros, industriais, comerciantes, esses ficariam a cargo dos eficientes e dinâmicos funcionários da Doping S. A. Esquecera de citar algum nome, por acaso? Ah! sim, o do major Damião de Souza, paladino das causas populares, figura alegórica de nossa urbe; tendo sido amigo pessoal de Pedro Archanjo, era autêntico representante do povo na Grande Comissão de Honra: "Não podemos esquecer que Archanjo proveio do povo, das classes humildes e laboriosas, delas se elevando às culminâncias da ciência e das letras" (palmas).

Entre o uísque e o cafezinho ("Uísque vagabundo, dos mais baratos, Archanjo merecia coisa melhor, pelo menos uma cachaça decente", refletiu Magalhães Neto, ancião ilustre, presidente do instituto, trocando o copo da beberagem pela xícara do café), a executiva traçou o programa das comemorações, concentrando-o em três itens fundamentais, sem prejuízo de quaisquer outras iniciativas que viessem a ser lembradas:

a) uma série de quatro cadernos especiais do *J. C.*, publicados nos quatro domingos precedentes ao 18 de dezembro, exclusivamente sobre Archanjo e sua obra; colaboração dos nomes mais representativos não só da Bahia mas de todo o Brasil. Os próprios anúncios, lembrou o diretor da Doping, serviriam à glorificação do nome de Archanjo. Estabeleceu-se uma primeira lista de colaboradores, gente da pesada. Ficaram responsáveis pelos cadernos os presidentes do instituto, da academia, a secretária do Centro de Estudos Folclóricos e o professor Calazans (sem ele nem caderno nem meio caderno);

b) um seminário de estudos, posto sob a égide de Pedro Archanjo, a realizar-se na Faculdade de Filosofia, tendo como tema: "A democracia racial brasileira e o apartheid — Afirmação e negação do humanismo". A proposta do seminário provinha do professor Ramos, do Rio de Janeiro, em carta ao dr. Zezinho: Pedro Archanjo é mestre e exemplo da grandeza da solução brasileira do problema das raças: a fusão, a mistura, o caldeamento, a miscigenação — e para honrar sua memória, por tantos anos relegada ao esquecimento, nada mais indicado do que um conclave de sábios no qual se afirme mais uma vez a tese brasileira e se denuncie os crimes do apartheid, do racismo, do ódio entre os homens. A organização do seminário ficou a cargo dos diretores da Faculdade de Medicina e da Faculdade de Filosofia, da Superintendência de Turismo e, naturalmente, do fero sergipano;

c) sessão solene de encerramento das comemorações, a ser realizada na noite de 18 de dezembro, no salão nobre do Instituto Histórico e Geográfico — local sobre todos indicado, sede de egrégio sodalício, recinto austero, majestoso e pequeno; "porque" — disse preciso e prudente o dr. Zezinho — "antes de poucos lugares e superlotado de ouvintes do que enorme salão repleto somente de cadeiras vazias". O superintendente do Turismo, um otimista, propusera o espaçoso salão nobre da Faculdade de Medicina, por que não o da reitoria, ainda melhor e maior? Mas haverá na cidade tantos abnegados capazes de se abalarem para ouvir, além do professor Ramos, do Rio, os representantes da Faculdade de Medicina, da Academia de Letras, do Centro de Estudos Folclóricos, da Faculdade de Filosofia e do próprio Instituto Histórico — cinco discursos certamente prenhes de castiça beleza e de conspícua ciência, altíssonas obras-primas, ah!, altíssonas, longas e maçantes. O dr. Zezinho, experiente da vida e dos homens, não cultivava o otimismo e a seu ver o superintendente do Turismo era um leviano. A organização do soleníssimo ato ficou a cargo exclusivo de Calazans. Se ele não enchesse o salão nobre do instituto, com suas duzentas cômodas poltronas, ninguém mais o encheria.

Não foi redigida ata dos trabalhos, por desnecessária. Em compensação, dr. Zezinho pediu cópia datilografada dos três itens, com todos os detalhes — nomes, temas, oradores, teses, e o demais, tim-tim por tim-tim, pois ainda queria estudá-los "antes de lhes dar divulgação". Sorrindo seu sorriso cativante — era como se estivesse a felicitar o interlocutor, a oferecer-lhe dinheiro — acrescentou: "Iremos publicando tudo isso pouco a pouco — cada dia uma novidade. Assim criaremos o suspense e o interesse".

— Vai pedir o *nihil obstat* — murmurou o macabro Ferreirinha ao jocoso Goldman, gerente do jornal, o rei do não: "Não há dinheiro em caixa".

— Ao SNI ou ao chefe de polícia?

— Aos dois, provavelmente.

Fotógrafos documentaram o cordial e profícuo encontro para a primeira página da edição do dia seguinte e para a posteridade. As câmaras da TV o filmaram para o noticiário da noite, espontânea colher de chá do dr. Brito, "concorrente jamais: cordial colega", tinha mais uma vez razão o dr. Zezinho Pinto.

Marcada a data da próxima reunião, ganharam todos um aperto de mão do invicto empresário, na despedida. "Será que em casa, aos seus convidados, ele oferece esse mesmo infame uísque?" — refletia, ainda impressionado, mestre Magalhães:

— "Certamente não. Há de ter estoque do escocês. Enfim, com esses milionários tudo é possível, nunca se sabe."

2

O rosto cheio, aparentando energia e eficiência, rompendo-se afável em riso e palavrões, frondosos bigodes e evidente começo de calvície, sinais de prematura obesidade e camisa molhada de suor, Gastão Simas, gerente para a Bahia da Doping Promoção e Publicidade S. A., dirige-se a seus auxiliares, grupo compacto integrado por cinco capacidades, cinco ases, cinco imbatíveis, e lhes comunica os resultados da reunião da comissão executiva responsável pelas comemorações do centenário de Pedro Archanjo. Agora, cabe a eles, àqueles cinco crânios regiamente pagos, colocar de pé o outro lado da promoção, o único a contar verdadeiramente: o empresarial, o dos anúncios, o que possibilita a grana, o faturamento. Gastão Simas rola na boca, sob os bigodes, a palavra-chave: faturamento — tem-se a impressão que degusta ambrosia ou caviar, um gole de vinho de cepa rara:

— O espaço de cinco páginas, em cada suplemento de oito, é reservado aos anúncios. O quarto e último suplemento terá doze páginas e nos caberão de sete a sete e meia, poderemos chegar até oito, se necessário. Ademais, meus queridos, não devemos nos limitar aos suplementos. O campo é livre, é preciso soltar a imaginação, criar, ser artista! Ao trabalho, meus filhos, sem perda de tempo. Quero resultados concretos em prazo mínimo. Eficiência e qualidade é o nosso lema, não se esqueçam.

Tendo dito, retorna a seu gabinete, aderna na poltrona. Gastão Simas era homem de qualidade e eficiência; trabalhador, inteligente, imaginoso. Quando entregue ao exercício da autocrítica, via-se no entanto obrigado a constatar não ser aquele o ofício para que nascera, o meio de vida capaz de apaixoná-lo. Exercia-o por necessidade e vanglória: proporcionava-lhe alta remuneração e prestígio social. Por seu gosto, continuaria na banca do jornal onde começara ganhando aviltante salário mas desobrigado dessa máscara de pró-homem tão pouco adaptável a seu rosto prazenteiro, folgazão, para quem o prazer da vida era uma partida de dominó na porta do Mercado Modelo, um trago e uma festa, um bate-papo sem compromisso. "Sou baiano demais para essa profissão", confessara certo dia a um dos seus rapazes, o jovem Arno, simpatia de carioca e um clássico da propaganda. Que fazer? Ora, que pergunta, meu bom Gastão: fazer das tripas coração, a gerência da Doping significa dinheiro grande e status invejável. Impotente servo em sua sala, GS fita a paisagem do golfo, o forte do mar, a ilha verde e os barcos em pacífica travessia. A sala é uma ostentação de riqueza e do poderio — móveis de jacarandá, tapete de Genaro: um pássaro audaz, um inseto cruel de Mário Cravo, em madeira e ferro, e a fulva secretária. Profissão por profissão, arte por arte, ainda é esta a mais rendosa. A arte principal do nosso tempo.

Todos sabemos, e nem o mais ordinário dos patifes se atreve a contestar, ser a arte da propaganda a mais eminente e augusta: nenhuma se lhe compara — nem a poesia, nem a pintura, nem a novelística, nem a música, nem o teatro, sequer o cinema. Quanto ao rádio e à televisão, pode-se dizer serem parte intrínseca da propaganda, sem existência autônoma.

Pintor algum possui a técnica criadora dos plásticos da publicidade: nas agências pululam os Picassos. Não há escritor capaz de igualar-se aos que redigem anúncios; não há estilo, em prosa e verso, com os recursos de imaginação, o realismo e o surrealismo, a comunicabilidade desses textos das agências onde dúzias de Hemingways criam a nova literatura. De que vale esconder a verdade se ela se impõe à luz do sol, fulgurante e vital?

Da propaganda dependem inclusive os Picassos e os Hemingways, muitos deles fabricados nos escritórios de publicidade, que os projetam e popularizam num abrir e fechar de olhos. Durante uns meses, pelo menos, o nome do pintor ou do escritor permanecerá no aplauso e na admiração das massas e dos basbaques. Desaparece, depois, afinal ninguém é Deus para tirar do nada literatos e plásticos, e mantê-los interminavelmente na crista da onda e nas colunas! Mas o promovido teve seu momento, sua oportunidade, tanto maior mais possa dispender. O resto é problema deles, é saber administrar-se: basta lançar a vista pela praça das vaidades para perceber-se a maciça afluência daqueles vigaristas, daqueles sabidórios nascidos nas chocadeiras das agências e que, bem gerenciados em sua falta de talento, em sua sem-valia, brilham e faturam na maciota, sem ter de se matar em duas faculdades e em várias turmas — maratona para quadrados e tolos, tipo Calazans, sem o menor préstimo para o arrivismo indispensável, para a pilantragem, expressão maior de nossa época, de nossa admirável, benemérita, nunca suficientemente louvada sociedade de consumo.

Arno, aquele raio de menino, importado do Rio, pena molhada em uísque escocês legítimo, foi o primeiro a deslumbrar Gastão Simas com o resultado de dois ou três dias de trabalho intenso, de reflexão profunda, ilimitada fantasia. Colocou em cima da mesa do big shot a folha de papel e nela estava escrito em grandes caracteres este genial achado:

Traduzido ao inglês, ao alemão, ao russo
PEDRO ARCHANJO É FONTE DE DIVISAS
para o engrandecimento do Brasil
também é fonte de divisas
A COOPERATIVA DOS EXPORTADORES DE CACAU.

— Fenômeno! — aplaudiu Gastão: — Você é o maior.

Outros resultados, igualmente grandiosos, se sucederam, mas há de reconhecer-se a prioridade de Arno, jovem príncipe da publicidade, bárbaro talento, salário de meia congregação de uma faculdade.

Vale a pena relembrar, em benefício do alevantamento cultural dos leitores, alguns dos textos de maior sucesso:

Brinde o centenário de Archanjo com chope Polar.

Se fosse vivo Pedro Archanjo escreveria seus livros
com máquinas elétricas Zolimpicus.

No ano do centenário de Archanjo,
o Centro Industrial constrói a nova Bahia.

Em 1868 nasceram dois gigantes na Bahia:
Pedro Archanjo e a Archote Seguros Ltda.

Não satisfeito com o triunfo inicial, Arno criou outra maravilha — a transcrição diz melhor do que qualquer adjetivo:

Archanjo anjo estrela
estrela stela casa stela
CASA STELA CASA STELA
há quatro gerações
calça anjos e archanjos
em cinco suaves prestações.

Foi ele próprio, gentil e contente de sua criação, levá-la ao
cliente, o proprietário do negócio de sapatos, que o recebeu de
evidente mau humor — estava fazendo regímen para emagrecer
e não há coisa pior para o caráter dos indivíduos. O tipo, um
cinquentão de espessas sobrancelhas e anel de grau, mediu a
elegância do peralta, sua fleumática suficiência, balançou a
cabeça com desesperança, disse:

— Sou um velho, alquebrado e faminto, o senhor é jovem,
bonito, elegante, com bafo de uísque e acarajé, sábia combinação: mas permita que eu lhe diga: seu anúncio é uma bosta.

Disse de tal maneira, com tão falsa humildade e brusca violência, que Arno, em vez de se ofender, caiu na gargalhada. O
cliente detalhou:

— Meu fidalgo, as Casas Stela são três, não apenas uma
como o anúncio dá a entender. E nem de uma sequer seu anúncio revela o endereço. Não fala de sapatos — meu comércio é de
sapatos, digo para seu governo, creio que o senhor não sabia.

Há, em verdade, leve referência ao assunto, o verbo calçar na terceira pessoa do indicativo: "calça", facilmente confundível com calça e paletó. Fica-se sem saber se é loja de sapatos ou alfaiataria. Aqui entre nós, eu faço melhor e mais barato.

Não foram às bofetadas, desiludindo mais uma vez os empregados, sempre na esperança de ver um dia o patrão embolar em luta corporal; ao contrário, juntos retrabalharam o texto e depois partiram rua afora, no fim da tarde, quando a viração chega do mar e sobe pelas ladeiras. "Gosta de antiguidades?", perguntou-lhe o comerciante. "Sou mais do modernismo", confessou Arno, mas foi com o rabugento aos antiquários, em ruelas e becos — pela primeira vez entrava num bricabraque. Viu lampiões arcaicos, navetas de prata, anéis, joias mirabolantes, bancos e marquesas, pinhas de cristal, gravuras de Londres e de Amsterdam, um oratório pintado à mão e um santo de madeira, antigo. Arno obteve de súbito o condão da beleza.

No dia seguinte, no escritório, sujeitando o layout reformulado à aprovação final de Gastão Simas, Arno Melo lhe disse:

— Meu velho, você é quem tem razão: na Bahia não há clima para esse troço, não dá pé. Se eu tivesse um jeito, largava essa merda, ia bater pernas pelas ruas. Me diga uma coisa, Gastão: você já viu a fachada da igreja da Ordem Terceira?

— Porra!, menino, eu nasci aqui.

— Pois eu já fiz um ano de Bahia, já passei por ali mais de mil vezes, e nunca tinha parado para reparar e ver. Sou um cavalo, seu Gastão, um animal, um infeliz, um filho da puta de agência de publicidade.

Gastão Simas suspirou: assim não era possível.

3

O comparecimento à segunda reunião da executiva reduziu-se de muito; assim sucede sempre: segunda reunião não dá direito a fotógrafo nem a noticiário de primeira página — duas linhas, se muito, em página interna.

Os presidentes da academia e do instituto fizeram-se representar pelo professor Calazans, integrante das diretorias das duas instituições. Também os diretores da Faculdade de Medicina e de Filosofia e o superintendente do Turismo desculparam-se, alegando compromissos anteriores, ao mesmo tempo em que empenhavam acordo e apoio a qualquer medida ou decisão.

Da Faculdade de Filosofia veio o professor Azevedo, em caráter pessoal, trazido pelo projeto de seminário, entusiasta da ideia. O professor Ramos escrevera-lhe do Rio, pedindo sua ajuda para a organização do simpósio: "Pode resultar num acontecimento magno para a cultura brasileira — o primeiro debate sistematizado e em bases realmente científicas a propósito do problema racial, mais em evidência e candente do que nunca, explodindo em conflito por todas as partes, especialmente nos Estados Unidos onde o Poder Negro é um fator novo e sério; agravando-se na África do Sul onde parece ter se fixado a herança do nazismo". O professor Azevedo tinha em preparo documentada tese sobre a contribuição de Archanjo à solução brasileira do problema, a ser sujeita ao conclave que, conforme propusera ao professor Ramos, podia usar como epígrafe uma frase de mestre Pedro nos *Apontamentos sobre a mestiçagem nas famílias baianas*: "Se o Brasil concorreu com alguma coisa válida para o enriquecimento da cultura universal, foi com a miscigenação — ela marca nossa presença no acervo do humanismo, é a nossa contribuição maior para a humanidade".

A secretária do Centro de Estudos Folclóricos compareceu: lutando bravamente por um lugar ao sol entre tantos etnólogos, antropólogos, sociólogos, todos de mestrado feito, a maioria beneficiária de bolsa de estudo em universidades e boates estrangeiras, apoiados em equipes, em batalhões de alunos e assistentes — ela, autodidata e artesã, escoteira a vasculhar e a cavar sozinha suas pesquisas, não podia perder aquela oportunidade. Mocetona forte e disposta, Edelweiss Vieira figurava entre as poucas pessoas a conhecer na Bahia a obra de Archanjo. Além dela e do professor Azevedo, apenas o secretário-geral Calazans: quando aceito uma responsabilidade é para levá-la a sério.

Viera também o gerente da Doping S. A., armado com pasta de couro, papéis, esquemas, organogramas, layouts; apenas chegado, trancara-se em companhia do gerente do jornal, no gabinete do diretor. Dr. Zezinho mandou pedir a Calazans e a seus colegas que aguardassem "um minuto, por favor". Ficaram batendo papo na redação.

O macabro Ferreirinha, arrastando o secretário-geral da executiva para o vão de uma janela, confidenciou-lhe aziagos receios: as coisas não iam bem, "o czar está com cara de cemitério". Conhecedor da fama de alarmista do secretário de redação, o sergipano não lhe deu maior crédito. Os tempos eram de boataria solta, de previsões pessimistas, de cotidiano melancólico e intranquilo. Mas, quando finalmente a porta do gabinete se abriu, dando saída a Gastão Simas e ao gerente do matutino, Calazans notou restos de vigília e sobressaltos no disfarce do rosto aparentemente aberto e cordial do dr. Zezinho. "Por favor", disse ele, "entrem e desculpem-me a demora."

Ainda de pé, Calazans informou:

— O professor Azevedo veio pela Faculdade de Filosofia. Mestre Neto não pôde vir e o senador está em Brasília — o presidente da Academia fora eleito senador da República. — Estou autorizado a representá-lo. O diretor da Faculdade de Medicina e o superintendente...

— Telefonaram explicando a ausência — interrompeu o magnata. — Não tem importância, é até melhor. Em *petit comité* pode-se conversar mais tranquilamente, pôr em ordem as ideias e resolver os problemas de nossa grande promoção. Sentemo-nos, meus amigos.

O professor Azevedo tomou a palavra, em tom quase oratório:

— Deixe que o felicite, doutor Pinto, pela iniciativa das comemorações, digna de todos os encômios. Saliento, particularmente, o seminário sobre miscigenação e apartheid, acontecimento da maior importância, de extrema atualidade; vai ser a realização científica mais séria do Brasil nos últimos anos. Estamos todos de parabéns e o senhor em primeiro lugar.

Dr. Zezinho recebeu os elogios com o ar modesto de quem apenas cumpre seu dever para com a pátria e a cultura, sem medir sacrifícios:

— Muito obrigado, caro professor. Suas palavras me confortam. Mas, já que o senhor falou no seminário, desejo expressar algumas breves opiniões sobre o assunto: andei reestudando a ideia, aprofundando-lhe as implicações e cheguei a certas conclusões que venho sujeitar ao bom senso e ao patriotismo dos senhores. Quero consignar antes de tudo minha admiração pelo professor Ramos, por sua obra magistral. A melhor prova disso é que fui eu quem o procurou, solicitando sua colaboração para as homenagens a Pedro Archanjo. O conclave que ele nos propõe reunir, no entanto, sendo sem dúvida de interesse científico, não me parece o mais indicado na conjuntura atual.

O professor Azevedo sentiu um frio na espinha: todas as vezes que ouvira pronunciar aquelas palavras fatais, "conjuntura atual", alguma coisa ruim acontecera. Os últimos anos não tinham sido amenos nem fáceis para o professor Azevedo e para seus colegas de universidade. Por isso mesmo, atalhou, antes de ouvir o resto, o pior certamente:

— O momento, ao contrário, doutor Pinto, é o mais indicado: quando as lutas raciais atingem quase a condição de guerra civil nos Estados Unidos, quando os novos países da África começam a desempenhar importante papel na política mundial, quando...

— Exatamente, meu caro professor e amigo; exatamente esses argumentos que para o senhor indicam a oportunidade do seminário, são os mesmos que, a meu ver, o transformam num perigo, num sério perigo.

— Perigo? — interpunha-se agora Calazans. — Não vejo onde.

— Perigo e grande. Esse seminário, com uma temática explosiva — mestiçagem e apartheid —, é perigosíssimo foco de agitação, dele pode nascer um incêndio de proporções imprevisíveis, meus caros. Pensem nos rapazes da universidade, nos meninos dos ginásios. Não lhes nego razão em certos reclamos e o nosso jornal o tem dito, corajosamente. Mas convenhamos que qualquer pretexto serve para os agitadores infiltrados no meio estudantil, para os profissionais da desordem e da baderna.

"Está tudo perdido", deu-se conta o professor Azevedo, mas ainda lutou: a ideia de Ramos merecia um derradeiro esforço:

— Pelo amor de Deus, doutor Pinto: os estudantes, inclusive os de esquerda, vão apoiar em massa o simpósio, vão lhe dar cobertura total, eu próprio já conversei com vários deles e todos mostram-se favoráveis e interessados. Trata-se de uma assembleia puramente científica.

— Veja, professor, é o senhor mesmo quem me dá razão e me oferece novos argumentos. O perigo está exatamente no apoio estudantil. O assunto é pura dinamite, uma bomba. Nada mais fácil do que transformar esse seminário de caráter científico em passeatas, manifestações de rua, de apoio aos negros norte-americanos e contra os Estados Unidos; se o realizássemos, poderia terminar com o incêndio do consulado americano. O senhor mesmo disse, professor, que se trata de um simpósio de esquerda.

— Não disse isso. A ciência não é de esquerda ou de direita, é ciência. Disse que os estudantes...

— É a mesma coisa: o senhor disse que os estudantes de esquerda, a massa estudantil apoia a ideia. Aí reside o perigo, professor.

— Mas, nesse caso, já não se pode... — mais uma vez Calazans em apoio ao colega.

Visivelmente contrafeito, o dr. Zezinho resolveu liquidar o assunto:

— Perdão, professor Calazans, se o interrompo: estamos todos a perder tempo. Mesmo que os senhores me convencessem, e talvez não fosse tão difícil convencer-me... — Fez um silêncio, estava realmente constrangido. — Mesmo assim o seminário não poderia ser realizado. — Cada vez mais a contragosto continuou: — Fui... bem... fui procurado... e tive ocasião de discutir o assunto em todos os seus aspectos.

— Procurado? Por quem? — quis saber a secretária do Centro Folclórico, inteiramente por fora das sutilezas da política.

— Por quem de direito, minha boa amiga. Professor Azevedo, creio que agora o senhor me compreende e justifica minha posição. Aliás, quero lhe pedir que a explique ao professor Ramos, não desejo que ele faça mau juízo a meu respeito.

Olhou pela janela, no botequim defronte redatores do jornal engoliam médias com pão e manteiga:

— Certas coisas nos escapam, não estamos a par de detalhes que tornam indesejável, em determinado momento, aquilo que, em aparência, é uma boa ideia. Vou lhes revelar algo, algo muito confidencial: a diplomacia brasileira neste preciso instante está trabalhando num acordo de grandes proporções com a África do Sul. Temos o maior interesse em ampliar nossas relações com esse poderoso país, de extraordinário índice de crescimento. Mesmo uma aliança política contra o comunismo não está fora de cogitações, afinal na ONU já somos aliados, defendemos os mesmos pontos de vista. Uma linha aérea, direta, ligando o Rio a Johannesburgo, vai ser estabelecida nos próximos dias. Dão-se conta? Como então reunir nesta hora os sábios brasileiros para que eles baixem o pau no apartheid, ou seja, na República da África do Sul? Não vou sequer me referir aos Estados Unidos, aos nossos compromissos com a grande nação americana. Exatamente quando aumentam suas dificuldades com os negros, também nós vamos mandar-lhes lenha? Do racismo ao Vietnã é um passo. Um passinho de nada. São argumentos sérios, meus amigos, e por mais que eu desejasse defender a nossa ideia, não pude discutir.

— Quer dizer que proibiram o seminário? — reincidiu a secretária do Folclore, sem medir palavras, no vício da fala popular, direta e simples.

Dr. Zezinho, mais refeito, levantou os braços:

— Ninguém proibiu nada, dona Edelweiss, pelo amor de Deus. Estamos numa democracia, ninguém proíbe nada no Brasil, faça-me o favor! Nós é que, agora, aqui, examinando o assunto, à base de novos dados, decidimos — nós, a comissão executiva e mais ninguém — suspender o seminário. Nem por isso, no entanto, deixaremos de comemorar o centenário de Pedro Archanjo. Os suplementos estão em marcha, o Gastão trouxe-me alentadoras notícias, as perspectivas são boas. A sessão solene dará os toques científico e oratório indispensáveis. Além do que, nada nos impede de pensar em outra coisa desde que não tenha o mesmo caráter subversivo do simpósio.

No silêncio tão próprio da conjuntura atual, o dr. Zezinho renasceu mais uma vez das cinzas do desagradável assunto:

— Eu peço aos senhores que pensem, por exemplo, num grande concurso, a ser lançado entre os secundaristas, uma redação versando sobre tema patriótico, atual. Seria o prêmio Pedro Archanjo, um prêmio valioso, cobiçável: passagem de avião e estada de uma semana em Portugal para o vencedor e um acompanhante. Que lhes parece? Pensem nisso, meus amigos, e muito obrigado.

Nem sequer uísque nacional.

4

A Sociedade dos Médicos Escritores (com matriz na Bahia e sucursais em diversas cidades de outros estados) lançou manifesto de apoio aos festejos — apesar de não haver colado grau de doutor, Pedro Archanjo encontrava-se profundamente ligado à classe médica através do cordão umbilical da Faculdade de Medicina da Bahia "à qual servira com notável eficiência e comovente devotamento".

O presidente da operosa organização, benquisto radiologista de invejável clínica, biógrafo de médicos eminentes, inscreveu-se orador — o sexto! — para o ato solene de encerramento, foi em busca de dados mais precisos e íntimos sobre Pedro Archanjo que lhe possibilitassem uma nota humana na aridez do discurso científico. De informação em informação chegou ao major Damião de Souza de escritório noturno montado há muitos anos no Bar Bizarria, em beco torvo do Pelourinho.

O Bar Bizarria, um dos últimos a oferecer mesas e cadeiras

aos clientes, a lhes possibilitar o prazer da conversa, fora antes localizado no melhor ponto da praça da Sé, propriedade de afável galego chegado de Pontevedra há mais de meio século. Na cobiçada esquina, seus filhos inauguraram o self-service COMAEMPÉ, novidade de fulminante sucesso: por preço módico os clientes recebem o prato único já servido, um refrigerante à escolha, pousam prato e garrafinha sobre uma espécie de balcão a circular a sala, e em dez minutos veem-se livres da obrigação do almoço, tempo durante o qual não estão ganhando dinheiro, tempo perdido. O galego inicial, amigo de sua freguesia e de um bom gole de vinho (não desdenhava a cachaça, se de qualidade), entregou o valioso ponto aos filhos progressistas e sôfregos, mas não abriu mão de seu bar de mesas e cadeiras, de conversa animada, sem controle de relógio, foi parar num beco de putas e ali prosseguiu na convivência de renitentes bêbados, seus fregueses e amigos. Imemorial freguês, com cadeira cativa no começo da noite, o major, infalível para o aperitivo do jantar.

O elegante radiologista, um tanto formal, sentiu-se acanhado e atônito naquele ambiente obsoleto; era como se houvesse recuado no tempo e chegasse a uma cidade proscrita: as pedras negras do calçamento, a luz baça, os muros seculares da sala, as sombras, um cheiro de Oriente. Não fora o único a procurar naquela noite o major em busca de memórias de Archanjo: já encontrou no Bizarria ao conhecido Gastão Simas e a um peralvilho de sua agência de publicidade. Empunhavam copos de violenta beberagem, outrora famosa, dita "pinguelo de bode", e o pelintra (soube depois chamar-se Arno Melo) comia acarajés — "não há tira-gosto igual". Uma baiana mantinha seu tabuleiro e seu fogão na porta do bar, há mais de vinte anos; com ele viera da praça da Sé. Para o presidente dos Médicos Escritores foi uma experiência nova e excitante: seu mundo resumia-se ao hospital com os alunos da faculdade, ao consultório na rua Chile, à casa na Graça, às reuniões lítero-científicas, aos jantares e recepções. Aos domingos, permitia-se o banho de mar e a feijoada.

— Radiologista? — leu o major no cartão do médico: — Excelente. Com as férias do doutor Natal e a viagem do doutor

Humberto, ando em falta. Sente-se, a casa é nossa. O que é que toma? O mesmo que nós? Recomendo. Para abrir o apetite não há melhor — dirigiu-se ao espanhol: — Paco, sirva mais uns pinguelos e venha conhecer o doutor Benito que hoje nos honra com sua presença.

Por pura, nímia gentileza o dr. Benito aceitou o cálice e provou a medo a impossível mescla, ah, estupenda! Simas e Arno já iam longe, na quarta ou quinta dose, percorrendo os caminhos de Archanjo. O major, impertérrito, puxava da fumaça do charuto fétido:

— Contam que, certa feita, uma iabá, sabendo da fama de mulherengo de Pedro Archanjo, resolveu lhe dar uma lição, fazendo dele gato e sapato e para isso virou na cabrocha mais catita da Bahia...

— Iabá? Que é isso? — instruía-se Arno.

— Uma diaba com o rabo escondido.

Jantaram ali mesmo, no bar, peixe frito no azeite amarelo, cerveja gelada e copiosa para regar o dendê; lamberam os beiços. Por duas vezes, em meio à refeição, o major propôs rodadas de cachaça para "desfeitear a cerveja".

Mais tarde foram ver, bem pertinho, o primeiro andar onde funcionara o castelo de Ester, hoje de Rute Pote de Mel, no qual ainda se bebe um ínclito conhaque do tempo de Archanjo. Pelo meio da noite Gastão Simas cantou "Chão de estrelas" para uma plateia participante e romântica e Arno Melo fez um discurso, de ideologia um tanto confusa porém violento, contra a sociedade de consumo e o capitalismo em geral.

Às duas da manhã, o dr. Benito, num supremo esforço de vontade, conseguiu arrancar-se dali. Meteu-se num táxi, abandonando seu carro estacionado no terreiro: nunca bebera assim em toda sua vida, nem nos tempos de estudante, nunca se encontrara em meio de tanto contrassenso e inconsequências. "Perdoa, querida, vi-me envolvido num mundo absurdo, e de Archanjo só fiquei sabendo que durante uns tempos viveu amigado com o diabo."

— Com o diabo? — a esposa mexia o sal de fruta.

No outro dia, ao chegar ao consultório, encontrou os três primeiros clientes do major, cada um com seu bilhetinho: "O major Damião de Souza apresenta o indigente portador deste cartão ao bondoso facultativo, pedindo a caridade de uma chapa do dito-cujo que Deus lhe pagará com juros".

Duas chapas dos pulmões, uma dos rins, as três primeiras; infinita é a torrente dos necessitados.

5

Entre as contribuições mais entusiásticas às homenagens ao centenário de Pedro Archanjo, deve-se destacar a da Faculdade de Medicina da Bahia. Um porta-voz da tradicional escola, em entrevista ao *J. C.* logo após o lançamento da campanha, ainda na fase inicial das declarações de apoio, afirmou: "Pedro Archanjo é um filho da Faculdade de Medicina, sua obra é parte de nosso sagrado patrimônio, esse patrimônio inigualável que nasceu no secular largo do Terreiro de Jesus, no precípuo Colégio dos Jesuítas, e se afirmou com os ovantes mestres da faculdade, erguida sobre os alicerces do primeiro estabelecimento de ensino do Brasil. A obra de Pedro Archanjo, hoje reconhecida até no estrangeiro, só pôde ser realizada porque seu autor, membro da administração da faculdade, imbuiu-se do espírito da benemérita instituição que, sendo primordialmente de ciências médicas, não deixou, em momento algum, de cultivar as ciências irmãs e, em especial, as belas-letras. Em nossa colenda faculdade ergueram suas vozes oradores dos maiores do Brasil; afirmaram-se homens de letras admiráveis pela elegância do estilo e a pureza da linguagem — ciência e letras, medicina e retórica deram-se as mãos nos pátios e nas salas de aula. Pedro Archanjo forjou seu ânimo nesse clima de alta espiritualidade, na doutrina da veneranda escola temperou sua pena. É com justificado orgulho que afirmamos por ocasião desta efeméride gloriosa: a obra de Pedro Archanjo é produto da Faculdade de Medicina da Bahia".

No que, apesar de tudo, não deixava de ter certa razão.

ONDE SE CONTA DE LIVROS, TESES E TEORIAS, DE CATEDRÁTICOS E TROVADORES, DA RAINHA DE SABÁ, DA CONDESSA E DA IABÁ, E, EM MEIO A TANTO IPSILONE, SE PROPÕE UMA ADIVINHA E SE EXPRIME OUSADA OPINIÃO

1

Contam, amor, que, certa feita, estando uma iabá de passagem na Bahia, arreliou-se e ofendeu-se com a incontinência, o colossal deboche, a presepada imensa de mestre Pedro Archanjo, arrendatário de mulheres, macho de tantas fêmeas, pastor de dócil e fiel rebanho, mais parecendo um soba cercado de comborças, pois as puxavantes se conheciam e visitavam, e juntas eram vistas cuidando dos meninos paridos de umas e de outras, todos dele, e davam-se o trato de comadre e mana, tudo em meio a gaitadas, a la vontê, em cavaqueira e patuscada, quando não reunidas no fogão a preparar quindins para o tirano.

De todas cuidava Pedro Archanjo, cada uma sua vez, e a todas satisfazia como se outro emprego não tivesse além daquele de cama e vadiagem, folguedos de meter e mandar vara, doce ofício. Um lorde, um paxá, um presunçoso tirado a zarro e a pé de mesa, numa vida de regalo. Bem de seu, tranquilo, a la godaça, de mulher nenhuma sofrendo as agonias, os martírios, o medo de perdê-la ou de não tê-la, pois as desavergonhadas, as desbriosas viviam atrás dele em dengue e adulação; não cogitavam abandoná-lo, lhe fazer ciúmes ou lhe pôr os cornos — nem por brincadeira pensar nisso. Na maciota, Pedro Archanjo, o bom de bico e de xodó.

Tal situação parecendo intolerável à iabá, por humilhante para o femeaço inteiro, decidiu ela castigar severamente mestre

Archanjo, dando-lhe lição amarga e dura que lhe ensinasse o mal do amor na súplica e na espera, no pedido e na recusa, no desprezo e no abandono, na traição e na vergonha, na dor de amar e não ser correspondido. Dor de amar assim jamais sofrera o femeeiro, sedutor espalhado em leito sem limites, colchão fofo de lã de barriguda ou catre de madeira, o areal ou o mato, na barra da manhã ou no cair da noite. Pois agora ia sofrer, aprender na própria carne — jurou a iabá ante o escândalo a nonchalança do beltrano: serás exposto ao mundo e à Bahia, de estrovenga murcha, de coração em chagas e a testa florescida em chifres, exposto ao debique e à troça, na lona, no alvéu e na brochura.

Para tanto a iabá virou a negra mais formosa até hoje vista em terras da África, de Cuba e do Brasil, narrada em história, caso, relato ou xeretice: um destempero de negra, um deslumbramento de azeviche. Perfume de rosas desabrochadas para não se sentir o cheiro de enxofre; sandálias fechadas para esconder os pés de cabra. Quanto ao rabo, em bunda se desenvolveu, escorreita e insubmissa, do resto do corpo independente, a requebrar por conta própria. Para dar-se pálida ideia da beleza da negra basta dizer que no percurso entre as profundas e a Tenda dos Milagres, ao seu passar, enlouqueceram seis mulatos, dois negros, doze brancos e uma procissão se dissolveu quando ela a atravessou. Viu-se o padre arrancar a batina e renegar a fé; e santo Onofre em seu andor voltou-se para ela e lhe sorriu.

Numas saias engomadas, a iabá ria contente: o pedante pagaria seu orgulho de pai-d'égua, de invicto garanhão em campo de mulheres. Para começo de conversa, rapidamente lhe deixaria pururuca a alabada estrovenga e, em seguida, murcha e morta, sem serventia para o bom, pelanca mole de museu. Aqui jaz o mangalho de Pedro Archanjo, era famoso e uma iabá acabou com sua fama e valentia.

Da vitória no busílis a arrenegada tinha certeza e segurança: é público e notório que as iabás podem virar mulheres de invulgar beleza, de encanto irresistível, amantes ardentíssimas, sábias de carícias; é também de geral conhecimento que elas não conseguem desembocar no gozo — não o alcançam jamais, sempre insatisfeitas, a pedir mais, em furor crescente. Antes que atinjam e atravessem as portas do néctar e do paraíso, o vencido mangalho do parceiro se desmancha em reles muxiba. Jamais se soube de estrovenga capaz de romper esses muros de ânsia vã e danação e de conduzir sáfara e maldita iabá a tempo e a termo do hosanas e aleluias.

Mas o castigo não se restringiria à impotência, ao fiasco no doce e violento ofício, quiçá pior seria o coração roto e ferido. Porque a iabá pensava fazer dele gato e sapato, mísero suplicante, desinfeliz escravo, traído e desprezado. Entre as duas vergonhas, qual a mais horrenda, a mais mesquinha?

A falsa vinha satisfeita pela rua, com seu plano traçado: após lhe fazer provar mil vezes o gosto da quirica e do desmaio, quando o visse no visgo do xodó preso e vencido, se tocaria mundo além, indiferente, sem lhe dizer adeus. Para vê-lo — para que todos o vissem — de rastros a seus pés, pedinte; a língua lambendo a poeira do caminho, beijando-lhe as pisadas, todo ele um trapo vil, por fora um rebotalho, por dentro um corno manso a suplicar-lhe a graça de um olhar, de um riso, de um gesto, o dedo mínimo, o calcanhar, ah, por caridade o bico do peito, uva negra e intumescida.

Arrastando-o no desprezo e no debique, a iabá mais baixo ainda o afundaria: na desonra — ao oferecer-se a outros em léria e em promessa, em sua cara se fretando com os vizinhos. Para que todos o vissem roendo beira de sino, tampa de penico; para que o vissem fora de si, de punhal erguido, de navalha aberta: volta ou te mato, desgraçada; se deres a outro a flor agreste, morrerás em minhas mãos e morrerei também.

Assim, de rastros exposto na cidade, em pleno dia, à vista de todos, em pranto e súplica, chifrudo sem decoro, despido do último resquício de decência, de orgulho, verme na lama, na vergonha, na morte, na dor de amar. Vem! e traz todos os teus fretes, todos os teus machos, prega-me os chifres que quiseres, coberto de excremento e fel te desejo e te suplico, vem! e te aceito agradecido.

As iabás não gozam, já sabemos; mas também não amam e não sofrem porque, como está provado, às iabás falta coração — vazio o peito, oco e sem remédio. Por isso, por imune e por maldita, vinha ela rindo no caminho, a bunda mais atrás em remelexo, e os homens se matando só de vê-la. Pobre Archanjo.

Sucede, porém, amor, que Pedro Archanjo, esparramado na porta da Tenda dos Milagres, a esperou mal a noite se acendeu na estrela vespertina e a Lua saiu de casa em Itaparica e veio debruçar-se sobre o mar, um mar de óleo, verde-escuro. Encomendara lua, estrelas, aquele mar silente e uma canção:

> *Obrigado minha senhora*
> *Pela sua cortesia:*
> *Tenho visto que é formosa*
> *E cheia de bizarria.*

Apoiava-se na estrovenga como se ela fosse seu bastão de obá, tanto crescera na impaciente espera; tão só com seu olor de macho descabaçava virgens, léguas adiante, e as emprenhava.

Perguntarás, amor: que novidade é essa, como soube Archanjo dos malignos, dos esconsos propósitos da iabá? — mate-me logo esta adivinha. É muito simples: por acaso não era Pedro Archanjo filho predileto de Exu, senhor dos caminhos e das encruzilhadas? Era também os olhos de Xangô — sua vista alcança longe e vê por dentro.

Foi Exu quem lhe avisou da prepotência e dos péssimos desígnios da perversa filha do Cão, de peito oco. Lhe avisou e lhe disse o que fazer: "Tome primeiro um banho de folhas, mas não de uma qualquer; vá a Ossaim e lhe pergunte quais, só ele penetra no âmago das plantas. Depois prepare água de cheiro de pitanga, misture com sal, mel e pimenta e nela banhe o pai do mundo, juntamente com os quimbas, os dois mabaças — vai doer bastante, não se importe, seja homem, aguente; verá em breve os resultados: será a estrovenga principal do mundo pelo volume, em inchaço e longitude, pelo deleite, pela formosura e pela arreitação. Não haverá quirica de

135

mulher ou de iabá capaz de abalar sua estrutura, quanto mais deixá-la vacilante e frouxa".

Para completar o encantamento lhe entregou um quelé, colar de sujeição para o pescoço, e um xaorô para sujeitar o tornozelo. "Quando ela dormir ponha-lhe o quelé e o xaorô e estará presa pela cabeça e pelos pés, cativa para sempre. O resto Xangô vai lhe dizer."

Xangô ordenou-lhe um ebó com doze galos brancos e doze galos pretos, com doze conquéns pintadas e uma pomba branca, de imaculada alvura, de túmido peito e mavioso arrulho. Ao final do ebó, num sortilégio de mandinga, do coração da pomba em sangue e amor, Xangô fez uma conta que era branca e era vermelha, e a entregou a Archanjo, dizendo-lhe com sua voz de raio e de trovão: "Ojuobá, escute e aprenda este despacho: quando a iabá já estiver sujeita pela cabeça e pelos pés, dormida e entregue, enfie essa conta em seu subilatório e aguarde sem medo o resultado: aconteça o que aconteça, não fuja, não arrede lugar, espere". Archanjo tocou a terra com a testa e disse: "Axé".

Depois foi tomar o banho de folhas, escolhidas uma a uma por Ossaim. No mel e na água de pitanga, no sal e na pimenta-malagueta preparou a arma e a viu crescer, descomunal bordão de caminhante. No bolso escondeu o quelé, o xaorô e o coração da pomba, a conta vermelha e branca de Xangô. Na porta da Tenda, ele a esperou chegar.

Apenas surgiu na esquina e começaram, não houve fuleragem nem fricotes; mal a iabá apareceu e a estrovenga foi ao seu encontro e lhe subiu as saias engomadas, ali mesmo metendo, na exata medida do xibiu: fogo com fogo, mel com mel, sal com sal, pimenta com pimenta e malagueta. Contar essa batalha, essa guerra das duas competências, o assalto da égua e do cavalo, o miar da gata em desvario, o uivo do lobo, o ronco do javali selvagem, o soluço da donzela na hora de mulher, o arrulho do pombo, o marulho das ondas, contar, amor, quem poderia?

Rolaram pela ladeira, penetrados, foram parar no areal do porto e atravessaram a noite. A maré cresceu e os levou; no fundo do mar prosseguiram em louca cavalgada, na metida insana.

A iabá com tal resistência não contara; a cada desmaio de Archanjo, a excomungada pensava com esperança e raiva: agora o possante vai pururucar, esmolambado! Muito ao contrário, em vez de fenecer, crescia o ferro em brasa e em carícia.

Tampouco imaginara gostosura assim, chibata de mel, pimenta e sal, delícia das delícias, fenômeno de circo, maravilha. Ai, gemeu a iabá em desespero, se ao menos eu pudesse... Não podia.

Durou três dias e três noites o grão embate, o sumo pagode, sem intervalo: dez mil trepadas e uma só metida, e a iabá tanto entesou-se em seu furor sem termo que, de repente, deu-lhe um tangolomango e em gozo ela se abriu como se rompe o céu em chuva. Irrigado o deserto, rota a aridez, vencida a maldição, hosana e aleluia!

Adormeceu então, realizada fêmea, mas não mulher ainda, ah não!

No quarto de Archanjo, de sombras e odores misturados, dormia de bruços a iabá: um desatino, um despropósito de negra, um xispeteó. Quando seu hálito cantou, Archanjo lhe pôs o quelé no pescoço e o xaorô no tornozelo e assim sujeita a teve. Depois, com delicadeza de baiano, lhe enfiou no celeste fiofó o coração da ave, conta encantada de Xangô.

No mesmo instante ela soltou um brado e um pum, os dois medonhos, sinistros, pavorosos, o ar foi puro enxofre, mortal fumaça. Um clarão de raios sobre o mar, o surdo eco dos trovões, os ventos desatados e a tempestade de um extremo a outro do universo. Subiu aos céus imenso cogumelo e apagou o Sol.

Mas logo tudo se acalmou em júbilo e bonança; o arco-íris se estendeu em cores: Oxumarê inaugurando a festa e a paz. Ao fedor de enxofre, sucedeu um cheiro de desabrochadas rosas e a iabá já não era iabá, era a negra Doroteia. Em seu peito crescera, por arte de Xangô, o mais terno coração, o mais submisso e amante. Negra Doroteia para sempre, com seu xibiu de fogo, sua atrevida bunda insubmissa, o coração de rola.

Resolvido o busílis, desfeita a incógnita, achada a solução dos ipsilones, acabou-se a história, amor, que mais contar? Doroteia fez santo, bravia filha de Iansã, raspou a cabeça num barco de iaôs e terminou dagã a dançar o padê de Exu no início das obrigações. Alguns xeretas, a par do acontecido, juram perceber distante aftim de enxofre quando Doroteia abre a dança no terreiro. Aquela inhaca do tempo em que, sendo iabá, quis quebrar a castanha de mestre Pedro Archanjo.

Difícil quebrar a castanha do mestiço. Outros o tentaram, nas bandas do Tabuão, onde fica a Tenda dos Milagres, e no Terreiro de Jesus, onde se eleva a faculdade, mas nenhum o conseguiu. A não ser Rosa — se alguém ensinou a Archanjo a dor de amar e o venceu foi Rosa de Oxalá, e mais ninguém. Nem a iabá de azeviche e danação, tampouco catedrático de fraque e sapiência.

2

O aprendiz tenta esconder o sono irresistível aos dois homens curvados sobre a máquina. Há de testemunhar a impressão das páginas iniciais; viveram em entusiasmo meses a fio, tanto quanto Archanjo, tanto quanto Lídio, dos dois o mais veemente — quem não soubesse dos particulares julgaria Lídio Corró autor de *A vida popular da Bahia*, o primeiro livro de Pedro Archanjo.

Os derradeiros bêbados já se recolheram, o último violão silenciou a tardia serenata. O clarim dos galos ressoa na ladeira, dentro em pouco a cidade começará a viver. O aprendiz ouvira a leitura dos capítulos, ajudara na composição e na revisão desse primeiro bloco de linhas. Busca disfarçar os bocejos, o ardor dos olhos, as pálpebras pesadas, mas Lídio dá-se conta e lhe ordena:

— Vá dormir.

— Ainda não, mestre Lídio, não estou com sono.

— Está caindo, nem se aguenta de pé. Vá dormir.

— Meu padrinho, por favor — a voz do adolescente ia além

da súplica, continha um calor, uma decisão —, peça a mestre Lídio que deixe eu ficar até o fim. O sono já passou.

Tinham apenas a noite para o trabalho no livro, pela manhã necessitavam dos tipos, contados e gastos, e da impressora para as encomendas normais: folhetos de trovadores, prospectos de lojas, armarinhos, armazéns. No fim do mês, Corró devia pagar a prestação a Estêvão, dinheiro sagrado. Uma batalha contra o tempo e contra a pequena máquina manual: reumática, rabugenta, caprichosa. Lídio Corró tratava-a de "minha tia", pedindo-lhe bênção e boa vontade, cooperação. Nessa noite emperrara, estiveram a maior parte do tempo a consertá-la.

O aprendiz chamava-se Tadeu e tinha gosto pelo ofício. Quando finalmente Estêvão das Dores se dispusera a aposentar-se e a vender a tipografia, Lídio tomou o moleque Damião de ajudante. Não por muito tempo pois nas tintas e nos tipos não encontrou o traquinas atração e interesse. Para ele o movimento, a liberdade das ruas. Meteu-se no fórum, moço de recados, transportando autos, processos, requerimentos, petições, correndo de juízes a advogados, de meirinhos a escrivães; em seu começo de carreira, Damião era a própria esperteza, a própria malandrice. Sucederam-se os aprendizes, todos eles de curta permanência na oficina de pequena capacidade e muita mão de obra. Nenhum à altura do trabalho, Tadeu fora o primeiro a dar satisfação a mestre Lídio.

Com um grito saúda a anuência do mestre, molha o rosto para espantar o sono. Seguira o trabalho de Archanjo dia a dia, página por página, e nem ele próprio sabe como foi útil àquele a quem chama de padrinho: quanto ânimo lhe deu na tarefa nova e difícil, naquela arte de exatidões e nuanças, de afirmações e sutilezas, da verdade posta no papel, no ofício das palavras e de seu sentido.

Por eles e para eles, Pedro Archanjo escrevera: para o amigo de toda a vida, o compadre, o sócio, o seu mabaça, e para o moleque de olhos ardentes, franzino, espevitado, estudioso, para o filho de Doroteia. Afinal chegara a termo, e Lídio obtivera o papel a crédito.

A ideia nascera daquele rapaz do Tororó, Valdeloir, mas várias sugestões e implicâncias aconteceram quase ao mesmo tempo, levando Pedro Archanjo a tomar da pena. Sempre gostara de ler quanto livro caísse em sua mão, de anotar fatos, acontecidos e histórias: tudo que se referisse aos hábitos e costumes do povo da Bahia, mas sem manifestar intenção de escrever. Por mais de uma vez, no entanto, pensara estar naquelas suas notas a resposta às teses de certos professores da faculdade, teses tão em moda — ele as ouvia repetidas nas salas de aula, nos pátios e corredores.

Foi em noite de cachaça extensa: numeroso grupo atento ouvia Archanjo contar casos, cada um mais cutuba e sugestivo, enquanto Lídio Corró e Tadeu amarravam pacotes de um folheto no qual João Caldas, "poeta do povo e seu criado", em versos de sete sílabas e rimas pobres, narrava a história da mulher do sacristão que, tendo facilitado ao padre, virara mula sem cabeça e pela noite rompia estrada e mato, a vomitar fogo pelo pescoço, apavorando a vizinhança. Na capa, talhada por Lídio, a gravura, ao mesmo tempo econômica e rica em seus meios de expressão, apresentava a mula sem cabeça, pavor dos caminhos, a assustar o povo, enquanto a cabeça, decepada mas não morta, beijava a boca sacrílega do padre. Uma pagodeira, no dizer de Manuel de Praxedes.

— Quem bem podia escrever um mafuá de histórias, e dar a mestre Lídio para imprimir, era mestre Pedro, que sabe tanta coisa, tanto caso sucedido e é um Degas pra contar — considerou Valdeloir, dançador de afoxé, passista de gafieira, capoeirista e ávido leitor de trova e narrativa.

Conversavam numa espécie de puxada construída por Lídio no quintal, coberta de zinco, as paredes de madeira. Estando a sala ocupada com a tipografia, a conversa e os espetáculos tinham-se transferido para lá.

Lídio se desdobrava no trabalho: compondo e imprimindo, riscando milagres, gravando capas para os folhetos, extraindo um dente de quando em quando. Ficara devendo a Estêvão, pesado compromisso mensal durante dois anos. Foi preciso le-

140

vantar a puxada pois os espetáculos ajudavam a receita e tampouco Archanjo aceitaria a ideia de não declamar Castro Alves, Casimiro de Abreu, Gonçalves Dias, os sonetos de amor e os poemas contra a escravidão; de não cair na roda de samba, de não apreciar os passos de Lídio e Valdomiro, a voz morna de Risoleta, a dança de Rosa de Oxalá. Mesmo se fosse de graça, para não cobrar, Archanjo não dispensaria o espetáculo: HOJE TEM FUNÇÃO, continuava a anunciar o cartaz na porta da Tenda dos Milagres, às quintas-feiras.

A chuva caía há uma semana, quase contínua, mês de temporais e vento sul. Um vento de agulhas afiadas, mordente e úmido, um zumbido fúnebre: dois saveiros naufragados e dos sete mortos três nunca apareceram, a navegar eternamente em busca das costas de Aiocá, no fim do mundo. Os outros corpos deram à praia, dias depois, já sem olhos e cheios de siris, um espavento. Encharcados, tremendo de frio, os amigos chegavam pedindo uma lapada. É nessas ocasiões, de desgraça e de tristeza, que se comprova o valor da cachaça. Naquela noite, após a sugestão de Valdeloir, Manuel de Praxedes tomou a palavra, propôs uma variante:

— Mestre Archanjo sabe muito, tem um armazém de ipsilones na cabeça e nos pedaços de papel. Mas o que ele sabe não é coisa de se perder em trova de tostão, é passaladagem de muita sustância, enredos de que pouca gente ouviu falar. Valia a pena era ele contar na faculdade a um professor, a um desses bambas na escrita, lá tem cada um retado, para o sabichão botar o resumo no papel e servir de ensinamento. Garanto que ia causar muita admiração.

Mestre Pedro Archanjo olhou Manuel de Praxedes, o bom gigante, olhou-o com olhos calmos, meditativos, recordando um ror de coisas acontecidas nos últimos tempos, ali no Tabuão, em suas redondezas, e no Terreiro de Jesus. O sorriso alegre voltou-lhe ao rosto pouco a pouco, rompendo a severidade desabitual, e se abriu de todo quando seus olhos, indo de um para outro dos presentes, encontraram os de Terência, sua comadre, mãe de Damião e tão bonita:

141

— Por que encomendar a um professor, meu bom? Escrevo eu mesmo. Ou você pensa, Manuel, que só porque a gente é pobre não é capaz de fazer nada que preste? Que a gente não pode passar de trova de pé-quebrado? Pois vou lhe mostrar, meu bom, meu camarado. Eu mesmo escrevo.

— Não é que eu duvide de você, amigo Pedro; vá avante. É que com um professor estava garantida a certeza dos ensinamentos, esses letrados sabem do rabo e da cabeça.

Quem mais torce e deturpa senão esses letrados? Quem mais precisa aprender senão os sabichões de meia-tigela? Disso não se dá conta Manuel de Praxedes, é preciso trabalhar na faculdade para ouvir e entender. Na opinião de certos professores, Manuel, mulato e criminoso são sinônimos. Troque isso em miúdo, amigo Pedro, não sei o que é sinônimo mas, seja o que for, é mentira de xibungo.

O aprendiz Tadeu não se conteve, salvou em riso e palmas:

— Meu padrinho ensina eles e se alguém duvidar é muito tolo.

Vai escrever realmente ou esquecerá na vadiagem de festas e mulheres, nos ensaios de pastoris, na escola de Budião, nas obrigações de terreiro, a promessa feita em noite de cachaça longa e tempestade? Possivelmente assim sucederia não tivesse Archanjo, dias após, recebido um recado urgente de mãe Majé Bassã, desejosa de lhe falar.

No peji, sentada em sua cadeira de braços, trono pobre, nem por isso menos temível, Majé Bassã lhe entregou o adjá e tirou uma cantiga para o santo. Depois, brincando com os búzios mas sem interrogá-los como se o jogo fosse desnecessário, falou:

— Soube que tu disse que vai escrever um livro, mas sei que tu não está fazendo, o teu fazer é só da boca para fora, tu se contenta com pensar. Tu passa a vida xeretando de um lado para outro, conversa aqui, conversa ali, toma nota de um tudo e para quê? Tu vai ser toda a vida contínuo de doutor? Só isso e nada mais? O emprego é pra teu de-comer, para não passar necessidade. Mas não é para te bastar nem para te calar. Não é para isso que tu é Ojuobá.

142

Então Pedro Archanjo tomou da caneta e escreveu.

Lídio foi de fundamental ajuda: na escolha do material, em palpites quase sempre justos, ouvinte discreto e arguto. Não fosse ele a precipitar o ritmo do trabalho, cavando dinheiro para a tinta de impressão, obtendo papel fiado, a empurrá-lo para a frente no árduo começo, talvez Archanjo largasse o trabalho pelo meio ou demorasse muito mais a terminá-lo, ainda preso a intenções e circunstâncias, e muito preocupado em não cometer erros de gramática. Por vezes, custava-lhe faltar a uma dança de arrabalde, a uma pândega domingueira, a um corpo inédito de mulher. A disciplina foi de Lídio, o entusiasmo do aprendiz, e o saber de mestre Pedro Archanjo, que assim cumpriu em tempo o encargo de Majé Bassã.

Quando iniciara o livro, a imagem pernóstica de determinados professores e o eco das teorias racistas estavam presentes a seu espírito e influíram nas frases e palavras, condicionando--as e limitando-lhes a força e a liberdade. À proporção, porém, que páginas e capítulos foram nascendo, Pedro Archanjo esqueceu professores e teorias, não mais interessado em desmenti-los numa polêmica de afirmações para a qual não tinha sequer preparo, e sim em narrar o viver baiano, as misérias e as maravilhas desse cotidiano de pobreza e confiança; em mostrar a decisão do perseguido e castigado povo da Bahia, de a tudo superar e sobreviver, conservando e ampliando os bens da dança, do canto, do metal, do ferro, da madeira, bens da cultura e da liberdade recebidos em herança nas senzalas e quilombos.

Já então escrevia com prazer indescritível, quase sensual, buscando tempo, dando ao trabalho cada instante livre. Não mais se lembrara do seco e brusco professor Nilo Argolo, de olhos hostis, nem do extrovertido dr. Fontes, urbano e até jocoso, mas talvez ainda mais agressivo na exposição das teorias discriminatórias; não mais o perturbaram professores e discípulos, eruditos e charlatães. O amor à sua gente conduziu a mão de Archanjo; a raiva só lhe deu à escrita um toque de paixão e poesia. Por isso mesmo foi um documento irrespondível o que saiu de sua pena.

Na noite insone da oficina, no suor dos braços, vagarosa geme a máquina impressora sobre o papel e os tipos. Salta o aprendiz Tadeu do sono e do cansaço, ao ver o papel coberto de letras impressas, as primeiras páginas, a tinta fresca e seu olor. Os dois compadres levantam a folha e Pedro Archanjo lê — lê ou sabe de memória? — a frase inicial, seu clarim de guerra, sua palavra de ordem, resumo de seu saber, sua verdade: "É mestiça a face do povo brasileiro e é mestiça a sua cultura".

Lídio Corró, um sentimental, sente um aperto no peito, ainda há de morrer numa hora dessas, de emoção. Pedro Archanjo mantém-se sério por um momento; distante, grave, quase solene. De repente se transforma e ri, seu riso alto, claro e bom, sua infinita e livre gargalhada: pensa na cara do professor Argolo, na do dr. Fontes, dois luminares, dois sabidórios que da vida nada sabem. "São mestiças a nossa face e a vossa face: é mestiça a nossa cultura, mas a vossa é importada, é merda em pó." Iam morrer de congestão. Seu riso acendeu a aurora e iluminou a terra da Bahia.

3

Meses atrás, certa noite, quando a festa no terreiro ia em meio e os orixás dançavam com seus filhos, ao som dos atabaques e das palmas da assistência, Doroteia apareceu trazendo um rapazola pela mão, moleque de seus catorze anos. Iansã a quis montar ainda na porta do barracão mas ela desculpou-se e veio ajoelhar-se ante Majé Bassã, pedindo-lhe a bênção para si e para o menino. Depois o trouxe até Ojuobá, e lhe ordenou:

— Tome a bênção.

Archanjo o viu magro e forte, a pele trigueira, o rosto fino, aberto e franco, os cabelos lisos e negros, luzidios, os olhos vivos, as mãos de dedos longos, a boca sensual, belo e sedutor. Ao seu lado, José Aussá, ogã de Oxóssi, comparou os dois na fugaz curiosidade de um sorriso.

— O que ele é meu? — quis saber o jovem.

Doroteia sorriu também, igual a Aussá, um meio sorriso enigmático:

— É teu padrinho.

— A bênção, meu padrinho.

— Senta aqui, junto de mim, meu camaradinho.

Antes de dar-se a Iansã, que impaciente a reclamava, Doroteia falou com sua voz macia e autoritária:

— Diz que quer estudar, só fala nisso. Até agora não deu pra nada, nem pra carpina nem pedreiro, vive fazendo conta, sabe mais tabuada do que muito livro e professor. De que me serve assim? Só dá despesa e nada posso fazer. Torcer a sina que trouxe do sangue que não é meu? Querer lhe dar um rumo que não é o dele? Isso não vou fazer porque sou mãe, não sou madrasta. Sou mãe e pai, é muito para mim que vivo de vender na rua, de fogareiro de carvão e lata de comida. Vim lhe trazer e lhe entregar, Ojuobá. Dê destino a ele.

Tomou da mão do filho e a beijou. Beijou também a de Archanjo e aos dois juntos por um longo instante contemplou. Depois se abriu para Iansã, ali mesmo soltando seu grito que amedronta os mortos. Recebendo o eruexim e o alfanje, deu início à dança. Os dois a saudaram ao mesmo tempo: "Epa hei!".

Na oficina e nos livros, no saber de Archanjo, Tadeu encontrou o que buscava. Mestre Pedro revia-se no afilhado: a mesma incontida ânsia, a mesma curiosidade, e o ímpeto. Apenas no adolescente havia uma intenção definida, um caminho traçado: não estudava ao acaso, ao deus-dará das circunstâncias, pela vontade gratuita de aprender. Fazia-o com fim determinado, porque queria ser alguém na vida. De onde lhe viera a ambição? De quem a herdara, de que remoto avô? A teimosia era da mãe, a incontrolável força daquele diabo de mulher.

— Padrinho, vou tirar os preparatórios — informou a Archanjo num domingo, recusando o convite para um passeio.

— Tenho muito que estudar. Mas se o padrinho quiser me ajudar em português e geografia, posso dar conta. Aritmética não preciso e tenho quem me ensine história do Brasil, um conhecido meu.

— Você pretende fazer quatro preparatórios de uma vez? Este ano ainda?

— Se o padrinho me ajudar eu faço.

— Vamos começar agora mesmo, meu bom.

O passeio era na Ribeira, Budião seguira na frente levando o farnel e as raparigas. Uma delas, de nome Durvalina, que estatura! Pedro Archanjo lhe prometera cantigas com violão e cavaquinho e um rapto no melhor da festa, travessia de barco para Plataforma. Perdão, Durvalina, não se zangue, fica para outra ocasião.

4

Os poetas populares, sobretudo os fregueses da oficina de Lídio Corró, não perderam a ocasião e glosaram a pendência entre os catedráticos e mestre Archanjo, assunto de primeira:

> *Deu-se grande alteração*
> *No Terreiro de Jesus*

Uns seis ou sete folhetos pelo menos foram publicados no decorrer dos anos, comentando os acontecimentos. Todos a favor de Archanjo. Seu primeiro livro mereceu versos e palmas de Florisvaldo Matos, repentista de caloroso público em festas de aniversário, batizado e casamento:

> *Aos leitores apresento*
> *Um tratado de valor*
> *Sobre a vida da Bahia*
> *Mestre Archanjo é seu autor*
> *Sua pena é o talento*
> *E sua tinta a valentia*

Quando a polícia invadiu o candomblé de Procópio, Pedro Archanjo foi herói de três brochuras de trovas e elogios, todas elas avidamente disputadas pelos leitores, o povo pobre dos mercados e becos, das oficinas e tendas. Cardozinho Bem-te-vi, o "cantador romântico", abandonou os temas de amor, seu forte, para escrever "O encontro do delegado Pedrito com Pedro Archanjo no terreiro de Procópio", título longo e aliciante. Na capa do folheto de Lucindo Formiga, "A derrota de Pedrito Gordo para mestre Archanjo", vê-se o delegado Pedrito a recuar com medo: um passo para trás, o rebenque no chão e em sua frente erguido, sem armas, Pedro Archanjo. O maior sucesso coube, porém, a Durval Pimenta com o sensacional "Pedro Archanjo enfrenta a fera da polícia", uma epopeia.

De referência ao debate propriamente dito, os grandes êxitos pertenceram a João Caldas e a Caetano Gil. O primeiro, aquele emérito trovador dos oito filhos que, ao passar do tempo, se fizeram catorze e se multiplicaram em netos às mãos-cheias, brindou seu público com a obra-prima intitulada "O bedel que deu lição aos professores":

Não tenho mais argumentos
Disseram que Pedro Archanjo
Era a figura do Cão

Ao final da polêmica, após a publicação dos *Apontamentos*, compareceu na liça o jovem Caetano Gil, desatento às regras estabelecidas, bravo e rebelde trovador, tirando verso e música na viola, sambas e modinhas que cantavam o amor, a vida e a esperança:

Depressa seu delegado
Venha ouvir o desgraçado
Oh! que ousada opinião
Gritou logo um professor
Meta o pardo na prisão
Mestre Archanjo foi dizer
Que mulato sabe ler
Oh! que ousada opinião

*

Mestre Archanjo foi dizer
que mulato sabe ler
Oh! que ousada opinião
Gritou logo um professor
Onde se viu negro letrado?
Onde se viu pardo doutor?
Venha ouvir seu delegado
Oh! que ousada opinião

5

Em 1904, o professor Nilo Argolo, catedrático de medicina legal da Faculdade de Medicina da Bahia, apresentou a um congresso científico reunido no Rio de Janeiro e publicou numa revista médica e em separata a memória "A degenerescência psíquica e mental dos povos mestiços — O exemplo da Bahia". Em 1928, Pedro Archanjo escreveu os *Apontamentos sobre a mestiçagem nas famílias baianas*, pequeno volume do qual somente cento e quarenta e dois exemplares chegaram a ser impressos, e uns cinquenta enviados, por Lídio Corró, a bibliotecas, universidades e escolas nacionais e estrangeiras, a sábios, a professores, a literatos. Durante essas duas décadas travou-se uma polêmica nos bastidores da faculdade em torno do problema racial no mundo e no Brasil, envolvendo teses, teorias, autores, cátedras e autoridades científicas e policiais. Livros, memórias, artigos, folhetos foram escritos e publicados e o tema obteve repercussão na imprensa, sobretudo na forma de virulentas campanhas a propósito de aspectos da vida da cidade e de sua condição religiosa e cultural.

Os livros de Archanjo, os três primeiros especialmente, encontram-se diretamente ligados a esse debate e assim se pode avançar uma afirmação categórica: houve, no primeiro quartel do século, no burgo da Bahia, uma luta de ideias e princípios entre certos professores da faculdade, entronizados nas cátedras de medicina legal e de psiquiatria, e os mestres daquela universidade vital do Pelourinho, muitos dos quais só se deram conta dos fatos — e ainda assim em termos restritos — quando a polícia foi chamada a intervir e interveio.

Nos começos do século, a Faculdade de Medicina encontrava-se propícia a receber e a chocar as teorias racistas pois deixara paulatinamente de ser o poderoso centro de estudos médicos fundado por d. João VI, fonte original do saber científico no Brasil, a primeira casa dos doutores da matéria e da vida, para transformar-se em ninho de subliteratura, da mais completa e acabada, da mais retórica, balofa e acadêmica, a mais retrógrada. Na grande escola desfraldaram-se então as bandeiras do preconceito e do ódio.

Triste época dos médicos literatos, mais interessados nas regras da gramática do que nas leis da ciência, mais fortes na colocação dos pronomes do que no trato dos bisturis e dos micróbios. Em vez de lutar contra as doenças, lutavam contra os galicismos, e em vez de investigar as causas das endemias e combatê-las, criavam neologismos: anidropodotecas para substituir galochas. Prosa tersa, vernácula, clássica; ciência falsa, pífia, reacionária.

É lícito afirmar ter sido Pedro Archanjo quem, com seus livros quase anônimos, com sua luta contra a pseudociência oficial, pôs fim a tão melancólica fase da gloriosa escola. O debate em torno da questão racial arrancou a faculdade da retórica barata e da teoria suspeita e a reintegrou no interesse científico, na especulação honrada e original, no trato da matéria.

Revestiu-se a polêmica de curiosas características.

Primeiro, porque a seu respeito falham registros e arquivos, inexistem informes, notícias de qualquer espécie, embora houvesse dado lugar a atos de violência e a manifestações estudantis. Só os fichários da polícia ainda conservam o prontuário de Pedro Archanjo, estabelecido em 1928: "Mazorqueiro notório, rebelou-se contra os nobres catedráticos". As notabilidades que dela participaram jamais admitiram bate-boca quanto mais polêmica com bedel da escola. Em nenhum momento, em qualquer artigo, ensaio, estudo, memória, tese, os egrégios professores se referiram às obras de Pedro Archanjo para citá-las, discuti-las ou rebatê-las. Também só nos *Apontamentos* Archanjo se reportou de frente e claramente aos livros e folhetos dos professores Nilo Argolo e Oswaldo Fontes (e a alguns artigos do professor Fraga, jovem lente vindo da Alemanha, único em toda a congregação a contestar afirmativas das magnas eminências). Nos livros anteriores Archanjo não citara os dois teóricos baianos do racismo, tampouco seus artigos e opúsculos, não lhes dirigira sua resposta, preferindo contestar afirmativas e teorias arianas com aquela massa irrespondível de fatos, com a defesa ardente e o louvor apaixonado da mestiçagem.

Segundo, porque essa polêmica, tendo finalmente repercutido em toda a faculdade, em seu corpo docente, em meio aos estudantes e até na polícia, não chegou a atingir nem a comover a opinião pública. A intelectualidade, em seus diversos setores, a desconheceu, deixando-a restrita aos limites da escola: há referência apenas a um epigrama de Lulu Parola, jornalista de grande prestígio na época. Mantinha sessão diária, em verso, num vespertino, comentando os acontecimentos com graça e mordente humor. Chegara-lhe às mãos um exemplar dos *Apontamentos* e ele gozou, com divertida malícia, o desmascaramento do sangue azul e da bazófia dos "mulatos escuros" (escuros porque escondida sua condição mestiça), louvando os "mulatos claros" (de clara, proclamada e orgulhosa mestiçagem). Teve assim Archanjo a poesia a seu favor: a popular, a redondilha de cordel, e a do bardo em voga na gazeta e nos salões.

Quanto ao povo, do caso pouco soube. Comoveu-se apenas com a prisão de Ojuobá, apesar de acostumado aos despautérios da polícia. Entre os freges, embelecos, encrencas e barulhos em que Pedro Archanjo se meteu, quiçá houvesse sido esse o de menor repercussão, o que menos tenha concorrido para sua legenda.

Simultaneamente com o debate sobre miscigenação, viu-se Archanjo envolvido na luta entre o delegado Pedrito Gordo e os candomblés. Até hoje narram nas casas de santo, nos mercados e feiras, no cais do porto, nas esquinas e becos da cidade, diferentes versões, todas heroicas, do encontro de Pedrito e Archanjo, quando a atrabiliária autoridade invadiu o terreiro de Procópio. Repetem sua resposta ao delegado mata-mouros, na frente de quem todos se borravam. No entanto, a perseguição aos candomblés era natural corolário da pregação racista iniciada na faculdade e retomada por certos jornais. Pedrito Gordo punha a teoria em prática, produto direto de Nilo Argolo e Oswaldo Fontes, sua lógica consequência.

Tão relegada ao esquecimento, dessa polêmica pode-se dizer ter sido fundamental e decisiva: enterrou o racismo na vergonha da anticiência, sinônimo vil de charlatanice, de reacionarismo, arma de classes e castas agonizantes contra a indomável marcha. Se não terminou com os racistas — sempre haverá imbecis e salafrários em qualquer tempo ou sociedade —, Pedro Archanjo os marcou a ferro e fogo, apontando-os na rua, "eis, meus bons, os antibrasileiros", e proclamou a grandeza do mestiço. Oh, que ousada opinião!

6

— Não, nobre colega, eu não diria completamente despido de interesse — considerou o professor Nilo Argolo: — Esperar obra de maior substância da pena de um bedel, de um pardavasco, seria insensatez. Deixe à parte, por desarrazoada, a insolente defesa da miscigenação. Por certo cabe ao mestiço fazê-la, e não ao senhor ou a mim, brancos com acesso às fontes de ciência. Abandone os aspectos ridículos, as conclusões, e atente apenas na profusa cópia de informações curiosas sobre os costumes. Sinto-me obrigado a confessar não ter tido notícia anterior de certas práticas expostas pelo mequetrefe.

— Sendo assim, talvez decida-me à leitura mas confesso pouca inclinação, ando com o tempo muito ocupado. Ali vem ele e eu vou à minha aula — disse o professor Oswaldo Fontes sumindo pela porta da sala. Colega, amigo e continuador, cria intelectual do professor Argolo, tinha-lhe um pouco de medo. Nilo Argolo de Araújo não era apenas um teórico, era um profeta e um líder.

Conversaram acerca do livro de Pedro Archanjo, e o professor Argolo assombrara o correligionário ao pedir-lhe:

— Indique-me o cafuzo, se o vir. Não atento na fisionomia dos criados, detendo-me apenas nos que me servem diretamente. Bedéis, conheço somente os de minha cátedra; os demais parecem-me idênticos uns aos outros, todos cheiram mal. Em casa, dona Augusta, minha senhora, obriga a vassalagem a banhar-se todos os dias.

Ao ouvir o nome da excelentíssima dona Augusta Cavalcanti dos Mendes Argolo de Araújo, "dona Augusta, minha senhora", o professor Fontes saudou numa inclinação de cabeça a fidalga e truculenta esposa do ilustre catedrático. Dama à antiga, filha de condes do Império, esbanjando nobreza, a cabeça erguida, a palmatória sempre à mão, dona Augusta não se impunha apenas à criadagem: arrogantes políticos vacilavam ao enfrentá-la. Racista convicto, considerando os mulatos uma sub-raça desprezível e os negros uns macacos com o dom da palavra (e olhe lá!), apesar disso o professor Fontes sentiu pena dos domésticos da família Argolo: individualmente qualquer dos cônjuges era difícil provação para um mortal, imagine-se os dois juntos!

Pedro Archanjo vinha pelo corredor em direção à porta de saída, alegre no dia lavado de sol, e gingava ao som da melodia de um samba de roda, assoviando-a baixinho em respeito ao recinto da faculdade. A voz imperativa o reteve perto da porta, quando já deixava crescer o volume do assovio, pois a praça era livre para a algazarra e o canto:

— Ouça, bedel.

Abandonando a contragosto a melodia, Archanjo voltou-se e reconheceu o professor. Alto, ereto, todo em negro, seco de corpo, voz e comportamento implacáveis, o professor Nilo Argolo, catedrático de medicina legal, glória da faculdade, parecia

152

fanático inquisidor da Idade Média. Luz crua e fulva nos olhos miúdos revelava o místico e o sectário:

— Aproxime-se.

Archanjo adiantou-se lentamente em seu passo gingado de capoeirista. Por que o detivera o catedrático? Teria lido o livro?

Perdulário, Lídio Corró enviara exemplares para diversos professores. Papel e tinta custavam dinheiro, e para atender às despesas cada exemplar era vendido com pequena margem de lucro nas livrarias e de mão em mão. Mas mestre Corró fez-se apoplético quando Archanjo lhe recordou os gastos e criticou a prodigalidade. "Esses papagaios de colarinho duro, compadre, esses papudos, precisam ver de que é capaz um mulato baiano." Escrito pelo compadre Pedro Archanjo, porreta entre os porretas, composto e impresso em sua tipografia, *A vida popular da Bahia* parecia-lhe o livro mais importante do mundo. Publicando-o com tanto sacrifício, não ambicionava lucro. Queria, isso sim, esfregá-lo na cara "desses caga-regras, cambada de xibungos", que consideram mulatos e negros seres inferiores, uma escala entre os homens e os animais. À revelia de Pedro Archanjo, despachara exemplares para a Biblioteca Nacional, no Rio, para a Biblioteca Pública do Estado, para escritores e jornalistas do sul, para o estrangeiro — era só obter endereço:

— Compadre, sabe para onde mandei o nosso livrinho? Para os Estados Unidos, para a Universidade de Columbia, em Nova York. Achei o endereço numa revista — antes expedira volumes à Sorbonne e à Universidade de Coimbra.

Para os professores Nilo Argolo e Oswaldo Fontes o próprio Archanjo deixara exemplares na secretaria da faculdade. Agora, no corredor, perguntava-se se o "monstro" teria lido o volume deselegante, de baixa qualidade gráfica. Gostaria que assim fosse, pois os trabalhos do professor haviam contribuído para sua decisão de escrever: neles se embebera de raiva.

"Monstro!" — diziam os estudantes ao citar o professor Argolo, reportando-se, ao mesmo tempo, à sua tão propalada fama de luminar: "É um monstro, lê e fala sete línguas", e à sua ruindade, à sua desoladora aridez de sentimentos: inimigo do riso, da alegria, da liberdade, nos exames arguidor sem compaixão, tendo prazer em reprovar: "O monstro se esporra todo quando dá um zero". O silêncio a reinar em sua classe causava inveja à maioria dos lentes, incapazes de obter tal sujeição dos estudantes. Carismático, não permitia interrupções, muito menos discordância de suas afirmativas de visionário, de iluminado em transe.

Jovens professores, imbuídos de anárquicos modismos europeus, debatiam as matérias com os alunos, escutando objeções, admitindo dúvidas. "Intolerável licenciosidade" — na opinião do professor Argolo de Araújo. Sua sala de aulas não se transformaria em "tasca de heréticos e baderneiros, em bordel de parvoíces". Quando, "aleitado no mau exemplo de outras cátedras", um tal de Ju, acadêmico de curso brilhante — distinção em todas as matérias —, acusou-lhe as ideias de retrógradas, exigiu inquérito e suspensão do atrevido que lhe interrompera a aula com espantoso brado:

— Professor Nilo Argolo, o senhor é o próprio Savonarola saído da Inquisição para a Faculdade de Medicina da Bahia!

Não conseguindo reprová-lo no fim do ano — devido aos dois companheiros da banca examinadora —, cortou-lhe a unanimidade das distinções com um "simplesmente". Mas a exclamação do moço, revoltado com as ideias discriminatórias do catedrático, passou a fazer parte do acervo de histórias sobre os mestres, repetidas pelos estudantes e espalhadas na cidade. Sem merecer anedotário tão vasto e hilariante quanto o professor Montenegro, herói de chistes sem fim a pôr-lhe em causa pronomes exatos, as regências de verbos, a obsoleta terminologia e os cômicos neologismos, o soturno catedrático de medicina legal dera motivo a abundante cabedal de chalaças, divertidas ou ácidas críticas, por vezes de baixo calão, à rigidez monárquica de seus métodos e preconceitos.

Uma anedota — por sinal verdadeira — conta que, sendo amigo de longa data do dr. Marcos Andrade, juiz de direito da capital, num comércio de relações cordiais a durar há mais de dez anos, ocorreu ao professor visitá-lo certa noite, na observância de estabelecido hábito mensal. Após o jantar, na intimidade da família, o magistrado pusera-se a la frescata, ou seja: conservando a calça de listras, o colete, o colarinho duro e o plastrão, retirara o redingote, devido ao intenso calor da noite de mormaço, sufocante.

Informado pela criada da presença do amigo ilustre, à espera na sala de visitas, precipitou-se o magistrado a seu encontro, e na pressa de cumprimentá-lo e de gozar do prazer de tão sábia conversação, esqueceu-se de envergar o redingote. Ao vê-lo assim descomposto, em indecente traje, numa intimidade quase de alcova, o professor Argolo pôs-se de pé:

— Até hoje pensei que vossa senhoria tinha-me consideração. Vejo que me enganei — e sem mais dizer saiu porta afora. Recusando explicação e desculpas do meritíssimo, retirou-lhe para sempre afeição e cumprimento.

Grosseira, suja e sem dúvida falsa, a notícia dada em versos e entre risos no Terreiro de Jesus, maligna vingança do estudante Mundinho Carvalho, reprovado pelo monstro:

> *Vou cantar em versos brancos*
> *Para evitar rimas em preto*
> *O caso que se passou:*
> *O dr. Nilo Argolo*
> *Nosso nobre catedrático*
> *Com preconceito de cor*
> *Mandou raspar os pentelhos*
> *Da condessa dona Augusta*
> *Tão lindos mas, ai, tão negros*

Ao aproximar-se, Pedro Archanjo notou que Nilo Argolo punha os braços atrás das costas para impedir qualquer tentativa de aperto de mão. Um calor subiu-lhe ao rosto.

Com o desplante de quem examinasse bicho ou coisa, atentamente o professor estudou a fisionomia e o porte do funcionário; no rosto infenso refletiu-se indisfarçável surpresa ao constatar o garbo e a limpeza nos trajes do mulato, o perfeito decoro. De certos mestiços, o catedrático pensava e, em determinados casos, até dizia: "Este merecia ser branco, o que o desgraça é o sangue africano".

— Foi você quem escreveu uma brochura intitulada *A vida...*

— ... *popular da Bahia...* — Archanjo superara a humilhação inicial, dispunha-se ao diálogo. — Deixei um exemplar para o senhor na secretaria.

— Diga "senhor professor" — corrigiu, áspero, o lente ilustre. — Senhor professor, não senhor apenas, não se esqueça. Conquistei o título em concurso, tenho direito a ele e o exijo. Compreendeu?

— Sim, senhor professor — a voz distante e álgida, o único desejo de Pedro Archanjo era ir-se embora.

— Diga-me: as diversas anotações sobre costumes, festas tradicionais, cerimônias fetichistas, que você classifica de obrigações, são realmente exatas?

— Sim, senhor professor.

— Sobre cucumbis, por exemplo. São verídicas?

— Sim, senhor professor.

— Não foram inventadas por você?

— Não, senhor professor.

— Li sua brochura e, tendo em conta quem a escreveu — novamente o examinou com os olhos fulvos e hostis —, não lhe nego certo mérito, limitado a algumas observações, bem entendido. Carece de qualquer seriedade científica e as conclusões sobre mestiçagem são necedades delirantes e perigosas. Mas nem por isso deixa de ser repositório de fatos dignos de atenção. Vale leitura.

Pedro Archanjo, em novo esforço, transpôs a muralha a separá-lo do professor, reatou o diálogo:

— O senhor professor não acredita que tais fatos falam a favor de minhas conclusões?

De sorriso escasso, pouco frequente na linha fina dos lábios, para o professor Argolo o riso solto era rareza quase sempre provocada pela tolice, pela imbecilidade dos indivíduos:

— Faz-me rir. Seu alfarrábio não contém uma única citação de tese, memória ou livro; não se apoia na opinião de nenhuma sumidade nacional ou estrangeira, como ousa dar-lhe categoria científica? Em que se baseia para defender a mestiçagem e apresentá-la como solução ideal para o problema de raças no Brasil? Para atrever-se a classificar de mulata nossa cultura latina? Afirmação monstruosa, corruptora.

— Baseio-me nos fatos, senhor professor.

— Asnice. O que significam os fatos, de que valem, se não os examinamos à luz da filosofia, à luz da ciência? Já lhe aconteceu ler algo sobre o assunto em pauta. — Mantinha seu riso de zombaria: — Recomendo-lhe Gobineau. Um diplomata e sábio francês: viveu no Brasil e é autoridade definitiva sobre o problema das raças. Seus trabalhos estão na biblioteca da escola.

— Li apenas alguns trabalhos do senhor professor e do professor Fontes.

— E não o convenceram? Você confunde batuque e samba, hórridos sons, com música; abomináveis calungas, esculpidos sem o menor respeito às leis da estética, são apontados como exemplos de arte; ritos de cafres têm, a seu ver, categoria cultural. Desgraçado deste país se assimilarmos semelhantes barbarismos, se não reagirmos contra esse aluvião de horrores. Ouça: isso tudo, toda essa borra, proveniente da África, que nos enlameia, nós a varreremos da vida e da cultura da pátria, nem que para isso seja necessário empregar a violência.

— Já foi empregada, senhor professor.

— Talvez não tivesse sido na forma e na medida necessárias — sua voz, habitualmente seca, tomou um timbre mais duro; nos olhos hostis de impiedosa condenação, acendeu-se a luz amarela do fanatismo: — Trata-se de um cancro, há que extirpá-lo. A cirurgia aparenta ser forma cruel de exercer-se a medicina, mas em realidade é benéfica e indispensável.

— Quem sabe, matando-nos a todos... um a um, senhor professor.

Atrevia-se à ironia, o bigorrilha? A glória da faculdade fixou o bedel com olhos de suspeita e ameaça mas só lhe viu a face composta, a postura correta, nenhum sinal de desrespeito. Tranquilizado, seu olhar fez-se sonhador e num riso quase jovial considerou a proposição de Archanjo:

— Eliminar a todos, um mundo somente de árias?

Mundo perfeito! Grandioso, irrealizável sonho! Onde o temerário gênio capaz de tomar da atrevida ideia e levá-la à prática? Quem sabe, um dia, invicto deus da guerra cumprirá a missão suprema? Visionário, o professor Argolo perscrutou o futuro e pressentiu o herói à frente das coortes arianas. Fulgurante imagem, instante glorioso, um segundo apenas: desceu à mísera realidade:

— Não creio necessário chegar a tanto. Basta que se promulguem leis proibindo a miscigenação, regulando os casamentos: branco com branca, negro com negra e com mulata, e cadeia para quem não cumprir a lei.

— Difícil será separar e classificar, senhor professor.

Novamente o professor buscou acento de motejo na voz mansa do bedel e nas palavras bem pronunciadas. Ah! se o descobrisse!

— Difícil, por quê? Não vejo a dificuldade — decidiu considerar a conversa terminada, mandou: — Vá às suas obrigações, não tenho mais tempo a perder. De qualquer maneira, em meio aos despautérios, alguma coisa se aproveita em seu livro, rapaz. — Se não chegava a ser amável, fazia-se ao menos condescendente: estendeu a ponta dos dedos ao mestiço.

Coube então a Pedro Archanjo desconhecer a mão ossuda, limitando-se a um aceno de cabeça, idêntico à saudação com que o recebera o professor Nilo Argolo de Araújo no início da conversa, apenas um pouco, um quase nada menor. "Canalha!", rosnou, lívido, o catedrático.

7

Pensativo, no caminho do Tabuão, Pedro Archanjo cruzou o beco de moleques e correrias: sobravam motivos para cismas e cuidados. Na faculdade, a maligna pregação. Pertinho, na Misericórdia, Doroteia, de cabeça virada, roída de paixão. O coisa-ruim exigia que ela largasse as terras da Bahia, liberdade e filho, para segui-lo. De há muito já nenhum compromisso ligava Archanjo e Doroteia e, se vez ou outra, no azar de um encontro, acontecia o bom, era puro acaso, recordação da tempestade e da bonança. Havia Tadeu, porém. Para Archanjo o sal da vida. Na Tenda, as dificuldades de dinheiro cresceram com a publicação do livro e Lídio Corró nunca se vira em tão grande aperto.

Cigarro de palha, bengala de estoque, reumático, Estêvão das Dores era presença obrigatória na oficina todo começo de mês, a partir do dia marcado para o pagamento: numa cadeira ao pé da porta, tardes inteiras em pacato conversê. Por vezes encostava a bengala na parede, ao ver Lídio e Tadeu assoberbados, punha-se de pé, as mãos nos quadris a "sustentar as mazelas", e dirigia-se às estantes de tipos. Morrinhento e alquebrado mas um mestre em sua arte; nas mãos sujas de sarro o serviço marchava rápido e até a vetusta impressora parecia menos caprichosa e lenta. Embora não dissesse palavra sobre dívida e resgate ("fico em casa sem ter nenhuma serventia, não há nada que canse tanto como a falta de que fazer... por isso vim tirar uma prosinha com os amigos..."), Lídio sentia-se incômodo com a visão permanente do credor à espera:

— Estou com um dinheirão na rua, a receber. O primeiro que entre é para o senhor, seu Estêvão.

— Não fale nisso, não vim cobrar... Mas, deixe que lhe diga, mestre Corró, vosmicê fia demais, tome cuidado.

Era verdade: os trovadores imprimiam os folhetos a crédito, pagando aos poucos, à proporção da venda. Lídio se transformara praticamente em financiador da literatura de cordel. Mas, pelo amor de Deus, poderia negar crédito ao amigo João Caldas, pai de oito filhos, vivendo de sua inspiração? Ou a Isidro Pororoca, cego dos dois olhos, um retado na pintura da natureza?

— O segredo de tipografia é serviço rápido, bom e à vista. Dou o conselho de graça.

Apenas pago, o dinheirinho contado e recontado, Estêvão

tomava chá de sumiço com seus conselhos, os cigarros de palha, o reumatismo, a bengala a transtornar o aprendiz: ainda haveria de possuir uma igual, com a lâmina escondida no junco, arma terrível.

— Não vejo a hora dele abrir a bengala e me meter o punhal — Lídio mantinha o bom humor em meio às dificuldades.

Tais apertos amiudaram as representações: em certas semanas chegaram até a dar três funções, com a ajuda de Budião e seus alunos, de Valdeloir, Aussá e de um marinheiro, Mané Lima, desembarcado de navio do Lloyd por briga e facadas. Batuta no maxixe e no lundum, aprendera, nos portos onde passara, o tango argentino, o *paso doble*, danças gaúchas e anunciava-se "artista internacional". Meteu-se com a Gorda Fernanda, gordíssima e levíssima, uma pluma nos braços do marítimo, dupla afamada. Da Tenda dos Milagres saíram para os cabarés, sucesso na Pensão Monte Carlo, na Pensão Elegante, no Tabaris, muitos anos depois. À exceção de rápidas jornadas artísticas a Aracaju, Maceió e Recife, Mané Lima, o Marujo Pé de Valsa, nunca mais saiu da Bahia.

Quem não demonstrava o antigo entusiasmo pelas representações, agora amiudadas, era Pedro Archanjo: o tempo fizera-se pequeno para a leitura e o estudo. O seu estudo e o de Tadeu.

— Que tanto lê, mestre Pedro, vosmicê que já sabe tanto?

— Ah!, meu bom, leio para entender o que vejo e o que me dizem.

O mulherio se dava conta de sutil mudança, aparentemente imperceptível: assíduo, fiel e doce amante, de uma a outra indo cumpridor e prazenteiro, já não era no entanto aquele despreocupado rapaz de antes, sem outro que-fazer principal. Sua vida resumira-se até então às folias de ternos, rodas de samba, afoxés e capoeira, às obrigações de candomblé, ao prazer da conversa, ouvir e contar coisas, e sobretudo ao ledo ofício da cama e das mulheres de um lado para outro em gratuita diligência. Agora já não era vã e gratuita a curiosidade a conduzi-lo aos candomblés, afoxés, ternos, blocos, escolas de capoeira, às casas de velhos tios, nas prosas longas com senhoras de maior. Mudança quase imperceptível porém qualitativa, como se de repente, aos quarenta anos feitos, Archanjo houvesse adquirido completa consciência do mundo e da vida.

Ao passar em frente à casa de Sabina dos Anjos, o molecote veio correndo lhe pedir: "A bênção, meu padrinho". Archanjo levantou-o nos braços. Herdara a beleza da mãe, de Sabina, rainha da dança, corpo de espessa violência, de amadurecida seiva, rainha de Sabá. Sabá, sou o rei Salomão e vim te visitar no reino de tua alcova. Recitava-lhe salmos da Bíblia, ela cheirava a nardo, bálsamo de inquietos corações.

"Me dá um dinheiro, padrinho" — igual a Sabina, dinheirista. Tira a moeda do bolso, a face do garoto se abre em riso: de quem o riso pícaro e livre?

Aparece Sabina à porta, chama pelo filho. Archanjo o traz pela mão, a cabrocha ri ante a presença inesperada:

— Por aqui? Pensei que não viesse hoje.

Sua voz é brisa, quebranto, manimolência.

— Estou passando. Tenho muito que fazer.

— Desde quando tu tem o que fazer, Pedro?

— Nem eu mesmo sei, Sabá. Estou carregando o peso de uma obrigação grande demais.

— Obrigação de santo? Ebó? Ou o trabalho na faculdade?

— Nem uma coisa nem outra. Obrigação comigo mesmo.

— Tu fala que a gente não entende.

Está encostada na porta, o corpo vibrante, o seio solto, a boca aflita, na tentação da tarde. Archanjo sente esse chamado em cada fibra do corpo e contempla a formosa, chega mais perto de seu hálito. Retira do bolso o envelope de selos bonitos, veio do fim do mundo, lá do Polo Norte onde tudo é gelo e a noite se prolonga, eterna.

— Kirsi vive no gelo?

— Uma cidade chamada Helsinque, na Finlândia.

— Eu sei, Kirsi é sueca, tão boazinha. Mandou carta?

Saca do envelope o retrato do menino: carta não tem, apenas umas frases em francês, palavras em português. Sabina toma da fotografia, que sedução de criatura! Tão delicado e terno, a cabeleira crespa, os olhos de Kirsi, um donaire, esplêndida e perturbadora beleza. Sabina eleva os olhos do retrato para o filho na rua, em correria.

— Também é bonito... — a qual dos dois se refere? — São diferentes e parecidos, é engraçado. Por que tu só faz filho homem, Pedro?

Sorri Archanjo, junto à boca aflita de Sabina, na porta.

— Entra. Vem — a voz pesada, morna.

— Tenho muito que fazer.

— Desde quando tu não tem mais tempo para fazer menino? — passa-lhe o braço em torno do pescoço. — Tomei banho agorinha, ainda estou molhada.

No cheiro do cangote, na carnação maciça, lá se perdeu o destino de Pedro Archanjo — a que horas desembocará na Tenda dos Milagres onde Lídio e Tadeu o esperam? Sabina dos Anjos, dos anjos o mais belo, rainha de Sabá no império de seu leito. Cada uma sua vez e o imprevisto. Houve um tempo em que ele foi inteiramente livre, tendo de ofício apenas o amor vadio. Agora, não.

8

— Diga-me, meu amigo, quanto vai custar. Sou pior do que pobre, sou arruinada, sabe o que isso significa? Durante muito tempo, fui mão-aberta, esbanjei dinheiro, agora sou forreta. Faça um preço camarada, não abuse de uma velha coroca.

Lídio não é barateiro: ninguém se lhe compara no risco de milagres, contenta o freguês e o santo, nunca ouviu reclamação, é o predileto de Nosso Senhor do Bonfim. Chovem as encomendas e, em certos meses, rende mais a pintura das promessas do que a tipografia. Já recebeu fregueses do Recife e do Rio e um inglês lhe encomendou quatro peças de uma vez.

— Qual foi o santo milagreiro e o que fez?

— Ponha os santos que quiser, as doenças que lhe apetecer.

Tão maluco o gringo quanto a patusca senhora em sua frente, a ameaçá-lo com a sombrinha, os cabelos brancos de algodão, a pele encarquilhada, as pelancas e a magrém, a idade à mostra, mais de sessenta feitos, certamente. Sessenta ou trinta? Petulante, falastrona, disposta: a energia férrea e a história do gato libertino com sua nojenta safra de perebas:

— Sou uma velha arruinada mas não me queixo.

Um dia fora a riquíssima princesa do Recôncavo em pompa e luxo. Dona de plantações de cana, de engenhos de açúcar, de escravos, de sobrados nas cidades de Santo Amaro, Cachoeira e Salvador. Por ela suspiraram os galãs da corte e em duelo um oficial feriu de morte o noivo da catita, bacharel em direito. Depois, no encalço de seus favores, arruinaram-se banqueiros e barões. Teve vida acidentada, muitos amores, palmilhou o mundo; títulos, cargos e fortunas aos seus pés. Nunca se deu por dinheiro e os que, para tê-la, gastaram loucamente em joias, palacetes, carruagens, só a tiveram quando conseguiram lhe acender no peito a chama do desejo ou inspirar-lhe ao menos breve inclinação; amorosa insaciável era de capricho fácil e coração volúvel.

Com a chegada das rugas, das cãs e dos dentes falsos, dissolveu a fortuna em régios presentes, dando-os aos gigolôs com a mesma nonchalança com que em moça os recebera. O festim da vida passou a lhe custar absurdamente caro e, sem vacilar, pagara o preço exigido: valia a pena. Reduzida por fim a ossos magros, no físico e nas finanças, retornou à Bahia, com o gatarrão e a lembrança do deboche desatinado e diminuto. Por que tão parco, por que não fora mais?

Viera tratar o risco de um milagre: preço, prazo, condições. O felino, Argolo de Araújo de nome, recolhera nos telhados e no cio das gatas abominável carrego de sarna. Em poucos dias caíra-lhe o pelo, aquele veludo negro-azul onde a velhota afunda os dedos recordando amores. Até médicos consultara, "nessa terra não tem veterinário"; despendera dinheiro nas farmácias, em pomadas e poções, tudo inútil. A cura se deveu a são Francisco de Assis, de quem era devota — entre beijos, em Veneza, um poeta lhe ensinara a amar o mendigo de Deus; repetia-lhe na cama o sermão às aves, e, ao fugir, levou-lhe a bolsa, o *poverello*!

Confuso em meio a tanto palavreado e riso, mestre Lídio dá o preço do trabalho — a velhota mais parece cômica de teatro. Ei-la a pedinchar, a discutir, sem cerimônia, dona de indefinível encanto. Em certos momentos some-se a velhice, fulge a mocidade e a sedução; a arrogante princesa do Recôncavo faz-se gentil mundana aposentada, familiar, encantadora. A barganha prolongou-se pois a anciã sentara-se para melhor regatear e, ao fazê-lo, deu com o cartaz do Moulin Rouge, na parede, teve um choque:

— *Oh, mon Dieu, c'est le Moulin!*

A língua solta e dissoluta dispara a contar quanto vivera, o mundo por onde andara, as maravilhas vistas e havidas; a relembrar músicas, peças de teatro, exposições, passeios, festas, queijos, vinhos e amantes. Entregue ao prazer das recordações, alegria dupla porque não lhe restava outra e, sendo pobre e velha, um dia fora opulenta e louca. No entusiasmo dos detalhes mistura francês e português na narrativa pontilhada de exclamações em espanhol, inglês e italiano.

Pedro Archanjo chegou do reino de Sabá na hora exata da partida da vetusta marinheira em sua viagem de circum-navegação e com ela embarcara em riso deslumbrado. Levantaram âncoras em Montmartre, com escalas em cabarés, teatros, restaurantes, galerias de Paris e de seus arredores, ou seja, o resto do mundo. Porque, saibam os amigos, existe Paris e o resto: o resto *oh! la, la! C'est la banlieu.*

Feliz de contar: os sobrinhos-netos não tinham paciência de escutá-la nas raras e rápidas visitas a seu tugúrio, casinha fronteira ao convento da Lapa, onde vegetava com o gato e uma empregada broca. Velha da pá virada, seu nome completo era sra. dona Isabel Tereza Gonçalves Martins de Araújo e Pinho, de direito condessa da Água Brusca. Para os íntimos, Zabela.

Pergunta-lhe Pedro Archanjo se conhecia Helsinque. Não, em Helsinque não estivera. Em Petrogrado, sim, e em Estocolmo, Oslo, e Copenhague. Por que o amigo fala da Finlândia

164

com essa intimidade? Andou por lá, de embarcadiço? Mas o amigo não parece homem do mar, seu jeito é de professor ou bacharel.

Archanjo ri seu riso cordial. Nem bacharel nem professor — quem sou eu, madama! —, tampouco embarcadiço; simples contínuo da faculdade e um abelhudo das letras, um curioso. A ligação com a Finlândia, ai, era de amor. Exibe-lhe o retrato e a condessa demorou-se a admirar a face do menino: lavor e sedução. Numa caligrafia culta, Kirsi traçara palavras em português, poucas e categóricas, a cobrir a distância do mar e do tempo: amor, saudade, Bahia. Uma frase inteira em francês; Isabel Tereza faz a tradução, inútil, pois Archanjo a sabe de memória: nosso filho cresce belo e forte, chama-se Oju como o pai, Oju Kekkonen, comanda os garotos e enamora as meninas, um pequeno feiticeiro.

— O amigo chama-se Oju?

— Meu nome de cristão é Pedro Archanjo mas em nagô sou Ojuobá.

— Tenho vontade de ver macumba. Nunca assisti.

— Quando quiser, terei gosto em acompanhá-la.

— Tem coisa nenhuma, não seja mentiroso. Quem deseja a companhia de uma velha caduca? — Ri com malícia, mede o mulato forte e bonito, o amante da finlandesa: — O menino é sua cara.

— Mas parece também com Kirsi. Vai ser o rei da Escandinávia. — Archanjo solta o riso e a princesa do Recôncavo, Zabela para os íntimos, o acompanha na gaitada, encantadíssima.

— Peça a seu Lídio pra fazer um desconto no preço, tão caro não posso pagar mas reconheço que vale mais. — Era tão gentil quanto Corró e Archanjo, quanto um homem do povo da Bahia.

Lídio correspondeu, de imediato:

— Dê o preço a senhora mesma.

— Isso também não quero.

— Então, não se preocupe. Risco o milagre e, quando ficar pronto, a senhora paga o que quiser.

— O que quiser, não: o que puder.

Tadeu atravessa a porta, com livros e cadernos. Zabela o compara com Archanjo, sorri discreta. Crescera o aprendiz em adolescente robusto e airoso: quando ria, um sedutor.

— Meu afilhado, Tadeu Canhoto.

— Canhoto? É nome ou apelido?

— Foi o nome que a mãe lhe pôs, quando nasceu.

Tadeu entrara para os fundos da casa.

— Estudante?

— Trabalha aqui, ajuda compadre Lídio na oficina, e estuda. No ano passado fez quatro preparatórios, teve um oito, dois noves e uma distinção — o orgulho vibra por detrás da voz de Archanjo: — Vai fazer mais quatro este ano e, no próximo, termina. Quer entrar para a faculdade.

— Vai estudar o quê?

— Quer fazer engenharia. Vamos ver se será possível. Para um pobre, não é fácil cursar a faculdade, madama. A despesa é grande.

Tadeu volta à sala, abre livros sobre a mesa mas percebe o retrato:

— Posso ver? Quem é, padrinho?

— Um parente meu... distante — tão distante, do outro lado do mundo.

— É o menino mais bonito que já vi — toma dos cadernos, tem deveres a estudar.

A condessa da Água Brusca, a sra. Isabel Tereza Gonçalves Martins de Araújo e Pinho, torna-se cada vez mais íntima Zabela. Explica verbos franceses a Tadeu, ensina-lhe gíria. Degusta o licor caseiro — licor de cacau, fabrico de Rosa de Oxalá, néctar sublime! — como se provasse o melhor champanha. Quando partiu deixou saudades.

— O melhor, seu Lídio — disse, despedindo-se —, é o amigo passar lá em casa para conhecer Argolo de Araújo, assim poderá pintá-lo fielmente, é o gato mais lindo da Bahia. E o de pior caráter.

— Com prazer, madama. Amanhã passarei lá.

— Argolo de Araújo é o nome do gato? Que engraçado... O sobrenome do professor — constata Archanjo.

— Refere-se o amigo a Nilo d'Ávila Argolo de Araújo? Conheço demais esse micróbio. Somos primos pelo lado dos Araújos, fui noiva de seu tio Ernesto; no entanto, passa a meu lado e faz que não me vê. Vende-se por muita coisa, arrota fidalguia, mas não em minha frente. Conheço os podres da família, tim-tim por tim-tim, as descarações, as roubalheiras, *oh, mon cher, quelle famille!* Um dia lhe conto, se quiser ouvir.

— Que mais hei de querer, madama, hoje é um dia abençoado: quarta-feira, dia de Xangô, e eu sou Ojuobá, seus olhos bem abertos para tudo ver e de tudo saber, dos pobres com preferência mas também dos ricos, quando necessário.

— Leve-me a assistir macumba e lhe conto a história da nobreza da Bahia.

Tadeu vem ajudá-la a descer os dois degraus da saída.

— Velha não presta para nada e nem assim sinto vontade de morrer — com a mão tratada tocou o queixo do rapaz: — Foi por um moreno assim que minha avó Virgínia Martins perdeu o siso e temperou o sangue da família.

Abre a sombrinha deslumbrante, firma o passo na ladeira íngreme do Tabuão, seu passo belle époque: vai pelas ruas de Paris, desfila no boulevard des Capucines.

9

Em meio a tanto embeleco, uma coisa é certa: a presença de Zabela na festa de Ogum em que se deu o encantamento. Divergem os relatos de narrador para narrador. Todos viram o bafafá com os olhos que a terra um dia há de comer mas cada qual o enxergou à sua maneira. Os mais afirmativos são, é claro, os que não estavam e não presenciaram; sabem tudo e melhor do que ninguém, são as testemunhas principais.

Ausentes e presentes, acordes todos num pormenor:

— Quem não me deixa mentir é a ricaça da Lapa, a fidalga coberta de joias, senhora de maior. Estava lá e viu.

Fidalga, de alto coturno, com certeza. Ricaça sem dúvida, no passado. As joias, porém, eram falsas. Imitações e cópias, muitas e multicores: voltas, contas, adereços; tão enfeitada de colares e pulseiras só a mãe de santo. Num gesto muito do seu, ao despedir-se (para voltar diversas vezes), a condessa da Água Brusca retirou um colar do pescoço e o ofereceu a Majé Bassã:

— Não vale nada mas fique com ele, por favor.

Pimpona na cadeira de braços reservada aos convidados de honra, Zabela acompanhou as cerimônias com extremo interesse. Punha-se de pé para ver melhor, em gestos nervosos, a mão no peito, exclamações francesas, *nom de Dieu!*, *zut*, *alors!*: na hora da descida dos orixás ao som do adarrum, no choque das espadas dos Oguns em luta, na dança de Oxumarê, cobra de ventre preso à terra, meio homem meio mulher, macho e fêmea ao mesmo tempo.

— O que foi que aconteceu com aquela moça tão bonita que veio falar com você e depois dançou tão animada? Estava parada na porta e sumiu. Por que não dança mais, que fim levou?

Se Pedro Archanjo possuía a decifração da alegoria, não a revelou à bisbilhoteira. "Não reparei, madama."

— Não me faça de boba. Vi um homem perto dela, por detrás do fogo, branco e altaneiro, nervoso, impaciente. Vamos, me diga.

— Sumiu — e nada mais acrescentou.

Apurando opiniões e tirando os noves fora, Doroteia foi vista na roda das feitas, volteando no barracão, em disputa com Rosa de Oxalá na delicadeza do passo e em formosura. Havia também Stela de Oxóssi, Paula de Euá e outras de bastante soberbia.

Desceu Oxóssi com o eruquerê de rabo de cavalo e montou Stela. Euá uniu-se ao corpo de Paula, vento de laguna, água da fonte. Num estremeção, Rosa fez-se Oxalufã, Oxalá velho. Três Omolus, dois Oxumarês, duas Iemanjás, um Ossaim e um Xangô. Chegaram ao mesmo tempo seis Oguns — era 13 de junho, dia de sua festa, na Bahia Ogum é santo Antônio —, e o povo os saudou de pé, alegremente: Ogunhê!

Quando, num assovio longo, silvo de trem, apito de navio, Iansã lhe deu o aviso, Doroteia avexou-se, veio beijar a mão de Archanjo:

— Por que não me trouxe meu rapaz?

— Ficou estudando, tem muito o que estudar.

— Vou embora, Pedro. Vou hoje mesmo. Esta noite ainda.

— Vem lhe buscar? Vai de vez?

— É de vez e vou com ele. Não conte nada a Tadeu, passe mel na boca e diga a ele que eu morri, é melhor assim: dói uma vez só e se acabou.

Pôs-se de joelhos, curvou a cabeça sobre a terra. Archanjo tocou-lhe a carapinha e ergueu a negra Doroteia em sua altura. Nem de todo se firmara e já Iansã a possuía num grito que acordou os mortos. Consta que do fundo do terreiro os eguns responderam, lamentos de arrepio.

No barracão, bem poucos repararam na cena a preceder a chegada de Iansã. Zabela, porém, a seguira do começo ao fim, para ela tudo aquilo era novidade e excitação. As equedes conduziram os encantados para as camarinhas onde mudariam as vestimentas, após dançarem as cantigas rituais. Quem mais dançou foi Iansã em meio aos seis Oguns. Era em despedida mas ninguém sabia.

No intervalo da troca de roupa, em outra sala, serviram a comida de Ogum, régio banquete. Zabela beliscou de cada prato, adorava comida de dendê, infelizmente fazia-lhe mal ao fígado. Quando os foguetes começaram a subir, anunciando o regresso dos orixás, a anciã saiu quase a correr, não queria perder o menor detalhe da macumba.

Aproximou-se a majestosa procissão dos encantados, à frente um dos seis Oguns, o de Epifânia. Roncaram os atabaques, o povo ficou de pé, batendo palmas, um clarão iluminou os ares, foguetes, bombas e rojões — o mês de junho na Bahia é o mês do milho e dos fogos de artifício. No estouro e no relâmpago dos foguetes, um a um entraram no barracão os orixás com emblemas, armas, ferramentas. Mãe Majé Bassã puxou o canto, Oxóssi deu começo à dança.

Cadê Iansã, por que não voltara ao barracão? Dela se ouviu o eco de um ruído na distância. Silvo de trem? Não, o apito de um navio. No vão da porta todos viram Doroteia pela derradeira vez. Não ostentava os trajes de Iansã, embora muitos o afirmem e jurem pela luz dos olhos; tampouco a saia engomada e a bata de rendas, a roupa de baiana. Em trinques de senhora, exibia indumentária de lordeza, vestido de cauda longa e da melhor fazenda, jabô de babadinhos. O peito arfante, os olhos em brasas.

Todos se referem ao homem postado atrás de Doroteia e coincidem nos chifres pequenos, de diabo. No resto, desacordo e discussão. Alguns viram o rabo qual bengala, a ponta curva a lhe pender do braço; outros falam dos pés de cabra; a maioria o descreve cor de carvão. No depoimento de Evandro Café, velho e respeitável tio, o canhoto era vermelho, de um encarnado vivo, fulgurante. Os olhos curiosos e atentos de Zabela enxergaram-no branco e loiro, na testa dois bucles de cabelos, um pedaço de homem! Igualavam-se a condessa e o ex-escravo em idade e experiência, os dois merecem fé.

Tudo se passou ao resplendor dos fogos de artifício, à luz do foguetório, luz e fogo que cegavam. Naquele incêndio, ao fulgor daquela aurora, na chama, no trovão e no relâmpago, em passaladagem, Doroteia se desfez no ar. Estava à porta e, no mesmo instante, não estava: a porta vazia, apenas um cheiro de enxofre, o clarão e o estouro. De bomba, de foguete? Quem ouviu, sabe que não.

Doroteia nunca mais foi vista. Nem o mal-assombrado. Percebeu-se um barulho: para Zabela, galope de cascos de cavalos, fuga de amantes para terras longínquas; para Evandro Café, ruído de pés de cabra em correria, era o Cão por sua iabá. Assim ou assado, acabou-se Doroteia.

Durante dias permaneceu vago o ponto da Misericórdia onde os fregueses de abará, acarajé, cocada e pé de moleque encontraram, anos a fio, a negra Doroteia com o colar de Iansã e uma conta vermelha e branca, de Xangô. Depois ali assentou-se Miquelina, pacata e alva, o tabuleiro enfeitado e os olhos garços.

Na Tenda dos Milagres, debruçado sobre livros, um adolescente chora a mãe para ele morta. Para outros encantada, de retorno a seu princípio. Cada qual com sua sina. Se Archanjo guardava a chave da adivinha, nada disse.

ONDE FAUSTO PENA CONTA
SUA EXPERIÊNCIA TEATRAL
E OUTRAS TRISTEZAS

Minha experiência teatral foi funesta. Não creiam que exagero. Funesta, trágica, fatal. Por onde examine, só encontro saldo negativo; decepção, desencanto e dor. Dor de corno, verdadeira.

Não passei, no entanto, dos bastidores da dramaturgia, não atingi o palco, não me coube a emoção de luzes e plateias, de aplausos e noticiário. Em dias de febril entusiasmo, sonhei com tudo isso e muito mais. Meu nome nos cartazes, na fachada do Teatro Castro Alves, em gás néon em teatros do Rio e de São Paulo, junto ao de Ana Mercedes, vitoriosa primeira-atriz, singular e soberana, a desbancar a jato as estrelas estabelecidas. Salas repletas, público em delírio, crítica entusiástica, féria alta e direitos pagos na hora: o início da triunfal carreira de um novo autor.

A verdade é muito outra: neres de dinheiro, de badalação, de nome impresso ou luminoso. O nome na polícia, segundo me informam, sob suspeita. Gastos os últimos níqueis. Perdido o único bem que eu possuía.

Aprendi algo, sem dúvida, e dos meus companheiros de aventura não guardo ressentimentos; nem mesmo de Ildásio Taveira me fiz inimigo. Aqui entre nós, confesso que não o suporto e espero ocasião de dar-lhe o troco: para tudo há tempo e não tenho pressa. De imediato, é-me impossível romper com o judas: o Instituto Nacional do Livro encomendou-lhe uma antologia da jovem poesia baiana, na qual prometeu incluir poemas de minha autoria, mais de um, não disse quantos. Se lhe nego o cumprimento, arrisco-me a ser expulso da coletânea, posto à margem da literatura. Conservo-lhe o melhor de meus sorrisos, elogio-lhe os versos com insistência e alvoroço. Por um lugar ao sol das letras, faz-se das tripas coração.

Éramos quatro, os coautores do espetáculo. Os meus três parceiros ostentam todos eles alta categoria intelectual: geniais e para a frente. Sendo o mais conhecido dos quatro, com poemas publicados no Rio, em São Paulo e até em Lisboa, Ildásio Taveira de costeletas bastas e camisas berrantes, fazia sua estreia no teatro. Os dois outros eram estudantes de direito. O compositor Toninho Lins cursava o terceiro ano, tinha um samba gravado e vários inéditos, à espera da consagração de um festival. Estácio Maia, renitente primeiranista, exibia diferentes predicados: a cachaça agressiva e radical, uma sapiência carismática, e o tio general. Em confidência de porrista, no segredo dos pequenos grupos, renegava o parentesco, destratando o tio.

Literato muito avançado, de ilimitada suficiência, cheio de frustrações, instável e imprevisível, vivia representando: ora implacável terrorista, ora místico a pedir perdão de suas faltas, reles ator, pífio galã. Ana Mercedes, ao vê-lo aproximar-se, logo identificava a máscara do dia: "Hoje vem de guerrilheiro". Na véspera fora herói de Dostoiévski, Raskolnikov em versão barata. Curioso indivíduo.

Antes de mais nada, requeremos pauta no Teatro Castro Alves, providência a cargo de Estácio Maia, nessas horas o sobrinho de seu tio. Depois iniciamos as infindáveis discussões sobre a peça, com gritos, xingamentos, ameaças físicas e muita cachaça.

As divergências referiam-se ao conteúdo do espetáculo e à figura de Pedro Archanjo. Estácio Maia, declarando-se irredutível partidário brasileiro do Poder Negro norte-americano, transformava Pedro Archanjo em membro da organização Black Panther a declamar no palco discursos e palavras de ordem de Carmichael advogando a separação de raças, o ódio irremediável. Uma espécie de professor Nilo Argolo às avessas. Negros de um lado, brancos de outro, proibida qualquer mistura e convivência, em luta mortal. Jamais consegui saber onde o violento líder da negritude nacional situava os mulatos.

Não recordo se já disse ser esse Maia, moço branco de cabelos loiros e olhos azuis, pouco afeito inclusive a negras e mulatas. No particular, devo-lhe gratidão: excluindo as oito bichas comprovadas, dezenove homens tinham a ver com o espetáculo, entre diretor, atores, iluminadores, cenaristas, figurinistas etecétera e tal, e dos dezenove foi ele o único a não cantar Ana Mercedes.

Ildásio não lhe aceitava as teses, tampouco Toninho Lins. Este último, um cara sério, de prestígio no meio estudantil, desejava mostrar sobretudo o Pedro Archanjo grevista, de pé contra patrões, trustes e polícia; fazia da luta de classes o centro do espetáculo. O problema racial, camaradas, é consequência do problema de classes — explicava, citando autores, calmo, sem exaltar-se. No Brasil, camaradas, negros e mulatos são discriminados em sua condição de proletários: branco pobre é negro sujo, mulato rico é branco puro. A luta de classes e o folclore, eis uma receita para um espetáculo ao mesmo tempo militante e popular. Compunha sobre temas folclóricos e de tudo o que se fez para a projetada função só se salva a bela melodia de Toninho Lins sobre o enterro de Pedro Archanjo. Concorreu com ela, posteriormente, ao Festival Universitário, no Rio, ganhou o segundo prêmio. Merecia o primeiro, na opinião do público.

Quanto a Ildásio, tenho de confessar parecer-me sua posição a mais próxima do verdadeiro Archanjo, se é que existe uma única verdade archanjiana (para usar uma palavra em moda), tantos Archanjos têm surgido nessas comemorações do centenário. Podemos vê-lo até nos muros da cidade, anunciando Coca-Coco: "Nos costumes da Bahia do meu tempo só faltava Coca-Coco".

Ildásio Taveira, concordando com Toninho na primazia da questão de classes sobre a de raças, concedendo a Estácio Maia a existência no Brasil de preconceitos de cor e de racista em quantidade, propunha um Archanjo sem sectarismo, consciente de sua força e da força do povo, a defender a solução do problema brasileiro, a miscigenação, a mistura, os mestiços, as mulatas e, antes de tudo e sobretudo, Ana Mercedes, a quem repetia propostas nos cantos do teatro, o infame.

174

Discutíamos em botecos e boates, nas madrugadas do Xixi dos Anjos. Ildásio escolhera, com minha ajuda, frases dos livros de Pedro Archanjo, para base dos diálogos. Estácio Maia não as aceitava: "Esse tipo é um reaça". Punha na boca de Archanjo falas terríveis, tenebrosas ameaças de destruição da raça branca e do Ocidente em geral: "Nós, os negros, liquidaremos russos e americanos, brancos assassinos, uns e outros". Toninho Lins e eu intervínhamos temendo ver o debate findar em corpo a corpo tal a exaltação dos contendores. De humor grosso, Ildásio apelidou o loiro Maia de Piolho de Carmichael, foi o diabo.

Insultavam-se, faziam as pazes, com abraços e juras de amizade eterna, reabriam o debate, xingos e tragos. Durou um mês, bebeu-se bares inteiros.

Quanto a mim, lutei para conciliar pontos de vista, falas, diálogos, dogmas, cismas, facções, ideologias e poderes. Queria apenas a peça, nome no cartaz, o meu e o de Ana Mercedes, juntos, autor e diva, oh! a gloriosa noite da estreia! Ana Mercedes faria Rosa de Oxalá, sobre isso não houve discussão, todos de acordo. Nessa altura dos debates, pouco me importava o póstumo destino teatral do Pedro Archanjo: líder operário em greve, Black Panther racista a recusar a miscigenação, a pregar a guerra santa contra os brancos, mulato baiano criador de civilização, tanto se me dava. Eu queria a peça em cartaz.

À custa de infinita paciência consegui que um texto, anárquico e contraditório, fosse posto de pé e enviado à censura. Aliás, na opinião idônea e para frente de Álvaro Orlando, diretor convidado para montar o espetáculo, em teatro texto é coisa secundária, praticamente inútil. Assim sendo, as contradições não tinham importância alguma. Estácio Maia obteve promessas de subvenção e propôs à universidade comprar, para os estudantes, a função de estreia. Nessas ocasiões, Estácio Maia fardava-se de sobrinho.

Decidimos não esperar o resultado da censura para iniciar os ensaios e o fizemos em semana de intensa agitação estudantil. Tendo constatado a presença de provocadores na Faculdade de Direito, os alunos entraram em greve e logo foram apoiados pelas demais unidades universitárias. A primeira passeata transcorreu em ordem mas a segunda foi dissolvida a gás e a bala pela polícia. Prisões em massa, estudantes feridos, o convento dos beneditinos invadido, o comércio fechado, violências brutais, um fim de mundo.

Toninho Lins foi preso na rua Chile, conduzia um cartaz e o usou na luta contra os tiras. Levou uma semana no xadrez e comportou-se bem, um macho! Estácio Maia saiu de circulação nos dias de perigo; passeatas, brigas, cadeia não o atraíam: era um teórico. Seu nome, no entanto, constou da lista de agitadores publicada nos jornais. Desapareceu de todo, levou sumiço. Soubemos depois ter obtido transferência de matrícula para Aracaju. Anda por Sergipe, um tanto murcho, recaiu no misticismo.

A censura proibiu a peça e, segundo me disseram, enviou o nome dos autores à polícia para as competentes fichas. Onde fui parar! Para não perder a pauta no teatro, Ildásio escreveu em tempo recorde uma peça infantil e convidou Ana Mercedes para o papel de Borboleta Cintilante. Opus-me com firmeza e palavrões. Para compensá-la da oportunidade perdida, levei-a de passeio ao Rio e a São Paulo, empregando na tardia lua de mel os derradeiros dólares do grande Levenson.

Dissolveram-se, um a um, nas butiques de Copacabana e da rua Augusta, em restaurantes e boates, no trato de literatos, preciosas e caríssimas amizades. O mercado das promoções anda pela hora da morte: a simples citação do nome de um poeta provinciano em coluna de letras custa almoço no Museu de Arte Moderna ou rodadas de escocês nos bares de Ipanema.

Regressei a zero e de nada valeu o sacrifício. Ana Mercedes, vestida com modelos de Laís, tornou-se áspera e fugidia. Certo domingo, abro o suplemento literário do *Diário da Manhã* e deparo com dois poemas sob sua assinatura: não os havia submetido à minha revisão. Li os versos: sei algo de poesia, na primeira estrofe reconheci o estilo de Ildásio Taveira. Passei a mão na testa, ardia em febre e em chifres.

Sofri e sofro ainda, sonho com ela pelas noites, mordo o

travesseiro, o leito guarda intacto o perfume de alecrim. Não demonstrei, no entanto, a dor de corno a roer-me as entranhas quando de supetão topei com os dois na rua, abraçadinhos. Ildásio falou-me da antologia, deu-me urgência nos poemas, ia mandar os originais para o instituto. A meretriz tratou-me com distância e indiferença.

Naquele dia nem a cachaça confortou-me: no fim da noite, lúcido e torpe, cometi um soneto de adeus para Ana Mercedes. Para certas dores só o suicídio ou o soneto. Camoniano.

ONDE PEDRO ARCHANJO É PRÊMIO E ASSUNTO DE PRÊMIO, COM POETAS, PUBLICITÁRIOS, PROFESSORINHAS E O GAIATO CROCODILO

1

— Não! É demais, tenham paciência. — O professor Calazans estava a pique de abandonar a bonacheirice habitual e explodir: — Fernando Pessoa, não, essa não!

Encontravam-se reunidos no gabinete de Gastão Simas na Doping Promoção e Publicidade, para escolher o assunto a servir de tema ao prêmio Pedro Archanjo. Quando, terminadas as comemorações do centenário, decepção e raiva se transformaram em risonho anedotário, o professor considerou um sinal dos tempos o fato de terem discutido e resolvido na sede da agência de propaganda os problemas da maior realização cultural do ano. Valia a pena ouvi-lo descrever as reuniões, uma comédia.

— Fernando Pessoa é um tema apaixonante e, de certa maneira, Pedro Archanjo era um poeta — argumentou Almir Hipólito, emigrado da poesia para a publicidade, pondo no maciço sergipano os olhos românticos, de fundas olheiras. — O senhor não leu o artigo de Ápio Correia, "Pedro Archanjo, poeta da ciência"? O *Diário da Manhã* o transcreveu. Genial.

— E daí? O que foi que esse genial escriba encontrou de comum entre Archanjo e Pessoa? — O professor Calazans criticava o abusivo emprego do adjetivo genial. Ouvia-o a cada momento, repetido pela filha e suas amigas a propósito de tudo e, em especial, dos namorados: — Pedro Archanjo era dado a uma cachacinha e nem por isso vamos criar o prêmio Siri ou o prêmio Crocodilo, propondo aos concorrentes o tema da excelência desses paratis.

— Eis uma boa ideia! — riu Gastão Simas. — O professor

se quisesse vir colaborar conosco, ia ser um portento na publicidade. Tem ideias colossais. O espanhol da Crocodilo é bem capaz de comprar a sugestão.

— Não estão satisfeitos com a indignidade do anúncio da Coca-Coco? Pedro Archanjo a serviço de refrigerantes! É o fim!

Segundo dona Lúcia, esposa do secretário-geral, seu marido perdia a calma no máximo duas vezes por ano. Em 1968, devido às comemorações do centenário de Pedro Archanjo, passou a perdê-la ao menos duas vezes por dia: aos gritos, exaltado, a discutir tolices. Tolices, somente? Também safadezas e das maiores. Utilizar o nome de Archanjo em anúncios parecia-lhe horrível profanação, mas havia pior. Servir-se de sua obra, deturpando-a, para exaltar aspectos do colonialismo, como o fizera certo ensaísta de posições e artigos bem remunerados, isso, sim, era o cúmulo da salafrarice.

Ao sergipano não faltava vontade de mandar tudo aquilo às favas. Só não o fizera por ser de obstinada fidelidade aos compromissos e, ademais, se o fizesse, quem iria defender a figura de Pedro Archanjo, impedir que lhe reduzissem a obra ao levantamento folclórico, subtraindo de seu conteúdo exatamente a parte mais profunda e viva? Importante a descrição de hábitos e costumes, a pesquisa de folclore, mais importante ainda a polêmica contra o racismo, a proclamação da democracia racial.

Tomara-se Calazans de carinho pela figura do homem pobre, sem recursos, de instrução limitada, autodidata, que, superando todos os obstáculos, se fez sábio, empreendeu e concluiu obra original, profunda e generosa. Seu exemplo ensinara aos jovens integridade e coragem nas condições mais adversas. Por amor a Pedro Archanjo, o professor mantinha-se no cargo, no posto de combate.

— É engraçado... — confidenciou ao professor Azevedo, colega e amigo: — Tanto barulho, tanta corrida, tanto foguetório em torno das comemorações de Archanjo e, no entanto, deformam-lhe a figura e a obra. Erguem-lhe um monumento, é

179

verdade, mas o Archanjo que honram não é o nosso e sim um outro, transformado e diminuído.

— Sem dúvida — concordou o professor Azevedo: — Durante anos ignoram o homem e seus livros. Depois aparece Levenson e veem-se obrigados a retirar Archanjo do cômodo esquecimento. Escovam-no, colocam-no na moldura de seus interesses, vestem-lhe novas roupas, tentam elevá-lo socialmente para que melhor o possam usar. Mas, Calazans, tudo isso é secundário: a obra de Archanjo resiste a qualquer deformação. Esse barulho todo, aliás, tem sua utilidade: populariza o nome do mestre do Tabuão.

— Por vezes me desespero, perco a cabeça.

— Não tem motivo. Nem tudo é patifaria. Há gente direita metida nisso. Alguns rapazes excelentes estão pesquisando a obra de Archanjo, trabalhando sobre ela, estabelecendo novas coordenadas de nossa evolução. O livro do professor Ramos é um monumento, é o verdadeiro monumento a Archanjo. Nasceu de nosso proibido seminário.

Também o livro do professor Azevedo, em adiantada preparação, *O baiano Pedro Archanjo*, provinha do fracassado conclave. Frutificara em livros e pesquisas, mesmo proibido.

— Você tem razão. Só o prêmio aos estudantes paga qualquer dor de cabeça.

Exatamente a escolha do tema para o prêmio Pedro Archanjo levara o professor a perder mais uma vez a calma no gabinete de Gastão Simas:

— Fernando Pessoa, tenham paciência, é demais! Se fôssemos escolher um poeta como assunto, nesse caso por que não Castro Alves que foi abolicionista e é brasileiro?

Desmunhecou Almir Hipólito em ademanes de indignação, tão galante e gracioso em seu inflamado protesto:

— Oh! por favor não estabeleça tal comparação! Quando falar em poesia não cite Castro Alves, versejador medíocre, e jamais o compare com o meu Fernando, o maior poeta da língua portuguesa em todos os tempos. — Castro Alves, mulherengo, femeeiro, provocava-lhe náuseas.

O professor Calazans engoliu vários palavrões, conteve-se:

— O maior? Pobre Camões! Mas, ainda que o fosse, não serviria para nosso prêmio.

— Teria certa utilidade — considerou Goldman, gerente do *Jornal da Cidade*. — Poderíamos faturar um pouco mais na colônia portuguesa.

— Afinal estamos aqui para homenagear Pedro Archanjo ou para sacar dinheiro de portugueses? Vocês só pensam em faturamento.

— Pedro Archanjo é a chave... — disse Arno, até então calado — a chave do cofre.

Gastão Simas interveio:

— O professor Calazans tem razão. A ideia de Hipólito é brilhante mas devemos guardá-la para uma promoção ligada à colônia lusa. As comemorações cabralinas ou o centenário de Gago Coutinho: *De Camões a Fernando Pessoa, de Cabral a Gago Coutinho*. Que tal? — pavoneou-se um instante. — Disso, porém, falaremos depois. Agora vamos resolver de uma vez esse cabuloso prêmio. Já devíamos tê-lo lançado, não podemos perder nem um minuto mais. Caro professor, faça uma proposta concreta.

Tirando do bolso uma porção de papéis, o professor Calazans espalhou-os na mesa, conseguiu encontrar o regulamento do prêmio Pedro Archanjo, estabelecido por ele e Edelweiss Vieira, do Centro Folclórico. Arno Melo comoveu-se ao ver a papelada: nem pasta de couro, mala 007, o coitado possui, como pode trabalhar? Notas em pedaços de papel deformando os bolsos do paletó, forma típica de subdesenvolvimento. Compre uma 007, professor, e com ela adquira nova personalidade, forte e audaz, empresarial, apta a criar e a desenvolver ideias, a impor opiniões.

Retado da vida, o professor não precisava de pasta de couro, de mala 007, para impor sua opinião: ou aprovam o prêmio como está nesses papéis, tema, regulamento, comissão julgadora, ou façam-no sozinhos os senhores, usem Archanjo de chave ou de gazua.

181

2

Gastão Simas conquistara a gerência baiana da Doping S. A. devido antes de tudo à capacidade de conciliar, de quebrar galhos, de colher sorrisos e concordância onde outros só obtinham caras amarradas e desacordo. "É um vaselina genial", resumia Arno, seu admirador. Quando um cliente, farto das trapalhadas dos rapazes, em fúria devido à repetição de erros nos anúncios, dispunha-se a encerrar a conta, então GS se agigantava, demonstrando inestimável serventia.

Acalmou o professor, "será como o senhor ordene", e finalmente estabeleceram o plano completo do prêmio Pedro Archanjo. A proposta inicial do ínclito dr. Zezinho Pinto foi alterada em dois ou três pontos. Ampliou-se a faixa dos concorrentes: além dos secundaristas, também os universitários. Em lugar de simples redação, um trabalho com um mínimo de dez páginas datilografadas sobre qualquer aspecto do folclore baiano, à escolha do candidato: capoeira, candomblé, pesca de xaréu, samba de roda, afoxés, pastoris, a Procissão dos Navegantes, os presentes a Iemanjá, os abecês de Lucas da Feira, o capoeirista Besouro, o pintor Carybé, Nosso Senhor do Bonfim e a lavagem de sua igreja, a festa da Conceição da Praia e a de Santa Bárbara. Foi mantido o prêmio de uma viagem ao estrangeiro para o primeiro lugar. Não mais a Portugal, porém, e, sim, aos Estados Unidos, pois uma companhia de aviação norte-americana oferecera as passagens. A viagem a Portugal, GS a reservou para aquela outra promoção, reunindo Pedro Álvares Cabral e Gago Coutinho, já em estudos sob o patrocínio da televisão e de companhia aérea e agência de turismo portuguesas.

Criaram-se novos prêmios: viagens ao Rio de Janeiro, aparelhos de tevê, gravadores, rádios, os sete volumes da *Enciclopédia Juvenil* e alguns dicionários. Sentiu-se o professor Calazans compensado, em parte ao menos, de tanta trabalheira e de ouvir tamanhas estultices. Em entrevista ao *J. C.* afirmou que "o prêmio Pedro Archanjo estimulará nos moços o espírito de pesquisa, o gosto pelo folclore, o interesse pelas fontes da cultura brasileira".

O professor terminara a leitura da entrevista estampada na primeira página da gazeta e sorria satisfeito quando o telefone o reclamou: Gastão Simas solicitava-lhe o favor da presença nos escritórios da Doping para uns minutos de conversa. Viesse quanto antes; tinha boas-novas.

Cancelando o curto tempo de descanso, lá se tocou o sergipano. Gastão Simas e seu estado-maior irradiavam contentamento: o júbilo daqueles que comprovam sua competência.

— Caríssimo professor! Deixe-me dizer-lhe: caríssimo colaborador da Doping! Foi sua a ideia inicial.

— Que ideia? — perguntou Calazans de pé atrás: aqueles especialistas, tão atrevidos e sem escrúpulos em matéria de promoção, publicidade e faturamento, deixavam-no inquieto.

— Recorda-se de nossa reunião de quarta-feira passada, quando decidimos os últimos detalhes do prêmio Pedro Archanjo?

— É claro que sim.

— Recorda-se de uma referência que o senhor fez a marcas de cachaça?

— Gastão, não me venha dizer que vocês vão botar Pedro Archanjo a recomendar cachaça. Basta com a Coca-Coco, aquela indignidade!

— Não vamos discutir novamente esse pormenor, meu querido mestre. Quanto a anunciar cachaça, fique descansado, os donos da Crocodilo não aceitaram a ideia, exatamente por já ter sido usada pela Coca-Coco. Em compensação, dispõem-se a patrocinar um prêmio a ser disputado entre os alunos das escolas primárias, das públicas somente, a quem até agora, nessa promoção do centenário de Pedro Archanjo, nada oferecemos. Que lhe parece?

— Como é esse tal prêmio?

— Muito simples: cada criança escreverá umas linhas sobre Pedro Archanjo, as professoras selecionarão as melhores, entre as quais uma comissão de pedagogos e escritores escolherá as cinco vencedoras do prêmio Aguardente Crocodilo.

— Prêmio Aguardente Crocodilo, que coisa!

— Sabe de que constará, professor? Bolsas de estudo, num bom colégio, válidas para todo o curso secundário dos cinco vitoriosos. A Crocodilo oferece as bolsas.

Calazans amoleceu: cinco meninos pobres teriam a possibilidade de cursar o secundário.

— Afinal, a cachaça se comporta melhor do que o refrigerante. Explora o nome de Archanjo mas ao menos oferece alguma coisa. Os da Coca, nem isso. Não vejo, no entanto, onde eu entro nesse assunto.

— Entra com o pequeno texto que devemos fornecer às professoras para que possam contar algo sobre Archanjo aos meninos. Meia página, no máximo uma, breve notícia biográfica do nosso herói, que as mestras estudarão, transmitindo depois às crianças uma ideia de quem foi Archanjo. Os meninos a interpretarão cada qual à sua maneira. Não é uma beleza? É esse texto que queremos lhe pedir, ou melhor: lhe encomendar.

— Não é fácil.

— Nós o sabemos, professor, e por isso mesmo recorremos ao senhor. Aliás, a ideia inicial partiu do professor ao citar marcas de cachaça. E por falar em cachaça, aceita um gole de uísque? É legítimo escocês, não é igual ao do nosso ilustre doutor Zezinho.

— Não é fácil — repetiu o sergipano. — Estamos em época de provas, como vou arranjar tempo?

— Meia página, professor, coisa sucinta, apenas o essencial. Desejo esclarecer que se trata de uma encomenda: a agência lhe pagará o texto.

O professor Calazans elevou a voz, sério, quase ofendido:

— Isso, jamais! Não estou metido nesse assunto para ganhar dinheiro e, sim, para servir à memória de Pedro Archanjo. Não me fale em dinheiro.

Arno Melo sacudiu a cabeça: aquele não tinha jeito, um caso perdido. Por que diabo, então, o achava tão simpático? Gastão Simas desculpava-se:

— Não está mais aqui quem falou em pagamento, professor. Perdoe-me. Posso mandar buscar o texto amanhã pela manhã?

— Não dá, Gastão. Hoje vou corrigir provas, amanhã, de oito ao meio-dia, estarei na faculdade. Onde vou arranjar tempo para redigir um texto?

— Pelo menos, professor, algumas notas, alguns dados. Aqui faremos a redação.

— Dados, notas? Bem, isso pode ser. Mande um portador à minha casa, amanhã. Deixarei com Lúcia.

A fulva secretária trouxe copos de gelo. Tão muda e queda mas para que gastar em palavras a boca de sorrisos e promessas, cansar em vil trabalho o corpo de ver-se e regalar-se?

3

DADOS FORNECIDOS À AGÊNCIA DOPING S. A. PELO PROFESSOR CALAZANS.

Nome:

Pedro Archanjo.

Data e local de nascimento:

18 de dezembro de 1868, na cidade do Salvador, estado da Bahia.

Filiação:

Filho de Antônio Archanjo e de Noêmia de Tal, mais conhecida por Noca de Logum Edé. Do pai sabe-se apenas ter sido recruta na Guerra do Paraguai na qual morreu durante a travessia do Chaco deixando a companheira grávida de Pedro, primeiro e único filho.

Estudos:

Tendo aprendido sozinho a ler, frequentou o Liceu de Artes e Ofícios onde adquiriu noções de diversas matérias e da arte tipográfica. Distinguiu-se em português e desde cedo foi dado à leitura. Já homem maduro aprofundou-se no estudo da antropologia, da etnologia e da sociologia. Para fazê-lo aprendeu francês, inglês e espanhol. Seus conhecimentos da vida e dos costumes do povo eram praticamente ilimitados.

Livros:

Publicou quatro livros — *A vida popular na Bahia* (1907); *Influências africanas nos costumes da Bahia* (1918); *Apontamentos sobre a mestiçagem nas famílias baianas* (1928); *A culinária baiana — Origens e preceitos* (1930), livros hoje considerados fundamentais para o estudo do folclore, o conhecimento da vida brasileira nos fins do século passado e nos começos do atual, e sobretudo para a compreensão do problema de raças no Brasil. Ardente defensor da miscigenação, da fusão de raças, Pedro Archanjo foi, na opinião do sábio norte-americano (prêmio Nobel), James D. Levenson, "um dos criadores da moderna etnologia". Sua obra completa acaba de ser reeditada, em dois volumes, pela Editora Martins, de São Paulo, na Coleção Mestres do Brasil, anotada e comentada pelo professor Arthur Ramos, da Faculdade de Letras da Universidade do Brasil. Os três primeiros livros foram reunidos num tomo sob o título geral de *Brasil, país mestiço* (título dado pelo professor Ramos), enquanto o livro sobre culinária constitui tomo à parte. Relegada ao esquecimento durante muitos anos, a obra de Pedro Archanjo tornou-se internacionalmente conhecida e admirada. Foi publicada em inglês nos Estados Unidos, integrando a notável *Enciclopédia sobre a vida dos povos subdesenvolvidos*, editada sob os auspícios da Columbia University (Nova York). Neste ano de 1968, nas comemorações de seu centenário de nascimento, muito se tem escrito sobre Pedro Archanjo. Destacam-se os trabalhos do professor Ramos e o prefácio à tradução norte-americana de seus livros, de autoria de Levenson: "Pedro Archanjo, um criador de ciência".

Outros dados:

Mulato, pobre, autodidata. Ainda rapazola engajou-se grumete em navio de carga. Viveu alguns anos no Rio de Janeiro. Ao voltar à Bahia, exerceu o ofício de tipógrafo e ensinou primeiras letras, antes de empregar-se na Faculdade de Medicina, emprego que veio a perder, após tê-lo exercido durante cerca de trinta anos, devido à repercussão de um de seus livros. Músico amador, tocava violão e cavaquinho. Participou intensamente da vida popular. Tendo permanecido solteiro, atribuem-lhe muitos amores, inclusive bela escandinava, sueca ou finlandesa, não se sabe ao certo.

Data da morte:

Faleceu em 1943, aos setenta e cinco anos de idade. Grande massa popular acompanhou seu enterro, ao qual estiveram presentes o professor Azevedo e o poeta Hélio Simões.

No exemplo de sua vida, Pedro Archanjo mostra-nos como um homem nascido paupérrimo, órfão de pai, em ambiente pouco propício à cultura, exercendo misteres humildes, pôde superar todas as dificuldades e elevar-se aos cumes do saber, igualando-se e até sobrepondo-se às mais ilustres sumidades da época.

4

TEXTO REDIGIDO PELOS ASES DA DOPING PROMOÇÃO E PUBLI-CIDADE S. A. E FORNECIDO ÀS PROFESSORAS DAS ESCOLAS PRIMÁRIAS DA CIDADE DE SALVADOR.

O imortal escritor e etnólogo Pedro Archanjo, glória da Bahia e do Brasil, internacionalmente famoso, cujo centenário comemoramos este ano, sob o patrocínio do *Jornal da Cidade* e da Aguardente Crocodilo, nasceu em Salvador, a 18 de dezembro de 1868, órfão de um herói da Guerra do Paraguai. Atendendo ao apelo da pátria, seu pai, Antônio Archanjo, despediu--se da esposa grávida e foi morrer nas lonjuras do Chaco, em luta desigual contra o solerte inimigo.

Herdeiro das gloriosas tradições paternas, lutou Pedro Archanjo desde cedo para elevar-se do meio limitado e medíocre em que nascera. Iniciou estudos de literatura e música, logo se notabilizando entre os colegas pela indisfarçável vocação para as letras. Rapidamente dominou várias línguas, entre as quais o inglês, o francês e o espanhol.

Durante a juventude, levado pelo desejo de aventura, viajou

como embarcadiço, percorrendo o mundo. Em Estocolmo, conheceu a bela escandinava que foi o grande amor de sua vida.

De volta à Bahia, ingressou na Faculdade de Medicina e ali, durante cerca de trinta anos, encontra o ambiente propício aos estudos e trabalhos que projetaram seu nome de cientista e escritor.

Autor de vários livros, nos quais fez o levantamento do folclore e dos costumes baianos e a análise dos problemas raciais, traduzido em diversas línguas, tornou-se mundialmente famoso, sobretudo nos Estados Unidos, onde suas obras foram adotadas na Universidade de Columbia, em Nova York, por indicação do célebre professor James D. Levenson, detentor do prêmio Nobel, que se confessa discípulo de Pedro Archanjo.

Faleceu em Salvador, em 1943, aos setenta e cinco anos de idade, cercado do respeito geral e da admiração dos doutos. Autoridades, professores das faculdades, escritores e poetas acompanharam seu enterro.

Orgulho da Bahia e do Brasil, cujo nome elevou no estrangeiro, Pedro Archanjo nos ensina, através de seu exemplo, como um homem nascido na pobreza, em meio hostil à cultura, pode elevar-se aos pináculos do saber e ocupar posto de destaque na sociedade.

Quando festejamos o centenário desse magnífico paladino da ciência e das letras, todos os baianos se reúnem para reverenciar sua memória gloriosa, atendendo à convocação do *Jornal da Cidade* que leva a cabo mais uma campanha memorável e patriótica.

A Aguardente Crocodilo não podia estar ausente dessa magna celebração, pois ela própria já é parte integrante do folclore baiano a cujo estudo o genial patrício dedicou sua existência. Dessa louvada aguardente não nasceu a figura do Gaiato Crocodilo que faz as delícias da criançada nos anúncios das rádios e da televisão, verdadeira criação do moderno folclore, com seus versinhos e sua musiquinha?

O Gaiato Crocodilo organizou um grande concurso nas escolas primárias de Salvador: as queridas professoras vão con-

tar, nas salas de aula, a história de Pedro Archanjo, e cada criança, do primeiro ao quinto grau, escreverá sua impressão, con-
correndo a uma das cinco bolsas de estudo para todo o curso
secundário, a serem utilizadas pelos vencedores em qualquer
dos ginásios particulares de nossa capital, prêmios oferecidos
pela Aguardente Crocodilo.

Junto com a meninada das escolas públicas de Salvador, o
Gaiato Crocodilo grita: "Viva o imortal Pedro Archanjo!".

5

PRELEÇÃO DA PROFESSORA DIDA QUEIROZ AOS ALUNOS DO
TERCEIRO GRAU, TURMA DA MANHÃ, NA ESCOLA PÚBLICA JORNA-
LISTA GIOVANNI GUIMARÃES, SITUADA NO RIO VERMELHO.

Pedro Archanjo é uma glória da Bahia, do Brasil e do
mundo. Nasceu há cem anos e por isso o *Jornal da Cidade* e a
Aguardente Crocodilo estão festejando seu centenário, reali-
zando concurso entre os estudantes e distribuindo valiosos
prêmios, como sejam: viagens aos Estados Unidos e ao Rio de
Janeiro, aparelhos de televisão e de rádio, livros e outros. Para
os alunos das escolas primárias foram reservadas cinco bolsas
de estudo para o curso secundário completo, em qualquer
estabelecimento de ensino de nossa capital. Com os preços de
hora da morte que os colégios estão cobrando, trata-se de um
prêmio e tanto.

O pai de Pedro Archanjo foi general na Guerra do Paraguai
e morreu lutando contra o tirano Solano Lopez que atacou nossa pátria. O pequenino Pedro ficou órfão e pobre mas não desa-
nimou. Não podendo frequentar a escola, embarcou num navio
cargueiro e conseguiu estudar línguas, tornando-se um poliglota que é a pessoa capaz de falar outras línguas além do português. Fez vestibular para a Faculdade de Medicina, onde, após
colar grau, foi professor durante mais de trinta anos.

Escreveu muitos livros baseados no folclore, quer dizer,

livros contando histórias de bichos e de gente, mas não servem para menino ler. São livros sérios, muito importantes, estudados por sábios e professores.

Viajou muito, conhecendo a Europa e os Estados Unidos, eu penso que viajar deve ser a coisa melhor do mundo. Na Europa conheceu uma linda escandinava com quem casou e viveu feliz a vida inteira.

Nos Estados Unidos lecionou na Universidade de Columbia, em Nova York, que é a maior cidade do mundo, e dava as aulas em inglês. Entre seus alunos figurou o sábio norte-americano Levenson que, muito tendo aprendido com ele, recebeu depois o prêmio Nobel, um prêmio muito do bacana, o sujeito que tira esse prêmio entra direto para a História.

Morreu velhinho, em 1943, e seu enterro foi uma consagração, tendo à frente o governador, o prefeito e os professores da faculdade.

O exemplo de Pedro Archanjo nos ensina como um menino pobre, se tiver disposição e estudar de verdade, pode ingressar na alta sociedade, ensinar na universidade, ganhar muito dinheiro, viajar à beça e vir a ser uma glória do Brasil. É só ter força de vontade e não fazer malcriação à professora. Vocês agora vão escrever o que acharam de Pedro Archanjo, mas antes vamos gritar com o Gaiato Crocodilo que oferece as bolsas: "Viva o imortal Pedro Archanjo!".

6

REDAÇÃO DE RAI, DE NOVE ANOS DE IDADE, ALUNO DO TERCEIRO GRAU DA CITADA ESCOLA JORNALISTA GIOVANNI GUIMARÃES.

Pedro Archanjo era um órfão muito pobre que fugiu de marinheiro com uma gringa igual que meu tio Zuca e foi pros Estados Unidos porque lá tem dinheiro pra burro mas ele disse sou brasileiro e veio pra Bahia contar histórias de bichos e de gente e era tão sabido que não dava lição a menino só a médico e professor e quando morreu virou glória do Brasil e ganhou prêmio do jornal que era uma bolsa cheia de garrafas de cachaça. Viva Pedro Archanjo e o Gaiato Crocodilo!

DA BATALHA CIVIL DE PEDRO ARCHANJO OJUOBÁ E DE COMO O POVO OCUPOU A PRAÇA

1

— Nestor Souza fala um francês perfeito, impecável — afirmou o professor Aristides de Castro, referindo-se ao diretor da Faculdade de Direito, jurista eminente, membro de institutos internacionais. Repetiu o nome, num arroubo de admiração:

— Nestor Souza, um crânio!

O professor Fonseca, catedrático de anatomia, interveio:

— Não há dúvida, a pronúncia de Nestor é muito boa. Não sei, porém, se pode competir com Zinho de Carvalho no trato da língua. Para Zinho, o francês não tem segredos. Sabe de memória páginas e páginas do *Génie du Christianisme*, de Chateaubriand, poemas de Victor Hugo, cenas inteiras do *Cyrano de Bergerac*, de Rostand — dizia Hugô e Cyranô, exibindo seus próprios conhecimentos: — Já o escutou, a declamar?

— Já e comungo nos elogios que lhe faz. Pergunto, no entanto: Zinho será capaz de improvisar um discurso em francês, como Nestor Souza? Os colegas recordam o banquete em homenagem a maître Daix, o advogado de Paris que nos visitou no ano passado? Nestor o saudou em francês, de improviso! Magistral! Ao ouvi-lo, senti orgulho de ser baiano.

— Improviso? Coisa nenhuma — escarneceu o magro livre-docente Isaías Luna, má-língua notório, popular entre os estudantes devido à maledicência nos conceitos e à generosidade nos exames: — Pelo que sei, decora as aulas de véspera e ensaia gestos diante do espelho.

— Não diga isso, não repita infâmias geradas na inveja.

— É o que dizem, é a voz do povo. Vox populi, vox Dei!

— Zinho... — o professor Fonseca repunha seu candidato na liça.

A conversa na secretaria, no intervalo das aulas, reunia os lentes da Faculdade de Medicina, cada qual mais ilustre e altivo, mais cioso de seus privilégios. Saboreando o cafezinho quente trazido pelos bedéis, descansavam das classes e dos alunos numa prosa vadia, ao sabor dos assuntos: do comentário científico à vida alheia. De quando em vez, frouxos de riso, uma anedota contada em voz baixa. "A melhor coisa da faculdade é o cavaco na secretaria", asseverava o professor Aristides de Castro, um viciado, responsável pelo tema em debate naquela manhã: o domínio da língua francesa.

Língua de trato obrigatório a quem quisesse merecer foros de intelectual, instrumento indispensável ao ensino superior. Na época não existiam traduções em português dos tratados e livros básicos, necessários ao estudo das matérias dos currículos das faculdades. A bibliografia da grande maioria dos professores era exclusivamente francesa; alguns conheciam também o inglês, raros o alemão. Falar francês sem erros e com boa pronúncia tornara-se motivo de vaidade, fator de prestígio.

Na discussão, outras autoridades vieram à baila: o professor Bernard, da Escola Politécnica, filho de pai francês, formado em Grenoble; o jornalista Henrique Damásio, com sucessivas viagens à Europa e curso completo nos cabarés de Paris, "esse não, por favor, seu francês é de buduar"; o pintor Florêncio Valença, doze anos de boemia no Quartier Latin; o padre Cabral, do Colégio dos Jesuítas, "esse também não conta, falamos de brasileiros e ele é português". Quem, entre todos, o de melhor pronúncia? Qual o mais parisiense, o mais chique, o mais requintado nos erres e esses?

— Os colegas citam tanta gente e se esquecem que aqui, em nossa faculdade, possuímos quatro ou cinco luminares na matéria — conceituou o professor Aires.

Houve um alívio geral: aquela estranha omissão das eminências da casa começava a causar constrangimento. Na Bahia de então não existia título de maior prestígio do que o de professor da Faculdade de Medicina. Não significava apenas cátedra vitalícia, bom salário, importância e consideração. Garantia clínica rendosa, consultório cheio de doentes ricos. Muitos vinham do interior trazidos pelos anúncios nas gazetas: "Professor dr. Fulano de Tal, catedrático da Faculdade de Medicina da Bahia com prática nos hospitais de Paris". Mágica invocação, o título emérito abria as portas mais diferentes: das letras, da política, da agropecuária. Os catedráticos faziam-se membros das academias, elegiam-se deputado estadual ou federal, compravam fazendas e cabeças de gado, latifúndios.

Concurso para cátedra vaga era acontecimento de repercussão nacional: abalavam-se médicos do Rio e São Paulo para disputar com os baianos o posto e as vantagens. A sociedade comparecia em peso às arguições, às defesas de tese, às aulas ditadas pelos candidatos, seguia com atenção perguntas e respostas, comentava frases de espírito e malcriações. Formavam-se partidos, dividiam-se as opiniões, os resultados davam lugar a polêmicas e protestos, já houvera casos de ameaças de morte e de desforço físico. Sendo assim, como esquecer na relação dos mestres do bom francês os grandes da Faculdade de Medicina? Um absurdo, quase um escândalo.

Maior ainda por se encontrar presente, ouvindo em silêncio e certamente em expectativa, o professor Nilo Argolo, poliglota a dominar quantidade de idiomas, o monstro das sete línguas. Não só falava e discursava: redigia comunicações e teses em francês. Ainda agora enviara a um congresso em Bruxelas importante trabalho, *La Paranoïa chez les nègres et métis*:

— Inteiramente redigido em francês, linha por linha, palavra por palavra! — sublinhou o professor Oswaldo Fontes, a reivindicar o primeiro posto para o mestre e amigo.

Sorvendo em pequenos goles o cafezinho, o eminente professor Silva Virajá, de real presença no mundo da ciência médica, pesquisador do esquistossoma, acompanhou divertido as mutações do rosto de seu colega Nilo d'Ávila Argolo de Araújo antes e depois das afirmativas de Aires e Fontes: sério, fechado, inquieto, de repente satisfeito, logo em seguida coberto de falsa modéstia, sempre petulante. O sábio era indulgente com a tolice humana mas a presunção o agastava.

194

Após o coro consagrador, a aclamação universal, o professor Argolo concedeu, magnânimo:

— O professor Nestor Souza também excele na língua de Corneille. — Quanto aos outros nomes citados, não os considerou rivais.

Então mestre Silva Virajá, ante aquela exposta arrogância, pousou a xícara e disse:

— Conheço todos os citados e a todos lhes ouvi o francês. Pois mesmo assim, ouso dizer que não há em toda esta cidade quem melhor exercite a língua francesa, com absoluta correção e sem nenhum sotaque, do que um dos bedéis de minha cátedra, Pedro Archanjo.

Ergueu-se o professor Nilo Argolo, o rosto em fogo, como se o colega lhe houvesse aplicado um par de bofetadas. Fosse outro o autor da afirmativa e com certeza o catedrático de medicina legal teria reagido com violência ao ver-se comparado a um bedel, ademais mulato. Na Faculdade de Medicina e em toda a Bahia, porém, não existia quem ousasse levantar a voz diante do professor Silva Virajá.

— Refere-se por acaso o colega a esse melanoderma que publicou há uns quantos anos magra brochura sobre costumes?

— A esse me refiro, professor. É meu auxiliar há quase dez anos. Requisitei-o ao ler sua magra brochura, como o senhor a classifica. Magra de páginas mas forte de observações e conceitos. Vai publicar agora novo livro, menos magro e ainda mais rico: trabalho de real interesse etnológico. Deu-me capítulos a ler e os li com admiração.

— Esse... esse... bedel sabe francês?

— E como! Dá gosto ouvi-lo. Seu inglês é igualmente admirável. Conhece bem o espanhol e o italiano e, se eu tivesse tempo para lhe ensinar, acabaria falando o alemão melhor do que eu. Aliás, quem comparte essa opinião é sua prima e minha amiga, a condessa Isabel Tereza, cujo francês, diga-se de passagem, é delicioso.

A citação da parenta incômoda acentuou o rubor do ofendido lente:

— Sua bondade, professor Virajá, de todos conhecida, leva-o a superestimar os inferiores. O pardo certamente decorou algumas frases em francês e já o colega, com seu coração generoso, diploma-o mestre de línguas.

O riso do sábio era um riso álacre, de criança:

— Obrigado pelos elogios, não os mereço, não possuo essa bondade toda. É verdade que, no julgamento dos homens, prefiro superestimar, pois quem subestima em geral mede os demais por sua própria medida. No caso, porém, não exagero, professor.

— Um reles bedel, recuso-me a crer.

A presunção agastava mestre Silva Virajá, mas só a prepotência no trato com os pobres conseguia irritá-lo. "Desconfiem e se afastem dos indivíduos que adulam os poderosos e pisoteiam os desprotegidos", recomendava aos jovens, "são de ruim caráter, falsos e mesquinhos, faltos de grandeza."

— Esse bedel é um homem de ciência, pode dar lição a muito professor.

Numa rabanada, o catedrático de medicina legal abandonou a sala, seguido pelo professor Oswaldo Fontes. Mestre Silva Virajá riu, criança alegre após a travessura, um brilho de malícia nos olhos, uma nota de espanto na voz:

— O talento independe de pigmentação, de títulos, de condição social, tudo isso é tolice. Meu Deus, como é possível que exista ainda quem desconheça esta verdade?

Levantando-se, sacode os ombros, livra-se de Nilo d'Ávila Argolo de Araújo, saco de preconceitos, monstro de vaidade, tão cheio de si e tão vazio. Encaminha-se para o primeiro andar onde o negro Evaristo o espera com material trazido do necrotério. Ah! pobre Nilo! Quando aprenderás que só a ciência conta e permanece, não importa a língua em que se expresse nem os títulos de quem a experimente e crie? No laboratório, os alunos cercam mestre Silva Virajá, as lâminas nos microscópios.

2

Durante mais de um decênio, de 1907 a 1918, nos onze anos decorridos entre a publicação de *A vida popular na Bahia*, e de *Influências africanas nos costumes da Bahia*, seu segundo livro, Pedro Archanjo estudou. Com ordem, método, vontade e obstinação. Necessitava saber e soube: leu o que havia sobre problemas das raças. Devorou tratados, livros, teses, comunicações científicas, artigos, percorreu coleções de revistas e jornais, rato de bibliotecas e arquivos.

Não deixou de viver com intensidade e paixão, de pesquisar no cotidiano da cidade e do povo. Apenas, aprendeu também nos livros e, investigando sobre um tema central, enveredou por múltiplos caminhos do conhecimento e fez-se capaz. Tudo quanto empreendeu naqueles anos teve objetivo, intenção e consequência.

Mestre Lídio Corró impunha-lhe pressa. Indignava-se ao ler nos jornais as provocações e as ameaças, os títulos em negrita: "Até quando permitiremos que a Bahia seja imensa e degradante senzala?".

— Parece que o compadre quebrou a caneta, arrolhou o tinteiro. Cadê o outro livro? Você fala muito nele mas não vejo você escrever.

— Meu bom, não me aperte, ainda não estou preparado.

Para espicaçá-lo, Lídio alteava a voz na leitura de artigos e noticiários nos jornais: candomblés invadidos, pais de santo presos, festas proibidas, presentes de Iemanjá apreendidos, capoeiristas tratados a bainha de facão na chefatura de polícia.

— Os homens estão baixando o pau na gente, com vontade. Não é preciso ler essa livralhada para se dar conta — apontava os opúsculos, as revistas médicas, os livros acumulados na mesa: — Basta abrir as gazetas: só se vê reclamação contra roda de samba, capoeira, candomblé, notícias ruins. Se a gente não tomar tento, acabam com tudo.

— Você tem razão, meu bom. Querem acabar com a gente.

— E você, que sabe tanto, o que é que faz?

— Tudo isso, camarado, é devido a esses professores e suas teorias. É preciso combater a causa, meu bom. Escrever carta para os jornais, protestando, é útil mas não resolve.

— Muito que bem. Por que então não escreve o livro?

— Estou me preparando para isso. Ouça, compadre: eu era mais ignorante do que um pedaço de pau. Entenda isso, meu bom. Pensava que sabia muito e não sabia nada.

— Não sabia nada? Pois eu penso que mais vale esse saber daqui, do Tabuão, da Tenda dos Milagres, do que o de sua faculdade, compadre Pedro.

— A faculdade não é minha e não nego o valor da sabedoria popular, meu bom. Mas aprendi que esse saber sozinho não é bastante. Vou lhe explicar, camarado.

Às voltas com livros, cadernos e deveres, Tadeu não perdia palavra do padrinho. "Meu bom compadre", declarava Archanjo a Lídio, "devo uma grande obrigação a esse professor Argolo que deseja capar negros e mulatos, a esse mesmo que açula a polícia contra os candomblés, o monstro Argolo de Araújo. Para me humilhar — e me humilhou —, exibiu-me, um dia, minha ignorância inteira. Primeiro, fiquei com raiva, safado da vida. Depois, pensei: é certo, ele tem razão, sou um analfabeto. Eu via as coisas, meu bom, mas não as conhecia, sabia de tudo mas não sabia saber."

— Você, compadre, está dando para falar pior do que o professor de medicina. Eu não sabia saber, parece charada ou adivinha.

— Um menino come uma fruta e logo sabe o gosto que ela tem mas não conhece a causa desse gosto. Eu sei as coisas, preciso aprender o seu porquê e estou aprendendo. Hei de aprender, camarado, lhe garanto.

Enquanto se preparava, escrevia cartas às redações, protestos contra a malévola campanha e as crescentes violências da polícia. Quem se der ao trabalho de ler essas cartas — as poucas publicadas, algumas sob sua assinatura, outras firmadas por Um Leitor Indignado, Um Descendente de Zumbi, Um Malê, Um Mulato Brasileiro — poderá facilmente acompanhar a evolução de Archanjo no decorrer dos anos. Apoiados na citação de autores nacionais e estrangeiros, os argumentos adquiriam força, faziam-se convincentes, irrespondíveis. Nas "Cartas à Redação", mestre Archanjo temperou sua pena, aprendeu a manejá-la numa linguagem clara e precisa, sem perder aquele toque de poesia presente em tudo quanto escreveu.

Travou, sozinho, desigual polêmica com a quase totalidade da imprensa baiana da época. Antes de enviá-la, lia a papelada aos amigos na Tenda dos Milagres. Entusiasmado, Manuel de Praxedes propunha-se "a partir a cara desses caga-sebos". Budião balançava a cabeça a cada tópico, em sinal de aprovação, Valdeloir batia palmas, Lídio Corró sorria, Tadeu era o portador. Dezenas e dezenas de "Cartas à Redação": algumas obtiveram espaço nos jornais, no todo ou em parte, a maioria foi atirada à cesta de papéis, duas mereceram tratamento especial.

A primeira, longa, quase um ensaio, fora enviada à redação de um dos jornais mais constantes e virulentos no ataque aos candomblés. Em exposição serena e extremamente documentada, analisava o problema das religiões animistas no Brasil, e exigia que lhes fossem assegurados "a liberdade, o respeito e os privilégios concedidos às religiões católica e protestante pois os cultos afro-brasileiros são a fé, a crença, o alimento espiritual de milhares de cidadãos tão dignos quanto os que mais o sejam".

Dias depois, a folha abriu, em primeira página, artigo em três colunas, a linguagem desabrida e furibunda, o título em tipos fortes: "Pretensão monstruosa". Sem transcrever nem refutar os argumentos de Archanjo, a eles apenas se referia para dar conta "às autoridades, ao clero e à sociedade da monstruosa pretensão dos fetichistas que exigem, EXIGEM!, em carta a esta redação sejam suas indignas práticas de feitiçaria alvo do mesmo respeito, gozem dos mesmos privilégios, situem-se no mesmo plano espiritual da sublime religião católica, da sagrada Igreja de Cristo e das seitas protestantes, de cujas heresias discordamos sem negar entretanto a origem cristã de calvinistas e luteranos". Ao fim da diatribe, a redação reafirmava à sociedade baiana o propósito de manter cada vez mais intenso "o combate

199

sem tréguas à abominável idolatria, ao bárbaro baticum das macumbas que fere os sentimentos e os ouvidos dos baianos".

A segunda foi utilizada por gazeta nova, de tendência liberal em busca de leitores e popularidade. Archanjo a redigira em resposta à ácida catilinária do professor Oswaldo Fontes, nas páginas do órgão conservador, sob o título de "Um brado de alerta". O lente de psiquiatria reclamava atenção das elites e dos poderes públicos para um fato que, a seu ver, constituía ameaça gravíssima ao futuro do país: as faculdades de ensino superior do estado começavam a sofrer, em seu corpo discente, funesta invasão de mestiços. "Torna-se cada vez maior o número de indivíduos de cor a ocupar as vagas que deviam ser reservadas exclusivamente aos moços de famílias tradicionais e de sangue puro." Impunha-se drástica medida: "a proibição pura e simples de matrícula a esses elementos deletérios". Citava o exemplo da Marinha de Guerra onde negro e mestiço não podiam aspirar ao oficialato, e tecia elogios ao Itamaraty que, de maneira velada porém firme, "impede o alastramento da degradante mancha em seus requintados quadros diplomáticos".

Pedro Archanjo revidou em carta assinada por Mulato Brasileiro com Muita Honra. Argumentação maciça, citação de notáveis antropólogos, todos a garantir a capacidade intelectual de negros e mulatos, relação de mestiços ilustres, "inclusive embaixadores do Brasil em cortes estrangeiras", e um rude perfil do professor Fontes.

"O professor Fontes exige doutor de sangue puro. Ora, puro-sangue é cavalo de corrida. Vendo o citado professor atravessar o Terreiro de Jesus em direção à escola, os estudantes explicam que, ao obter, à custa do prestígio e das manobras do lente de medicina legal, o título de professor de psiquiatria, o dr. Fontes possibilitou a repetição de célebre acontecimento histórico: Calígula deu ao cavalo Incitatus uma cadeira no Senado Romano; o professor Argolo de Araújo deu a Oswaldo Fontes uma cátedra na Faculdade de Medicina. Talvez esteja aí a explicação para o fato de o professor exigir sangue puro na faculdade. Puro-sangue é cavalo de corrida, puro e nobre. Será puro e nobre o do professor?"

Qual não foi a surpresa de Archanjo ao ver toda a primeira parte de sua carta transformada em artigo de fundo do novo órgão: argumentos, citações, frases, períodos, parágrafos transcritos na íntegra. Da parte referente ao professor Oswaldo Fontes, o redator pouco aproveitou, reduziu os trocadilhos sobre pureza de sangue e a história de cavalos a pequeno comentário: "O ilustre catedrático, cuja cultura não pomos em dúvida, é alvo de troças entre os estudantes devido aos pontos de vista anacrônicos que defende". Nenhuma referência ao Mulato Brasileiro com Muita Honra. Toda a honra coube ao jornal, o artigo obteve repercussão.

Naquele dia, Archanjo teve o gosto de ver as páginas da gazeta pregadas nos muros do prédio da faculdade, pelos estudantes. O professor Oswaldo Fontes mandou o bedel de sua classe arrancá-las e destruí-las. Ficou uma fera, perdeu a fleuma, a urbanidade, o ar faceto com que sempre enfrentara os rapazes e as zombarias.

3

No exemplo do professor Silva Virajá, Pedro Archanjo aprendeu a analisar minuciosamente opiniões, fórmulas e figuras como se as perscrutasse ao microscópio, para conhecê-las nos mínimos detalhes, tim-tim por tim-tim, pelo direito e pelo avesso. De Gobineau soube de cor a vida e a obra, a monstruosa tese, cada minuto de sua embaixada no Brasil: só um conhecimento total, um saber sem dúvidas, pode converter o ódio cego em desprezo e nojo.

Assim, acompanhando dia a dia o rastro do embaixador da França na corte imperial, foi encontrar *monsieur* Joseph Arthur, conde, ou melhor, *comte* de Gobineau, nos jardins do palácio em São Cristóvão, a comentar letras e ciência com Sua Majestade Pedro II, no preciso instante em que Noca de Logum Edé sentiu as dores do parto e mandou um moleque em busca de Rita Apara-Jegue, curiosa de fama e freguesia.

Em 1868, quando Pedro Archanjo nasceu, Gobineau cumprira cinquenta e dois anos de idade e há quinze publicara o *Essai sur l'inégalité des races humaines.* Discorria com o monarca por entre as árvores do parque, enquanto Noca, em contrações e gemidos, cruzava com o pensamento florestas, rios e montanhas, no rumo das desoladas paisagens do Paraguai, para onde haviam levado seu homem, transferindo-o do ofício de pedreiro para o de matar e morrer em guerra interminável, sem esperança de retorno. Tanto desejara o menino e não estava ali para vê-lo nascer.

Noca ainda não soubera da morte do cabo Antônio Archanjo na travessia do Chaco. Mestre pedreiro de conceito, levantava as paredes de uma escola quando a patrulha o recrutou. Voluntário à força, na pranchada, nem lhe deram permissão de vir em casa, despedir-se. Noca lhe acenou adeus na manhã do embarque. Embora desfilasse, triste, no batalhão dos Zuavos Baianos, acabrunhado pedreiro sem pá e sem prumo, ela o enxergou garboso e belo na farda de soldado, conduzindo os instrumentos do novo ofício, as armas e a morte.

Quinze ou vinte dias antes, lhe comunicara a gravidez e o amásio quase enlouquece de alegria. Logo falou em casamento e não soube mais o que fazer para agradá-la: enquanto estiver prenha não trabalha, eu não deixo. Lavando e engomando roupa, Noca trabalhou até a hora do parto. O menino vai nascer, Antônio, está me rasgando por dentro, cadê Rita que não chega? Cadê meu Antônio, por que não vem? Ai, Antônio, meu bem, largue tudo, armas e dragonas, venha depressa, agora somos dois à espera em miséria e solidão.

Levado a pulso para a guerra, vendo-se sem jeito de voltar, com inteligência e valentia o soldado Antônio cumpriu as ordens de matar e ganhou divisas de cabo. "Era sempre escolhido para comissões de reconhecimento, nas avançadas do corpo do Exército onde servia", leu Pedro Archanjo sobre o pai nos anais da guerra quando mediu os sangues — leucoderma, melanoderma, feoderma — derramados pela pátria: quem mais dera em vidas e em mortes?

Apenas um cadáver podre, pasto de urubus, o cabo Antônio Archanjo jamais veria o filho que, para bem começar a vida, nasceu sozinho, sem ajuda de parteira a lhe facilitar a luz. Naquela mesma hora, sob o frescor das árvores, *monsieur le comte* de Gobineau e Sua Majestade Imperial, o teórico do racismo e o implacável sonetista, cavaqueavam, espirituosos e refinados, melhor dito: *raffinés*.

Quando Rita Apara-Jegue despontou em casa de Noca de Logum Edé, o recém-nascido exibia a força dos pulmões. Pondo as mãos na cintura, a cinquentona pequenina e forte riu às gargalhadas: isto é um Exu, que Deus me livre e guarde, só mesmo gente do Cão nasce sem esperar parteira. Vai dar muito que falar e o que fazer.

4

Do pedreiro transformado em cabo, herdou Pedro Archanjo a inteligência e a valentia citadas nos boletins da guerra. De Noca, a doçura dos traços e a obstinação. Obstinada, criou o filho, deu-lhe casa, comida e escola, sem auxílio de ninguém, sem ajuda de homem pois não quis a mais nenhum, a nenhum voltou a conceder amor ou aventura embora muitos lhe rondassem a porta em rogos e ofertas. Na companhia da mãe, em vida tão parca e dura, o menino aprendeu a não ceder, a não desanimar, a seguir em frente.

Naquele decênio fecundo e trabalhoso muitas vezes Archanjo a recordou: acabara-se ainda jovem, quando, no adubo da miséria, os brotos da bexiga negra plantados nas ruas e ladeiras da cidade floresceram em morte. Ótima safra, a maldita fez colheita farta e até em casas ricas foi buscar defunto. Na primeira leva partiu Noca de Logum Edé, não houve Omolu que desse jeito. A força de Noca se desfez em chagas, sua graça apodreceu no beco onde o pus fazia poças. Ao sentir-se desanimar,

Archanjo pensava na mãe: de manhã à noite no trabalho estafante, trancada num círculo de saudade, inflexível na decisão de manter o luto e de ganhar o sustento do filho com a força de tão frágeis braços.

O resto aprendeu sozinho, entretanto jamais esteve solitário, não lhe faltou o apoio da amizade. A lembrança de Noca, a presença de Tadeu, a urgência de Lídio, a vigilância de Majé Bassã, a ajuda do professor Silva Virajá, o estímulo de frei Timóteo, o frade do convento de São Francisco, a assistência da boníssima Zabela, amiga inigualável.

Durante aqueles anos, Tadeu foi aluno, companheiro de estudos e professor. Ainda hoje persiste na Politécnica a lembrança do estudante Tadeu Canhoto: a prova em versos decassílabos, famosa; a vocação para a matemática a fazê-lo o predileto do professor Bernard; a inata capacidade de liderança, que o colocou à frente dos colegas durante os cinco anos de faculdade, nas manifestações pró-aliados durante a Primeira Grande Guerra, nas noites de aplausos ou pateadas nos teatros São João e Politeama.

Archanjo deveu a Zabela o domínio das línguas. No convívio da fidalga transformou o francês, o inglês, o espanhol, o italiano, estudados a sós, em idiomas vivos, próximos, íntimos. Dono de ouvido musical, falou francês de conde, inglês de lorde.

— Mestre Pedro, você nasceu para aprender a falar idiomas. Nunca vi tanta facilidade — elogiava, satisfeita, a ex-princesa do Recôncavo.

Jamais precisara corrigir pela segunda vez erro de gramática ou de pronúncia cometido por Archanjo: alertado, não reincidia. Sentada na cadeira austríaca de balanço, a velha semicerrava os olhos enquanto mestre Pedro lia em voz alta versos de Baudelaire, Verlaine, Rimbaud, os poetas de Zabela: os volumes ricamente encadernados recordavam tempos de grandeza, as rimas traziam de volta paixões e amantes. Zabela suspirava, embalada na voz macia de Archanjo a castigar na pronúncia:

— Deixe que eu lhe conte, mestre Pedro, é uma história linda.

A aristocrata empobrecida, a parenta suspeita, encontrara uma família nos dois compadres e no rapaz, não ficou em completa orfandade quando o gato Argolo de Araújo morreu de velhice e foi enterrado no jardim.

O professor Silva Virajá aconselhou a Pedro Archanjo o estudo do alemão e frei Timóteo, o prior de São Francisco, o amigo de Majé Bassã, se prontificara a lhe dar aulas. Muitas vezes, a seu pedido, o frade traduziu do alemão para o português trechos de livros, artigos inteiros, terminando por se interessar ele também pelo problema de raças no Brasil, embora se especializasse no estudo do sincretismo religioso. Tempo longo, prazo curto, havia matérias urgentes, a aprendizagem de alemão não prosperou.

Muito deveu ao professor Silva Virajá que, tendo lido *A vida popular na Bahia*, requisitou o bedel para sua cátedra, afastando-o da secretaria onde o trabalho não lhe deixava folga. Bem servido pelo negro Evaristo, auxiliar antigo e dedicado, o sábio possibilitou a Archanjo tempo para as bibliotecas, a da escola, a do estado, para os arquivos municipais, para os livros e os documentos. Mas não lhe deu apenas tempo: orientou-o em suas leituras, recomendando-lhe autores, trazendo-o a par das novidades em matéria de antropologia e etnologia. Também frei Timóteo lhe emprestou muitos livros, alguns desconhecidos na Bahia mesmo pelos professores dados a tais estudos. Por intermédio do frade soube de Franz Boas e talvez tenha sido o primeiro brasileiro a estudá-lo.

Que dizer de Lídio Corró? Compadre, irmão mais que irmão, seu mabaça, quantas vezes não apertou o cinto para lhe emprestar — por que o eufemismo sem sentido? —, para lhe dar o dinheiro necessário às encomendas de livros, mandados vir do Rio e até da Europa? As novas caixas de tipos, a máquina impressora sujeita à revisão completa e cara, tudo isso para quê? Tudo isso à espera dos novos livros de Pedro Archanjo.

— Meu compadre, você quer saber tudo, não lhe basta o que já sabe? Não lhe chega para o livro?

Pedro Archanjo ria da pressa do compadre:

— O que sei ainda é pouco, até parece que quanto mais leio mais preciso ler e estudar.

Durante aquele comprido decênio, Pedro Archanjo leu sobre antropologia, etnologia e sociologia o que encontrou na Bahia e o que fez vir de fora, juntando tostões, seus e de outros. Certa feita, Majé Bassã abriu o cofre de Xangô e completou a quantia necessária à compra de *Reise in Brasilien*, de Spix e Martius, um exemplar descoberto por um livreiro recém-estabelecido na praça da Sé, o italiano Bonfanti.

Longa e árida seria a relação, mesmo incompleta, de autores e livros estudados por mestre Archanjo mas vale registrar alguns detalhes de sua caminhada, acompanhá-lo da indignação ao riso.

A princípio tinha de trancar os dentes para prosseguir na leitura de racistas confessos e, pior ainda, dos envergonhados. Apertava os punhos: teses e afirmações soavam como insultos, eram bofetadas, surras de chicote. Por mais de uma vez sentiu ardor nos olhos, gosto de lágrimas humilhadas ao atravessar páginas de Gobineau, de Madison Grant, de Otto Amnon, de Houston Chamberlain. Ao ler, porém, os chefes da Escola Antropológica Italiana de Criminologia, Lombroso, Ferri, Garofalo, fê-lo às gargalhadas, pois correra o tempo e a acumulação de conhecimentos dera a Archanjo serenidade e segurança — pôde constatar a tolice onde anteriormente sofrera insultos e agressões.

Leu amigos e inimigos, franceses e ingleses, alemães, italianos, o norte-americano Boas, descobriu o riso do mundo em Voltaire, deliciou-se. Leu brasileiros e baianos: de Alberto Torres a Evaristo de Morais, de Manuel Bernardo Calmon du Pin e Almeida e João Batista de Sá Oliveira a Aurelino Leal. Não apenas esses aqui citados, muitos outros mais, não teve conta nem medida.

Não abandonou no prazer dos livros o prazer da vida, no estudo dos autores o estudo dos homens. Encontrou tempo bastante para a leitura, a pesquisa, a alegria, a festa e o amor, para todas as fontes de seu saber. Foi Pedro Archanjo e Ojuobá ao mesmo tempo. Não se dividiu em dois, com hora marcada para um e outro, o sábio e o homem. Recusou subir a pequena escada do sucesso e alcançar um degrau acima do chão onde nasceu, chão das ladeiras, das tendas, das oficinas, dos terreiros, do povo. Não quis subir, quis andar para a frente e andou. Foi mestre Archanjo Ojuobá, um só e inteiro.

Até o último dia de sua vida aprendeu com o povo e tomou notas nas cadernetas. Pouco antes de morrer, acertara com o estudante Oliva, sócio de empresa gráfica, a publicação de um livro e, ao rolar no Pelourinho, repetia uma frase pouco antes ouvida da boca de um ferreiro: nem Deus pode terminar com o povo. Perdera, no entanto, quase todos os seus livros, a preciosa coleção, reunida pouco a pouco à custa de imenso esforço e da ajuda de tantos homens rudes e pobres, trabalhadores e cachaceiros. A maioria dos volumes foi destruída por ocasião do assalto à oficina, outros desapareceram aqui e ali, em mudanças e correrias, vendidos a Bonfanti em horas de desesperado aperto. Guardou uns poucos, os fundamentais em seu aprendizado. Mesmo quando já não os lia, gostava de tê-los à mão, repassar as folhas, demorar os olhos gastos numa página, repetir de memória uma frase, um conceito, uma palavra. Entre os livros que conservou no caixão de querosene no quartinho dos fundos do castelo de Ester, encontravam-se velha edição do ensaio de Gobineau e o primeiro opúsculo do professor Nilo Argolo de Araújo. Pedro Archanjo partira do ódio para o saber.

Em 1918 adquiriu um par de óculos, a conselho médico, e publicou seu segundo livro. Afora a vista cansada, nunca se sentira tão bem de saúde, tão cheio de ânimo e confiança e, não fosse a ausência de Tadeu, em tão perfeita alegria. Os primeiros volumes de *A influência africana nos costumes da Bahia* ficaram prontos às vésperas dos festejos de seus cinquenta anos, semana intensa e ruidosa, a cachaça correndo em bicas, o samba roncando nos ganzás, as pastoras nos ensaios, os afoxés de volta, embandeirada em festa a Escola de Capoeira de Mestre Budião, os orixás presentes nos terreiros com atabaque e dança, Rosália aberta em riso, desfolhada no catre da mansarda.

5

Milagre é isso, amor: as avós dançando na Tenda dos Milagres, na noite da formatura de Tadeu. Avós tortas as duas, avós de puro amor, mãe Majé Bassã e a condessa Isabel Tereza Gonçalves Martins de Araújo e Pinho, Zabela para os íntimos.

Sentado na cadeira de braços reservada às pessoas de maior, sob o quadro do milagre desfeito, Tadeu é o centro das atenções e homenagens. Enverga calça de listra e paletó de mescla, colarinho de ponta virada, sapatos de verniz, anel azul de safira, o anel dos engenheiros. A emoção no rosto feliz, a vontade de abraçar a todos ao mesmo tempo, a lágrima e o riso misturados na face de cobre, no olhar de enleio, os cabelos escorridos, negros de azeviche, romântica estampa de irredentista, engenheiro Tadeu Canhoto. Aquela é a noite da grande festa: começou no salão nobre da Escola Politécnica onde recebeu o anel de grau e o canudo de doutor, prosseguirá no baile de formatura nos salões do Cruz Vermelha, o clube dos ricaços. Entre a solenidade e o baile, na Tenda dos Milagres, no calor da amizade, as avós dançaram.

A cada um dos que ali se reuniram, o moço devia gratidão. No passar dos anos, de uma ou de outra maneira, todos haviam concorrido para o deslumbramento daquela noite. Sem contar a roupa, o anel, os sapatos de verniz, o quadro de formatura, o histórico retrato, pagos com os tostões entre eles coletados. Doutor no sacrifício, na poupança, na ajuda. Sobre isso nem uma palavra, não era assunto de conversa, mas Tadeu ao fitar os marcados rostos, ao apertar as mãos calosas, sabe quanto custou a caminhada de dez anos, o alto preço daquela hora de alegria. Valeu a pena e vão comemorar com atabaques e violas.

Primeiro, os atabaques. Pedro Archanjo no rum, Lídio Corró no rumpi, Valdeloir no lé. Soltam as mãos no batuque e a voz antiga de Majé Bassã renova-se na cantiga de agradecimento aos orixás.

Reúne-se a roda das mulheres, as velhas tias, as senhoras de densa beleza cultivada na experiência, e as iaôs novatas no santo e na vadiação. A mais bela, sem equivalente, sem comparação era Rosa de Oxalá, o tempo só lhe acrescentara garbo à formosura. Os homens juntaram suas vozes no canto ritual.

Ergue-se Majé Bassã e todos se põem de pé. Para reverenciá-la espalmam as mãos na altura do peito. Filha dileta de Iemanjá, dona das águas, em sua honra todos repetem a saudação destinada à mãe dos encantados. *Odoiá Iá olo oyon oruba!* Salve mãe dos seios úmidos!

Arrumando as saias, sorrindo, devagar atravessa a sala, entre aclamações: odoiá odoiá Iá! Curva-se diante de Tadeu para lhe oferecer a festa. Ressoam os atabaques, Majé Bassã inicia a dança e o canto de homenagem. A voz em louvação, os incansáveis pés.

É a mãe, Iá, a antiga, a elementar, a primeva, recém-chegada de Aiocá, sobrevoando tempestades, ventos desatados, calmarias, naufrágios, noivos mortos, marinheiros, para festejar o filho bem-amado, o caçula, o neto, o bisneto, o tataraneto, o descendente de volta da batalha, triunfante. Salve Tadeu Canhoto, vitorioso sobre ameaças, empecilhos, limitações, doenças, de posse do canudo de doutor. Odoiá!

Velha sem idade, doce e temível mãe Majé Bassã, tão precisa no domínio do passo elegante e difícil, tão rápida e leve, tão moça na dança, iaô recente. Uma dança do começo do mundo: o medo, o desconhecido, o perigo, o combate, o triunfo, a intimidade dos deuses. Uma dança de encantamento e coragem, o homem contra as ignotas forças, em luta e vitória. Assim dançou mãe Majé Bassã para Tadeu, na Tenda dos Milagres. Avó torta dançando para o neto, doutor formado em engenharia.

Tão solene e simples, tão majestosa e íntima, por entre as palmas das mãos erguidas, parou face a face com Tadeu e lhe abriu os braços. Nos imensos seios acolheu os pensamentos do rapaz, a emoção, o ímpeto, a dúvida, a ambição, o orgulho, a amargura, o amor, o bom e o ruim, as fibras do jovem coração, a sina de Tadeu: tudo coube no mar dos seios maternais, assim enormes para conter a alegria e a dor do mundo. Abraçaram-se a velha e o moço, a que permaneceu no mistério primitivo e o que partia no barco do conhecimento, em liberdade conquistada.

Depois vieram todos e, um a um, dançaram, mulheres e homens revezando-se. Lídio Corró sentiu o coração vibrar de encontro ao peito de Tadeu: morrerei numa hora assim de alegria. Tia Terência lhe deu de graça café e pão, almoço e janta anos a fio. Damião se formou antes dele na escola da vida, advogado de porta de xadrez, e de delegacia. Rosenda Batista dos Reis, a bênção, minha tia mandingueira, a teus cuidados, às tuas ervas e mezinhas devo estar hoje aqui, de anel de grau e livre da maleita. Com mestre Budião aprendeu na capoeira a ser modesto e calmo, a desprezar o insolente e o presunçoso. O abraço trêmulo da pequena Dé de olhos de amêndoas e seio palpitante: por que não me tomas hoje como um gole de licor, não me desfolhas flor da tua festa? Manuel de Praxedes, gigante das alvarengas, lhe ensinou o mar e os navios. Rosa de Oxalá, a misteriosa tia, era a dona da casa na Tenda dos Milagres e era apenas hóspede, passageira de visita rápida, a tia principal.

Vieram esses e os outros, o ritmo de Valdeloir e sua invenção, o canto de Aussá, a gargalhada de Mané Lima, cada qual dançou um passo e acolheu no peito a alegria do doutor, ontem moleque ousado e arreliento.

O último foi Pedro Archanjo e novamente todos se puseram de pé para saudar Ojuobá, as palmas das mãos voltadas para ele. Face de enigma, aberta em manso riso, fechada em pensamentos, no coração imagens e lembranças, Doroteia na noite derradeira, o menino curvado sobre os livros. Ojuobá, os olhos de Xangô, acompanha a ânsia e a exaltação no rosto de Tadeu. Revê os cachos loiros, a moça tão nervosa, apaixonada.

Quem possui a chave da adivinha? Em sua dança perpassa uma vida inteira e, em certo instante, vibra na sala o grito de Iansã. Cada pergunta tem uma resposta certa e muitas falsas. Pedro Archanjo retém Tadeu de encontro ao coração, será por pouco tempo.

Já não falta ninguém, cabe a Tadeu agradecer, engolir as lágrimas, dançar para os orixás que o tiveram em proteção e para os amigos que o conduziram até aquela hora: seus pais e irmãos, tias e primas, a numerosa família.

Nessa hora exata saiu das sombras, desceu talvez do cartaz do Moulin Rouge, a condessa da Água Brusca, a avó Zabela, veio para o centro da roda dançar para Tadeu. Não as danças rituais, não eram as suas.

Levantando a barra da saia, exibindo sapatos, anáguas, calçolas de babados, dança na Tenda dos Milagres o cancã parisiense e era tão jovem a velha sem idade quanto Dé, menina apenas púbere. O quadro de Lautrec faz-se realidade, mulatas francesas invadem o Tabuão: as mulheres na roda logo imitam o passo divertido, a dança das estranjas, estreiam o inusitado ritmo. De pé os homens erguem as palmas das mãos e saúdam a condessa Isabel Tereza com os gestos, as reverências e as palavras iorubas reservadas às mães de santo, gritam ora ieiê ô, pois logo se percebe no dengue e na faceirice ser Zabela filha de Oxum, a sedutora.

Assim dançou Zabela o cancã de Paris na Tenda dos Milagres em homenagem ao neto. Depois o beijou nas duas faces.

Milagre é isso, amor, as avós dançando, duas avós tortas e o neto doutor, dançando cada uma sua dança.

6

— Lá vêm eles — anunciou Valdeloir.

Aussá, Mané Lima e Budião trouxeram os fogos, o charuto aceso do mestre capoeirista serviu de brasa. A seta cortou o céu, abriu-se em luz sobre o pequeno cortejo. Num grupo compacto meia dúzia de homens enfarpelados em roupas domingueiras descia a ladeira em marcha lenta, ao ritmo do passo belle époque da condessa Isabel Tereza. A velha dava o braço a Tadeu, os dois na frente, a branca avó, o neto escuro.

Com foguetes e rojões, espirais de estrelas, pistolas coloridas, chuvas de prata, os amigos aglomerados na porta da Tenda dos Milagres iluminaram o caminho do engenheiro Tadeu Canhoto, pouco antes diplomado no salão nobre da Escola Politécnica. Parecia dia claro, era noite de milagres.

Apoiada no bastão, mãe Majé Bassã destaca-se do ajuntamento e anda em direção ao cortejo. Querem ampará-la, não permite.

Uns dois anos antes, após examiná-la, os médicos proibiram-lhe qualquer esforço. Mãe Majé Bassã, vá descansar, disseram. Não tem mais idade nem saúde para o afã de mãe de santo, entregue a outra mais moça o adjá e a navalha. Não saia de casa nem para ir à esquina, não puxe cantiga, um passo de dança, um só, pode significar a morte, o coração dilatado ameaça estourar a cada instante, está gasto demais. Permaneça em sossego, sentada na cadeira, na boa prosa, se quiser viver. Não se canse, não se aborreça. Disse que sim, pois não, doutor, é claro, oxente!, o doutor manda eu obedeço, então não há de ser? Os doutores viraram as costas, Majé Bassã retomou as obrigações, a navalha, os búzios, o adjá, o barco das iaôs, a roda das feitas, o bori e os ebós. Utilizava-se, porém, da proibição de sair de casa para recusar quantidade de convites, fazia muito tempo que não punha os pés além dos limites do terreiro. Quando anunciou a decisão de ir tirar cantiga e abrir a dança na festa de Tadeu, as filhas de santo tentaram impedi-la: e a opinião dos médicos, o coração inchado? Vou de qualquer maneira, canto e danço e nada vai acontecer. Ali estava, a outra avó, e sozinha, firmada em seu bastão, anda para o moço.

Tadeu lhe oferece o braço livre e assim, entre as duas velhas, alcança a porta da oficina. Explodem os foguetes e os rojões.

Portadores de convites, uns poucos privilegiados haviam comparecido à solenidade de formatura. Assistiram à colação de grau, escutaram os discursos, reagindo cada qual à sua maneira. Pedro Archanjo, de roupa nova, bem-posto, bonitão, serena alegria. Lídio Corró gritara bravos quando os oradores, o professor e o engenheirando condenaram os preconceitos e o atraso. Não tirava os olhos de Tadeu, comovidíssimo ao ver entre os jovens doutores o menino que crescera na Tenda dos Milagres e cujos estudos ele praticamente custeara. Damião de

Souza, de terno branco, rábula estreante: se fosse ele a discursar levantaria o auditório! Manuel de Praxedes, metido em traje de cerimônia, pequeno para o corpanzil de gigante, menor ainda para a exaltação a dominá-lo. De mulheres, só Zabela, numa elegância rococó, demodê, trapos de Paris, luvas, joias e perfumes, olhos de malícia. Os lentes, os ricaços, as autoridades vinham beijar-lhe a mão:

— Forma-se alguém de sua família, condessa?

— Aquele ali, espie. O mais bonito de todos, o rapagão.

— Qual? Aquele... moreno... — estranhavam: — É seu parente?

— Parente próximo. É meu neto — e ria tão brejeira e divertida que a seu redor a festa começou antes da hora.

Para espanto de muitos e escândalo de alguns, na ocasião de receber o canudo de doutor, Tadeu atravessou a sala pelo braço de Zabela ("essa coisa-ruim, sem pejo, sem decoro", rosnou dona Augusta dos Mendes Argolo de Araújo) e, na falta de mãe ou noiva, foi a velha condessa quem lhe pôs no dedo o anel de grau, a safira de engenheiro.

Pedro Archanjo, ainda sereno apesar da crescente emoção, acompanhara os passos de Tadeu e viu quando em furtivo gesto recolheu o cravo e o colocou na lapela. Observou como erguia a cabeça e sorria triunfante. Caíra casualmente a flor das mãos da moça ou de propósito a lançara na passagem no moço engenheirando? Uns cachos loiros, os olhos maiores da Bahia, a pele de opalina de tão branca quase azul. Pedro Archanjo a examina, curioso. Levantando-se da cadeira, ela aplaude com as mãos de dedos longos e finos, nervosa, a face tensa, a boca firme. Finalmente doutor, Tadeu sorri de pé ao lado de Zabela quando o diretor da faculdade lhe entrega o diploma, o ambicionado canudo, e o governador do estado lhe aperta a mão. Seus olhos buscam a moça, ardente mirada, depois dirigem-se ao grupo da Tenda dos Milagres.

Meu Deus!, o meu rapaz, tão menino ainda! Pedro Archanjo aplaude pensativo, já não é serena sua alegria, temperou-se agora de pressentimento. De qualquer maneira, Tadeu, tens minha inteira aprovação. Haja o que houver, seja como for, custe o que custar, não recuses. Somos de boa cepa, nosso sangue misturado é bom de briga, não recuamos nunca, e não abrimos mão de nosso direito, vivemos para exercê-lo.

Na tribuna, pouco depois, paraninfo, professor Tarquínio deseja aos recém-formados sucesso na carreira e na vida. Há um Brasil a educar e construir, libertando-o do atraso e dos preconceitos, da rotina e da politiquice. Há um mundo ferido pela guerra a refazer. Tarefa grandiosa e nobre, responsabilidade dos jovens, antes de tudo dos engenheiros: vivemos o século das máquinas, da indústria, da técnica, da ciência, da engenharia.

O engenheirando Astério Gomes, falando em nome dos colegas, respondeu ao apelo generoso. Sim, construiremos sobre as ruínas da guerra um mundo novo e arrancaremos o Brasil do marasmo em que vegeta. Um mundo de progresso e liberdade, livre de mazelas, preconceitos, opressões e injustiças. Um Brasil cortado de estradas, de fábricas e máquinas, desperto, em marcha. Um mundo com oportunidades para todos, sob o signo da técnica. Os trabalhadores na misteriosa Rússia derrubam os bastiões da tirania.

Entre aplausos, ouviu-se no salão da Politécnica a palavra socialismo e o nome estranho de Vladimir Ilitch Lênin, pronunciados pelo rico engenheirando, filho de grandes fazendeiros. A Revolução de Outubro acabara de dividir o mundo e o tempo, o passado e o futuro, mas poucos se davam conta da mudança e ainda não tinham medo: Lênin era vago e distante líder e socialismo, vocábulo inconsequente. O próprio orador não tinha ideia da importância de sua citação.

Por um instante, Pedro Archanjo os viu lado a lado, Tadeu e a moça, quando ela correu para o irmão após o discurso, e o beijou. Também os colegas vieram abraçar o orador da turma. Lado a lado, a clara e diáfana beleza da donzela e a escura e viril galhardia do rapaz.

Na Tenda dos Milagres, após a dança ritual de saudação, silenciados os atabaques, as garrafas foram abertas. Sobre a mesa onde juntavam os tipos na composição das páginas havia

214

quantidade de comida, variada e saborosa: as moquecas, as frigideiras, os xinxins, os abarás, os acarajés, o vatapá e o caruru, o efó de folhas. Muitas mãos amigas e competentes misturaram o coco e o dendê, mediram o sal, a pimenta, o gengibre. De madrugada, em vários terreiros de nações diversas, os bodes, os carneiros, os galos, os cágados, as conquéns haviam sido sacrificados. Majé Bassã jogara os búzios, três vezes responderam: trabalho, viagens e penas de amor.

Os foguetes explodiam no céu, espalhavam a notícia: na ladeira do Tabuão vive doutor de borla e capelo, o primeiro a se formar em faculdade. Na parede da oficina, entre o desenho do milagre e o cartaz de Toulouse-Lautrec, Lídio Corró pendurou o quadro de formatura: Tadeu, de beca, entre os demais colegas. Jamais se reunira tanta gente de uma só vez na Tenda dos Milagres.

O copo de cachaça na mão, ergue-se Damião de Souza, pigarreia, pede silêncio, vai brindar. Espere!, ordena a condessa. Para Zabela brinde que se preze, em festa decente, exige champanha, ou melhor, champagne francesa, única digna de beber-se à saúde de um amigo verdadeiro. O professor Silva Virajá lhe enviara três garrafas da melhor com votos de feliz Natal, Zabela separou uma para a festa de Tadeu.

Bem-educada, Majé Bassã molha os lábios na bebida da fidalga. Lídio e Archanjo fazem o mesmo: Zabela não conseguira ganhá-los para os vinhos finos, mantiveram-se os dois compadres fiéis à cachaça e à cerveja. Após os tropos da inflamada oratória, torrente impetuosa, Damião de Souza emborca seu cálice de um trago, eta bebida besta! Quem bebeu realmente a garrafa quase inteira foi a doadora. Abraçaram-se Tadeu e Damião, juntos cresceram no areal e na ladeira, partem agora, cada um com seu destino.

Olhos de Ojuobá, Pedro Archanjo os reconhece e acompanha: são diferentes os caminhos. Damião, um livro aberto, sem segredos, não conquistou título de doutor em faculdade, quem lhe deu títulos e patentes foi o povo. Onde quer que o leve sua sina, permanecera igual, sempre o mesmo, plantado ali, inamo-

215

vível. Tadeu começou a galgar a escada ainda na faculdade, à frente dos colegas. Decidira subir todos os degraus, disposto a obter um lugar em cima. "Hei de ser alguém, padrinho", dissera na manhã daquele dia, uma flama de ambição. Por quanto tempo o teriam ainda na Tenda dos Milagres?

Lídio Corró assume a flauta, estende o violão a Pedro Archanjo, a roda do samba se compõe. Onde andarão Kirsi e Doroteia, Risoleta e Dedé? Sabina dos Anjos mudou-se para o Rio de Janeiro, o filho é embarcadiço. Ivone casou com mestre de saveiro, vive em Muritiba. Inutilmente as novatas devoram com os olhos o moço Tadeu vestido de doutor.

A brincadeira atravessou a noite, mas bem cedo o dono da festa, o motivo da reunião, o alvo das homenagens, o dr. Tadeu Canhoto, engenheiro civil, mecânico, geógrafo, arquiteto, astrônomo, engenheiro de pontes e canais, de ferrovias e estradas de rodagem, politécnico, pediu licença e retirou-se. Nos salões do Cruz Vermelha, o clube da elite, o paraninfo, o ilustre e rico professor Tarquínio, oferece o baile de formatura aos novos engenheiros.

— Preciso ir, padrinho. O baile começou faz tempo.

— Não é cedo ainda? Por que não fica mais um pouco? Todos aqui lhe estimam e vieram para lhe ver. — Archanjo não queria dizer e disse, por que o fez?

— Bem sei e gostaria de ficar. Mas...

Zabela bate com o leque no braço de Archanjo:

— Deixe o menino ir embora, não seja rabugento.

Diabo de velha arrelienta, até onde sabe o segredo de Tadeu? Não será por acaso parente também desses Gomes metidos a sebo e a farromba?

— Você, mestre Pedro, é um devasso, um libertino. Nada sabe do amor, só sabe de mulheres — a ex-princesa do Recôncavo, a ex-rainha do cancã suspira: — Igual a mim, sei de homens, saberei do amor?

Ficou um instante em silêncio, olhando Tadeu atravessar a porta:

— Chamava-se Ernesto Argolo de Araújo, meu primo, eu

era mocinha e tonta e por demais o quis, tanto e tanto que o levei à morte nas mãos de um espadachim, só para lhe fazer ciúmes e medir até onde ia seu amor.

Tadeu sumiu na escuridão, ressoam os passos na ladeira, sapatos de verniz. Ninguém poderá detê-lo em seu caminho. Não tentarei, Zabela, para quê? Vai subir os degraus da escada, um a um, e leva pressa. Adeus, Tadeu Canhoto, a festa foi de despedida.

7

O juiz Santos Cruz, cujo saber e senso de humor eram tão louvados quanto a inteligência e a integridade, sentiu-se realmente irritado: o escrivão viera lhe comunicar, no gabinete onde esperava o início da sessão do júri, a renovada ausência do advogado *ex officio*. O causídico rabiscara um bilhete de desculpas, às pressas.

— Doente... Gripe... Deve estar bêbado num bar qualquer. Não faz outra coisa. Não é possível que essa farsa continue. Quantas vezes esse pobre desgraçado veio e voltou para a detenção? Não lhe permitem nem o descanso da cadeia...

O escrivão, parado ante a mesa, esperava as ordens. O meritíssimo perguntou:

— Que advogados estão aí, pelos corredores?

— Quando passei, não vi nenhum. Aliás, vi o doutor Artur Sampaio, mas ia saindo para a rua.

— Estudantes?

— Só o Costinha, aquele quartanista...

— Não, esse não serve, é melhor para o réu não ter defesa. Costinha condena até a Virgem Santíssima, se um dia a defender. Será que não tem ninguém que se encarregue desse infeliz? Será que vou ser obrigado a adiar o julgamento mais uma vez? É intolerável!

Eis que, nesse momento exato, penetra no gabinete do juiz o jovem Damião de Souza em sua roupa branca, já de colarinho de ponta virada, a personagem mais conhecida do fórum, uma espécie de ajudante-geral, às ordens de juízes, advogados, escrivães, meirinhos. Duas ou três vezes empregara-se em escritório de advocacia mas sempre por pouco tempo, preferia os biscates certos e variados do Palácio da Justiça. Aprendendo nos corredores e cartórios, nas sessões de júri, em portas de xadrez, nas delegacias, tudo quanto se relacionasse com crimes e criminosos, processos e autos, petições, requisitos. Rapazola, aos dezenove anos era a salvação de jovens advogados ainda com aftim da faculdade, bêbados de teoria, ignorantes de qualquer prática. Damião não chegava para as encomendas.

Ao vê-lo, sorridente, uma folha de papel na mão: "Doutor Santos Cruz, o senhor poderia despachar esta petição do doutor Marino?", o juiz recordou-se de uma conversa com o rapaz, quando, certa feita, o recebera em casa, em noite de São João:

— Deixe a petição aí, depois eu vejo. Diga-me uma coisa, Damião, com que idade você está?

— Acabo de completar dezenove, doutor.

— Continua disposto a requerer carta de rábula?

— Se o Senhor do Bonfim me ajudar. Tão certo como um e um são dois.

— Você se sente capaz de subir na tribuna do júri e defender um réu?

— Se sou capaz? Doutor, sem lhe faltar o respeito, vou lhe dizer: posso fazer melhor do que todos esses estudantes de direito que praticam mandando os pobres pra cadeia. E digo mais: melhor do que muito advogado.

— Você conhece os autos do crime cujo julgamento está em pauta na sessão de hoje? Sabe alguma coisa do caso?

— Para dizer a verdade, dos autos não sei nada, do crime ouvi falar. Mas se é para defender o homem, baixe a portaria me designando, doutor, me dê meia hora para uma vista nos autos e uma conversa com o réu e lhe juro que boto ele na rua. Se quiser tirar a prova, experimente.

O juiz voltou-se para o escrivão, num ímpeto:

— Teixeira, lavre em termo a designação de Damião para

defender o réu, *ex officio*, à falta de outro defensor. Entregue-lhe os autos para que ele possa tomar conhecimento da matéria, e reúna o júri daqui a uma hora, exatamente. Enquanto isso, vou despachar outros assuntos, aqui mesmo. Arranje-me café quente. Se você se sair bem, Damião, conte com sua carta de rábula.

Zé da Inácia praticara crime feio e no primeiro júri tinha sido condenado a trinta anos de prisão por frio assassinato. O Conselho de Sentença não lhe reconhecera atenuantes nem levara em conta seus bons antecedentes.

Carregando a mala de um mascate sírio, ladeira abaixo, ladeira acima, a troco de algumas moedas que mal davam para o de-comer de Caçula, companheira de muitos anos, Zé da Inácia, aos domingos, tomava invariavelmente seu porre semanal, chegava em casa às quedas. Na segunda-feira, de retorno à mala, seguia seu Ibrahim de freguês em freguês, calado, pacato, incapaz de discutir, de reclamar, sob a chuva e sob o sol a pino.

Num domingo qualquer, em botequim de canto de rua, travou conhecimento com um certo Afonso Boca Suja e juntos esvaziaram uma garrafa de branquinha. Foram beber a segunda em casa de Zé da Inácia, na companhia de Caçula. De começo muito cordial, Boca Suja revelou-se implicante e insolente e quando Zé da Inácia se deu conta, estava ferrado numa discussão com xingos de cabrão, engole-taca e nome de mãe. Na delegacia, ao lhe perguntarem o motivo da briga, Zé da Inácia não soube responder. O assunto da discussão perdera-se na cachaça: viu-se de faca em punho, gasta e afiada lâmina de cozinha. Em sua frente, empunhando uma acha de lenha, Boca Suja a ameaçá-lo: "Vou lhe rachar no meio, seu xibungo!". Caiu de um lado Boca Suja, varado pela faca, morto de vez, caiu do outro Zé da Inácia, inconsciente da cachaça e da paulada. Quando voltou a si era assassino preso em flagrante delito, e na delegacia, para começo de conversa, aplicaram-lhe uma surra das boas.

No primeiro júri, após mais de um ano de espera na cadeia, o promotor falara em perversidade congênita, exibira o seu Lombroso. Observem, senhores jurados, a cabeça do indigitado réu: crânio típico de assassino. Sem falar na cor escura: as teorias mais modernas, defendidas pelo ilustre professor de medicina legal de nossa colenda faculdade, dr. Nilo Argolo, autoridade inconteste, assinalam o alto percentual de criminalidade dos mestiços. Ali no banco dos réus, encontra-se uma prova a mais do acerto dessas teses.

Descrevera a vítima, Afonso da Conceição, um pobre trabalhador, estimado na vizinhança, incapaz de fazer mal a quem quer que fosse. Passara em casa do réu para dois dedos de prosa, fora alvo da sanha assassina do monstro ali sentado. Observem-lhe a face: nem um traço de remorso. Pediu a pena máxima.

Não tinha Zé da Inácia dinheiro para advogado, na cadeia fazia pentes de chifre, espátulas, recebia umas poucas moedas, mal davam para os cigarros. Caçula arranjara trabalho em casa de umas sobrinhas do falecido major Pestana, em cuja fazenda nascera. Para ela o major era símbolo da bondade e da grandeza, "enquanto o major foi vivo nada me faltou, eta homem mais bom!". Alguma coisa de bom devia ter também Zé da Inácia pois Caçula não o abandonou, aos domingos ia vê-lo na prisão, transmitia-lhe ânimo e esperança: "Quando vier o júri tu sai livre se Deus quiser". E dinheiro para doutor advogado? "O juiz me disse que ele mesmo bota um, tu pode ficar com o pensamento em paz."

Advogado *ex officio*, o dr. Alberto Alves roía as unhas na sala de júri: não lera os autos, sequer, e deixara a esposa, a trêfega Odete, em cochichos e risinhos com Félix Bordado, um canalha. Naquela hora já estariam aos beijos e ele sem poder fazer nada para impedir os cornos, amarrado ali, à obrigação de defender o criminoso sentado no banco dos réus. Bastava ver-lhe a cara, as medidas do crânio, para dar toda razão ao promotor: aquela fera solta era um perigo para a sociedade. Será que Odete? Mas que dúvida, não era a primeira vez, antes houvera o caso com o tal de Dilton. As juras de fidelidade de Odete valem menos do que as de inocência do réu confesso, do criminoso de cabeça baixa: reincidentes por natureza, uma e outro. Vida de merda!

Defesa abaixo da crítica, vazia de argumentos. Dr. Alves

nada negou, nada contestou, ao júri pediu apenas clemência na aplicação da justiça. Parece mais um ajudante da promotoria, pensou o juiz, dr. Lobato, na hora de ditar a sentença condenatória, trinta anos de prisão: os jurados exigiam a pena máxima.

— O advogado de defesa não vai apelar da sentença? — perguntou, indignado ante a indiferença do criminalista. — Creio que deve fazê-lo.

— Apelar? Com certeza. — Não fosse a reprimenda do juiz Alberto Alves nem se lembraria da apelação: — Apelo da sentença para o egrégio tribunal.

Volta agora Zé da Inácia a segundo julgamento, por três vezes adiado devido à ausência do advogado *ex officio*. Na tribuna de defesa, senta-se Damião de Souza.

Era outro o promotor e, igual ao dr. Alberto Alves no primeiro júri, o bacharel Augusto Leivas na tribuna da acusação pensava em mulher mas não em termos de chifrudo e, sim, de feliz amante. Marília rendera-se finalmente e o promotor via o mundo azul. Não percebeu na cor de Zé da Inácia a predestinação fatal ao crime nem lhe mediu com Lombroso o crânio de assassino. Cumpriu a tarefa com o pensamento longe, nos encantos de Marília: adorável de impudor, sentada nua na cama.

Preocupado com a designação do defensor *ex officio* resultante de um impulso, o juiz respirou ante o fraco libelo acusatório e deu por certa a redução da pena para dezoito ou doze anos, talvez seis, por pior que fosse a defesa do jovem Damião.

Acontece, porém, que a estreia de Damião de Souza na tribuna do júri converteu-se na maior sensação da temporada, comentada na Justiça durante longo tempo, no dia seguinte notícia de gazeta. Notícia de gazeta seria Damião daí por diante, a vida inteira.

Manuel de Praxedes ia passando em frente ao fórum, viu o movimento, perguntou o porquê de tanta gente e soube que lá dentro estreava um novo advogado, mocinho ainda mas que colosso na tribuna! Manuel de Praxedes entrou para ver, Damião atingia o momento culminante. Ao final, o bom gigante não se conteve: bateu palmas, pediu bis aos gritos, foi expulso do recinto.

Aliás, por mais de uma vez, o juiz viu-se obrigado a tocar a sineta, exigir silêncio, ameaçar a assistência com a evacuação da sala, mas o fez sorrindo. Há muito não se via júri com assistência tão rumorosa e emocionada.

A defesa de Damião foi uma epopeia, participou do romance de amor, da tragédia grega, do folhetim barato, da Bíblia, e houve a citação na hora certa de comentada sentença do meritíssimo juiz, nobre mestre do direito, dr. Santos Cruz. Resumindo, viu-se o boníssimo Zé da Inácia levado ao crime para salvar a honra de seu lar e a própria vida, uma e outra ameaçadas pelo vil traidor Afonso Boca Suja. Uma vítima do destino, o réu ali sentado, esposo amantíssimo, homem trabalhador por excelência, sob o sol ardente com a mala do mascate, a ganhar com o suor de seu rosto — do rosto só, não, senhores do conselho de sentença, do corpo inteiro, porque a mala do turco pesa toneladas! — o sustento da esposa adorada. Um dia, esse cidadão generoso e probo abriu as portas de sua amizade e confiança a uma víbora: Afonso Boca Suja — o nome já diz tudo, senhores jurados, boca suja, sujo coração! Hiena feroz, ébrio contumaz, violento e libertino, pretendeu roubar a Zé da Inácia o amor da esposa, manchar-lhe a honra do lar. Imaginai, senhores, essa tragédia grega! Ao chegar da rua, cansado da labuta — apesar de ser dia de domingo, fora trabalhar —, depara-se Zé da Inácia com a cena dantesca; a pobre Caçula a lutar contra o infame que, armado com a faca da cozinha, tentava possuí-la à força já que a santa criatura repelira, indignada, suas propostas desonrosas. Corre Zé da Inácia em socorro da esposa. Deu-se a luta e, em defesa da honra de seu lar e da própria vida, Zé da Inácia, pacífico trabalhador, esmagou a serpente imunda.

Damião abre os braços e pergunta: "Senhores do conselho de sentença, sois esposos e pais, homens de honra, respondei: Qual de vós ficaria impassível se, ao chegar em casa, visse a esposa em luta com um canalha? Qual? Nenhum, tenho certeza".

Apontou Caçula entre os assistentes: "Aí está, senhores

222

jurados, a maior vítima! A citada tinha o choro fácil e antes de sair de casa engolira dois tragos de cachaça para poder ouvir em silêncio os insultos a seu homem. Da primeira vez fora um horror. Ei-la, senhores jurados, a pobre e santa esposa, lavada em lágrimas, é ela quem exige justiça para o marido. Eu reclamo apenas, à vista das peças dos autos, a absolvição de meu constituinte".

Houve o bis proposto por Manuel de Praxedes. Ofendido em sua vaidade, vendo em perigo o renome a duras penas conquistado, o promotor pediu os autos ao escrivão e replicou. Munido de leis, autores, citações, provas dos autos, levou a acusação a sério, não podia ser derrotado por um garoto que não era sequer estudante de direito, um recadeiro de meirinhos, cata-níqueis de escrivães, um joão-ninguém. Tentou botar os pontos nos ii, desmentir a absurda fábula, era tarde demais, não houve jeito. Na tréplica, Damião fez do corpo de jurados o que bem quis e entendeu, o farmacêutico Filomeno Jacob soluçava alto. Na assistência, "um mar de lágrimas", como constatou o repórter de *A Tarde*.

Por unanimidade, o conselho de sentença absolveu o réu. Coube ao juiz Santos Cruz ditar a sentença e mandar pôr em liberdade Zé da Inácia. "Pouco faltou para que eu também chorasse, nunca vi em minha vida coisa igual" — disse o meritíssimo ao promotor em pânico. — "Vou lhe obter carta de rábula, nunca mais faltará advogado para os pobres."

Assim se deu a formatura de Damião. Formatura sem anel de grau, sem canudo de doutor, sem quadro, sem retrato de beca, sem baile, sem paraninfo, sem colegas, ele só e único. Quando a função terminou, a pobre Caçula que, apesar de tudo, gostava de seu homem e havia perdido as esperanças de vê-lo em liberdade, veio até o rapazola imberbe e agradeceu:

— Deus que lhe pague, seu major!

Por que major? Só ela sabia, coisa do passado; major Damião de Souza para todo o sempre.

8

Ao reconhecer a voz do rapaz, na porta da mansarda, "com licença, padrinho", Pedro Archanjo escondeu as provas tipográficas sob uns livros:

— É você, Tadeu? Entre.

Chovia lá fora, chuva miúda e persistente, tristonha:

— Por aqui? O que houve?

Logo depois da formatura, Tadeu conseguira emprego na construção da estrada de ferro Jaguaquara-Jequié, na qualidade de engenheiro auxiliar. Ordenado pequeno, precárias condições de trabalho. O moço, porém, preferia essa experiência concreta no interior do estado a ficar mofando em escritório de engenharia, batendo pernas na capital, candidato a sinecura, a cargo público. "Não me formei para isso."

— Preciso lhe falar, padrinho.

Da cama vinha a respiração de Rosália. Archanjo deixou a cadeira e foi cobrir a opulenta nudez da rapariga. Ela adormecera a sorrir, no calor das doces palavras de ternura, tão boas de ouvir e tão desejadas. Há mais de dez anos, apenas completara os dezessete, o indolente Roberto, filho do coronel Loureiro, segurou-lhe o queixo e disse: "Menina, você está em ponto de cama". Depois do filho, foi a vez do pai. O coronel lhe deu um vestido e uns trocados, Rosália praticou em Alagoinhas, na pensão de Adri Vaselina. Veio para a Bahia com um caixeiro-viajante e Pedro Archanjo a encontrou no Terreiro de Jesus comprando laranjas. Só então Rosália soube com certeza que era um ser humano e não uma coisa, um trapo, uma puta tão somente.

— Preciso lhe falar, padrinho — repetiu Tadeu. — Quero seu conselho.

— Vamos sair. — Archanjo sentiu um peso no coração. O jogo feito na manhã da formatura voltou-lhe à memória: trabalhos, viagens, penas de amor, disseram os búzios.

Subiram a ladeira, em passo lento, viram, de relance, Lídio Corró na Tenda às voltas com os tipos e o aprendiz. Tadeu falava, Archanjo ouvia de cabeça baixa. Conselho? Por que conselho se já resolvera tudo e até passagem no navio reservara?

— Conselho não vou lhe dar nem você veio aqui pedir opinião. Mas acho que você pensa direito. Vou sentir muita falta. — Reafirmou: — Vou sentir demais. Mas não posso lhe prender aqui.

Tadeu decidira deixar o emprego na construção da estrada e partir para o Rio de Janeiro, onde integraria a equipe de engenheiros que, sob o comando de Paulo de Frontin, transformava a capital do país numa cidade moderna. Devia o convite ao professor Bernard, amigo de Frontin. Tendo ido ao Rio, falara do talento de seu jovem protegido, trabalhador, ambicioso e capaz, aquisição valiosa para a turma do grande engenheiro. "Mande o rapaz, preciso de gente moça e disposta."

— É minha oportunidade, padrinho. No Rio, o campo é vasto. Aqui, não tenho outro jeito senão terminar funcionário da Secretaria de Viação. Não me formei para ser burocrata, preso numa carteira, ganhando ordenadinho, à espera de promoção. No sul, posso fazer carreira, sobretudo trabalhando com quem vou trabalhar. Poucos têm essa sorte. O professor Bernard mostrou-se um amigo de verdade.

Só isso, Tadeu? Não tem mais nada a contar, outro assunto a discutir? Mestre Archanjo sabia que o principal ainda não fora dito. Tadeu buscava as palavras e a maneira de dizer.

— Fale, meu filho.

Quase sempre Archanjo designava Tadeu pelo nome, às vezes pelo nome completo: Tadeu Canhoto. Quase nunca lhe dizia meu bom ou camarado, suas formas habituais de tratamento. Em poucas, pouquíssimas ocasiões disse "meu filho".

— Padrinho, gosto da irmã de um colega meu. O senhor o conhece, é Astério, uma vez lhe apresentei, foi o orador da turma, se lembra? Agora está nos Estados Unidos, vai ficar uns dois anos por lá, especializando-se numa universidade. A família é muito rica.

— Cachos loiros, pele transparente de opalina, os olhos grandes.

— Conhece ela, padrinho?

— E essa família de brancos ricos, o que diz do namoro?

— Ninguém sabe nada, padrinho, só eu e ela e agora o senhor. Quer dizer...

— Zabela...

— Ela lhe falou?

— Fique descansado, não me disse nada. É parenta de Zabela?

— Parenta, não. São conhecidas. Quer dizer: a avó de Lu — chama-se Luiza mas a tratam de Lu — foi amiga de Zabela quando moças, e às vezes vai vê-la para recordar coisas passadas. Daí, Lu conhecer e visitar Zabela. Mas, na família ninguém sabe de nada e não quero que saibam. Pelo menos por ora.

— E por que não quer? Receia que os parentes não consintam?

— Por eu ser mulato? Na família de Lu tem de tudo, não sei o que vai se passar quando souberem. Até agora sempre me trataram muito bem. Como me tratarão depois, não tenho ideia. A mãe tem fumaças de nobreza, a avó, a amiga de Zabela, essa nem se fala. Por vezes chega a ser divertido quando dona Emília, a mãe, ao repreender uma empregada, a trata de "negra porca". Olha para mim, sem jeito, só falta me pedir desculpas. Mas, padrinho, não é por isso que faço segredo, o senhor me ensinou a ter orgulho de minha cor. O que não quero é aparecer em casa dessa gente rica para pedir a filha em casamento, com as mãos abanando. Se me disserem não por eu ser mulato, vou dar meu jeito. Mas se permitir que me digam não, por eu não ser capaz de sustentar família, que direito terei a reclamar? Nenhum, não acha?

— Tem razão.

— Vou para o Rio, vou trabalhar, padrinho. Não sou burro e poderei vir a ser um bom profissional. Vou integrar a melhor equipe de engenheiros do país. Penso que, em dois ou três anos no máximo, terei uma situação sólida. Posso, então, voltar e bater palmas na porta da casa de Lu, tendo o que oferecer. É o tempo também que Astério regressa dos Estados Unidos, ele pode ser um aliado importante para mim, um apoio decisivo. Lembra-se que eu ia estudar muitas vezes em casa dele? Ele próprio diz que sem a ajuda que lhe prestei não teria se formado. É meu amigo.

— A moça que idade tem?

— Vai fazer dezoito. Quando eu conheci Astério, no primeiro ano da faculdade, e ele me levou em casa, Lu tinha doze anos, imagine. Nós nos gostamos há muito tempo mas só no ano passado nos encaramos de frente e juramos.

— Juraram?

— Sim, padrinho! Um dia Lu e eu vamos nos casar. Com certeza! — disse entre dentes, quase feroz.

— Por que acha que ela vai lhe esperar?

— Porque gosta de mim e é de uma gente obstinada. Quando querem uma coisa, querem mesmo. Lu saiu ao pai, nunca volta atrás. Sabe com quem o coronel Gomes se parece? Com o senhor. Em muitas coisas são diferentes, mas em outras são iguais. Um dia o senhor vai conhecê-lo.

— Você se sente disposto e preparado para o que der e vier? Pode ser difícil e talvez terrível, Tadeu Canhoto.

— Não foi o senhor quem me formou, o senhor e meu tio Lídio?

— Quando pensa viajar?

— Pois hoje mesmo. Sai um navio à tarde, tomei passagem.

No fim da tarde, Pedro Archanjo e Lídio Corró acompanharam Tadeu ao cais de embarque. O rapaz almoçara em casa dos Gomes, fora despedir-se. Andara depois numa correria, a abraçar amigos. Majé Bassã lhe deu um colar de contas lavadas e um patuá, talismã retirado do peji de Xangô. Zabela, reumática, quase entrevada, ainda assim pensou levá-lo ao cais. Tadeu não consentiu: fique na cama lendo seus poetas. Zabela fez uma careta, triste fim de vida para quem foi dona de Paris. Manuel de Praxedes e Mané Lima apareceram na última hora, tinham acabado de saber. Dando pressa aos viajantes o navio apitou pela segunda vez.

A despedida era uma solenidade, as distâncias enormes, difíceis de transpor, o Rio de Janeiro ficava muito longe. Archanjo não resiste, abre o cofre do segredo:

— Não ia lhe dizer, queria fazer uma surpresa. O livro está quase todo impresso, falta pouco.

No rosto intranquilo do rapaz expande-se aquela alegria do aprendiz de dez anos atrás, as sombras desaparecem. Ah! padrinho, que notícia! Mande-me logo que saia, mande vários exemplares, vou espalhar no Rio.

O terceiro apito, o camareiro com a sineta: visitas para terra, passageiros a bordo, o navio vai desatracar. Chegara a hora dos abraços e das lágrimas, dos lenços acenando adeus. Os quatro amigos descem para o cais, formam um pequeno grupo entre os guindastes. De repente, veem Tadeu correndo escada abaixo. Aflita, a moça de cachos loiros procura reconhecer alguém no tombadilho, mas como enxergar se os grandes olhos estão embaçados e há tanta gente em torno? Tadeu!, geme em desespero, a voz se perde no rumor das despedidas. Ei-lo a seu lado, arfante. Durante um segundo infinito e breve, contidos em meio aos curiosos, fitam-se mudos, ele lhe beija a mão, recua para o barco. Tadeu!, clama, patética e insensata, e lhe estende os braços e os lábios. Tadeu arranca-se do beijo, alcança a escada, adeus.

Na boca da barra o navio se despede em rolos de fumaça, um último apito. O lenço no derradeiro aceno, adeus, amor, não me esqueça. Lentamente o cais se despovoou, nas sombras do crepúsculo apenas Archanjo e Lu.

— Pedro Archanjo? — a moça estendeu-lhe a mão fina, veias azuis, dedos esguios: — Me chamo Lu, sou a noiva de Tadeu.

— Noiva? — sorriu Archanjo.

— Entre ele e eu. O senhor sabe, ele me disse!

— É tão menina.

— Mamãe me oferece um noivo cada dia, diz que cheguei à idade de casar. — Era um feixe de nervos, incontida flama, e o riso semelhava água a rolar sobre leito de pedras, claro e límpido: — Quando eu lhe apresentar meu noivo, mamãe vai ter um chilique, o maior de sua vida. — Abrindo ainda mais os grandes olhos fitou Archanjo bem de frente: — Não pense que não sei como vai ser difícil. Quem melhor sabe sou eu, conheço minha família, mas não me importo. Não tenha medo.

— Dessas coisas, nunca tive.

— Quer dizer: por mim não tenha medo.

Coube a Archanjo fitá-la nos olhos:

— Nem por você nem por ele, por nenhum dos dois — sorriu com o rosto todo: — Não terei medo, meu bem.

— Vou amanhã para a fazenda, quando voltar posso lhe ver?

— Sempre que deseje. Basta dizer a Zabela.

— Sabe até isso? Já me disseram que o senhor é feiticeiro, babalaô, não é? Tadeu me fala tanto a seu respeito, conta maravilhas. Adeus, não me leve a mal.

Aproximou-se e o beijou na face, o crepúsculo fulgia ouro e cobre no horizonte. Minha menina, vai ser o fim do mundo, se prepare. Era feita de nervos, fogueira em chamas.

9

Ao passar na Sé, em frente das vitrinas da Livraria Espanhola, de dom Leon Esteban, e da Livraria Dante Alighieri, nome pomposo do sebo de Giuseppe Bonfanti, Pedro Archanjo espia com o rabo do olho os exemplares de *Influências africanas nos costumes da Bahia* em meio às últimas edições nacionais e a livros estrangeiros, importados por dom Leon. Volume de quase duzentas páginas, as letras do título num luxo de tinta azul no centro da capa e, no alto, o nome do autor, em tipos que imitavam escrita manual, um itálico lindo, no dizer de mestre Lídio Corró. Dissolve-se a vaidade em pensamentos, meditativo mestre Archanjo atravessa a praça: o livro custara-lhe dez anos de esforço e disciplina; para escrevê-lo se transformou, já não é o mesmo.

Jogando dinheiro fora, dom Leon comprara cinco exemplares em conta firme, pusera dois na vitrina, *"para ellos lo más importante es veer el libro en la vidriería"*, enviara um para a Espanha, de presente a amigo dado a estudos de antropologia. Por curiosidade, não pelo valor científico na certa inexistente, livro de bedel mordido pelo micróbio da ciência. Maluquice bem mais comum do que se pensa; de poetas e filósofos está repleta a cidade da Bahia e dom Leon possui vasta experiência desse tipo de autor. Aparecem-lhe diariamente na livraria, esgazeados, belicosos, a barba por fazer, originais sob o sovaco, sonetos e poemas, contos e romances, tratados filosóficos sobre a existência de Deus e o destino do homem.

De raro em raro, um desses gênios consegue dinheiro e meios, imprime a "obra imortal", vem direto a dom Leon vender exemplares. Entre os portadores do bacilo da literatura e os infectados pelo vírus da ciência, dom Leon preferia os poetas, em geral pacatos e sonhadores, enquanto os filósofos exaltavam-se facilmente, dispostos a salvar o mundo e a humanidade com teorias originais e irrefutáveis. Archanjo, juízo fraco na convivência de doutores, dera em antropólogo e etnólogo, mas possuía jeito de poeta, um dos mais simpáticos da estranha fauna, pobre-diabo merecedor de melhor sorte.

Informado, lido, de trato discreto e agradável, dom Leon recomendava autores a literatos e estudantes. Pusera em moda Blasco Ibáñez, Vargas Vila, o argentino Ingenieros, o uruguaio José Enrique Rodó. Ingenieros e Rodó para professores, Vargas Vila popularíssimo entre os estudantes, Blasco Ibáñez para as ilustríssimas famílias: variada era a freguesia de dom Leon, eclético o gosto do livreiro.

Juízes, desembargadores, professores das diversas faculdades, jornalistas de alto coturno, as figuras mais importantes da vida intelectual frequentavam-lhe a livraria e os conhecimentos: dom Leon recebia catálogos da Argentina, dos Estados Unidos, de toda a Europa. Intermediário na importação de obras inexistentes no Brasil, aceitava encomendas. Também Pedro Archanjo utilizara seus bons serviços para trazer livros da França, da Inglaterra, da Itália, da Argentina. Acontecera, mais de uma vez, a encomenda chegar em ocasião tão comum de aperto de dinheiro, o espanhol fiava: *"Quede con los libros, pague cuando le sea más cómodo"*. "Fique descansado, dom Leon, até sábado pagarei." Dom Leon apreciava no mulato a correção no pagamento e nos trajes, a limpeza de quem acabara de sair do banho, a educação a distingui-lo da maioria dos filósofos, em geral rudes pensadores, agitados, malvestidos, sujos e facadistas.

De fala mansa e simpática presença, nem por isso menos maluco, com a mania de cientista, a gastar dinheiro, um dinheirão!, em obras estrangeiras, várias das quais nem mesmo os professores de medicina conheciam — pensou dom Leon quando Pedro Archanjo lhe apareceu com o livro. *"Muy bien, mis felicitaciones."* Num excesso de generosidade, comprou cinco exemplares, colocou dois na vitrina mas não pensou sequer folhear a deselegante brochura, não tinha lazer nem senso de humor para tais compêndios de demências.

Contrastando com a organização da Livraria Espanhola — os volumes nas estantes, classificados por assunto, língua e autor, o grupo de vime ao fundo para o cavaco dos fregueses ilustres, o empregado de colarinho e gravata —, o sebo de Bonfanti era um mafuá, rumas de livros pelo chão, o balcão atulhado, espaço reduzido para a vasta freguesia de estudantes ruidosos, de pitorescos subliteratos, de velhos em busca de literatura frascária. Dois moleques insolentes e famintos despachavam entre chalaças. No caixa, Bonfanti, ostentando há sete anos, desde que ali se estabelecera, o mesmo sebento e gasto terno azul de casimira, a voz esganiçada, em compra e venda:

— Dez tostões, se quiser.

— Mas, seu Bonfanti, comprei essa *Geometria* aqui mesmo, na segunda-feira, e paguei cinco mil-réis — lembrava o estudante.

— Comprou livro novo, está vendendo livro usado.

— Usado? Nem abri, está novo em folha, como saiu daqui. Dê ao menos dois mil-réis.

— Livro que saiu da livraria é livro usado. Dez tostões, nem um vintém a mais.

Não adquiriu à vista nenhum exemplar das *Influências*: não levava a tais extremos a amizade pelo autor. Recebera vinte em consignação e espalhara uns cinco na vitrina pequena, a dos livros novos. Reservava a grande para os usados, base de seu lucro. Camarada de Archanjo, trocavam receitas culinárias em almoços domingueiros na Tenda ou em casa de Bonfanti, em Itapagipe, sob a presidência de dona Assunta, gorda e falastrona rainha da macarronada. Em se tratando de comida, transformava-se Bonfanti em cidadão amável e pródigo, comer era seu vício.

Aquela vaidade de autor de livro novo a namorar vitrinas durou pouco. Pedro Archanjo foi completamente absorvido pelas comemorações de seus cinquenta anos: sucessão ininterrupta de carurus, "dona Fernanda e seu Mané Lima mandam convidar o senhor para o caruru que dão no domingo pra seu Archanjo", de batucadas, rodas de samba, encontros, reuniões, comilanças e pileques, todos queriam celebrá-lo. Mestre Archanjo mergulhou por inteiro naquele mar de cachaça, bailes e mulheres, no maior entusiasmo. Parecia querer recuperar de um golpe o tempo gasto, durante tantos anos, no estudo, no preparo do livro. Com fome e sede de vida, num desparrame de energia, era visto em toda parte, apareceu em lugares onde não voltara desde a juventude, reviu paisagens e refez itinerários esquecidos. Novamente vadio e ocioso, conversador em soltas gargalhadas, sempre disposto a um trago, em ronda de mulheres, a assuntar um tudo, a tomar notas com a ponta do lápis na pequena caderneta negra. Com gula e pressa, ávido.

O livro não lhe custara apenas mais de dez anos de responsabilidade e contenção, pagou alto preço em crenças, pontos de vista, opiniões, preceitos, maneira de ver e de agir; antes era um, agora outro, diferente. Quando se deu conta, fora virado pelo avesso, tinha nova medida de valores.

— Compadre Pedro, você está parecendo um senhor — disse-lhe Lídio Corró ao vê-lo sair de livro em punho no rumo da faculdade.

— Senhor de quê, meu bom? Já me viu dono de alguma coisa, camarado?

A opinião do compadre, seu mabaça, o alertou. Lídio Corró temia vê-lo partir. Não em viagem para outras terras de muda ou de passeio. Ir-se embora, simplesmente. Abandoná-los, a todos eles. Talvez fosse o único a perceber a mudança interior, o novo homem que crescera por dentro do antigo Pedro Archanjo, bravo e um tanto irresponsável, libertário porém inconsequente, audaz, sem dúvida mas de vistas limitadas. Para o povaréu do Tabuão e Pelourinho, para o pastoril e a gafieira, para a cantiga e a dança, para a capoeira e o candomblé, permanecia o mesmo mestre Pedro cercado de estima e de respeito: com ele não há quem se compare, até livro escreve, sabe mais do que doutor formado e é nosso igual. A bênção, meu tio, diziam os ogãs. A bênção, meu pai Ojuobá na voz das feitas, a bênção! Majé Bassã teria se dado conta da mudança? Se assim foi, ninguém o soube, nem Archanjo.

Aos cinquenta anos Pedro Archanjo mergulhou na vida com a avidez de um adolescente. Ademais das razões expostas, não o fazia também para cobrir a ausência de Tadeu?

Do livro ocupou-se mestre Lídio Corró, dedicação e confiança inabaláveis: para ele os livros do compadre eram uma espécie de nova Bíblia. O riscador de milagres adivinhava-lhes a importância porque conhecia em carne e osso a verdade expressa em suas páginas: na perseguição e na briga, na mentira e na verdade, no ruim e no bom. Não tinha mãos a medir na divulgação e na venda de exemplares. Despachara volumes para críticos, professores, jornalistas e gazetas. Faculdades do sul e do norte, universidades estrangeiras, pusera dois pacotes no correio para Tadeu distribuir no Rio.

Tratando Pedro Archanjo de "distinto autor", em nota de poucas linhas o *Diário da Bahia* anunciou a publicação do livro, e *A Tarde* considerou o volume um relicário de nossas tradições. Empolgado com a frase, Lídio exibira o jornal a meio mundo. Dois ou três críticos pronunciaram-se prudentemente sobre o valor da obra, em referências breves. Voltados para a Grécia e a França, últimos helênicos, espirituais leitores de Anatole France, não se sentiam atraídos pelos "curiosos e primitivos costumes da Bahia", menos ainda por "ousadas e discutíveis afirmações sobre raças", o elogio à miscigenação, explosivo assunto.

Sucederam-se, porém, alguns fatos significativos. Antes de tudo, registre-se alguma venda em livrarias — parca, é bem verdade — não só na Bahia mas também no Rio. Um jovem livreiro carioca em começo de carreira, além de encomendar, por intermédio de Tadeu, cinco exemplares à vista, dispusera-se a receber cinquenta em consignação para distribuí-los às livrarias cariocas se "o editor lhe concedesse cinquenta por cento de abatimento". Elevado a editor, no auge do entusiasmo, Lídio Corró mandou logo o dobro, cem exemplares, e concedeu ao livreiro metropolitano exclusividade nas vendas para todo o sul do país. Quantos foram vendidos, Lídio não conseguiu apurar, por falta de prestação de contas. Em troca, o jovem mercador de livros fez-se íntimo amigo de Tadeu, nome frequente nas raras cartas a Archanjo: "Tenho visto sempre Carlos Ribeiro, o livreiro meu amigo que é um grande divulgador de seu livro".

Na Faculdade de Medicina tampouco a publicação passou despercebida. Sem falar nos estudantes amigos de Pedro Archanjo a quem Lídio empurrava exemplares, a preços variados, na dependência das disponibilidades do freguês — era preciso vender para pagar a despesa do papel —, o livro provocou debates entre os professores, na sala da secretaria. Arlindo, o outro bedel da cátedra de parasitologia, contou a Archanjo a medonha discussão entre o professor Argolo e o maldizente Isaías Luna. Só faltara sair pancada.

Fingida expressão de lástima no rosto, o professor Luna perguntara ao catedrático de medicina legal se era verdade o que os estudantes comentavam no terreiro. Comentários de estudantes? Sobre o quê? Certamente calinadas, necedades. Não tinha Nilo Argolo tempo para tais sandices. Que diziam?

Diziam ter o bedel Archanjo provado em livro posto à venda naqueles dias a sobrevivência, em terreiros de candomblés da nação jeje, do culto da serpente, do orixá Danh-gbi ou simplesmente Dan. O professor Argolo, em trabalho anterior, negara peremptoriamente qualquer sobrevivência em terras da Bahia de tal

234

culto: nem indício nem notícia. Agora numa absoluta falta de respeito, ousava o pardo Archanjo exibir o inexistente orixá, Cobra, Serpente, Danh-gbi, Dan, com peji, obrigações, trajes e emblemas, dia de festa e legião de feitas, a dançar no terreiro do Bongó. E a história dos cucumbis? Essa, segundo os estudantes, era antiga, já no primeiro livro o mestiço contestara afirmações de Argolo e agora encerrava o assunto com tal cópia de provas que...

Não, quanto às teorias sobre raças, ele, Isaías Luna, branco baiano, preferia não aprofundar o assunto, não ia meter a mão em cumbuca, não era doido. Mas, ao que dizem, seu Argolo, o bedel discute à base de autoridade de primeira ordem, exibe uma cultura...

Apoplético, o professor Nilo Argolo perdeu a cabeça e em récio português apostrofou o peçonhento: "Fuão, fuinha, futrica, réu confesso de baixa luxúria!". Referia-se à notória predileção do professor Isaías Luna pelas negras, "ardentes e carinhosas, incomparáveis, seu Argolo!".

Quanto ao cético dom Leon, teve duas surpresas em tempo relativamente curto. A primeira sucedeu pouco depois de haver exposto na vitrina o livro do bedel com mania de grandeza. De volta da faculdade, o mais ilustre de seus fregueses, o professor Silva Virajá, entrou na livraria, como de hábito, para saber "se o amigo Leon recebeu alguma novidade". Ao enxergar na prateleira os volumes das *Influências* tomou de um deles:

— Dom Leon, aqui está um livro destinado a ser um clássico da antropologia. No futuro os mestres o citarão e sua fama correrá mundo.

— *¿De que libro habla usted, maestro?*

— Falo deste livro de Pedro Archanjo, bedel de minha cátedra, um sábio.

— Um sábio? *Usted bromea...*

— Ouça, dom Leon! — abriu o livro e leu: — "Formar-se-á uma cultura mestiça de tal maneira poderosa e inerente a cada brasileiro que será a própria consciência nacional, e mesmo os filhos de pais e mães imigrantes, brasileiros de primeira geração, crescerão culturalmente mestiços".

235

Algumas semanas depois, dom Leon recebeu do seu patrício dado à antropologia a consagradora carta. Agradecia o envio do livro de Archanjo: "Obra magnífica, abre novos campos aos estudiosos, lavra em terra virgem apaixonantes temas. Que cidade mais inspiradora deve ser essa Bahia: pude sentir em cada página sua cor e seu perfume". Solicitava o envio de livro publicado anteriormente pelo mesmo autor, conforme registro em página de rosto das *Influências*. Daquele primeiro livro, dom Leon não tomara sequer conhecimento.

Homem honrado, o livreiro alvoroçou-se e saiu em busca de Archanjo. Fim de tarde, não mais o encontrou na faculdade. Desceu o Pelourinho a procurá-lo, de carta em punho, extraviou-se em becos e vielas. Pergunta aqui, pergunta ali, em toda parte sentiu a presença do mulato, espécie de pastor e patriarca. Bem diverso do pobre-diabo, do maluco com mania de filósofo, como pudera se enganar assim? As luzes se acenderam e dom Leon, pela primeira vez em muitos anos, perdeu o bonde das dezoito e dez para os Barris, onde residia.

Quando, por fim, descobriu a casa de Aussá naquele sujo labirinto em que jamais se aventurara antes, a noite de luar descera sobre o caruru regado a cachaça, cerveja e aluá. Indeciso à porta, o cheiro da comida de azeite nas narinas, dom Leon olhou a sala pobre e viu seu colega Bonfanti, de boca cheia, os bigodes amarelos de dendê. Sentado entre Rosália e Rosa de Oxalá, o rosto tranquilo e bom, mestre Pedro Archanjo comia com as mãos que é a maneira melhor de comer.

— Seja bem-vindo, dom Leon, tome lugar na mesa.

Veio Aussá com um copo de cerveja, formosa morena trouxe um prato com caruru, acaçá, moqueca de siri.

10

Envergando o terno feito dois anos antes para a formatura de Tadeu, resguardado na porta do templo, Pedro Archanjo a esperou durante alguns minutos, contendo a emoção: pensamentos e imagens de uma vida inteira. Finalmente ela surgiu dos lados da Sé, circundada de olhares, palavras, um halo de desejo. Quase vinte anos, dezessete exatamente, constata Archanjo, e cada ano acrescentara algo à beleza de Rosa de Oxalá. Fora obscuro mistério, violenta tentação, invencível chamado. Agora fêmea sem adjetivos, Rosa de Oxalá.

Não cruzou a praça, no entanto, em trajes de baiana, saia, bata e anáguas brancas, a cor sagrada do encantado. Quando, à porta da catedral, ofereceu o braço a Archanjo, exibia vestido de senhora de sociedade, cortado e costurado pela mais cara costureira, joias sem preço, balangandãs de oiro e prata, e a elegância inata de quem nasceu rainha. Arrumara-se como se fosse ocupar o lugar que lhe competia de direito, junto ao pai da noiva, à esquerda do padre.

— Demorei? Miminha só ficou pronta agora, estou vindo da casa das tias, ela vai sair de lá. Ai, Pedro, tão bonita minha filha!

Atravessaram a semiobscuridade da igreja iluminada apenas por duas velas de vacilante chama. As sombras do crepúsculo flutuavam no ar, desciam rente às flores, lírios, palmas, crisântemos, dálias a encher a nave de ponta a ponta. Um tapete vermelho fora estendido do altar-mor à porta e, sobre ele, pelo braço do pai, a noiva pisaria com seu vestido de cauda, o véu, a grinalda, o medo, a alegria.

Andando no silêncio e na penumbra, Rosa murmura num queixume:

— Por meu gosto a igreja seria a do Bonfim, mas nesse casamento eu não abri a boca para dar opinião. Era para o bem de minha filha, me calei.

Enquanto de joelhos ela reza o padre-nosso, Pedro Archanjo foi em busca de Anísio, sacristão da catedral e seu conhecido de muitos anos no Terreiro de Jesus. Não chegava a ser parceiro de cachaça e violão como Jonas, o da igreja do Rosário dos Pretos, mas, quando uma semana antes Archanjo o consultou, ele não pôs dificuldade, não fez objeção, apenas um comentário melancólico:

— Onde já se viu uma coisa assim? Admiro que ela se sujeite.

Guiados pelo sacristão, enfiam-se por detrás do altar, sobem as escadas e além do coro, em recanto esconso, num pequeno banco sentam-se os dois, dali dominam todo o interior da catedral. Antes de deixá-los para ir acender as luzes, Anísio, mulato claro e fanhoso, não se contém, retorna à cruel constatação:

— O que me admira não é tanto a mãe se conformar, é a filha consentir.

Nos lábios de Rosa nasce um sorriso vitorioso:

— Vosmicê aí se confundiu. Deu muito trabalho para ela aceitar que eu não viesse. Me queria junto, a pulso, o tempo todo. Ameaçou até acabar o casamento.

— Então, por quê?

— Uma coisa eu lhe digo e basta: por bondade de vosmicê, daqui de cima desse buraco de rato, vou poder ver minha filha se casar. Mas, em troca, ela vai entrar na igreja pelo braço do pai, reconhecida e perfilhada no cartório, filha igual às legítimas, às da esposa. Me diga vosmicê se acha caro o preço que paguei, porque eu, que sou mãe, acho barato.

— Cada um sabe de seus particulares, dona. Me desculpe.

— Só tenho que lhe agradecer, vosmicê foi bom demais em permitir.

Desceu o sacristão. Por um momento, com o pequeno lenço de rendas sobre a boca, Rosa prendeu os soluços. Lábios cerrados, Pedro Archanjo olhava em frente, sombras cresciam entre imagens e altares.

— Tu também não entende? — perguntou Rosa quando pôde falar: — Tu bem sabe que eu tive de me decidir. Um dia, ele me disse: "Miminha é a minha filha mais querida e quero que ela seja tão minha filha e minha herdeira quanto as outras duas. Já avisei a todos em casa, já comuniquei a Maria Amélia...". É o nome da mulher dele... "Já tratei tudo no cartório, só tem uma condição..." Nem perguntei pela condição, só quis saber: o que foi que sua mulher disse? Respondeu na mesma hora: "Disse que não tem nada contra Miminha, que Miminha é inocente, não tem culpa, ela só tem raiva de você". Enquanto eu ria da raiva da despeitada, ele acabou comigo. "A condição para legitimar Miminha é que ela será criada pelas tias, afastada de sua companhia." Nunca mais vou ver minha filha? "Pode ver quando quiser mas minhas irmãs a educarão, viverá em casa delas, vindo aqui só vez por outra. Está de acordo ou não quer o bem de sua filha?" Foi nessa ocasião que fiz o trato com ele, foi de boca, mas se ele cumpriu direito por que eu não havia de cumprir? Nem por ser negra sou falsa e sem palavra. Será que tu entende? Era para o bem de Miminha! Tu não entende, eu sei que tu não entende. Tu queria que eu brigasse. Tu pensa que eu não sei?

Lá embaixo o sacristão começou a acender as lâmpadas e, num esplendor de flores e luzes, a catedral recebeu os primeiros convidados. Pedro Archanjo apenas disse:

— Como você pode saber o que eu penso?

— De tu, Pedro, sei tudo, mais do que de mim, sei teu pensamento. Para quem dancei a vida inteira? Me diga! Só para dois: Oxalá, meu pai, e tu, que não me quis.

— Tu esquece do pai de Miminha e de compadre Lídio...

— Por que tu fala assim? Em que te ofendi? Jerônimo me tirou da vida: quando me levou com ele, eu era meretriz de mão em mão, não tive escolha. Me deu casa e comida, roupa da melhor e até carinho. Foi bom comigo, Pedro. Todo mundo tem medo dele, tudo quanto é mulher, até a verdadeira. Pois comigo sempre agiu direito: me tirou da vida, me deu conforto, nunca levantou a mão para me bater. Registrou o nome de Miminha no cartório, avisou a todo mundo: "É minha filha igual às outras duas".

— Só que não tem mãe... — a voz de Archanjo chega das últimas sombras: a claridade das lâmpadas cobre as palavras amargas.

— De que lhe havia de servir a mãe, reles amigada, antiga mulher-dama, negra de roda de samba, batuqueira? Quando ele levou Miminha, eu disse: "Meu santo eu não abandono, não conte comigo em tempo de obrigação". Não foi toda a vida assim? Me diga, não foi?

— Foi, sim. Na obrigação e na Tenda, com Lídio.

— É verdade. Ele tinha tomado minha filha, tinha posto em casa das irmãs solteironas, só deixava ela me ver uma vez por semana. Era para o bem de Miminha, eu tinha consentido mas me comendo por dentro: para ele eu só prestava para cama, não servia para criar minha filha. Quando levaram a menina, fiquei como doida, Pedro, cegaram minhas vistas, escureceram meu entendimento. Fui desabafar no terreiro, buscar consolação. Dei com Lídio...

Sua voz, de tão pequena e rota, não sai igreja afora, nasce e morre ali naquele canto escuro, mal chega aos ouvidos de Archanjo.

— Lídio! O melhor homem que conheço, junto dele tu é um cabra ruim, Pedro. Mas, nisso tudo, só teve uma coisa errada. Naquela noite, em vez de encontrar Lídio, eu devia ter encontrado era tu. Para quem dancei esse tempo todo? Só dancei, te juro, para Oxalá e para tu, meu Pedro. Tu sabe que é verdade e que se não passou da dança é porque tu quis assim.

— Se fosse outro qualquer, mas Lídio... Você mesma disse o porquê.

Os convidados começavam a chegar e a encher o templo. As mulheres, em requintes de elegância para o casamento chique, o mais falado do ano, espalhavam-se pelos bancos num rumor de sedas e risos. Os homens reuniam-se ao fundo da nave, a conversar. Algumas pessoas — padrinhos, familiares dos noivos, autoridades — ocupavam os dois renques de cadeiras próximas ao altar-mor, habitualmente destinadas ao capítulo da igreja. Rosa, vez por outra, reconhecia e apontava:

— Olhe os pais de Altamiro! Agora são meus parentes, Pedro, estou cheia de parentes ricos e brancos — riu, mas era triste o riso.

A mãe, senhora gorda, de passo vagaroso, rosto bonachão. O pai, um coronel do cacau, magro, nervoso e loiro, faltavam-lhe a montaria e o rebenque. Ia de cabeça erguida, um sorriso altivo, o bigode cor de mel, um estrangeiro.

— Gringo? — perguntou Archanjo.

240

— Ele não, mas o pai era, penso que francês, o sobrenome é Lavigne. Homem sem besteira, Pedro. Todo gringo assim é podre de rico — pois veio me visitar, trouxe a mulher, e disse: "Dona Rosa, sua filha vai ser mulher de meu filho, minha nora. Minha casa é sua, somos parentes". Pelo gosto dele eu estaria ali, no altar. Pelo gosto dele e do rapaz.

— Do noivo?

— De Altamiro, sim. Gente boa, Pedro. Mas se eu me impusesse, a família do pai de Miminha não ia vir, as tias foram mãe e pai para ela. Não fiz bem em não brigar? Daqui também eu vejo, Pedro.

Da igreja subia um rumorejo alegre, animação de festa. Pedro Archanjo reconheceu o professor Nilo Argolo de braço com dona Augusta. Foi o único momento em que sorriu durante toda a cerimônia. Rosa apertou-lhe o braço, cada vez mais tensa:

— As tias! Estão entrando: quer dizer que Miminha já chegou.

Duas velhas altas, emproadas, os cabelos grisalhos, foram ocupar lugares junto ao altar, em frente dos pais do noivo. O coro enchera-se de gente, alguém experimentou o som do órgão.

— Lá vai Altamiro com a madrinha, a mulher do senador.

Pedro Archanjo achou o rapaz simpático: saíra ao pai na cor e nos cabelos loiros, da mãe herdara a expressão um tanto ingênua.

Toda a sociedade de Salvador se reunira na catedral, viera gente de Ilhéus e Itabuna, os Lavigne colhiam milhares de arrobas de cacau e o rapaz, não lhe bastando tanto dinheiro, advogava. O pai da noiva, plantador e exportador de fumo, explosivo, nobre violento, dissoluto, ganhara, perdera, refizera fortunas. A mãe — murmuravam as mulheres em cochichos — era uma negra coberta de ouro e pedrarias, sua rapariga, macumbeira que o tinha preso há mais de vinte anos, quem pode com feitiço? Dizem que sendo o pior dos mulherengos só gostou verdadeiramente de uma mulher em toda a vida, dessa negra, mãe da menina. A menina é um brinco de formosa, uma teteia...

241

Faz-se música o som do órgão, cresce o rumor na nave, o coro entoa a marcha nupcial. Rosa de Oxalá aperta o braço de Archanjo, o peito arfante, os olhos úmidos.

Miminha nas rendas brancas do vestido, filha da mais bela negra da Bahia e do último senhor desatinado do Recôncavo, pisa o tapete vermelho pelo braço do pai. Duas vezes já esse pai fizera idêntico caminho sobre o mesmo estofo, entre luzes e flores, ao som da música, trazendo para o altar as outras filhas. Nunca, porém, com tanto orgulho atravessou a nave. As primeiras filhas eram queridas porque nasceram de seu sangue. Essa de agora, mais que todas bem-amada, nascera-lhe do sangue e do amor.

Muitas mulheres possuiu o dr. Jerônimo de Alcântara Pacheco, teve xodós, paixões violentas, raparigas e casadas, moças donzelas em rapto e primícias, esposa com carta de nobreza. Amor, só uma vez, pela negra Rosa. Mesmo quando a uni-los só restou a filha e, ferida de morte, Rosa impôs-se livre, em certas noites ele vinha alucinado em busca do corpo inesquecível, vinha feito doido, capaz de matar para tê-lo se preciso fosse. Rosa nunca se negou e enquanto ele viveu o considerou dono de uma parte de seu ser.

Morde o lenço de rendas, rasga-o nos dentes, afoga os soluços, deita a cabeça no peito de Archanjo: ai, minha filha! O padre reza, se exalta no sermão, fala do talento do noivo, da beleza da noiva, do prestígio das famílias que naquela hora se uniam pelos laços indissolúveis do sacramento do matrimônio. Para Rosa de Oxalá chegou o momento de outro compromisso.

Pouco a pouco se despovoa a igreja, Miminha partiu pelo braço do marido, foram-se as tias, os pais do noivo, os padrinhos, os convidados, o orgulhoso Alcântara. Cessou a música, novamente o silêncio. O sacristão apaga as luzes, primeiro os castiçais, depois as lâmpadas. As sombras crescem, apenas duas velas iluminam a noite e a solidão dos santos.

— Lídio lhe disse?

— O quê?

— Nunca mais vou voltar na Tenda, nem para dormir nem de passagem. Nunca mais, Pedro, se acabou.

Ele adivinha o motivo mas pergunta:

— E por quê?

— Agora, Pedro, sou mãe de mulher casada, da esposa do doutor Altamiro, sou parenta dos Lavignes. Quero ter direito à minha filha, Pedro, a frequentar sua casa, a me dar com sua gente. Quero poder criar meus netos, Pedro.

No silêncio, a voz ressoa firme, decidida:

— Uma vez, quando Miminha era menina, deixei que tirassem ela de mim. Fiquei solta no mundo, livre de fazer tudo que fiz. Agora se acabou, não tem mais Rosa de Oxalá.

Tomou da mão de Pedro Archanjo e entre as suas a manteve.

— E o santo?

— Assentei, levei para casa com o consentimento de mãe Majé. Ela se levantou da cama para fazer o necessário. — Olhou o homem de cabeça baixa, olhos perdidos na escuridão: — Tu nunca me quis, Pedro, tanto me ofereci. Agora é tarde.

Na escada os passos do sacristão, vem por eles, é tempo de partir. Nos braços um do outro, um beijo só, primeiro e último. É tarde, mestre Pedro, agora é tarde, não tem mais jeito. Nas sombras da igreja desaparece Rosa de Oxalá. Assim como veio assim partiu. Uma vida inteira, um segundo apenas.

11

Quando, finalmente, Pedro Archanjo chegou, ogãs e filhas de santo correram a seu encontro em choro e aflição:

— Depressa, depressa que ela está lhe chamando sem parar, só faz dizer: Ojuobá, cadê Ojuobá?

Abrem-se os olhos de Majé Bassã ao ressoar dos passos:

— É você, meu filho?

A mão, folha seca e frágil, aponta a cadeira, num aceno. Senta-se Archanjo, toma da mão e a beija. A anciã concentra toda a energia que lhe resta no corpo agonizante e num sopro de voz inicia a narrativa. Mistura as línguas, usa palavras e frases iorubas, é a última lição, o ensinamento derradeiro:

— *Umbé oxirê fum ipacô tô Ijenã*, houve uma festa no terreiro de Ijenã. Era festa grande, de Ogum, e veio um mundão de gente ver Ogum dançar. Ogum Aiacá dançou bonito para alegrar os olhos do povo cansado de sofrer tanto padecimento. Quando estava no melhor de sua dança, chegou sarapebé, o homem do recado, e contou que os soldados vinham vindo com as armas embaladas para acabar com a festa de Ogum e arrasar o terreiro de Ijenã. Vinham galopando nos cavalos, na pressa de chegar e de bater. Ogum escutou a falação do homem do recado, o aviso que Oxóssi lhe mandava, foi ao mato ali pertinho, assoviou chamando duas cobras, cada qual mais comprida e perigosa. Botou as duas no meio da sala, dois novelos de veneno, enrodilhadas, a cabeça para cima, de fora as línguas peçonhentas, os olhos assuntando a porta da rua. Em frente à porta, bem do seu, Ogum dançava à espera dos soldados. Não tardou eles chegarem, pulavam dos cavalos, e sem dizer aqui del rei iam puxando as armas de bater e criar bicho. Da porta, Ogum falou assim para os soldados: Quem for de paz entre no terreiro, venha dançar em minha festa. Para os amigos, meu coração é mel de flores, mas ai dos inimigos: para eles meu coração é poço de veneno. Apontou as duas cobras em seu veneno enrodilhadas, os soldados sentiram medo mas ordem é ordem e ordem de quartel e de polícia é sem pena, sem apelo, sem revogação. Avançaram os soldados contra Ogum, as armas levantadas. *Ogum capê dã meji, dã pelu onibã*. Ogum chamou as cobras e as cobras se ergueram diante dos soldados. Ogum avisou: quem quiser brigar terá briga, quem quiser guerra terá guerra, as cobras morderão e matarão, não vai ficar nem um soldado vivo. As cobras avançaram as línguas venenosas e aos gritos de socorro os soldados saltaram nos cavalos e fugiram, depressa foram embora, porque em sua dança sem parar Ogum chamou as duas cobras, *Ogum capê dã meji, dã pelu onibã*.

Pedro Archanjo repetiu: *Ogum capê dã meji, dã pelu onibã*, a praga imemorial, a terrível ameaça dos males do mundo, das desgraças sem conta, sortilégio e imprecação, a derradeira dádiva da Iá. Na cidade, o delegado Pedrito Gordo soltara a malta do terror com carta branca: invadir terreiros, destruir pejis, surrar babalaôs e pais de santo, prender feitas e iaôs, iá-queque-rês e ialorixás. "Vou limpar a Bahia dessa imundície!" Deu ordens estritas aos soldados da polícia, organizou a escolta de bandidos, partiu para a guerra santa.

Majé Bassã, a doce e temível, a prudente e sábia, fechou os olhos. Ouviu-se ao longe o grito de Iansã à frente dos eguns, Xangô saiu dançando no terreiro, Pedro Archanjo prendeu a dor no peito e disse: nossa mãe morreu.

12

Da porta, Pedrito via o medo na face dos secretas, quatro membros da escolta de facínoras decantada nos jornais da oposição: "Malta de assassinos promovidos a agentes de polícia pelo atual governo do estado tenta empastelar nossa redação".

Terno de casimira inglesa, chapéu-panamá, unhas feitas em manicure, barba escanhoada, pérola no alfinete da gravata, piteira longa, o bacharel em direito Pedro Gordo, o temido e odiado delegado auxiliar, parecia um dândi — um tanto gorducho e maduro mas ainda fútil e inconsequente. Pôs fora a ponta do cigarro, limpou a piteira: os miseráveis estavam com medo.

Na sala, empunhando o revólver, Enéas Pombo, rei do bicho e dono da cidade, agora na oposição e em desgraça, repetiu:

— Quem der um passo em frente, morre!

Os secretas se entreolharam: Candinho Faroleiro, Samuel Cobra Coral, Zacarias da Gomeia e Mirandolino, a fera de Lençóis. Extensa e sangrenta crônica de fatos e exageros a proclamar a coragem de Enéas Pombo, povoador de cemitérios, pontaria infalível, continha os policiais.

— Cambada de covardes! — disse Pedrito.

Disse e atravessou entre os quatro, na mão apenas a bengala de junco, fina e flexível. De arma erguida, Pombo mediu o delegado:

— Não venha, doutor Pedrito, que leva um tiro!

A bengala zuniu no ar, silvo igual ao de um rebenque, lâmina cortante na face do bicheiro, a primeira, a segunda bengalada, o sangue e as marcas. Cego de dor, Pombo atirara no desespero ao deus-dará; o delegado fora mais rápido. Baixote e rechonchudo ninguém o imaginaria capaz de tal agilidade. À vista do sangue, os secretas, recuperados, novamente intrépidos campeões, correram sobre Pombo.

— Levem-no para o xadrez! — ordenou Pedrito.

Samuel Cobra Coral avançou para a gaveta onde estavam as pules e o dinheiro. Os outros três conduziam o bicheiro aos empurrões. O delegado definiu, o desprezo na voz:

— Mofinos, fêmeas sem valia, vocês não passam de uns cagões.

Saiu para a rua, a aglomeração de curiosos abriu-lhe passagem. Pedrito Gordo piscou o olho para a menina do café em frente, entrou no automóvel, partiu em disparada — diziam-no o melhor volante da Bahia.

Nas antessalas da polícia, reunidos a companheiros da mesma nobre estirpe — Beato Ferreira, Leite de Mãe, Inocêncio Sete Mortes, Ricardo Cotó, Zé Alma Grande —, os quatro heróis da batida vespertina comentaram a prisão de Pombo e o fim de um reinado. No palácio, em leilão o trono vago. Quem dá mais?

Intranquilos, os quatro valentões: o dr. Pedrito se expressara claramente, não tivera papas na língua. Armado apenas com a bengala pusera abaixo a prosopopeia de Enéas Pombo, não respeitara revólver, pontaria infalível, fama de assassino, enquanto sem ação eles assistiam, uns galinhas, uns cagões.

— Uns galinhas! — cuspiu Zé Alma Grande antes de retirar-se a fim de atender o recado trazido por um guarda: dirigir-se ao palácio com urgência para escoltar o dr. Pedrito e o governador. — Uns cagões!

Ouviram em silêncio, cabisbaixos: antes Enéas Pombo com

revólver do que Zé Alma Grande desarmado. Zé Alma Grande não discutia as ordens do chefe, não vacilava em sua execução. Não havia de ser um caboclo de revólver e ameaças quem o fizesse deixar de cumprir comando de Pedrito. Bater e matar eram para ele coisas simples e normais. Morrer, também, quando chegasse o dia. Zé Alma Grande, negro do tamanho de um sobrado, homem de toda confiança de Pedrito, não conhecia a cor do medo.

Ainda na vergonha da frase do delegado e do desacato do companheiro, perguntavam-se os quatro o que fazer para reconquistar as boas graças do patrão. Pedrito Gordo não era de pilhérias e quando perdia a confiança num assecla, encomendava-lhe destino rápido e definitivo: aposentadoria em cova rasa, bandido não merece consideração. Quantos despachara para o céu? Izaltino, Justo de Seabra, Crispim da Boia, Fulgêncio Bom de Faca, para citar os mais notórios. Antes mandando e desmandando na cidade, a beber de graça, a tomar dinheiro dos espanhóis, a espancar e a prender com ou sem motivo, de repente estendidos no chão do necrotério, vítimas do dever segundo informavam o boletim da polícia e as gazetas do governo. Por uma razão ou outra, tinham-se desacreditado junto ao todo-poderoso delegado auxiliar.

Era preciso mostrar serviço com urgência, fazer qualquer coisa capaz de restaurar o prestígio abalado por Enéas Pombo e seu revólver. Algo espetacular, de preferência. O quê?

— E se a gente saísse por aí e acabasse com uns candomblés? — propôs Candinho Faroleiro.

— Você deu no sete. O doutor Pedrito vai gostar — apoiou Mirandolino.

— Hoje é dia de Xangô, tem muito terreiro batendo — a informação merecia confiança, provinha de Zacarias da Gomeia, entendido no assunto. O dito-cujo atribuía a feitiço de macumba a bexiga que lhe deformara o rosto, ebó encomendado por quenga da zona. Além das razões do delegado, ideológicas e eruditas, Zacarias da Gomeia tinha, como se vê, motivos particulares para empenhar-se no combate sem trégua aos candomblés.

No gabinete de Pedrito Gordo, numa pequena estante, alinhavam-se livros e opúsculos, alguns do tempo de faculdade, outros lidos depois da formatura, marcados a lápis vermelho, vários de publicação recente. *As três escolas penais: Clássica, antropológica e crítica*, de Antônio Moniz Sodré de Aragão, adepto da Escola Antropológica Italiana; *Degenerados e criminosos*, de Manuel Bernardo Calmon du Pin e Almeida; *Craniometria comparada das espécies humanas na Bahia sob o ponto de vista evolucionista e médico-legal*, de João Batista de Sá Oliveira; *Germes do crime*, de Aurelino Leal. Nesses livros, e nos trabalhos de Nina Rodrigues e de Oscar Freire, o estudante Pedrito Gordo, nas sobras do tempo dedicado às pensões de mulheres, aprendera que negros e mestiços possuem natural tendência ao crime, agravada pelas práticas bárbaras do candomblé, das rodas de samba, da capoeira, escolas de criminalidade a aperfeiçoar quem já nascera assassino, ladrão, canalha. Branco baiano, vacilando entre o loiro e o sarará, o delegado Pedrito considerava a exibição de tais costumes monstruoso acinte às famílias, achincalhe à cultura, à latinidade de que tanto se orgulhavam intelectuais, políticos, comerciantes, fazendeiros, a elite.

Aos volumes do tempo de faculdade juntavam-se publicações novas, trabalhos dos professores Nilo Argolo e Oswaldo Fontes: *A criminalidade negra*; *Mestiçagem, degenerescência e crime*; *A degenerescência psíquica e mental dos povos mestiços nos países tropicais*; *As raças humanas e a responsabilidade penal no Brasil*; *Antropologia patológica — Os mestiços*. Quando certos demagogos, em busca de popularidade entre a ralé, a plebe, o zé-povinho, punham-se a discutir a repressão aos costumes populares e os métodos violentos usados pela polícia para silenciar atabaques, ganzás, berimbaus, agogôs e caxixis, para impedir a dança das feitas e dos capoeiras, o delegado auxiliar Pedrito Gordo exibia a cultura antropológica e jurídica de sua estante: "São os mestres que afirmam a periculosidade da negralhada, é a ciência que proclama guerra às suas práticas antissociais, não sou eu". Num gesto de humildade completava: "Apenas trato de extirpar o mal pela raiz, evitando que ele se propague. No dia em que tivermos terminado com toda essa porcaria, o índice de criminalidade em Salvador vai diminuir enormemente e por fim poderemos dizer que nossa terra é civilizada".

Se os jornais da oposição acusavam-no de preconceito de cor, de fomentar o ódio de raças, Pedrito exibia artigos publicados nessas mesmas gazetas, em ocasiões anteriores, nos quais era reclamada ação policial enérgica contra candomblés e afoxés, capoeiras e festas de Iemanjá. Agora, na oposição, para atacar o governo e a polícia, "os pasquineiros sem memória conluem-se com a corja de criminosos confessos ou potenciais".

Ouvido pela imprensa governista a propósito da campanha da polícia, o professor Nilo Argolo a definiu com justeza e elogios: "Guerra santa, cruzada bendita, a resgatar os foros de civilização de nossa terra conspurcada". Entusiasmado, comparou Pedrito Gordo a Ricardo Coração de Leão.

Uma guerra santa: os cruzados partiram naquela noite de Xangô para acabar com infiéis. Além dos quatro intrépidos da batida no reduto do bicheiro, formaram nas hostes latinas da civilização os nobres cavaleiros Leite de Mãe, assim dito por ter o costume de bater na própria mãe, e Beato Ferreira, especialista em sovas de facão nos presos, igualmente lídimos representantes da cultura defendida a ferro e fogo pelo delegado auxiliar.

Saíram cedo, cada qual com seu cacete, pau de criar bicho, moderna lança daqueles beneméritos cruzados, e fizeram bom serviço. Nas três primeiras casas de santo que invadiram foi-lhes fácil a tarefa: axés pequenos, terreiros modestos, festas em começo. Baixaram o porrete, os gritos de dor de velhos e mulheres, música maviosa, animavam os guerreiros no prosseguimento da missão civilizadora. Quando já não tinham a quem espancar, divertiam-se na destruição dos atabaques, dos pejis, das camarinhas.

A notícia da diligência começou a andar na frente dos policiais, emudecendo orquestras, dissolvendo rodas de feitas e iaôs, apagando as luzes, terminando obrigações e festas. Cabisbaixos, homens e mulheres recolhiam-se às suas casas enquanto os orixás retornavam à montanha, à floresta, ao mar, de onde haviam vindo para a dança e o canto nos terreiros.

Os cruzados viram-se de repente sem ter a quem surrar, obrigados a interromper tão agradável brincadeira. Contentes com as vitórias alcançadas, confiantes em reaver a estima do temível chefe, exigiam nos botequins, além de bebidas grátis, informações precisas: onde estão batendo candomblé? Vamos, depressa, os endereços! Quem calar a boca leva porrada, quem delatar conta conosco. Souberam da grande festa no terreiro de Sabaji, nas aforas da cidade.

No barracão, para mais de dez encantados exibiam ricos trajes e participavam da dança. Ao centro, Xangô, montado em cavalo de muita altanaria, o mulato Felipe Mulexê. Dava gosto apreciar aquela dança, o renome do Xangô de Mulexê corria mundo.

Ogã de sala, responsável pela ordem da festa e pelo bem-estar dos convidados, Manuel de Praxedes, atento a cada pormenor, os viu chegar em palavrões e gargalhadas e imediatamente reconheceu a malta de facínoras. O rosto sinistro, comido pela bexiga negra, sem nariz, sem sobrancelhas, Zacarias da Gomeia gritou da porta:

— Agora quem vai dançar é Zacarias da Gomeia, vai começar a dança do pau cantado!

Meio trôpego de cachaça, Samuel Cobra Coral quis penetrar no barracão. Manuel de Praxedes, consciente de seus deveres, exigiu respeito aos santos. "Vá à merda", respondeu Cobra Coral, e tentou seguir em frente. Com um tapa, Manuel de Praxedes o atirou em cima do colega bexigoso e o porrete mudou de dono.

Nas mãos do estivador, arma terrível, um molinete. Embocetou-se tudo.

Reunidos no terreiro em festa, homens pacíficos e alegres orixás viram-se interrompidos e ameaçados. Alguns valentes juntaram-se a Manuel de Praxedes na resistência. Até hoje circulam histórias dessa briga: Xangô dava invisíveis chibatadas nos secretas e o gigante Praxedes crescera tanto que mais parecia Oxóssi, o porrete era a lança de são Jorge a derrubar bandidos. No chão, quebrado, Zacarias da Gomeia puxou o revólver, deu o primeiro tiro.

Ferido no ombro, o sangue a escorrer, Felipe Mulexê, cavalo de Xangô, impávido prosseguiu a dança. Seguindo o exemplo de Zacarias, os demais cruzados sacaram dos revólveres. Só a bala conseguiram entrar.

Na sala, por fim deserta, permaneciam apenas Xangô em sangue e dança e Manuel de Praxedes a girar o cacete num espaço livre. Juntaram-se os policiais e investiram: "Vamos levar esse filho da puta para a delegacia e lá ele vai ver o que é bom". À frente dos seis heróis, Samuel Cobra Coral, cabra vingativo: "Na delegacia vou lhe arrancar o couro, a ousadia, o gosto de briga e de macumba, vou lhe bater tanto que você, seu filho da puta, vai ficar desse tamanhinho, de gigante vai virar anão".

Num salto sem medida — prodígio de Xangô segundo o povo — Manuel de Praxedes saiu pela janela. Antes, com um murro na boca, aliviara Samuel Cobra Coral de três dentes, sendo um de ouro, de estimação, orgulho do secreta.

Xangô sumiu no mato, o ombro em sangue, a dança de chicotes. Os bandidos espalharam-se atrás dos fugitivos. Ah!, se pegassem Felipe Mulexê com seu Xangô! Ah!, se pusessem as mãos em cima de Manuel de Praxedes, que maravilha! Nem rastro no mato escuro, apenas o pio das corujas.

A destruição dos objetos rituais não acalmou a fúria, o ódio dos cruzados. Era pouco. Puseram fogo no barracão; as chamas consumiram o terreiro de Sabaji. Para exemplo.

Por muitos anos prolongou-se a guerra santa, a cruzada civilizadora. Durante o império de Pedrito Gordo, dândi e delegado, bacharel com leituras e teorias, a violência foi cotidiana, sem apelo ou proteção. O dr. Pedrito prometera acabar com a feitiçaria, o samba, a negralhada. "Vou limpar a cidade da Bahia."

13

Dias depois, ao sair de casa no Beco das Baronesas, após o almoço, Manuel de Praxedes recebeu nas costas a carga inteira do revólver de Samuel Cobra Coral. Um tiro atrás do outro, seis ao todo. Caiu de bruços, nem disse ai.

Acorreu gente de todos os lados, o assassino informou:

— Para deixar de ser valente. Abram caminho que vou passar.

O povo não abriu caminho. Aos gritos de vingança cercou o criminoso e a indignação era tamanha que a empáfia do matador se desfez em mijo. Teve medo de morrer, justiçado ali na rua. Largou a arma, pediu clemência, pôs-se de joelhos. Vieram os guardas, afastaram a turba, conduziram o preso. Alguns populares acompanharam a patrulha até à chefatura de polícia.

Entregues às autoridades competentes o criminoso e a arma do crime, os populares foram mandados embora. O administrador de um cinema da Baixa dos Sapateiros ainda reafirmou ao delegado:

— Foi preso em flagrante no ato de matar.

— Deixe conosco, vá descansado.

Na mesma tarde, por volta das dezoito horas, em companhia de Zé Alma Grande, Inocêncio Sete Mortes, Mirandolino, Zacarias da Gomeia, Ricardo Cotó, em risadas e ameaças, o secreta da delegacia auxiliar Samuel Cobra Coral, assassino preso em flagrante e entregue à polícia para ser posto à disposição da justiça, passou em frente ao beco das Baronesas onde o corpo de Manuel de Praxedes estava sendo velado por companheiros e amigos.

O delegado Pedrito Gordo perguntara:

— O que foi que aconteceu?

— Um macumbeiro me atacou na rua, xingou a mãe do senhor, meu chefe, e quis meter a mão na minha cara. Atirei nele, não ia apanhar de feiticeiro.

Guerra é guerra, disse o delegado auxiliar. A escolta de secretas subiu e desceu a rua, fez ponto num botequim, bebeu e não pagou. Guerra é guerra e soldado em guerra santa tem direito a regalias.

14

Entrevada de reumatismo, Zabela explodia em dores e indignação:

— Tadeu é um ser civilizado, esses Gomes são uns cascas-grossas, uns jagunços do sertão. Por que esse não? Porque são ricos?

— Porque são brancos.

— Brancos? Mestre Pedro, não me venha com brancuras na Bahia. Não me faça rir, que não posso, as dores me cortam. Quantas vezes já lhe disse que branco puro na Bahia é como açúcar de engenho: tudo mascavo. Isso no Recôncavo, quanto mais no sertão. Esses Gomes não merecem um rapaz como Tadeu. Se não fosse Lu, um amor de moça que vem aqui me visitar, leva horas conversando... Se não fosse por ela, eu aconselharia Tadeu a procurar família melhor. Esses Gomes, francamente... Eu os conheço muito bem, a avó, *mon cher*, essa velha Eufrásia que agora não sai da igreja, foi da pá virada...

Pedro Archanjo não escondia o ressentimento:

— Essa casta é toda igual. Uns dizem o que pensam: negro e mulato só na senzala. Outros declaram-se liberais, igualitários, vai-se ver a falta de preconceito dura até a hora em que se fala em casamento. Mais cordial e sem besteira do que foi essa família com Tadeu, ninguém podia ter sido. Quando estudante, Tadeu não saía de lá. Almoçava, jantava, dormiu muitas noites no quarto do colega, era mesmo que um filho. Mas falou em casamento, a coisa muda de figura. Zabela, me diga com franqueza: se tivesse uma filha, você a daria em casamento a um negro, a um mulato? Responda a verdade.

Sobrepondo-se às dores, "estou sendo devorada por uma matilha de cães, mordem-me o corpo todo", a velha ergueu-se na cadeira:

— Pedro Archanjo, não admito! Se eu tivesse vivido minha vida em Santo Amaro, em Cachoeira ou aqui, no meio dos Argolos, dos Ávilas, dos Gonçalves, talvez você pudesse me fazer essa pergunta. Você se esquece que vivi a maior parte de minha vida em Paris? Se eu tivesse uma filha, mestre Pedro, ela casava com quem quisesse, branco, preto, chinês, turco de prestação, judeu de sinagoga, com quem ela quisesse. E se não quisesse, não casava — gemia de dores, arriava na cadeira: — Ouça um segredo, mestre Pedro: na cama não há como um bom negro, já dizia minha avó Virgínia — piscou o olho redondo de malícia: — Minha avó Virgínia Argolo, casada com o coronel Fortunato Araújo, o Negro Araújo. Mulher sem papas na língua, esfregava vovô Fortunato nas fuças daquelas baronesas mascavas de engenho de açúcar: "Não troco um ovo do meu Negro por duas dúzias dos brancos de vocês!" — outra vez indignada a velha retornava ao assunto da conversa: — Recusar Tadeu, um ser civilizado, que absurdo!

— Não recusei Tadeu, vou casar com ele, se Deus quiser! — a voz de Lu respondeu do corredor.

Exclamações patéticas de Zabela, *"ma chérie, ma pauvre fille, mon petit"*, um sorriso no rosto turvo de Archanjo:

— Por aqui, Lu?

— Bom dia, Zabela. A bênção, meu pai.

Meu pai: assim Lu o tratava há bastante tempo. Em folia de amigas, reinação de moças, aos cuidados de Archanjo, Lídio e frei Timóteo, fora ao candomblé. Vira as feitas, as iaôs e mesmo homens, alguns de cabeça branca, beijarem a mão de Archanjo: a bênção, meu pai. Por que pai? — perguntou a Lídio Corró. Pelo respeito que devem e devotam a Ojuobá: a família de Pedro Archanjo é esse povo todo e muito mais. Daí em diante ela lhe disse meu pai e lhe pediu a bênção, meio em brincadeira, meio a sério.

No cais, na primeira despedida de Tadeu, Lu comparara as duas faces, a de seu namorado e a de Archanjo. Tamanha semelhança e são apenas padrinho e afilhado, mais parecem pai e filho, valha-me Deus!

254

Sempre reticente nas referências à família, conversa pouco de seu agrado, Tadeu nunca aludia ao pai, não conhecera aquele misterioso Canhoto de quem provinha. Quanto à mãe, recorda-va-lhe apenas a beleza. "Meu pai morreu deixando-me pequeni-no, nem me lembro dele; minha mãe era bonitona, quando se deu conta de meu desejo de estudar, me entregou a padrinho Archanjo. Pouco depois faleceu, eu ainda estava tirando os pre-paratórios." Assunto encerrado, ponto-final.

Curiosa, Lu rondou a confusa adivinha dos Canhotos. Por pouco tempo, porém, pois em seguida sentiu o desgosto de Tadeu, ferido em seus melindres:

— Querida, é comigo ou é com meus pais que você vai se casar? — Nunca mais Lu tocou no assunto, mas, quem sabe, talvez a princípio houvesse dito meu pai com malícia ou secreta intenção. Archanjo não se deu por achado, a sorrir consentiu no tratamento. Punha-lhe a bênção e, para corresponder no mes-mo tom de gracejo ao afeto e ao respeito contidos na expressão da moça, dizia-lhe "minha filha-pequena, axé!", como se ela fos-se filha de santo de terreiro.

Na sala, arrodilhada aos pés de Zabela, Lu explica:

— Lá em casa o ambiente ainda está um tanto pesado. Aproveitei que o velho saiu e vim correndo até aqui para respi-rar. Agora que Tadeu voltou para o Rio, mamãe afrouxou um pouco a vigilância, já não tem tanto medo que eu fuja para casar com ele.

— Se fugisse, era seu direito. E o dele.

— O melhor é mesmo aguardar, são somente oito meses, passam depressa para quem já esperou três anos. No dia em que eu completar vinte e um e for maior de idade, ninguém poderá me impedir.

De quem teria sido a ideia da conveniência dessa espera, de Lu ou de Tadeu? Pedro Archanjo gostaria de saber. Gostaria realmente?

— Pode ser que nesse meio-tempo as coisas mudem lá em casa. Tadeu acha que pode acontecer. Afinal, será melhor casar com o consentimento da família, viver em harmonia.

Ideias tão cordatas, de quem partiam? Da moça, do engenheiro? Ah! Tadeu Canhoto, sobes a escada, com pressa e com prudência!

Ganhando bem, carreira iniciada com sucesso, cercado de consideração, benquisto pelo chefe e pelos colegas de trabalho, Tadeu obtivera suas primeiras férias em três anos, e partira para a Bahia, portador de uma carta de Paulo de Frontin para o coronel Gomes: "Caro senhor, tomei conhecimento da intenção do dr. Tadeu Canhoto de solicitar em casamento a mão de sua digna filha e desejo antecipar-lhe os parabéns. O pretendente trabalha comigo há três anos, é um dos engenheiros mais dotados e capazes entre quantos estão transformando a velha cidade do Rio de Janeiro em grande e moderna capital". Prosseguia em elogios ao rapaz: "moral ilibada, caráter adamantino, talento fulgurante", para ele estavam abertas todas as estradas do sucesso. Voltava a congratular-se com a família Gomes pelos felizes esponsais, certo de que genro melhor não podiam o coronel e sua excelentíssima esposa desejar.

De nada adiantaram carta e louvação do ilustre personagem. Recebido entre demonstrações de alegria, "olhe quem nos aparece, Tadeu, esse ingrato", o ambiente se transformou por completo quando, tendo pedido para falar a sós com o coronel, Tadeu lhe entregou a carta de seu chefe e pediu a mão de Lu.

Foi tal a surpresa inicial do fazendeiro que não só leu a carta até o fim como escutou sem interromper as breves palavras complementares do engenheiro:

— ... pedir a mão de sua filha Lu.

Só então o sorriso se apagou nos lábios do coronel:

— Você diz que quer casar com Lu? — a voz do fazendeiro continha apenas surpresa, voz neutra, perplexa.

— Exatamente, coronel. Nós nos amamos e queremos nos casar.

— Você... — de repente a mudança foi total, a voz ganhou duro acento de cólera: — O senhor quer dizer que Lu está a par dessa sua ridícula pretensão?

— Eu não viria à presença do senhor, coronel, sem estar

por ela autorizado e não consideramos ridícula a nossa — acentuou o possessivo — pretensão.

Urro de animal ferido e perigoso, o grito do coronel Gomes atravessou a casa:

— Emília, venha cá, depressa! Traga Lu! Depressa!

Olhos de inimigo, fitou Tadeu como se antes jamais o houvesse visto. Dona Emília entrou enxugando as mãos no avental; dirigia a cozinheira na confecção de sobremesas ao agrado de Tadeu que certamente jantaria com a família do colega, fraternal amigo. Quase ao mesmo tempo, apareceu Lu a sorrir, nervosa e tensa. A ela se dirigiu o fazendeiro:

— Minha filha, este senhor aqui presente surpreende-me com absurdo pedido e diz que o faz com teu consentimento. É mentira dele, não é?

— Se o senhor quer dizer que Tadeu veio pedir minha mão, é verdade tudo que ele lhe disse. Amo Tadeu e quero casar com ele.

Era visível o esforço do coronel para se controlar e não partir para a moça, às bofetadas. Uma boa surra é o que ela merecia.

— Retire-se. Depois conversaremos.

Lu sorriu animosa para Tadeu, deixou a sala. Dona Emília, ao ouvir a espantosa novidade, gemera uma espécie de grunhido surdo: ai, Senhor!

— Você sabia alguma coisa sobre isso, Emília? Sabia e me escondeu?

— Sabia tanto quanto você, não sabia nada. Para mim é a maior surpresa. Ela nunca deixou transparecer.

Não lhe perguntou o coronel a opinião ou por imaginar conhecê-la ou porque, a seu ver, esposa é para os cuidados da casa e não para dar parecer em assuntos graves. Dirigiu-se a Tadeu:

— O senhor abusou da confiança que lhe depositamos. Por ser colega de meu filho, nós o recebemos em casa sem levar em conta sua cor e sua procedência. Dizem que o senhor é inteligente, como então não se deu conta de que não criamos filha para negro? Agora saia e não volte nunca mais a esta casa senão será posto na rua a pontapés.

— Ainda bem que o defeito de que me acusa é somente minha cor.

— Saia! Rua!

Em passo comedido, Tadeu se retirou enquanto dona Emília arriava com tonturas. Os gritos do coronel em fúria vinham morrer na calçada. Lu ia enfrentar as feras, pensou Tadeu. Era forte e estava preparada. Na véspera, em casa de Zabela, haviam examinado o problema em todos os detalhes, na previsão das diversas possibilidades, para cada uma buscando solução. Tadeu Canhoto amava os cálculos matemáticos, o traçado de linhas justas, as decisões nascidas do estudo e da análise.

A despeito de esperar a recusa, Pedro Archanjo ficou fora de si, deblaterou, perdeu a cabeça, coisa que tão raramente acontecia. "Só perco a cabeça por mulher", costumava dizer.

— Hipócritas! Corja de ignorantes! Brancos de merda!

Foi Tadeu quem o conteve:

— Que é isso, padrinho? Calma, não insulte meus parentes. São uma família de fazendeiros ricos como outra qualquer, possuem os mesmos preconceitos. Para o coronel, casar a filha com um mulato é uma desgraça, prefere que ela viva histérica e morra solteirona. Nem por isso são más pessoas, e, no fundo, penso que mesmo esse preconceito é superficial, não resiste ao tempo.

— Você ainda os desculpa, toma a defesa deles! Tadeu Canhoto, agora sou eu quem se surpreende.

— Não tomo a defesa deles nem os desculpo, padrinho. Não há, a meu ver, nada pior do que o preconceito de cor, nada melhor do que a mistura de raças, aprendi com o senhor em seus livros e em seu comportamento. Apenas não quero, por isso, fazer dos Gomes uns monstros, eles são boa gente. Tenho certeza de que Astério, a quem nada comuniquei, pois queria lhe fazer uma surpresa, vai nos apoiar. Não faz outra coisa nas cartas que me envia senão criticar o racismo norte-americano, "inaceitável para um brasileiro", segundo escreve.

— "Inaceitável para um brasileiro!" Mas na hora de dar a

mão da filha ou da irmã em casamento a um mulato ou a um negro, agem igualzinho a um racista norte-americano.

— Padrinho, afinal quem se surpreende sou eu. Não foi o senhor quem sempre disse que o problema de raças e sua solução situavam-se de maneira não só diferente mas oposta no Brasil e nos Estados Unidos, que a tendência aqui, apesar dos obstáculos, era a comunhão de raças, a mistura? E então? Só porque surge um desses obstáculos, o senhor muda de opinião?

— A verdade é que fiquei com raiva, Tadeu, com raiva do que esperava. E agora o que você pensa fazer?

— Casar com Lu, é claro.

Tanto bastou para que a cólera de Pedro Archanjo se transformasse em ação:

— Traço um plano de rapto e fuga num instante.

— Rapto e fuga? Não é fácil.

— Já fiz coisas mais difíceis.

Via-se à frente da romanesca operação: capoeiristas guardando a rua, Lu fugindo de casa pela madrugada, envolta em susto e em negro albornoz, um saveiro de velas enfunadas a levar os noivos para esconderijos no Recôncavo, o casamento às escondidas, a raiva dos Gomes. Não por acaso mestre Pedro Archanjo misturava às suas leituras científicas os romances de Alexandre Dumas: "Aliás um mulato, filho de francês e negra, feliz combinação!".

— Não, padrinho. Nem rapto nem fuga. Lu e eu já decidimos tudo. Daqui a oito meses Lu completará vinte e um anos, será maior de idade, dona de seu destino. Se até lá não se tiver quebrado a resistência dos velhos, e para isso espero contar com Astério, no mesmo dia do aniversário ela sairá de casa para ser minha esposa. Será melhor assim.

— Você acha?

— Nós achamos, Lu e eu. Mesmo que não se consiga até lá o beneplácito do coronel, o fato de termos esperado a maioridade de Lu facilitará as coisas depois. Para mim também tem certas conveniências. Volto amanhã para o Rio, regressarei daqui a oito meses.

Pedro Archanjo não disse sim nem não, aliás ninguém lhe pedira conselhos. Na Tenda dos Milagres, Lídio Corró deslumbrava os amigos contando os êxitos de Tadeu na capital: Paulo de Frontin nada resolvia, nenhum detalhe dos grandes planos urbanísticos, sem lhe ouvir a opinião, nomeara-o responsável pelas tarefas mais difíceis. Na prática, Tadeu construía o novo Rio de Janeiro.

Em casa de Zabela, Pedro Archanjo escuta a moça a repetir as mesmas palavras de Tadeu:

— Pode ser que nesses meses eu convença os velhos.

— Acredita possível?

— E se eu lhe disser que mamãe já está meio abalada? Ainda ontem me disse que Tadeu é um bom rapaz, não fosse...

— ... negro...

— Imagine que ela, falando de Tadeu, já não diz negro: "Se não fosse moreno tão queimado...".

Pedro Archanjo pôde finalmente rir, não se propunha a palmatória do mundo, Lu e Tadeu resolvessem conforme melhor lhes aprouvesse, de qualquer maneira teriam seu apoio. Legalista e demorada, aquela não era a sua solução nem a de Alexandre Dumas, Pai, o mulato nascido do general de Napoleão e da bela negra da Martinica (da Martinica ou de Guadalupe? — não se lembrava): se ouvidos, teriam optado pelo rapto incontinenti, de peito aberto.

Aproveitando o público presente, Zabela partia para as histórias da família Argolo de Araújo. "Ouçam vocês. Fortunato de Araújo, coronel das guerras da Independência, herói de Cabrito e Pirajá, conhecido como o Negro Araújo, entrou na família nobre dos Argolos pela porta da alcova de vovó Virgínia Gonçalves Argolo e assumiu a direção e o mando. Era um mulato lindo, eu era sua neta preferida, ele me punha no cabeçote da sela e íamos em galope por campos e montes, foi ele quem me botou o apelido de princesa do Recôncavo. Mestre Pedro, você que é metido a decifrador de adivinhas, me diga por que o ilustre professor Nilo d'Ávila Argolo de Araújo, esse micróbio, *le grand con*, que tanto arrota antepassados nobres, é tão parco

260

no uso do nome honrado dos Araújos? Por que não cita os feitos do coronel Fortunato nas lutas de 23, por que não conta que o Negro Araújo foi três vezes ferido lutando pela independência do Brasil? Em nossa preclara família não houve homem mais capaz, devemos a ele os bens que ainda possuímos, inclusive esses míseros restos que me sobram. Com orgulho e com razão vovó Virgínia dizia às baronesas, condessas, iaiás e a *toutes les autres garces*: um único ovo do meu Negro Fortunato vale dez vezes mais do que *toute cette bande de cocus* que são vossos maridos e amantes, *les imbéciles*."

15

As histórias narradas por Zabela iniciaram Pedro Archanjo no conhecimento da genealogia dos graúdos e, no correr do tempo, ele soube a respeito de Ávilas e Argolos, Cavalcantis e Guimarães, da récua de lordes a ostentar apelidos fidalgos, tanto quanto sabia dos laços familiares do povo desembarcado dos navios negreiros. O avô de cada um e a hora exata em que os sangues se uniram.

Após as festas do cinquentenário, nos anos seguintes mestre Archanjo prosseguiu seus estudos: nos volumes lidos na mansarda ou na Tenda (ali guardava a maioria dos livros, no quarto dos fundos o quarto de Tadeu), na vida vivida ardentemente. Conservara-se jovem, ninguém lhe daria cinquenta e cinco anos. Jogava capoeira, perdia noites, bom de trago, doido por mulher. Depois de Rosália, ou ao mesmo tempo?, pusera casa para Quelé, garota de dezessete anos, e ela lhe deu um filho. Homem, como sempre. Filha, Archanjo nunca teve nenhuma, a não ser filhas-pequenas nos terreiros de santo.

As mulheres vinham buscá-lo na Tenda dos Milagres, onde, depois do sumiço de Rosa de Oxalá, acabaram-se os espetáculos e as festas. Inconformado com o adeus, Lídio curtira infindável dor de cotovelo. Recuperou-se lentamente, de todo nunca se refez. Amantes por mais de quinze anos, o riscador de milagres

261

não encontrou substituta capaz de apagar da memória sofrida a imagem de Rosa.

No quarto de dormir, a estatueta de madeira, talhada pelo santeiro Miguel, amigo de Damião, pouco se parece com Rosa. Nua, os seios altos, as ancas viajeiras. Se Lídio, único a tê-la visto sem roupa, na cama, em seus braços, se nem ele pôde fixar em tinta de cola na tela do quadro a visão daquele esplendor, fora muita ousadia do santeiro querer imaginá-la e reproduzi-la no jacarandá. Cadê a boca faminta de beijos, o ventre de fogo? Nas noites insones, Rosa destaca-se da tela e da madeira, dança no quarto.

Na Tenda e nas ruas, em castelos e pensões, bailes e pastoris, gafieiras e novenas, a rir e a cantar com raparigas e moças, iam os dois compadres, a flauta, o cavaquinho, o violão e a ausência de Rosa. Por mais bem servido, Lídio permanecia insatisfeito: quem a teve não a pode esquecer nem substituir. E Pedro Archanjo? Para ele, a dor de amar começara muito antes. Tu não sabes, compadre Lídio, meu bom, o preço de tua amizade.

Muita coisa mudara na Tenda dos Milagres. A tipografia tomou conta da grande sala e da antiga puxada. O movimento crescera demais, já não sobra tempo a mestre Lídio nem mesmo para riscar milagres. Quando aceita uma encomenda, tem de fazê-la aos domingos, a semana é curta para o trabalho da oficina.

A Tenda continuava, no entanto, a ser o centro da vida popular, ruidosa assembleia de conversas, ideias, realizações. Ali se escondiam pais e mães de santo perseguidos, ali foram preservadas riquezas dos axés, ali o pai Procópio curou-se da surra de chicote que lhe rasgou as costas na polícia. Na porta, porém, já não se vê cartaz a anunciar espetáculos de declamação e dança, de samba e maxixe. Mané Lima e a Gorda Fernanda se exibem em outras salas. Quanto à marmota, há muitos anos está fora de circulação. Uma única vez voltaram Pinguelinho e Zé Piroca a trocar bofetes na disputa de Lili Chupeta, quando Zabela exigiu assistir ao auto moralista sobre os enganos da amizade.

— *Quelle horreur!* Vocês são uns porcos, *des sales cochons!* — disse a velha, morta de riso, ante a chalaça e a vilania da função.

— Vivemos muito tempo desses bonecos e de sua pouca-vergonha — explicou Archanjo: — Foi nosso ganha-pão.

— Você veio mesmo de muito baixo — comentou a condessa.

— Será que em cima é melhor, por acaso mais limpo?

Zabela encolheu os ombros: tem razão, em toda parte a sujeira é igual, a amizade é vendida por um níquel.

Nem por um níquel nem pela moeda inestimável do amor de Rosa de Oxalá vendera o amigo. Daqui saí e aqui permaneço. Se em algo mudei e certamente assim aconteceu, se dentro de mim romperam-se valores e foram substituídos, se morreu uma parte de meu ser antigo, não renego nem renuncio a nada do que fui. Nem sequer à marmota suja e indecente. Em meu peito tudo se soma e se mistura. Ouçam! Lídio, Tadeu, Zabela, Budião, Valdeloir, Damião de Souza, major do povo e meu menino, ouçam! Só desejo uma coisa: viver, entender a vida, amar os homens, o povo inteiro.

Os anos passam, um ou outro cabelo branco, nem uma ruga no rosto liso. Pedro Archanjo, o passo gingado, bem-posto na roupa cuidada, atravessa o Pelourinho rumo ao Terreiro de Jesus. No laboratório de parasitologia, na Faculdade de Medicina, o professor Silva Virajá analisou e descreveu o esquistossoma, tornou-se mundialmente célebre. Naquela sala o sábio estuda e contribui para o conhecimento da disenteria, da leishmaniose tugumentar, da doença de Chagas, das micoses, das moléstias tropicais. Pedro Archanjo vai lhe pedir mais um favor: que aceite ser, em companhia do professor Bernard, da Escola Politécnica, padrinho do casamento de Tadeu.

Aproxima-se a data do aniversário de Lu, a maioridade. Durante meses, a moça estivera exilada na fazenda, em companhia da mãe. Trouxeram-na de volta, na esperança de vê-la interessar-se em pretendente digno. Com Archanjo, Lídio e Zabela, em longas conferências, Lu examinou o plano em conjunto e nas minúcias.

— Já que eles não querem ceder, não resta outro caminho.

Aliás, quem se opõe mesmo é papai. Se fosse por mamãe, eu a convenceria, mas ela pensa pela cabeça do velho e ele, o coronel Gomes, não dá o braço a torcer. — Sentia-se em sua voz quanto queria e admirava o pai. — Quase retira a mesada de Astério só porque ele ficou a nosso favor.

Astério escrevera ao fazendeiro aprovando o casamento, dizendo bem de Tadeu, "a quem dedico fraternal estima". "Quem pediu seu aviso?", perguntou o coronel, em carta violenta: "Minha filha casará com genro de meu gosto e escolha".

Aliás já escolhera, a acreditar na frequência dos convites ao dr. Rui Passarinho para almoços e jantares. Advogado de poderosa clientela, grandes firmas, homem de representação e de prestígio, o dr. Passarinho, aos trinta e seis anos, não tivera tempo para namoros, desde cedo enfronhado no escritório e nas lides da justiça: já havia quem o considerasse ferrenho celibatário. Na missa, em São Francisco, viu a moça Lu com os grandes olhos e os cachos loiros; a imagem o perseguiu no sonho. Voltou a vê-la, duas ou três vezes. Em casa, deu notícia da formosa jovem à mãe viúva. A menina dos Gomes? Bonita, sim, mas não tão menina, já passou dos vinte, está à beira do barricão, meu filho. Família boa, fartura de dinheiro, terras infinitas, muito gado nos pastos, ruas de casas de aluguel no Canela, no Barbalho, na Lapinha — pensando bem, a menina dos Gomes era o ideal para o filho solteirão.

A própria mãe do dr. Rui Passarinho falou a dona Emília do interesse do filho e armaram o plano de um jantar. Um jantar, um almoço, outro jantar, outro almoço, o doutor foi sendo levado, pelas duas senhoras, e quase à sua revelia, às portas do casamento. Quanto a Lu, muito educada, muito gentil, e nada mais. Para divertir Zabela, imitava o desconcerto do advogado à espreita de uma brecha para declarar-se, e sem saber como agir, o que pensar. Coitado, vai ter uma surpresa!

Na última semana, à espera de Tadeu, acertaram os detalhes, apertaram os parafusos. Pedro Archanjo fora ao professor Bernard, transmitira o convite. Teve longa conferência com frei Timóteo no claustro do convento, as barbas do frade haviam embranquecido mas o riso conservara-se jovem. Por intermédio de Damião, do major Damião de Souza, Pedro Archanjo recebeu um convite do juiz Santos Cruz para ir vê-lo em casa. Longo tempo conversaram. Faltava apenas falar com Silva Virajá.

Nos cartórios e nas sacristias em busca de certidões de nascimento e batizado, de um amigo a outro em convites e conversas no estudo das leis, Pedro Archanjo prepara o casamento. Casamento contra a vontade da família porém legal, ah!, não tinha a sedução romanesca de rapto e fuga com albornoz e madrugada, saveiro e cavalos em galope, perseguição e luta. Dava para o gasto, para divertir um pouco e ensinar boa lição aos insolentes. Pedro Archanjo reúne-se com mestre Budião e Valdeloir, juntos escolhem homens de confiança, capoeiristas cujo nome faz tremer até os secretas da polícia. Por via das dúvidas, nunca se sabe o que pode acontecer.

16

Encontrou o professor Silva Virajá em companhia de um homem de seus trinta anos, magro, de bigodes e cavanhaque ruivos, rosto aberto, mãos nervosas, olhos de verruma.

— Bom dia, Pedro Archanjo. Deixe que eu lhe apresente o doutor Fraga Neto que vai reger a cátedra em minha ausência. Ele chega da Alemanha, eu vou pra lá, assim é a vida. — Voltou-se para o colega: — Este é o Pedro Archanjo, sobre quem já falamos, pessoa de minha particular estima. Oficialmente é bedel da faculdade à disposição da cátedra de parasitologia, em verdade uma competência em antropologia, conhece como ninguém os costumes populares da Bahia. Aliás, você já leu seus livros...

Pedro Archanjo resmungava modéstias: "Bondade do professor, sou apenas um curioso...".

— Li e gostei muito. Sobretudo do último. Sobre muita coisa pensamos da mesma maneira. Seremos amigos, tenho certeza.

265

— Com prazer e honra, doutor Fraga. E o senhor, professor, quando viaja?

— Daqui a dois meses, mais ou menos. Primeiro vou a São Paulo, logo sigo para a Alemanha.

— Demora, professor?

— Vou para ficar, Archanjo. Não na Alemanha, lá estarei apenas o tempo necessário para a aquisição do laboratório, que vou montar e dirigir em São Paulo, onde me fixarei em definitivo. Ofereceram-me condições excepcionais: poderei levar adiante meus estudos. Aqui, é impossível: as verbas não chegam sequer para se comprar o material mais indispensável. O doutor Fraga teve a bondade de aceitar o meu convite, abandonando, por puro patriotismo, ótima situação na Alemanha para vir fazer concurso de docente na Bahia e assegurar a continuação de nosso trabalho. Para isso contará com os colaboradores da cátedra, como você e Arlindo, e com os estudantes.

— Isso, é claro, se eu for aprovado no concurso.

O sábio riu: "Será aprovado nem que seja a soco, meu caro".

Não implicando disputa entre candidatos, concurso para livre-docência era, em geral, bem menos apaixonante e imponente do que o de catedrático. O do dr. Fraga Neto, no entanto, superlotou o salão nobre da faculdade e deu no maior fuzuê: indignação, aplausos, vaias, injúrias, tumulto, desordem e briga.

O jovem médico e pesquisador vinha da Europa precedido de ampla nomeada. Fora o próprio professor Silva Virajá, com o peso de sua responsabilidade, que o convidara para disputar o concurso e substituí-lo na cátedra. Filho único de pais abastados, após a formatura Fraga Neto partira para a Europa. Vivera uns meses em Paris e em Londres, fixara-se na Alemanha. Pesquisava sobre as mesmas matérias e na mesma direção de Silva Virajá, "sou um simples discípulo do grande mestre".

O concurso pegou fogo, de há muito não acontecia candidato a título de docente tão agressivo e herético. A banca examinadora vira-se às voltas com afirmações e teses realmente inesperadas. O único a não se escandalizar foi o próprio catedrático de parasitologia, Silva Virajá. Esfregava as mãos no maior contentamento enquanto o belicoso candidato punha abaixo arraigadas convicções, ideias assentes, estruturas sociais. Cavanhaque ruivo e arrogante, Fraga Neto, dedo em riste, parecia um diabo reinador.

As causas de tamanho alvoroço não residiram no debate da matéria médica — a tese versava sobre doenças tropicais — e, sim, em afirmações de ordem sociológica e política, muitas e tremendas, atiradas à cara da banca e da congregação pelo pretendente ao título.

Fraga Neto começara por declarar-se materialista, pior ainda: materialista dialético, discípulo de Karl Marx e Friedrich Engels, "os dois grandes filósofos modernos, os gênios que abriram os caminhos de uma nova era para a humanidade". Baseado em tais mestres, exigiu para a completa erradicação das moléstias tropicais urgentes e profundas mudanças na estrutura econômica, social e política do Brasil. "Enquanto formos um país semifeudal, de economia agrária, assentada no latifúndio e na monocultura, não poderemos falar a sério em combate às moléstias tropicais. A principal moléstia é nosso atraso, dela nascem as demais." Foi um deus nos acuda entre os professores, muitos dos quais coincidiam na cátedra e na grande propriedade da terra, fazendeiros e pecuaristas.

O debate ganhou uma virulência inusitada, quase chega ao insulto. Um dos membros da mesa examinadora, o Montenegro dos neologismos, esteve à borda da crise nervosa. "Absurdez!", gritava em pânico.

Os estudantes, está-se a ver, unânimes a favor do candidato, em claque turbulenta aplaudiam-lhe as tiradas: "Nossa obsoleta economia é a principal responsável pela esquistossomose, pela lepra, pela doença de Chagas, pela malária, pela varíola, pelas endemias e epidemias em nossa pobre pátria. Sem radical mudança de estrutura não podemos pensar decentemente em erradicação de enfermidades, em medidas preventivas, em combate sistemático e sério aos males que afligem nosso povo, não podemos falar em saúde pública. Prometer tais medidas é asneira se não for burla e engodo. Enquanto não transformarmos o

Brasil, nossos estudos, por mais sérios e originais, não passarão de esforços isolados, resultantes da vocação e do talento de uns poucos sábios capazes de ingentes sacrifícios. O resto é debate estéril e acadêmico. Esta é a verdade, doa a quem doer".

O momento de maior sensação sucedeu durante a defesa de tese. Não satisfeito com o burburinho causado por tão agressivas ideias, Fraga Neto citou, como autoridade científica, um bedel da faculdade. Tratando o contínuo de "competente antropólogo de ampla visão sociológica", leu página extraída de brochura que o tal Archanjo, pardo metido a gente, fizera imprimir: "São de tal maneira terríveis as condições de vida do povo baiano, tamanha é a miséria, tão absoluta a falta de qualquer assistência médica ou sanitária, do mais mínimo interesse do Estado ou das autoridades, que viver em tais condições constitui por si só extraordinária demonstração de força e vitalidade. Assim sendo, a preservação de costumes e tradições, a organização de sociedades, escolas, desfiles, ranchos, ternos, afoxés, a criação de ritmos de dança e canto, tudo quanto significa enriquecimento cultural adquire a importância de verdadeiro milagre que só a mistura de raças explica e possibilita. Da miscigenação nasce uma raça de tanto talento e resistência, tão poderosa, que supera a miséria e o desespero na criação cotidiana da beleza e da vida". Das cadeiras destinadas à congregação partiu um rugido: "Protesto!". Era o professor Nilo Argolo, de pé, apoplético, a vociferar:

— Esta citação é um escárnio à colenda faculdade!

Não se limitou o professor Argolo a essas breves palavras, outras disse em discurso certamente arrasador e castiço. Infelizmente, ninguém o ouviu: os estudantes gritavam vivas a Fraga Neto, vários professores intervinham ao mesmo tempo, cruzavam-se apartes, insultos, vaias e assovios, um pandemônio. Ao final do concurso, aprovado plenamente — dois ou três catedráticos lhe rebaixaram a nota —, Fraga Neto foi carregado aos ombros, em triunfo, pelos estudantes.

Quanto ao convite para ser testemunha de Tadeu no casamento civil, o professor Silva Virajá não teve dúvidas em aceitá-

-lo. Conhecera o engenheiro ainda rapazola, no laboratório de parasitologia à espera do padrinho Archanjo, e estava a par das dificuldades que devera vencer para concluir o curso. Em diversas ocasiões lhe dera o necessário para o bonde, o sorvete, o cinema. Aos Gomes igualmente conhecia: rudes fazendeiros do sertão, atrabiliários e atrasados, intelectualmente muito abaixo de Tadeu. Mas se o rapaz e a moça se gostavam, o resto não tinha a mais mínima importância. Era casar e fazer filhos.

17

Escândalo imenso, durante semanas não se falou noutra coisa na Bahia; só as comemorações do Centenário da Independência, as grandes festas do 2 de Julho conseguiram colocá-lo no esquecimento. Motivo de azedas discussões, de troca de desaforos, até parecia a primeira vez que um mulato e uma branca se casavam. Branca baiana, ou seja, respingada de sangue negro, na idônea opinião da condessa Isabel Tereza, dos nubentes íntima Zabela. O noivo, mulato escuro, "bem queimado no moreno" — para usar a expressão conciliadora de dona Emília.

Tais casamentos vinham-se convertendo em fatos corriqueiros. Ao penetrar na igreja pelo braço dos pais, os noivos negrobrancos branconegros já não despertavam emoção, apenas o natural sentimentalismo dos enlaces matrimoniais. Agora, porém, a noiva não ia pelo braço do pai, não se acendiam luzes em naves e altares, as cerimônias civil e religiosa celebradas em casa amiga, ante reduzido número de convidados, num clima de ameaças. Marcha nupcial de Tadeu e Lu, a discussão pegara fogo na Bahia.

Os poderosos Gomes, donos de boa parcela do sertão, figuras proeminentes da elite, haviam considerado o pedido de casamento um insulto, despacharam o candidato negro e pobre com um não redondo e categórico. Fecharam-lhe as portas da casa acolhedora e proibiram-lhe o coração da moça, sem levar em conta o dote do rapaz: o talento e a força de vontade, prova em verso na faculdade, solução de dificílimos cálculos matemáticos, distinção nas matérias, e a brilhante carreira no Rio, braço direito de Paulo de Frontin.

Palmas para os Gomes, já era tempo que um honrado chefe de família pusesse fim ao criminoso tráfico de sangues, ao crescente abastardamento da raça branca no Brasil, e dissesse basta à negralhada — felicitavam-se Nilo Argolo, Oswaldo Fontes e sua belicosa corriola, em apoio e aplauso ao coronel.

Gesto inútil e triste, o ódio de raças não pode vingar no clima brasileiro, nenhum muro de preconceito resiste ao ímpeto do povo — respondiam os Silva Virajá, os Fraga Neto, os Bernard.

Tudo isso e mais a beleza da noiva, a falada inteligência do noivo, o obstinado e proibido amor cercaram o casamento de uma aura romântica e excitante. Foi o centro da vida da cidade.

Tadeu desembarcara dias antes, mantivera-se quase incógnito, poucos souberam de sua presença na Bahia. Em casa de Zabela encontrou-se com Lu, juntos acertaram os últimos detalhes, "num agarramento de dar gosto", segundo anunciou a mestre Archanjo a velha cada vez mais entrevada e falastrona.

Lu informou Tadeu da insistente corte do dr. Rui Passarinho, visita constante, conviva habitual do coronel. Atento e discreto, o advogado agia com finura e tato. Não se impunha, não se declarava, mantinha-se em insinuações e olhares longos. Entregou sua causa a dona Emília que se desdobrava em elogios ao suplicante. "Apaixonadíssimo, minha filha, à espera de uma palavra sua, de um gesto, um sinal de assentimento para fazer o pedido. Afinal, você vai completar vinte e um anos. Todas as suas colegas do Colégio das Mercês estão casadas, são mães de filho, Maricota até já largou o marido, cruz-credo que horror!, marido melhor do que o doutor Passarinho você não encontra, é do gosto de seu pai, e do meu, olhe o barricão aberto em sua frente, tenha juízo, não seja cabeçuda." Dia e noite a cantilena em seus ouvidos, e a pergunta nos olhos do causídico.

Na véspera da maioridade de Lu, o dr. Passarinho apareceu depois do jantar e, em lugar de permanecer na sala com o coronel, em conversa de política e finanças, perguntou à moça se consentia ouvi-lo por dois minutos. Sentaram-se sob a grande mangueira no jardim do palacete. Em cima, um céu de estrelas e luar, embaixo, as águas do golfo, o Forte do Mar, as sombras dos navios, noite de namorados. Sem experiência de declarações de amor, pouco à vontade, o bacharel, após um silêncio incômodo, venceu o acanhamento:

— Não sei se dona Emília, a quem solicitei licença para ter essa conversa consigo, já lhe falou alguma coisa... Não sou mais um rapazinho...

— Doutor Rui, mamãe já me falou. Senti-me honrada, pois o senhor merece minha simpatia, seu comportamento foi perfeito. Por isso mesmo não lhe deixo continuar. Porque já tenho compromisso, sou noiva, vou me casar em breve, muito em breve.

— Compromisso? Noiva? Dona Emília nada me disse! — realmente surpreso, o advogado pôde finalmente fitar a moça nos grandes olhos de água.

— Ninguém lhe contou nada? Não digo papai ou mamãe, eles nunca se referem ao caso. Mas, na ocasião do pedido, houve muito falatório.

— Não sei de nada, vivo muito à parte, não sou de falatórios.

— Então lhe conto tudo, é a melhor maneira de lhe provar minha estima. Parte do que vou lhe confiar é segredo.

— Sou homem de bem, senhorita, e advogado. Guardo comigo muitos segredos.

— Há quase um ano, há oito meses exatamente, fui pedida em casamento pelo doutor Tadeu Canhoto, engenheiro que se formou na mesma turma de meu irmão Astério. Nos gostamos desde meninos.

— Tadeu Canhoto, conheço de nome.

— O pedido foi recusado porque Tadeu é mulato. Mulato e pobre, veio de baixo, estudou com sacrifício. A recusa foi de meus pais, eu amo Tadeu, e me considero sua noiva — não deixou que ele a interrompesse: — Escute o resto: amanhã completo vinte e um anos, e amanhã mesmo sairei desta casa por aquela porta e vou me casar. Penso que, lhe contando a verdade,

271

estou correspondendo à honra que o senhor me fez ao pensar em mim para sua esposa. Não preciso lhe recomendar segredo.

O advogado fitou o mar coberto de lua, de alguma parte chegava um baticum de samba de roda, cantiga de capoeira:

Panhe a laranja no chão, tico-tico
Meu amô foi simbora, eu não fico
Minha toalha é de renda de bico
Panhe a laranja no chão, tico-tico

— Tadeu Canhoto? Não é um que, na faculdade, fez prova de matemática toda em versos decassílabos?

— Esse mesmo.

— Tenho ouvido muito falar nele, dizem-no moço de grande talento, ainda outro dia um amigo recém-chegado do Rio contou-me que o engenheiro Canhoto goza da maior confiança do doutor Paulo de Frontin — parou, ouviu a cantiga distante, meu amor foi-se embora, eu não fico: — Não vou lhe dizer que estou alegre, pensei que ia ter a honra de pedir sua mão, de tê-la um dia de senhora e companheira. Volto à minha papelada, aos livros e pareceres, tenho gostos de solteirão, não sei se seria um bom marido. Permita que lhe antecipe os parabéns pelo casamento. Pelo casamento e pela coragem. Não sei se lhe posso ser útil em alguma coisa, a si e ao doutor Tadeu. Estou às ordens, se por acaso precisar de meus serviços.

— Muito obrigada. Não esperava outra atitude do senhor.

— Tudo bem, doutor? — perguntou dona Eufrásia quando o advogado, amável e correto, um gentleman, beijou-lhe a mão em despedida.

— Muito bem, dona Eufrásia, tudo muito bem — embora decepcionado, o advogado sentia certo alívio, nascera solteirão.

— Até amanhã, doutor. Venha jantar com Lu.

— Obrigado e boa noite.

Crivada de perguntas, Lu desconversou, risonha e nervosa. Dona Emília informou o coronel sobre a marcha dos acontecimentos: tudo vai bem, amanhã teremos novidades.

Tiveram, grandes e inesperadas. Pela manhã, maior de idade, dona de seus atos, Lu saiu de casa cedo e não voltou. Deixara um bilhete dirigido aos pais, dramático e lacônico: "Não me queiram mal, vou me casar com o homem a quem amo, adeus". Correu o coronel Gomes ao escritório do dr. Passarinho, disposto a impedir de qualquer maneira o casamento, a reaver a filha, a botar Tadeu na cadeia.

Impossível qualquer providência legal, explicou o bacharel. A moça era maior, senhora legítima de sua vontade, capacitada para casar com quem quisesse. O pretendente não era do gosto dos pais? Uma lástima, sem dúvida, mas não havia outra coisa a fazer senão as pazes com o noivo, esquecendo divergências certamente de pouca monta.

Isso, jamais! O coronel cruzava a sala em passos largos. Negro salafrário! Colega de faculdade de Astério, fora acolhido em casa pelo coronel e dona Emília que muitas vezes lhe mataram a fome. Aproveitara-se para virar a cabeça da menina, uma criança. Mulato sem pai e sem mãe, formado praticamente à base de esmolas, um zé-ninguém, um tal de Tadeu Canhoto.

— Desculpe-me, coronel, mas o doutor Tadeu Canhoto não é um zé-ninguém. Trata-se de um grande engenheiro, goza de real conceito, é homem de grande futuro. Quanto a Lu, já não é uma criança, tem vinte e um anos, e se abandona o lar paterno para casar-se com o doutor Tadeu é porque o ama de verdade.

— Um mestiço!

— Perdoe-me, coronel, porém ainda ontem eu próprio era candidato à mão de Lu e sobre minha pretensão consultei o senhor e dona Emília, recebendo dos dois aprovação de que muito me orgulho. No entanto, coronel, sou também mestiço e nem por isso...

— O senhor? Mestiço?

— O que lhe impressiona, prezado coronel, é a cor, não a raça. Minha avó paterna era mulata, bem escura, coronel. Saí branco mas tenho um irmão médico em São Paulo, que é um morenão bonito, saiu à avó sinhá-dona. Casou-se, aliás, com a filha de um italiano rico. Na Bahia, coronel, é difícil dizer quem não é mestiço.

— Minha família...

— Coronel, se sua filha gosta do doutor Tadeu, esqueça os preconceitos, vá lhe botar sua bênção.

— Nunca! Para mim, no dia que ela casar com esse negro está morta e enterrada.

— Quando chegarem os netos...

— Doutor, não me fale nisso, nessa desgraça. Vou impedir esse casamento, seja como for. Vim aqui constituir o senhor meu advogado para meter o canalha na cadeia, e me ajudar a recolher Lu a um convento.

— Já lhe disse que não há nada a fazer, coronel, a lei...

— Que me importa a lei! O senhor é advogado, sabe que a lei não é feita para todos. Quem tem posses passa por cima da lei. O senhor está autorizado a gastar o que for necessário.

— Impossível, coronel. Não só a lei é clara como há um detalhe que o senhor desconhece: desde ontem sou advogado de sua filha Lu, contratado para garantir seus direitos de cidadã maior e capaz contra qualquer manobra para impedir seu casamento com o doutor Tadeu Canhoto. Assim sendo...

O coronel procurou amigos importantes, abriu a boca em ameaças, empenhou-se junto a autoridades. Investigadores receberam ordens de encontrar Tadeu e trazê-lo à polícia. Foram dar com ele na Tenda dos Milagres, em companhia do advogado Passarinho, que o buscara por meia Bahia a fim de lhe pôr ao corrente das intenções do fazendeiro.

— O senhor é o meu rival? — sorriu Tadeu ao lhe apertar a mão.

— Creio que agora sou seu advogado. Custou-me descobri--lo, doutor.

Conversavam quando os secretas chegaram. Tadeu recusou-se a acompanhá-los: "Não cometi nenhum crime, não tenho nada a fazer na polícia".

— Se não for por bem, vai à força.

O advogado conseguiu contornar a situação prontificando-

-se a ir, ele próprio, ao chefe de polícia: "Eu o conheço bem, fomos contemporâneos na faculdade, mantemos excelentes relações".

No gabinete do chefe de polícia, o dr. Rui quis saber se o aparelho policial existia para garantir o cumprimento da lei ou para violá-la e colaborar na prática de abusos e ilegalidades.

— Meu caro, não se exalte. Recebi mais de dez pedidos, o coronel exige prisão e surra, eu apenas mandei convidar o indigitado indivíduo para comparecer à polícia e prestar esclarecimentos. Afinal, trata-se de rapto de uma menor, filha de família da maior consideração.

— Rapto! Menor! Lu completou hoje vinte e um anos, legalmente tão maior quanto você e eu. Saiu de casa por seus pés e deixou uma carta. Esclarecidos esses detalhes, pergunto se você sabe quem é o "indigitado indivíduo". Se não sabe, eu lhe digo. É o engenheiro Tadeu Canhoto, membro da equipe do doutor Paulo de Frontin, seu homem de confiança. O professor Bernard, da Escola Politécnica, tem no bolso uma procuração de Paulo de Frontin para representá-lo como padrinho no casamento do doutor Tadeu com a filha do coronel Gomes.

— Não me diga. Pensei que fosse um sedutor barato.

Prosseguiu o advogado em seu interrogatório: sabe onde a moça está hospedada? Em casa do professor Silva Virajá. Vai tirá-la de lá? Não bastavam ao chefe de polícia as dificuldades e críticas provocadas pelos desmandos do delegado Pedrito Gordo? Queria novas dores de cabeça? Ele, Passarinho, advogado do engenheiro, impedira-o de telegrafar a Paulo de Frontin expondo as ameaças da polícia.

— Não ameacei coisa nenhuma. Mandei convidá-lo a comparecer...

— Mandou dois bandidos com ordens de trazê-lo. Se eu não estivesse presente, eles arrastariam doutor Tadeu até aqui. Já imaginou as consequências? Você está jogando fora o cargo para servir aos caprichos de um coronel do sertão. Se Frontin erguer um dedo, não há governador que lhe sustente. Largue isso de mão, meu caro.

O chefe de polícia mandou avisar ao coronel que lamentava nada poder fazer, o caso escapava por completo às suas atribuições, recolheu os agentes. Tinha amor ao posto, com a comissão do bicho já comprara casa própria na Graça.

Em desespero, o coronel ameaçou fazer e acontecer, acabar o casamento a tiros, "romper a cara do negro no chicote". Não fez nada, embarcou para a fazenda quando os proclamas foram fixados no fórum e os banhos lidos na igreja de São Francisco. Os comentários, os fuxicos, as comadres em risinhos e perguntas não ecoavam nas plantações e nas pastagens. O assunto se espalhara, ninguém falava noutra coisa na Bahia. A avó de Lu, a velha Eufrásia, mãe de dona Emília, nos limites da caduquice, recusou-se a acompanhar filha e genro ao exílio rural. Não tolerava a fazenda e nada tão de seu agrado quanto um disse que disse, prazer da velhice, o derradeiro. "Fico sozinha com as empregadas e o chofer, para a fazenda não vou nem amarrada."

Dias depois, na mais estrita intimidade, realizou-se o casamento. Não em casa de Zabela, conforme fora anteriormente combinado. Tendo hospedado Lu, a pedido de Archanjo, o casal Silva Virajá ofereceu também o palacete e a champanha para a solenidade. Lu vacilou, no receio de magoar a anciã, Tadeu, porém, aceitou. "É muito mais conveniente, querida." Zabela, em compensação, vestiu-se em grande estilo, parecia saída das páginas de uma revista do fim do século XIX. Frei Timóteo oficiou o sacramento, o dr. Santos Cruz, na ocasião servindo em vara de família, legalizou o matrimônio. Discursaram ambos.

O frade, em duro português de quebrar pedra, louvou a comunhão dos corações amantes, abençoada união de raças, sangue e culturas diferentes. O juiz não fez por menos. Orador brilhante, sonetista com espaço nos jornais, em tiradas líricas exaltou o amor que se coloca acima das diferenças de raça e classe para criar mundos de beleza. Na opinião de Zabela em lágrimas o discurso do juiz foi "um hino ao amor, um poema, *une merveille*".

Nas imediações da casa do sábio, em portais e esquinas, atentos e dispostos, os mais famosos capoeiristas da Bahia. Os dois mestres, Budião e Valdeloir, guardavam a porta da rua. Apesar da viagem do coronel para o interior, Pedro Archanjo mantivera as medidas de segurança. Não queria arriscar.

De xeretas no casamento, só uma: a avó de Lu. Doida por um dedo de prosa sobre a loucura da neta, menina de cabeça dura a abandonar a família por um escurinho pé-rapado, dirigira-se à casa de Zabela, amiga dos tempos de mocinha, que amiga!

— Ah!, dona Eufrásia, a madama foi para o casamento. Quem me dera assistir! — a empregada desfazia-se em excitação.

— O casamento? De minha neta? De Lu? É hoje? Onde?

Na casa de Silva Virajá? "Depressa, chofer! Talvez ainda chegue a tempo de ver alguma coisa." Chegou quando frei Timóteo abençoava os noivos, na hora do beijo.

Zabela percebeu um vulto na outra sala: *nom de Dieu*, parece Eufrásia.

— Minha gente, *chers amis*, chegou a representante da família, *la grand-mère* veio abençoar a neta. *Entrez*, Eufrásia, *entrez!*

Hesitou por uma fração de segundo. Logo sorriu para a sra. Silva Virajá, deu um passo à frente e contemplou a neta: linda no vestido de noiva, véu e grinalda sobre os cachos loiros, a sorrir pelos lábios e pelos grandes olhos, ao lado do marido tão distinto no fraque bem-talhado, o rosto sério, um morenaço e tanto. Andou para Lu e Tadeu, que se danasse o bobalhão do genro! Afinal aquele não era o primeiro mulato a barrunchar nos leitos da família. Quem bem sabe sou eu, não é mesmo, Zabela?

Por detrás dos outros convidados, Pedro Archanjo e Lídio Corró viram Tadeu cair nos braços da avó Eufrásia Maria Leal da Paiva Mendes.

18

A guerra santa do delegado auxiliar Pedrito Gordo prosseguiu anos afora e aos poucos a tenaz resistência de mães e pais de santo começou a ceder. Na crônica da vida urbana, na roda de samba, na cantiga de capoeira, o povo registrava os lances da perseguição:

> *Não gosto de candomblé*
> *Que é festa de feiticeiro*
> *Quando a cabeça me dói*
> *Serei um dos primeiros*

Muitos babalorixás e ialorixás levaram axé e santos para longe, expulsos do centro e dos bairros vizinhos para as roças distantes, locais de difícil acesso. Outros tomaram dos orixás, dos instrumentos, dos trajes, dos itás, das cantigas e danças, do baticum, dos ritmos, e se transferiram para o Rio de Janeiro — assim chegou o samba à então capital do país, nas caravanas de baianos fugitivos. Alguns terreiros menores não puderam resistir a tanta perseguição, desapareceram de vez. Vários reduziram o calendário de festas às obrigações imprescindíveis, realizadas às escondidas.

Somente uns poucos persistiram em luta de morte: as grandes casas de tradição antiga, com dezenas e dezenas de feitas. Nos dias de festa, quando os atabaques batiam no chamado dos santos, o povo desses terreiros enfrentava as incursões da polícia, a prisão, as surras:

> *Acabe co'este santo*
> *Pedrito vem aí*
> *Lá vem cantando caô cabiessi*
> *Lá vem cantando caô cabiessi*

Os secretas, às vezes sob o comando do próprio Pedrito, infestavam a noite da Bahia em busca de candomblés e batuques, o pau comia solto:

Toca o pandeiro
Sacuda o caxixi
Anda dipressa
Qui Pedrito
Evém aí

De 1920 a 1926, enquanto durou o reinado do todo-poderoso delegado auxiliar, os costumes de origem negra, sem exceção, das vendedoras de comida até os orixás, foram objeto de violência contínua e crescente. O delegado mantinha-se disposto a acabar com as tradições populares, a porrete e a facão, a bala se preciso.

O samba de roda foi exilado para o fim do mundo, ruelas e casebres perdidos. As escolas de capoeira fecharam suas portas, quase todas. Budião andou uns tempos escondido, Valdeloir comeu da banda podre. Com os capoeristas, a coisa fiava mais fino, os secretas não os enfrentavam de peito aberto, tinham medo. De longe e pelas costas, era mais seguro. De quando em vez o corpo de um capoeirista aparecia crivado de balas na madrugada, tiros de tocaia, obra da malta de facínoras. Assim morreram Neco Dendê, Porco Espinho, João Grauçá, Cassiano do Boné.

Entre as vítimas de atropelos e brutalidades, nesse período de fúria desatada, encontrava-se o pai de santo Procópio Xavier de Souza, babalorixá do Ilê Ogunjá, um dos grandes candomblés da Bahia. Enfrentou Pedrito e foi por ele perseguido e castigado sem tréguas. Constantemente preso, tinha nas costas as marcas de chicote de couro cru, lanhos de sangue. Nada o abateu, não se deixou derrotar. O povo cantava nas ruas:

Procópio tava na sala
Esperando santo chegá
Quando chegou seu Pedrito
Procópio passa pra cá

Galinha tem força n'asa
O galo no esporão

Procópio no candomblé
Pedrito é no facão

Procópio não silenciou os atabaques, não fugiu de casa para o mato ou para o Rio de Janeiro. A roda das feitas diminuiu, de enorme ficou pequena, ogãs se recolheram à espera de melhores tempos. Procópio prosseguiu:

— Meu santo ninguém vai me impedir de festejar.

Banhado em sangue, a roupa em trapos, em frente a Pedrito Gordo, na sala da delegacia auxiliar, renova o desafio: sou babalorixá, festejo meu santo, meu pai Oxóssi.

— Por que não deixa de ser cabeçudo, imbecil? Não vê que seus santos não valem nada? Quer morrer de apanhar?

— Tenho de venerar meus orixás, nos dias de festa tenho de bater para eles, é minha obrigação. Mesmo que o senhor me mate.

— Ouça, animal sem inteligência: vou lhe soltar mas se ousar bater candomblé outra vez, atente bem, será a última. A última!

— Não vou morrer antes do dia determinado por Deus. Oxóssi me defende.

—Não vai? Esses santos de vocês não valem nada, se valessem já teriam me matado. Acabo com todos eles no chicote e estou aqui, bem vivo. Cadê o feitiço que ia me matar?

— Só trabalho para o bem, nunca fiz feitiço para o mal.

— Ouça, cabra ruim: santo de igreja faz milagre, por isso é santo. Esses santos de vocês só fazem barulho, são uns santos de merda. No dia em que eu ver um milagre desses putos, nesse dia me demito do cargo — riu, tocou com a ponta da bengala o peito rasgado do negro: — Daqui a poucos dias vai fazer seis anos que baixo o pau em candomblé, já acabei com quase todos, vou acabar com o resto de uma vez. Nesse tempo todo nunca vi um milagre de orixá. Muito falatório e só.

Os secretas riram com ele, o doutor tinha graça, o doutor não tinha medo. Procópio ouviu a ameaça final:

— Ouça meu conselho: feche o terreiro, jogue fora os atabaques, mande o santo à merda e eu lhe dou um lugar na polícia. Vida forra, pergunte a eles se não vale a pena. Porque, se bater outra vez, vai ser a última. Não sou de enganar ninguém.

— Meu santo ninguém vai me impedir de festejar.

— Pois faça e verá. Já lhe avisei.

Mau exemplo a manter viva a resistência, chama a iluminar a noite má e perigosa. Irredutível, Procópio não era cipó que se torcesse. Pedrito passeou o olhar pelos homens, um a um, "a malta de facínoras, os assassinos a serviço do delegado auxiliar". Seis anos de comando lhe ensinaram o valor e a lealdade de cada componente da famigerada escolta, os cavalheiros da guerra santa. Homem de verdade, de absoluta confiança, coração sem medo, braço executor, cão fiel e submisso, apenas um, Zé Alma Grande.

19

As grandes festas de antigamente no terreiro de Ilê Ogunjá haviam-se reduzido a pequeno grupo de feitas, velhas tias fatalistas, e a uns poucos ogãs. Na festa de Oxóssi até alabês faltaram. Não fosse a presença de Ojuobá e o pai de santo Procópio não teria quem assumisse o comando da orquestra. Correra voz que se Procópio ousasse abrir o barracão, o delegado Pedrito viria em pessoa e ai de quem estivesse presente. Ele próprio avisara ao pai de santo: se bater, será pela última vez.

Nos becos e caminhos já se dava Procópio por defunto. Os secretas não se reduziriam às prisões e às surras, à devastação dos pejis. A ordem era acabar com o babalorixá. Desprezando conselhos e avisos, Procópio decidiu abrir o terreiro por ocasião do Corpus Christi, dia de Oxóssi, e saudar o orixá. "Como não hei de fazer a festa de meu santo?" — disse a Pedro Archanjo na Tenda dos Milagres. — "Mesmo que me matem, tenho de cumprir com a obrigação, para isso recebi o decá."

Pedro Archanjo propôs a organização de uma brigada de capoeiristas para guardar o terreiro e enfrentar os esbirros do delegado. Naquela guerra sem quartel, a polícia tinha matado muitos valentes, a começar por Manuel de Praxedes, um dos primeiros. Houve quem se amedrontasse e fugisse, alguns mudaram de vida, depuseram os berimbaus. Ainda restavam, no entanto, camaradas destemidos, Pedro Archanjo sabia onde buscá-los. Procópio recusou. Era melhor que o delegado, se viesse, encontrasse apenas a ele, as feitas e os alabês. Quanto menos gente, melhor.

Festa pobre de afluência mas rica de animação. Os santos desceram cedo e todos de vez, num rebuliço. Xangô e Iansã, Oxalá e Nanã Burucu, Euá e Iroco, Iemanjá das águas, Oxumarê, cobra enorme no chão. No centro da sala, Oxóssi, rei de Queto, caçador de feras, na mão direita o arco e flecha, na esquerda o eruquerê. Oquê, arô!, saudou Pedro Archanjo Ojuobá. Na dança de Procópio, Oxóssi dirigiu-se à porta do terreiro, lançou seu grito de desafio. Ojuobá e a iá-quequerê puxavam as cantigas, ordenavam a dança, tudo em paz e em alegria. Oquê arô, Oxóssi!

O rumor dos automóveis marcou a hora da morte. Para certos trabalhos o delegado auxiliar Pedrito Gordo só depositava completa confiança em Zé Alma Grande, boca sem perguntas, coração sem dúvidas, em corpo tão grande não cabiam medo e remorso. Para calar de vez e para sempre um sedicioso, ninguém igual.

Por via de regra, Pedrito não utilizava Zé Alma Grande contra gente desarmada, em tarefas fáceis: batidas em candomblés, rodas de samba, ranchos e batuques. Cão de fila, homem de confiança, matador para missões mais arriscadas. Presente sempre que se tratava de enfrentar perigos verdadeiros, inimigos empedernidos, assassinos contumazes, adversários políticos bons no gatilho. Assim aconteceu na prisão de Zigomar; com um tabefe Zé Alma Grande pusera o celerado fora de combate. Quando, no Clube Comercial, Américo Monteiro atirou no delegado, praticamente à queima-roupa, quem desviou a mira do revólver foi Zé Alma Grande que só não estrangulou o jornalista porque Pedrito queria dar de bengala no desafeto:

"Largue o homem, Zé, quero ver se, desarmado, ele ainda é valente".

Cabia também a Zé Alma Grande guardar a porta do castelo de Vicenza, em Amaralina, nas tardes de lazer do delegado metido a sedutor de mulheres casadas: dor de corno às vezes provoca valentia, Pedrito tinha a prova num talho na barriga.

Fora disso, as ordens em segredo, os trabalhos de responsabilidade, bem pagos. Apareciam defuntos nas sarjetas, a cabeça aberta a soco, marca de dedos no pescoço. Quando Alma Grande erguia as mãos imensas os mais valentes se acovardavam. Guga Maroto era um leão, um macho, um tira-prosa. Ao sentir as garras de Zé Alma Grande na garganta, caiu de joelhos, implorou perdão.

Pela primeira vez o delegado auxiliar trouxe Zé Alma Grande a uma diligência em candomblé. Para o caso improvável de resistência, completou a caravana com Samuel Cobra Coral e Zacarias da Gomeia, um e outro inimigos pessoais de terreiros e orixás. Da porta, impecável no terno de linho inglês, a bengala na mão, o chapéu-panamá, a piteira longa, um dândi, Pedrito dirigiu-se ao pai de santo:

— Procópio, eu lhe avisei!

Pedro Archanjo escutou a sentença de morte na voz do delegado. Os secretas aproximaram-se do chefe, mestre Archanjo reconheceu Zé de Ogum. Não o via há muitos anos, desde que Majé Bassã proibira a entrada do renegado no terreiro de Xangô e lhe retirara o direito a cantiga e dança por ter ele matado uma iaô. Quando no santo, sua força duplicava. Certa noite, na Conceição da Praia, enraivecido por causa de uma sestrosa, recebeu o santo e terminou com a festa, pôs uma patrulha de soldados a correr. Só conseguiram prendê-lo no dia seguinte quando, inocente, dormia a sono solto na Rampa do Mercado. Foi nessa ocasião que o delegado Pedrito o recrutou, tirando-o do xadrez para a escolta. Os secretas chamaram-no Zé Alma Grande pela franqueza no falar e a tranquilidade no matar. Pedro Archanjo Ojuobá reconheceu Zé de Ogum: tudo podia acontecer.

— Pare, Procópio! Acabe com isso! — ordenou o delegado:
— Entregue-se e eu deixo os outros irem embora.

— Sou Oxóssi, comigo ninguém acaba!

— Vou acabar com você agora mesmo, santo de merda! —
Pedrito Gordo apontou Procópio a Zé Alma Grande: — Aquele. Vá buscá-lo, vivo ou morto.

Adiantou-se o negro maior do que um sobrado, Ojuobá
percebeu com os olhos de Xangô um átimo de vacilação no
passo do facínora ao penetrar no recinto sagrado do terreiro.
Samuel Cobra Coral e Zacarias da Gomeia tomaram posição, prontos para impedir qualquer protesto. Procópio prosseguiu na dança, era Oxóssi, o caçador senhor da selva, rei de
Queto.

Contam que, nessa hora exata, Exu, de volta do horizonte,
penetrou na sala. Ojuobá disse: Laroiê, Exu! Foi tudo muito
rápido. Quando Zé Alma Grande deu mais um passo em direção a Oxóssi, encontrou pela frente a Pedro Archanjo. Pedro
Archanjo, Ojuobá ou o próprio Exu, conforme opinião de muitos. A voz se abriu imperativa no anátema terrível, na objurga-
tória fatal!

— *Ogum capê dã meji, dã pelu onibã!*

Do tamanho de um sobrado, os olhos de assassino, o braço
de guindaste, as mãos de morte, estarrecido, o negro Zé Alma
Grande parou ao ouvir o sortilégio. Zé de Ogum deu um salto
e um berro, atirou longe os sapatos, rodopiou na sala, virou
orixá, no santo sua força duplicava. Ogunhê!, gritou, e todos os
presentes responderam: Ogunhê, meu pai Ogum!

— *Ogum capê dã meji, dã pelu onibã!* — repetiu Archanjo.
Ogum chamou as duas cobras e elas se ergueram para os soldados!

Ergueram-se os braços do orixá, as mãos de tenazes eram
duas cobras: Zé Alma Grande, Ogum em fúria, partiu para
Pedrito.

— Está maluco, Zé?

Samuel Cobra Coral e Zacarias da Gomeia não tiveram
escolha, puseram-se no caminho entre o demônio e o delegado.

Com a mão direita Zé Alma Grande segurou Samuel Cobra Coral, o matador de Manuel de Praxedes, o bom gigante das alvarengas e navios. Suspendeu-o no ar, girou com ele como se fosse um brinquedo de menino. Depois, com toda a força, o atirou no chão, de cabeça para baixo. A cabeça enterrou-se no pescoço, rotos os ossos da espinha, fraturada a base do crânio, defunto aos pés do delegado. Zacarias da Gomeia ia atirar, não teve tempo, levou um pontapé nos quimbas, no meio do urro desmaiou, não serviu para briga nunca mais.

Pedrito Gordo só sentira medo duas vezes em sua vida inteira e ninguém jamais soubera desses medos.

Da primeira vez era um adolescente, calouro de direito, gigolô de putas velhas. Tendo feito misérias com uma infeliz, magricela e tísica, acordara no meio da noite com a desgraçada a lhe passar a navalha na carótida. No início da tarefa, já cortara a pele e fizera sangue, Pedrito ainda tem a marca. Tão bêbada, porém, que o moço, após um instante de pavor, pôde dominá-la e com a mesma navalha lhe embelezou a face. Não teve testemunhas o medo do rapaz ao despertar e sentir a navalha na garganta.

Da segunda vez, bacharel e homem-feito, na fazenda paterna se meteu de amores com a mulher de um cabra. Uma tarde, em hora de trabalho do agregado, encontrava-se Pedrito em cima da sem-vergonha quando sentiu a picada do facão em suas costas e a voz de cólera: "Vou lhe matar, seu filho da puta". O medo o amoleceu em cima da mulher. Foi salvo pelo grito de alguém, lá fora, chamando pelo cabra. No minuto de desatenção do chifrudo, o delegado se refez, tomou o facão e lhe deu uma surra. Também desse medo ninguém soube — talvez a mulher o houvesse percebido no descompasso do coração do amante. A gente que acorreu para ver a briga presenciou a valentia de Pedrito a exemplar o cabra.

Desta terceira vez, porém, todos assistiram e testemunharam, foi medo público, terror desatinado. Quando Zé Alma Grande, cão de fila, assassino às ordens, homem de toda confiança, virou Ogum e partiu para o delegado, Pedrito necessitou do orgulho inteiro para erguer a bengala na última tentativa de se impor. De nada serviu. Os pedaços de junco estalaram nos dedos do encantado — cabeças de serpentes dirigidas contra o comandante da cruzada bendita, da guerra santa. Não coube a Pedrito Gordo outro recurso senão correr vergonhosamente, em pânico, gritando por socorro, em direção ao automóvel veloz que o levaria para longe daquele inferno de orixás desatados em milagres. Mas, ai, os macumbeiros haviam furado os quatro pneus.

Nas ruas apinhadas, todos viram o delegado auxiliar Pedrito Gordo, a fera da polícia, o sinistro chefe da malta de facínoras, o mata-mouros, o malvado sem alma, o terror do povo, em triste fuga perseguido por um orixá de candomblé, pelo guerreiro Ogum todo aceso em cobras. Foi o riso da cidade, a galhofa, a notícia cômica nos jornais da oposição, o verso de Lulu Parola, a trova dos cantadores:

> *Mestre Archanjo já acabou*
> *Com a farromba de Pedrito.*

20

Com indisfarçável prazer o chefe de polícia aceitou o pedido de demissão de Pedrito Gordo. Incômoda herança do governo anterior, autoridade incontrolável, agindo a seu bel-prazer, sem pedir ordens nem prestar contas, no comando de uma escolta de bandidos, de assassinos ferozes, o delegado auxiliar tornara-se um problema e só o medo impedira o chefe de polícia de exonerá-lo a bem do serviço público.

Durante meses ninguém botou os olhos em Pedrito nas ruas da Bahia, partira para a Europa em "viagem de estudos". Quanto a Zé Alma Grande, a polícia vasculhou a cidade em sua busca, a malta de facínoras cumpria derradeira missão. Encontraram-no vagando pelos matos, mais além das roças do Cabula, e sem piedade o fuzilaram. Ferido de morte, Zé Alma

Grande ainda conseguiu segurar Inocêncio Sete Mortes pelo gasnete e o levou consigo para o céu dos assassinos.

Foi extinto o cargo de delegado auxiliar — uma espécie de segunda pessoa do chefe de polícia, seu substituto eventual, na prática o verdadeiro comandante, pois lhe cumpria a ação executiva — dando lugar aos delegados de carreira. Coube ao primeiro deles, o bacharel Fernando Góis, amainar a guerra santa, permitir o riso e a festa. Gentil e maneiroso, não se deu em tais funções, foi ser banqueiro.

Os candomblés puderam reabrir as portas dos terreiros, os afoxés voltaram às ruas, o samba se propagou no Carnaval, reorganizaram-se ranchos e ternos, bumba meu boi e pastoris. Os capoeiras nos berimbaus e nas cantigas:

> *Esta cobra te morde*
> *Sinhô são Bento*
> *Ói o pulo da cobra*
> *Sinhô são Bento*
> *Ê compadre!*

Eh!, compadre Archanjo, que briga mais comprida a nossa — recordou mestre Lídio Corró na Tenda dos Milagres, lendo na gazeta a demissão do delegado auxiliar. Aquela luta com a polícia, com o governo, contra o ódio, eles a tinham iniciado há mais de vinte e cinco anos, no fim do século passado, quando conceberam, organizaram e levaram à rua o primeiro afoxé de Carnaval, a Embaixada Africana. O enredo era a corte de Oxalá, mestre Lídio o embaixador, Valdeloir o dançador.

Naquele tempo inicial tinham derrotado e demitido o diretor da polícia, dr. Francisco Antônio de Castro Loureiro, que proibira o desfile de ranchos e afoxés, o batuque e o samba. Bons tempos aqueles, hein, compadre!, quando jovens e afoitos saímos no Afoxé dos Filhos da Bahia, fit-ó-fó para a polícia, viva o povo e sua festa! Se lembra, compadre? Essa briga é comprida de nunca se acabar. O major Damião de Souza, um menino,

287

arrancou o quepe de um soldado, o finado Manuel de Praxedes representava o papel de Zumbi. Nunca mais se parou de brigar, compadre: na rua e no terreiro, no livro e no jornal, na tinta e na pedra, na festa e no barulho. Luta mais comprida, briga mais sem fim. Será que um dia se acaba, meu compadre?

Um dia vai se acabar, meu bom, não será no nosso tempo, camarado. Vamos morrer brigando, na briga nos divertindo. Pedrito na frente, na corrida, Ogum atrás, as mãos de cobras, deixe-me rir, compadre, coisa tão engraçada nunca vi. Vamos morrer brigando. Jovens e afoitos, meu bom. Fit-ó-fó para polícia, viva o povo da Bahia!

21

Certa noite, bastante tempo após os acontecimentos do candomblé de Procópio, alguns homens voltavam de automóvel de uma festa na Casa Branca, o terreiro do Engenho Velho, restaurado em sua grandeza. O carro pertencia ao professor Fraga Neto, livre-docente de parasitologia no exercício da cátedra, e com ele vinham frei Timóteo — assim, vestido à paisana, de paletó e longas barbas, a pele rosada de holandês, parecia um russo de prestação —, o santeiro Miguel e Pedro Archanjo. Foram deixar o frade no convento e dali o santeiro tomou rumo, habitava num quartinho na mesma rua do Liceu onde instalara sua tenda de imagens.

O professor Fraga Neto trouxera da Alemanha hábitos do noctívago e o gosto da cerveja:

— Que lhe parece molhar a goela, mestre Pedro? Estou com a boca seca, essa comida de azeite é muito boa mas me deixa sedento.

— Uma cervejinha cai bem.

Sentados no Bar Perez, na esquina do terreiro, tendo ao lado a catedral e em frente a Faculdade de Medicina, sorvidos os primeiros goles, o professor Fraga Neto puxou o fio da conversa:

— Aqui não somos o professor e o bedel da cadeira de parasitologia, somos dois homens de ciência e dois amigos. Podemos conversar francamente e, se você quiser, pode me chamar meu bom como faz com todo mundo. Porque hoje quero que você me explique determinadas coisas.

Amigos? — pensou Archanjo. Mútua e forte simpatia ligava o professor e o bedel. Fraga Neto, cheio de ímpeto e generosidade, fácil de entusiasmo e afirmação, árdego no debate, explosivo, encontrara em Archanjo a madura experiência, a segurança, o ímpeto insubornável revestido de mansidão e alegria de viver. Pode um bedel ser amigo de um professor? Archanjo considerava-se amigo de Silva Virajá. Por muitos anos, mais de quinze, sentira o calor do afeto quase paternal do sábio, se bem não fosse grande a diferença de idade a separá-los. Durante todo esse tempo a mão do mestre indicara-lhe caminhos, dera-lhe amparo e apoio, em constante e silenciosa assistência. Amigo também de Fraga Neto que, para começar, na discussão da tese de concurso, citara trecho das *Influências africanas nos costumes da Bahia* e buscava continuamente o trato e companhia de Archanjo. Várias vezes fora à Tenda dos Milagres: já não a conheceu ruidosa e boêmia praça de dança e canto, agora modesta e movimentada oficina gráfica onde à noite os principais e os venerandos se reuniam para discutir de um tudo. Amigos, com certeza, amizade diferente, porém, da que o ligava a Lídio, Budião, a Valdeloir, a Aussá, a Mané Lima e a Miguel: esses eram amigos e iguais, Silva Virajá e Fraga Neto estavam em outro degrau. Mestre Archanjo não o quisera escalar nem quando para isso lhe estenderam mão amiga. O major Damião, um pé embaixo e outro em cima, só ele era capaz desse equilíbrio. E Tadeu? Não dava notícias há muito tempo. Mestre Pedro Archanjo sorve o gole de cerveja. O professor Fraga Neto perscruta a face do bedel: que se esconde na sombra desses olhos, na mansidão de bronze? Em que pensa, qual a sua medida de viver?

Fraga Neto ia à Tenda em busca de contato com o povo, com "as massas trabalhadoras", conforme sua expressão. Por vezes, ouvindo-o falar da vida europeia, dos estudos, do movimento político, da agitação operária, Pedro Archanjo sentia-se velho, homem de outro tempo a escutar a linguagem nova de profeta generoso de um mundo onde não pudessem subsistir nem mesmo as sutis diferenças a separar Archanjo e Fraga Neto.

— Pois, meu bom — disse o professor arremedando Archanjo e lhe interrompendo os pensamentos —, há uma coisa que me escapa e me deixa curioso. Sobre ela, há muito desejava lhe falar.

— Que coisa é? Diga e, se puder, responderei.

— Pergunto como é possível que você, um homem de ciência, sim, um homem de ciência, por que não? Por que não é formado? Vamos deixar de conversa fiada e dizer as coisas como elas são. Pergunto como é possível que você acredite em candomblé.

Esvaziou o copo de cerveja, voltou a enchê-lo:

— Porque você acredita, não é? Se não acreditasse, não se prestaria a tudo aquilo: cantar, dançar, fazer aqueles trejeitos todos, dar a mão a beijar, tudo muito bonito, sim, senhor, o frade chega a se babar de gosto, mas, vamos convir, mestre Pedro, tudo muito primitivo, superstição, barbarismo, fetichismo, estágio primário da civilização. Como é possível?

Pedro Archanjo ficou um tempo em silêncio, empurrou o copo vazio, pediu ao espanhol um trago de cachaça: daquela que você sabe e não de outra.

— Eu podia dizer que gosto de cantar, de dançar, frei Timóteo gosta de assistir, eu gosto de fazer. Seria bastante.

— Não, você sabe que não. Quero saber é como você pode conciliar seu conhecimento científico com as obrigações de candomblé. Isso é o que eu desejo saber. Sou materialista, você sabe, e por vezes pasmo ante certas contradições do ser humano. Esta sua, por exemplo. Parece haver dois homens em você: o que escreve os livros e o que dança no terreiro.

Chegara a cachaça, Pedro Archanjo emborcou o copo: aquele bisbilhoteiro queria a chave da adivinha mais difícil, do cabuloso enigma:

290

— Pedro Archanjo Ojuobá, o leitor de livros e o bom de prosa, o que conversa e discute com o professor Fraga Neto e o que beija a mão de Pulquéria, a ialorixá, dois seres diferentes, quem sabe o branco e o negro? Não se engane, professor, um só. Mistura dos dois, um mulato só.

Voz severa e lenta, de desabitual gravidade, cada palavra arrancada do peito.

— Como lhe é possível, mestre Pedro, conciliar tantas diferenças, ser ao mesmo tempo o não e o sim?

— Sou um mestiço, tenho do negro e do branco, sou branco e negro ao mesmo tempo. Nasci no candomblé, cresci com os orixás e ainda moço assumi um alto posto no terreiro. Sabe o que significa Ojuobá? Sou os olhos de Xangô, meu ilustre professor. Tenho um compromisso, uma responsabilidade.

Bateu na mesa chamando o garçom. Mais cerveja para o professor, cachaça para mim:

— Se acredito ou não? Vou dizer ao senhor o que até agora só disse a mim mesmo e, se o senhor contar a alguém, serei obrigado a lhe desmentir.

— Fique descansado.

— Durante anos e anos acreditei nos meus orixás como frei Timóteo acredita nos seus santos, no Cristo e na Virgem. Nesse tempo tudo que eu sabia aprendera na rua. Depois busquei outras fontes de saber, ganhei novos bens, perdi a crença. O senhor é materialista, professor, não li os autores que o senhor cita, mas sou tão materialista quanto o senhor. Ainda mais, quem sabe?

— Ainda mais? E por quê?

— Porque sei, como o senhor sabe, que nada existe além da matéria, mas sei também que, mesmo assim, às vezes o medo enche meu tempo e me perturba. O meu saber não me limita, professor.

— Explique isso.

— Tudo aquilo que foi meu lastro, terra onde tinha fincado os pés, tudo se transformou num jogo fácil de adivinhas. O que era milagrosa descida dos santos reduziu-se a um estado de transe que qualquer calouro da faculdade analisa e expõe. Para mim, professor, só existe a matéria. Mas nem por isso deixo de ir ao terreiro e de exercer as funções de meu posto de Ojuobá, cumprir meu compromisso. Não me limito como o senhor que tem medo do que os outros possam pensar, tem medo de diminuir o tamanho de seu materialismo.

— Sou coerente, você não é! — explodiu Fraga Neto: — Se não acredita mais, não acha desonesto praticar uma farsa, como se acreditasse?

— Não. Primeiro, como já lhe disse, gosto de dançar e de cantar, gosto de festa, antes de tudo de festa de candomblé. Ademais, há o seguinte: estamos numa luta, cruel e dura. Veja com que violência querem destruir tudo que nós, negros e mulatos, possuímos, nossos bens, nossa fisionomia. Ainda há pouco tempo, com o delegado Pedrito, ir a um candomblé era um perigo, o cidadão arriscava a liberdade e até a vida. O senhor sabe disso, já conversamos a respeito. Mas, sabe quantos morreram? Sabe por acaso por que essa violência diminuiu? Não acabou, diminuiu. Sabe por que o delegado foi posto na rua? Sabe como se deu?

— Já ouvi contar, mais de uma vez. Uma história de absurdos com seu nome no meio.

— O senhor pensa que, se eu fosse discutir com o delegado Pedrito, como estou discutindo com o senhor, teria obtido algum resultado? Se eu houvesse proclamado meu materialismo, largado de mão o candomblé, dito que tudo aquilo não passava de um brinquedo de criança, resultado do medo primitivo, da ignorância e da miséria, a quem eu ajudaria? Eu ajudaria, professor, ao delegado Pedrito e sua malta de facínoras, ajudaria a acabar com uma festa do povo. Prefiro continuar a ir ao candomblé, ademais gosto de ir, adoro puxar cantiga e dançar em frente aos atabaques.

— Assim, mestre Pedro, você não ajuda a modificar a sociedade, não transforma o mundo.

— Será que não? Eu penso que os orixás são um bem do povo. A luta da capoeira, o samba de roda, os afoxés, os atabaques, os berimbaus são bens do povo. Todas essas coisas e muitas outras que o senhor, com seu pensamento estreito, quer acabar, professor, igualzinho ao delegado Pedrito, me desculpe lhe dizer. Meu materialismo não me limita. Quanto à transformação, acredito nela, professor, e será que nada fiz para ajudá-la?

O olhar se perdeu na praça do Terreiro de Jesus:

— Terreiro de Jesus, tudo misturado na Bahia, professor. O adro de Jesus, o terreiro de Oxalá, Terreiro de Jesus. Sou a mistura de raças e de homens, sou um mulato, um brasileiro. Amanhã será conforme o senhor diz e deseja, certamente será, o homem anda para a frente. Nesse dia tudo já terá se misturado por completo e o que hoje é mistério e luta de gente pobre, roda de negros mestiços, música proibida, dança ilegal, candomblé, samba, capoeira, tudo isso será festa do povo brasileiro, música, balé, nossa cor, nosso riso, compreende?

— Talvez você tenha razão, não sei. Devo pensar.

— Digo-lhe mais, professor. Sei de ciência certa que todo sobrenatural não existe, resulta do sentimento e não da razão, nasce quase sempre do medo. No entanto, quando meu afilhado Tadeu me disse que queria se casar com moça rica e branca, mesmo sem querer pensei no jogo feito pela mãe de santo no dia em que ele se formou. Trago tudo isso no sangue, professor. O homem antigo ainda vive em mim, além de minha vontade, pois eu o fui por muito tempo. Agora eu lhe pergunto, professor: é fácil ou é difícil conciliar teoria e vida, o que se aprende nos livros e a vida que se vive a cada instante?

— Quando se quer aplicar as teorias a ferro e fogo, elas nos queimam a mão. É isso que você quer dizer, não é?

— Se eu proclamasse minha verdade aos quatro ventos e dissesse: tudo isso não passa de um brinquedo, eu me colocaria ao lado da polícia e subiria na vida, como se diz. Ouça, meu bom, um dia os orixás dançarão nos palcos dos teatros. Eu não quero subir, ando para a frente, camarado.

22

— Desta vez a besta do Nilo Argolo se excedeu. Imagine você que este trabalho se destina ao parlamento para que dele nasça uma lei. Uma lei, não: um corpo de leis, ele não faz por menos. — O professor Fraga Neto agitava a plaquete, no auge da indignação: — Nem na América do Norte se cogitou legislação tão brutal. O monstro Argolo ganhou até para as piores leis, as mais odiosas de qualquer estado sulista, daqueles mais racistas dos Estados Unidos. É uma coisa completa, só lendo!

Fraga Neto exaltava-se com facilidade, o entusiasmo e a repulsa conduziram-no a pequenos e constantes comícios nos corredores da faculdade e sob as árvores do terreiro, a propósito dos assuntos mais diversos. Em pouco mais de um lustro, tornara-se extremamente popular entre os estudantes que o buscavam a qualquer pretexto e de quem se fez uma espécie de procurador-geral.

— Esse Argolo é um delirante perigoso, já é tempo que alguém lhe dê uma lição!

Pedro Archanjo levou a brochura, pequeno livro em cujas páginas o professor de medicina legal resumia e ordenava suas conhecidas ideias e teses sobre o problema de raças no Brasil. A superioridade da raça ariana. A inferioridade de todas as demais, sobretudo da negra, raça em estado primitivo, subumano. A mestiçagem, o perigo maior, o anátema lançado contra o Brasil, monstruoso atentado: a criação de uma sub-raça no calor dos trópicos, sub-raça degenerada, incapaz, indolente, destinada ao crime. Todo o nosso atraso devia-se à mestiçagem. O negro ainda poderia ser aproveitado no trabalho braçal, tinha a força bruta dos animais de carga. Preguiçoso e salafrário, o mestiço, porém, nem para isso servia. Degradava a paisagem brasileira, apodrecia o caráter do povo, empecilho a qualquer esforço sério no sentido do progresso, "do progredimento". Num cipoal de citações, em português quinhentista de pretensões literárias, falando em altiloquia, em beletrística, em quamanho, magníloquos primores, diagnosticava o mal, expunha-lhe a extensão e a gravidade, e colocava nas mãos dos legisladores nacionais a receita e o bisturi, medicação e cirurgia. Só um corpo de leis, resultante do patriotismo dos senhores parlamentares, impondo a mais completa segregação racial, poderia ainda salvar a pátria do abismo para onde rolava impelida pela mestiçagem "degradada e degradadora".

Tal corpo de leis, a prever e ordenar quanto se relacionasse a negros e mestiços, centralizava-se em dois projetos fundamentais.

O primeiro referia-se à localização e isolamento de negros e mestiços em certas áreas geográficas, já determinadas pelo professor Nilo Argolo: regiões da Amazônia, de Mato Grosso, de Goiás. Clichês de mapas estabelecidos pelo professor, reproduzidos no opúsculo, não deixavam dúvida sobre o inóspito das áreas escolhidas. Esse confinamento não possuía caráter definitivo, destinava-se a manter a "raça inferior" e a "sub-raça aviltante" apartadas do resto da população enquanto não lhes fosse dado definitivo destino. O professor previa a aquisição pelo governo de território africano capaz de acolher toda a população negra e mestiça do Brasil. Uma espécie de Libéria, sem os erros da experiência norte-americana, naturalmente. No caso brasileiro, negros e mestiços, todos, se possível, seriam deportados, mandados embora de vez, para sempre.

O segundo projeto, de claríssima urgência, lei ou decreto de salvação nacional, proibiria o casamento entre brancos e negros, entendido por negros todos os portadores de "sangue afro". Proibição absoluta, capaz de pôr freio à mestiçagem.

Assim, em breve resumo, despidos da linguagem castiça "imeritamente caída em desuetude", projetos e teses parecem absurda loucura. Foram, no entanto, levados a sério por articulistas e parlamentares e, por ocasião da Assembleia Constituinte de 1934, houve quem desentranhasse dos arquivos da Câmara as propostas contidas na plaquete do professor Nilo Argolo: *Introdução ao estudo de um código de leis de salvação nacional*.

Há muito tempo Pedro Archanjo não se deixava possuir pela raiva. Desde a recusa oposta pelo coronel Gomes ao pedido de casamento feito por Tadeu, nada merecera de mestre Archanjo reação de tamanha violência. Na luta contra os desmandos do delegado Pedrito, o coração ferido com as surras, as diligências, as prisões, os assassinatos, Pedro Archanjo não perdera a aparente placidez, a contenção de gestos que lhe marcaram a maturidade e os primeiros anos de velhice. Preciso, ágil, disposto e duro na ação, quando a ação se fazia necessária, pacato e manso no dia a dia, alegre camarada, compreensivo e bonachão. A brochura do professor Nilo Argolo teve o dom de pô-lo fora de si, aliviou-se em xingamentos: xibungo velho, cretino, paspalhão, escroto!

Ainda no embalo da raiva, foi visitar Zabela, agora de todo incapaz de se locomover com as próprias pernas, presa a uma cadeira de rodas, velhíssima. Pedro Archanjo jamais conseguira saber a idade da condessa. Quando a conheceu, vinte anos atrás, "velha e arruinada", ela lhe parecera uma anciã, no fim de uma vida intensa, ardente e desgastadora. Durante mais de dez anos, Zabela permanecera a mesma daquele fim de tarde na Tenda dos Milagres, a movimentar-se incessantemente, curiosa e infatigável: em certas ocasiões parecia uma adolescente, tal a vitalidade e o entusiasmo da ex-princesa do Recôncavo e ex--rainha de Paris.

O reumatismo, por fim, a conteve e limitou. Cheia de dores, picada de injeções, a discutir com médicos, por vezes rabugenta. Não cedeu de vez, reagiu quanto pôde, rua abaixo, rua acima, até que as pernas se recusaram definitivamente àquela correria. Que jeito, senão utilizar a cadeira de rodas enviada de São Paulo por Silva Virajá, sabedor das mazelas da amiga através de carta de Archanjo. Não se entregou, no entanto, ao mau humor. A rabugice era dengue e não queixa, charme de velha. Manteve a lucidez e a presença de espírito até o último dia. Adorava viver mas tinha pavor da caduquice, de "ficar broca, demente, motivo de deboche e riso". Se eu ficar caduca, recomendava a Archanjo, arranje um veneno na faculdade, desses que matam num fechar de olhos, e me dê, sem eu saber. Que idade teria? Quase noventa, se não tivesse mais.

A chegada de qualquer amigo era uma festa, a de Archanjo festa e meia: conversavam horas perdidas, a velha pedia notícias de Tadeu e Lu, inimigos de escrever. É verdade que os Gomes tinham feito as pazes? Enquanto Eufrásia vivera, Zabela andara informada. A avó, porém, batera as botas e a notícia sensacional ela obtivera inteiramente por acaso: um primo distante que residia no Rio, de passagem pela Bahia, lembrara-se de lhe fazer uma visita, louvável caridade! Pois bem, esse primo, Juvêncio Araújo, corretor de seguros, estivera na capital com toda a família Gomes: Emília e o coronel, Tadeu e Lu. Passeavam em Copacabana na maior harmonia. Fora o intransigente coronel quem apresentara Tadeu ao corretor de seguros: "Meu genro, doutor Tadeu Canhoto, um dos engenheiros responsáveis pela urbanização do Rio de Janeiro". Muito orgulhoso do genro, de braço com ele. Archanjo confirmava as pazes. Não soubera por Tadeu ou Lu, há muito não escreviam. Encontrara, porém, Astério, o irmão da moça, de volta dos Estados Unidos. O rapaz, muito amável, dera notícias do casal e do fim da resistência do coronel Gomes. Ao saber da gravidez da filha, embarcara correndo para o Rio, infelizmente Lu perdera a criança, um aborto inesperado. Quanto ao resto, um céu aberto, todos felizes. Tadeu — com certeza o senhor está a par — faz uma carreira extraordinária, consideram-no um urbanista excepcional, domina inteiramente o coronel Gomes. Piscara o olho e rira, simpático rapaz, um boa-vida, não queria saber de trabalhar.

Tadeu não lhe parecia um tanto ingrato? — inquiria Zabela. Ingrato? Por não escrever? Muito trabalho, responsabilidades, pouco tempo. Também ele, Archanjo, era uma negação epistolar. Zabela fitava-lhe o rosto: mulato sestroso, cheio de mistérios.

Pedro Archanjo lia para ela ouvir, Zabela recordava poemas, queria saber das novidades, sorviam cálices de licor. A velha não levava em conta a estrita proibição médica. Uma gota, que mal pode fazer?

Daquela vez foi lhe pedir licença para usar, em livro que se propunha escrever, as informações fornecidas por Zabela durante aqueles vinte anos sobre a aristocracia baiana, as grandes famílias nobres, ciosas de avós, partículas e de sangue branco, puro. Mostrou-lhe a brochura do professor Nilo Argolo: negros e mestiços degredados na Amazônia, no meio da selva, dos mosquitos e do paludismo, das febres no intrincado dos rios, nos pântanos de Mato Grosso.

— Não sobra nem um para contar a história... — riu Zabela entre caretas, o riso lhe provocava dores.

Riu também Pedro Archanjo, a velha lhe restituiu o bom humor.

— Nilo Argolo é um micróbio, um verme, *un sale individu*, uma porcaria de homem. Vá, meu filho, conte tudo tim-tim por tim-tim e escreva depressa para que eu, antes de morrer, possa me rir de *ces emmerdeurs*.

Retornou Pedro Archanjo ao trabalho disciplinado e o fez com pressa, conforme o pedido de Zabela: quero ver o livro publicado, quero mandar um exemplar a Nilo d'Ávila Argolo de Araújo *avec une dédicace*.

Não deu tempo, finou-se antes. Lúcida e ferina, na noite anterior à morte riu sem parar, *un fou rire, mon cher*, quando Archanjo lhe contou sua mais recente descoberta: um certo negro Bomboxê, avoengo dele, Archanjo, e, sabe de quem? Do professor Nilo Argolo de Araújo. *Oh la la!*

De manhã, a empregada a encontrou morta no leito rococó. Morrera durante o sono, foi a única coisa que fez em silêncio e discretamente em toda sua longa vida, rica e festiva, apaixonada. No dia feio, cinzento e úmido, reuniram-se umas poucas pessoas em torno ao corpo magro: algumas vindas de palacetes da Vitória, outras das ladeiras do Pelourinho e Tabuão. Na hora de conduzir o esquife ao mausoléu dos Araújo e Pinho, viram-se Archanjo e Lídio em companhia de Ávilas, Argolos, Gonçalves, Martins, Araújos, nas alças do caixão.

Regressou do cemitério para o trabalho, continuou no mesmo ritmo de urgência como se Zabela ainda fosse viva. Mais ou menos um ano após a publicação do anteprojeto de lei do professor Nilo Argolo, Lídio Corró conseguiu imprimir e encapar cento e quarenta e dois exemplares dos *Apontamentos sobre a mestiçagem nas famílias baianas*, volume mal-ajambrado em péssimo papel. Faltara dinheiro, o conserto da impressora custara fortuna, tiveram de contentar-se com algumas resmas de papel de jornal obtido por favor e pago com sacrifício.

Em seu terceiro livro, Pedro Archanjo analisou as fontes da mestiçagem e comprovou sua extensão, maior do que ele próprio imaginara: não havia família sem mistura de sangue — apenas uns quantos gringos recém-chegados e esses não contavam. Branco puro era coisa inexistente na Bahia, todo sangue branco se enriquecera de sangue indígena e negro, em geral dos dois. A mistura começou com o naufrágio de Caramuru, nunca mais parou, prossegue correntia e acelerada, é a base da nacionalidade.

O capítulo dedicado a provar a capacidade intelectual do mestiço inclui imponente relação de nomes de políticos, escritores, artistas, engenheiros, jornalistas, e até barões do Império, diplomatas e bispos, todos mulatos, o melhor da inteligência do país.

Fechando o volume, a grande lista, motivo da grita, do escândalo, da perseguição ao autor. Pedro Archanjo relacionara as famílias nobres da Bahia e completara as árvores genealógicas em geral pouco atentas a certos avós, a determinados conúbios, a filhos bastardos e ilegítimos. Assentados em provas irrefutáveis lá estavam, do tronco aos ramos, brancos, negros e indígenas, colonos, escravos e libertos, guerreiros e letrados, padres e feiticeiros, aquela mistura nacional. Abrindo a grande lista, os Ávilas, os Argolos, os Araújos, os ascendentes do professor de medicina legal, o ariano puro, disposto a discriminar e a deportar negros e mestiços, criminosos natos.

Aliás, o livro era a ele dedicado: "Ao ilustríssimo senhor professor e homem de letras, dr. Nilo d'Ávila Oubitikô Argolo de Araújo, em contribuição aos seus estudos sobre o problema de raças no Brasil, oferece as modestas páginas que se seguem seu primo Pedro Archanjo Oubitikô Ojuobá". Archanjo não medira nem pesara consequências.

Por parente e primo Archanjo tratou o professor de medicina legal nas cento e oitenta páginas do livro. Meu primo para cá, meu parente para lá, meu ilustre consanguíneo. Parentes pelo lado de um tataravô comum: Bomboxê Oubitikô, cujo sangue corria nas veias do professor e nas do bedel. Provas em abundância: datas, nomes, certidões, cartas de amor, um desparrame. Esse Oubitikô encontrava-se ligado aos primeiros grandes candomblés da Bahia e, negro bonito, pusera-se numa iaiá Ávila, nasceram mulatas de olhos verdes, caro primo.

E os Araújos? Repetia a pergunta de Zabela: por que falava tanto o professor nos Argolos e silenciava os Araújos? Para esconder, quem sabe?, o Negro Araújo, aquele magnífico coronel Fortunato de Araújo, herói da guerra da Independência, mulato do Recôncavo, sem dúvida o mais nobre entre todos os nobres do açúcar pela inteligência, pela coragem, pela ilustração.

Nos *Apontamentos*, mestre Archanjo expôs a verdade completa e as famílias finalmente puderam conhecer de onde provinham, contemplar não apenas uma face mas o rosto inteiro, o trigo e o carvão, e saber quem se deitou na cama.

O mundo veio abaixo.

23

Os estudantes manifestaram a favor de Pedro Archanjo, discursos candentes no Terreiro de Jesus contra a discriminação e o racismo. Juntaram-se os de medicina aos de direito e engenharia, promoveram o enterro do professor Nilo d'Ávila Argolo de Araújo, Nilo Oubitikô. Um caixão de defuntos, faixas e cartazes, discursos em cada esquina, pelas ruas da cidade em comentário e riso os estudantes protestaram contra a perseguição a Pedro Archanjo. A polícia dissolveu o enterro no Campo Grande e o caixão ficou ao abandono, não chegou a ser queimado no Terreiro de Jesus em simbólica fogueira "erguida pelo ódio bovino do próprio professor Argolo, um energúmeno", na frase do bacharelando Paulo Tavares desde mocinho numa cadeira de rodas, paralítico, nem por isso menos agitado e turbulento líder e orador.

Cercaram e aplaudiram o bedel quando ele, sorridente e tranquilo, deixou a faculdade, na tarde em que a congregação, reunida em pleno, decidiu demiti-lo do cargo humilde, exercido a contento durante quase trinta anos, e proibir sua entrada no recinto da escola.

Imensa vaia recebeu o professor Nilo Argolo, à saída da reunião. Atravessou a praça aos gritos de "Monstro! Nilo Oubitikô! Carrasco!". Reclamou a presença de guardas, garantias da polícia. Oswaldo Fontes, Montenegro, alguns outros igualmente comprometidos com a triste causa, receberam idênticas manifestações de desagrado. Fraga Neto, em troca, foi aclamado e ocupou improvisada tribuna para mais "uma vez lavrar meu protesto contra a injusta e mesquinha vingança exercida contra um funcionário exemplar, um estudioso de elevados méritos; protesto agora em praça pública como o fiz na congregação, com indignação e revolta!".

Detalhes da reunião vieram a público. O professor Isaías Luna voltado para Argolo, perguntara-lhe: "Vai o senhor professor permitir que toda a Bahia dê razão àquele estudante que certa feita o classificou, em aula, de Savonarola? Novamente o senhor vem de estabelecer o Tribunal da Inquisição na Faculdade de Medicina da Bahia". Histérico, o professor Argolo tentara agredir o livre-docente. Ao final da assembleia, antecedendo a votação, foi lida carta de Silva Virajá, enviada de São Paulo, onde tomara conhecimento das medidas propostas pela secretaria da faculdade à congregação com o fim de "desagravar o professor Nilo Argolo, agredido em sua honra pelo bedel Pedro Archanjo". Silva Virajá escrevera: "Expulsem o bedel, se assim lhes parecer, cometam a injustiça, exerçam a violência. Jamais conseguirão, no entanto, apagar dos anais da Faculdade de Medicina o nome de quem criou, na humildade e no trabalho, obra redentora do conceito de nossa escola arrastado tão baixo pelos pregadores do ódio de raças, falsos cientistas, pequenos homens".

Demitido e aclamado, Pedro Archanjo desceu a ladeira do

Pelourinho. Na Tenda dos Milagres esperavam-no Lídio Corró e dois secretas da polícia.

— Esteje preso! — disse um dos agentes.

— Preso? Por que, meu bom?

— Aqui está escrito: desordeiro, capadócio, mau elemento. Vamos, toque em frente.

— Não me deixaram sair daqui, compadre, não pude lhe dar aviso — informou Lídio.

Entre os dois secretas seguiu preso Pedro Archanjo Ojuobá. Na polícia central foi trancafiado no xadrez. Ao chegar à esquina do Pelourinho, cruzara com uma patrulha de soldados que tomou o rumo do Tabuão.

Apenas os agentes partiram com Archanjo, Lídio Corró saiu em busca do dr. Passarinho. Não o encontrou no escritório, no fórum, em casa, em parte alguma. Conseguiu avisar o dr. Fraga Neto, voltou à casa do advogado, foi tirá-lo da mesa. Dr. Passarinho prometeu ir à polícia assim terminasse de jantar: aquela prisão era um absurdo, ficasse tranquilo, ele poria Archanjo em liberdade daí a pouco. Prometeu e cumpriu, pelo menos em parte. Foi à polícia, e ali já encontrou o professor Fraga Neto. As ordens, porém, eram severas: o pardo há muito merecia uma lição.

Veja: um prontuário enorme.

A notícia se espalhou e, sem prévia combinação, de toda parte começou o povo a se dirigir para a praça em frente à central de polícia. Homens e mulheres, mulatos, brancos e negros, velhos e jovens, Terência e Budião, o santeiro Miguel e Valdeloir, Mané Lima e a Gorda Fernanda, Aussá. Gente pobre, de todos os lados, cada vez mais, crescente romaria. Marchavam sozinhos ou em grupos de três e quatro, por vezes uma família inteira, mães com filhos ao colo, todos no rumo da praça.

Diante da central se juntaram, primeiro algumas dezenas de pessoas, logo centenas e centenas, cada vez mais, cada vez mais. Onde a notícia chegava punha o povo a caminhar. Saíam dos becos, das vielas miseráveis, das oficinas, das tendas, dos botequins, das casas de mulheres, de toda parte vinham para a praça. À frente de todos era visto o major Damião de Souza, de terno branco por ser filho de Oxalá, colarinho de ponta virada, charuto na boca, o verbo em cólera.

Sobre um caixão de gás, a mão ao alto, as palavras de fogo, o discurso interminável. Descia da tribuna, atravessava a porta da central, sumia no corredor, voltava exaltado. Novamente em cima do caixote recomeçava a falação. Iniciou seu discurso no crepúsculo, penetrou noite adentro: que crime cometeu Ojuobá, de que acusam Pedro Archanjo, a quem matou, a quem roubou, que crime cometeu?

Que crime cometeu? — perguntava o povo.

Lá dentro discutiam delegados, o advogado Passarinho, o chefe de polícia, o professor Fraga Neto. Sem uma palavra do governador, nada posso fazer, repetia o chefe de polícia. Foi ele próprio quem deu a ordem de prisão, só ele pode mandar soltar. Do destino do governador ninguém sabia, saíra após o jantar sem deixar recado.

Ainda cedo, Lídio Corró recebera más notícias, partira às carreiras para a Tenda dos Milagres, quando chegou e viu o estrago os soldados já tinham ido embora.

Do alto do caixão de gás, a voz rouquenha erguida contra a violência, o major Damião de Souza perorava, no fim e no recomeço do discurso; liberdade para o homem bom que jamais mentiu, que jamais utilizou o saber para fazer o mal, liberdade para o homem que sabe e ensina, liberdade.

Noite alta e ainda vinha gente pelas ruas, a praça plena. Vinham de longe, de ínvios caminhos, traziam lanternas e fifós. Luzes pobres penetravam a praça da polícia ocupada pelo povo. Uma voz cantou: Ojuobá, outra respondeu, mais outra e outra, o canto andou de boca em boca, se elevou aos céus, foi ecoar no xadrez. Voz numerosa e única, terno cantar de amigo. Archanjo estava contente, fora um dia divertido. Estava cansado, fora um dia fatigante. Voz inumerável, doce cantiga de amor. Pedro Archanjo adormeceu no embalo do acalanto.

FILOSOFANDO SOBRE O TALENTO E O SUCESSO, DESPEDE-SE FAUSTO PENA: JÁ ERA TEMPO

É óbvio que o talento e o saber não bastam para assegurar o êxito, a vitória nas letras, nas artes, na ciência. Difícil é a luta de um jovem pela notoriedade, áspero seu caminho. Lugar--comum? Certamente. Tenho o coração pesado e busco somente expressar meu pensamento sem me preocupar com pompas de estilo e fantasia.

Para obter-se pequeno aplauso, nome nas colunas, citação em jornais e revistas, vasqueiros bafejos do sucesso, paga-se alto preço em compromissos, hipocrisias, silêncios, omissões — digamos de uma vez a palavra exata: baixezas. Quem se nega a pagar? Entre os colegas de sociologia e musas, antropologia e ficção, etnologia e crítica, não sei de nenhum que tenha regateado. Em compensação, os de maior calhordice são os mais exigentes em matéria de integridade e decência — dos outros, é claro. Posam de incorruptíveis, proclamam-se caráter sem jaça, vivem com a boca cheia de dignidade e consciência, ferozes e implacáveis juízes da conduta dos demais. Admirável desfaçatez. Dá resultados, há quem neles acredite.

Em nosso tempo industrial e eletrônico, de corrida aos astros e guerrilha urbana, quem não for vivo e caradura, quem não meter o peito com audácia e descaro, está campado. Inteiramente campado. Não dá para a saída.

De velho e quadrado literato ouvi, no entanto, há poucos dias, esdrúxula opinião, em amargo desabafo: segundo ele, os jovens de hoje encontram-se ante inúmeras e brilhantes oportunidades, multiplicadas opções, o mundo é nosso e a prova aí está, o Poder Jovem.

Aí está o Poder Jovem, não há dúvida, longe de mim negá--lo, considero-me parte do grande movimento. No fundo do meu ser dorme um inconformado, um marginal da sociedade, um radical, um guerrilheiro e disso faço praça nas ocasiões devidas (atualmente vasqueiras e perigosas, não preciso explicar os motivos, estão na cara, como se diz). Os jovens impõem sua revolução, comandam o mundo, tudo isso é certo, mas a juventude passa e faz-se necessário ganhar a vida. Dizer que as oportunidades sobram e a vitória está ao alcance de qualquer um, ah, isso, não! Por um lugar ao sol, um lugarzinho pequenino, tenho feito o diabo, tenho lutado com obstinação e bravura, dói-me a cerviz. Aos trambolhões, pagando o preço que me foi exigido, onde cheguei? O que obtive? Melancólico é o balanço. De importante, a pesquisa em torno a Pedro Archanjo, encomenda do genial James D. Levenson, meu cartão de visita. O resto: nonadas, migalhas. A Coluna da Jovem Poesia, adjetivos de elogio ao meu talento poético, elogio mútuo — toma lá dá cá —, a promessa de um programa vesperal na TV, fora do horário nobre, *A bossa jovem*. O que mais? Três poemas incluídos na *Antologia da jovem poesia baiana*, organizada por Ildásio Taveira e editada por órgão governamental, no Rio. Três poemas meus, cinco de Ana Mercedes — imaginem!

Eis aí, em resumo, o que até agora conquistei em dura competição e árduo esforço. Ao total não somei a fornicação de algumas poetisas, nem todas tão sinceras e limpas quanto necessário. Em verdade, vegeto pobre e inédito. De grande e belo, moeda de ouro verdadeiro, a vida deu-me apenas Ana Mercedes e a gastei por ciumento.

Vale consignar ainda, no saldo credor, a carta-contrato finalmente assinada pelo sr. Dmeval Chaves, dono de livraria e editora, graúdo do comércio e da indústria. Compromete-se a publicar em dois mil exemplares o trabalho sobre Pedro Archanjo, pagando-me direitos de autor: dez por cento sobre o preço de capa dos exemplares vendidos e prestação de contas semestrais. Parece-me bem, desde que ele preste realmente contas.

No dia histórico da assinatura da carta-contrato, no escritório da rua da Ajuda, no primeiro andar do edifício da livraria, cercado de telefones e secretárias, o mecenas esteve cordial e acreditei-o generoso. Em minha vista adquiriu uma gravura original de Emanoel Araújo e a pagou ao contado, sem discutir o preço do artista esnobe e laureado, um desses protegidos da sorte. Explicou-me o editor estar reunindo quadros, gravuras, talhas, desenhos, para as novas paredes de sua casa no Morro do Ipiranga, a Colina dos Milionários, que acabara de reformar acrescentando-lhe terceiro pavimento: pai de oito filhos, pretende ir aos quinze, se Deus lhe mantiver forças e caráter. Tanto desperdício encorajou-me a lhe fazer dois pedidos.

Solicitei, primeiro, modesto adiantamento sobre os direitos autorais. Nunca vi tão rápida transformação fisionômica. O nédio e aprazível rosto do editor, aberto até então em riso e euforia, fechou-se em decepção e tristeza ao ouvir a palavra "adiantamento". Para ele, disse-me, tratava-se de uma questão de princípios. Firmamos um contrato, cláusulas explícitas, deveres e direitos. Apenas acabamos de assiná-lo e já o queremos destruir, agindo em desrespeito à letra expressa dos parágrafos? Se rompermos uma cláusula que seja, o contrato perderá qualquer valor e seriedade. Uma questão de princípios. Quais, não fiquei sabendo. Solidíssimos, porém, pois não houve argumento capaz de arrancar o editor da recusa terminante. Tudo o que eu quisesse menos o abandono dos princípios.

Encerrado o incidente, retornaram-lhe cores e sorrisos à face afetuosa, recebeu em festa o gravador Calazans Neto e sua mulher, Auta Rosa, pediu minha opinião sobre os diversos trabalhos trazidos pelo famoso artista. Vacilava na escolha, em dúvida entre dois ou três. Pelo visto, aquele era o dia da gravura. Após a demorada opção e o respectivo pagamento — esses tipos recebem na ficha, aliás são as esposas que fazem preço e cobram, sabidas e careiras —, o casal partiu e eu tentei a segunda investida: conforme sabem, sou obstinado.

Abri o peito e confessei: não tenho outra ambição além de ver nas vitrinas e balcões das livrarias uma coletânea, um pequeno livro contendo meus poemas escolhidos, na capa o nome deste sofrido vate. Os poemas merecem certamente edição, festa de lançamento, tarde de autógrafos e leitores. Quem o diz não sou eu, são os mais importantes críticos jovens do Rio e de São Paulo. Possuo respeitável quantidade de opiniões, algumas impressas em colunas de literatura, outras inéditas, rabiscadas em restaurantes e bares por ocasião da viagem que fiz ao Rio em companhia de Ana Mercedes, ah!, saudosos dias de festas e exaltação. Com o apoio de tais louvores, eu poderia tentar editor no sul, mas tendo ele, Dmeval Chaves, contratado o volume sobre Archanjo, em prova de amizade resolvi lhe entregar para edição os originais desses "poemas de ubíqua conotação suprassocial", na frase de Henriquinho Pereira, opinião suprema, indiscutível e carioca. Livro para sucesso, de crítica e venda. Venda segura, esteja certo. Um cético, esse sr. Dmeval Chaves. Duvidou da venda. Nem certa nem incerta. Agradeceu-me, ainda assim, a preferência, afirmando-se comovido com tal prova de estima. Curioso: sentia-se o predileto dos poetas — bastava terem poemas para um volume corriam a ele, destinavam-lhe as primícias.

Abri mão de direitos autorais, de graça lhe ofereci minha poesia, não a quis. Não me fechou de todo as portas, no entanto. Dispunha-se a estudar o assunto se eu, tão bem relacionado no Rio, lhe trouxesse um compromisso, melhor: um empenho de verba, do Instituto Nacional do Livro, para a compra de quinhentos, no mínimo trezentos exemplares da coletânea. A tiragem dependeria da compra: de seiscentos a oitocentos volumes.

A ideia não é má, vou tentar, fiz relações no Rio, apliquei os dólares em almoços, jantares, uísque e boates, veremos agora se pagam juros. Quem sabe se não voltarei em breve à presença dos leitores, não na qualidade de árido sociólogo e, sim, de libertário cantor do tempo novo, mestre da Jovem Poesia? Ao ver-me vitorioso autor de livros publicados, poeta federal, talvez se comova Ana Mercedes e a flama do amor novamente lhe queime o peito ardente. Mesmo para dividi-la com a música popular e os compositores, com outros jovens poetas, mesmo para carregar os chifres do universo, não me importa, ainda assim a quero, longe de seu corpo fenece a poesia.

Quanto a mestre Pedro Archanjo, aqui o deixo, na cadeia,

não o acompanho adiante, não vale a pena. Que saldo positivo oferecem seus últimos quinze anos, à exceção do livro de culinária? Greve, operários, decadência, miséria. O dr. Zezinho Pinto convenceu-me a respeitar a integridade moral dos grandes homens, apresentando-os limpos de defeitos, vícios, tiques, pequenezas, mesmo se tais imperfeições existiram em vida. Não vejo por que recordar momentos maus e tristes quando a glória finalmente ilumina a figura do mestre baiano. Que figura? Para falar com toda franqueza, nem eu mesmo sei. Nessas festas grandiosas do centenário é tão estridente o barulho, as girândolas da louvação oficial espoucam com luz tamanha que se torna difícil enxergar os contornos exatos da figura. Da figura ou da estátua?

Ainda ontem, o dinâmico prefeito deu à moderna rua da cidade o nome de Archanjo e novamente o autor de *A vida popular na Bahia* viu-se promovido a patrono de empresários, em discurso de vereador bastante analfabeto. Nem o prefeito com toda autoridade conseguiu pôr as coisas no devido lugar, nem ele pôde restituir Archanjo ao seu tempo e à sua pobreza. Impressionante: ninguém se refere à obra e à luta de Archanjo. Artigos e discursos, anúncios e cartazes de propaganda utilizam-lhe o nome e a glória para louvar terceiros: políticos, industriais, cabos de guerra.

Contaram-me que em recente homenagem à sua memória — instalação do Colégio Pedro Archanjo no bairro popular da Liberdade —, na presença de autoridades civis, militares e religiosas, o orador oficial da cerimônia, o dr. Saul Novais, funcionário responsável por assuntos culturais, advertido a tempo sobre os inconvenientes de referências à democracia racial, mestiçagem, miscigenação etecétera e tal, temas subversivos — tudo aquilo que é vida e obra do homenageado —, não teve dúvida, resolveu o problema de forma radical (e admirável): eliminou mestre Archanjo do discurso. Sua magnífica oração, hino aos mais nobres sentimentos de patriotismo dos brasileiros, versou sobre o outro Archanjo, "o primeiro, aquele que da Bahia partiu soldado voluntário para defender nos campos da guerra, no Paraguai, a honra e a grandeza da pátria". Contou do heroísmo, da bravura, da cega obediência às ordens dos superiores, supremas qualidades que lhe valeram dragonas e citações antes de morrer no posto de combate, exemplo para o filho e para as gerações futuras. Assim, de passo, rápida e discretamente citou Pedro Archanjo, rebento do imortal soldado. Saiu-se bem, descalçou a luva, um finório.

Quem sou eu para me meter em tais cavalarias? Por que mostrar mestre Archanjo velho e maltrapilho, descendo o Pelourinho no rumo dos míseros castelos? O monumento cresce à luz das homenagens: na estátua, quase branco puro, sábio oficial de faculdade, capado e mudo, vestido com a túnica de soldado, Pedro Archanjo, glória do Brasil.

Despeço-me, senhores, deixo Pedro Archanjo na cadeia.

DA PERGUNTA E DA RESPOSTA

1

Voltamos ao princípio, à cadeira de barbeiro — disse mestre Lídio Corró.

Se tivesse de fazer a barba de fregueses, ainda saberia? Já não tinha o pulso maneiro, a mão leve. Mão firme e astuciosa, no entanto, no risco de milagres. Riscar milagres é seu verdadeiro ofício e, se o trocara pela oficina tipográfica tão mais rendosa, nunca abandonou completamente a antiga profissão e arte. Por falta de tempo recusava a maioria das encomendas, mas caía em tentação quando o milagre se impunha à sua inventiva pela raridade ou pela grandeza: "Milagre que fez o glorioso Senhor do Bonfim aos seiscentos passageiros do transatlântico inglês *King of England*, vítima de pavoroso incêndio na saída da barra da Bahia". Seiscentos passageiros, todos protestantes, só um baiano e este, na hora do perigo, gritou, os olhos postos na Colina Santa: "Valei-me, meu Senhor do Bonfim!". Prometeu quadro comemorativo para a igreja, matança de bezerro e bode para Oxalá, no mesmo instante gigantesca onda varreu o navio, apagou o incêndio sem tamanho.

No dia da demissão e do cativeiro de Pedro Archanjo ("O negro está cativo, meu branco", informara o secreta ao professor Argolo, a mando do chefe de polícia), após a passagem dos soldados pela Tenda dos Milagres, da oficina não sobrou nada. O aprendiz correra à polícia com a nova estampada na cara: a patrulha invadira a tipografia, empastelara máquinas, estantes, destruíra as resmas de papel compradas fiado para completar a edição dos *Apontamentos* — precisamos pelo menos de quinhentos exemplares, todo mundo quer comprar e ler. Meteram os tipos em sacos de aniagem, de cambulhada com os livros. A ordem era apreender os exemplares dos *Apontamentos*, levaram junto os livros de Archanjo, salvaram-se apenas os que estavam guardados na mansarda, os de leitura cotidiana, de cabeceira. Lá se foram presos Havelock e Oliveira Martins, Frazer, Ellis e Alexandre Dumas, Couto de Magalhães, Franz Boas, Nina Rodrigues, Nietzsche, Lombroso e Castro Alves, muitos outros, extensa lista de filósofos, ensaístas, romancistas, poetas, dezenas de volumes, a tradução em espanhol de *O capital* numa edição barata, de texto resumido, impressa em Buenos Aires, e o *Livro de são Cipriano*.

Trazidos um a um por investigadores e soldados, os livros terminaram nos sebos. O próprio Archanjo ainda conseguiu reaver alguns, comprando-os a Bonfanti: "Vendo pelo preço que paguei, figlio mio, não ganho um vintém". Dos *Apontamentos* foram apreendidos quarenta e nove volumes — os demais haviam sido enviados por mestre Corró a universidades, faculdades, bibliotecas, professores, críticos, redações, entregues às livrarias ou colocados diretamente — e nem todos "arderam nas fogueiras da Inquisição acesa na central de polícia pelos reclamos de Savonarola Argolo de Araújo", conforme relatou o professor Fraga Neto em carta a Silva Virajá. Vários foram vendidos às escondidas e a preço alto pelos secretas, e não houve comissário e delegado que não levasse seu exemplar para casa, para dar uma espiada na famosa lista da mulataria, seguindo o exemplo do chefe de polícia. "Não esqueçam de guardar um para o governador!"

Devendo os olhos da cara, sem qualquer perspectiva de restaurar a oficina, com urgência de dinheiro, mestre Lídio vendeu as máquinas e as sobras de tipos quase a preço de ferro-velho. Livre dos credores mais apressados, considerou-se bem pago do prejuízo: compadre Archanjo arrancara plumas e miçangas, a falsa pedraria a engalanar presunçosos e intolerantes professores de meia-tigela, sabidos de merda, cambada de gabolas, cavalos grandes, bestas de pau! Na praça, expostos nus e rebocados, só lhes restou o chicote da polícia, os secretas e os soldados. No mais, foram o riso da cidade.

Dois mulatos fortes, dois alegres compadres. Mestre Lídio Corró risca milagres, mestre Pedro Archanjo ensina gramática e aritmética a meninos, tem uns quatro alunos de francês.

Em verdade, Lídio sente-se enfermo, vem de cumprir sessenta e nove anos. Se anda um pouco mais, as pernas incham, má circulação do sangue. O dr. David Araújo receitou vida pacata, severo regime alimentar, comida regrada sem dendê, sem coco, sem pimenta, nem um pingo de álcool. Só faltou lhe proibir mulher. Talvez não o tenha feito pensando que Lídio já amarrou o facão, já não cuida disso. Impossível, doutor, proibir dendê e cachaça a um homem que vem de perder seus magros bens na coronha das armas, nas patas dos soldados, e recomeça do nada. Quanto às mulheres, elas ainda o preferem a muito jovem. Se quiser saber, é só perguntar nas redondezas.

Oito anos mais moço, Pedro Archanjo não se queixa da saúde. Rijo e bem-posto, amigo de comer e de beber, sempre de rapariga nova e mais de uma. Não esconde, no entanto, o desprazer de ensinar meninos, já não possui a mesma paciência, o tempo é curto e precioso para esperdiçá-lo dando aulas de gramática.

Gostar, gosta mesmo é de uma boa prosa. De ir de porta em porta, de tenda em tenda, de casa em casa, de festa em festa. Assistir, na oficina do santeiro Miguel, à procissão dos aflitos e necessitados em busca do major Damião de Souza. Acontece-lhe passar ali manhãs inteiras, rabisca na pequena caderneta preta, há quem o tome por secretário do major.

Gosta é de ouvir intimidades de orixás da boca de Pulquéria e de Aninha, histórias do tempo da escravidão contadas por velhos tios de carapinha branca: de presenciar os ensaios do afoxé dos Pândegos da África, de cuja diretoria aceitou participar a pedido de mãe Aninha quando Bibiano Cupim, axogum do candomblé do Gantois, levantou novamente o glorioso estandarte e o levou à rua; de sentar no banco da orquestra na Escola de Capoeira de Mestre Budião ou na de Valdeloir, assumir o berimbau, puxar cantiga:

Como vai como está
Camunjerê
Como vai de saúde
Camunjerê
Eu vim aqui lhe ver
Camunjerê
Pra mim é prazer
Como vai como está
Camunjerê

Gosta é de puxar cantiga no terreiro, pondo a bênção em feitas e iaôs, sentado junto à mãe de santo:

Cucuru, Cucuru
Tibitiré la wodi la tibitiré

Coma do bom, coma do ruim, sempre se vive. Não é mesmo, pai Ojuobá? A bênção, já vou indo, quem vier atrás feche as cancelas. Enquanto mestre Lídio busca fregueses, anuncia a volta ao risco dos milagres — riscador igual a ele não houve nem haverá —, mestre Archanjo reduz o número de alunos e de aulas, passa na rua o tempo inteiro, de um a outro a conversar, a rir, a perguntar, abra a boca, camarado, desamarre o novelo, dê jeito na charada. Ouve e conta e não há quem conte, com tanto preceito e graça, tantas passaladagens: só no fim da história entrega a chave da adivinha.

Tanta ânsia e urgência de viver nem na adolescência, quando, ao voltar do Rio, mergulhou na vida baiana. O tempo encurtou, os dias são menores, semanas e meses passam em correria. O tempo não chega para nada, e ainda o gasta a ensinar meninos. Quando Bonfanti lhe encomendou o livro sobre culinária, aproveitou-se do pretexto e despediu o resto dos alunos. Sentia-se agora completamente liberto de qualquer compromisso de horário ou contenção. Dono do seu tempo, restituído à rua e à gente.

Contempla mestre Lídio a apurar a mão no risco do milagre, a escolher as cores para a cena movimentada. Quarentona e gorda, caída na frente do bonde, o vestido roto, o sangue na coxa ferida, a perna quebrada, dona Violeta fita numa súplica a imagem do Senhor do Bonfim. O dramático atropelo — queda arriscada, bonde assassino, olhar piedoso —, tudo isso ocupa pequeno espaço no quadro. Nos dois terços restantes o bonde é festiva sala de visitas onde passageiros, motorneiro, condutor e fiscais, um guarda-civil e um cachorro discutem o acontecido. O riscador trabalha figura por figura, um homem bigodudo, um negro velho tendo pela mão criança branca, a mulher amarela, o cachorro de um vermelho vivo.

De repente, levanta os olhos para Archanjo:

— Meu compadre, você sabia que Tadeu chegou, está na Bahia?

— Tadeu chegou? Quando?

— Quando, não sei, já tem dias. Soube hoje, de manhãzinha, na barraca de Terência. Damião encontrou com ele na rua. Disse que vai para a Europa. Está em casa da família de Lu...

— Família dele, meu bom. Não é genro do coronel, marido da filha?

— Não apareceu por aqui...

— Vai aparecer, com certeza. Chegou, tem coisas a tratar, passeios a fazer, parentes a visitar.

— Parentes? E nós?

— Você é parente dele, meu bom? Desde quando? Porque ele lhe chamava de tio? Coisas de aprendiz, meu camarado.

— E você, também não é?

— Sou parente de todo mundo e não sou de ninguém. Se fiz filhos, não os tenho, não fiquei com nenhum, meu bom. Não se afobe, quando Tadeu arranjar um tempo, vem por aqui. Para dizer adeus.

Lídio baixou os olhos sobre o quadro, a voz de Archanjo era neutra, quase indiferente. Onde o entranhado amor, aquela afeição maior do mundo?

— É falar no diabo, ele aparece — riu Pedro Archanjo e Lídio suspende a vista.

Na porta da Tenda, em elegância sóbria e esmerada, chapéu de palha, bigode bem cuidado, unhas feitas, colarinho alto, polainas, bengala com castão de madrepérola, um príncipe, Tadeu Canhoto disse:

— Só hoje tive conhecimento do que se passou. Já estava para vir aqui saber dos dois. Apressei-me, apenas me contaram. É verdade, então? Não conseguiram nem mesmo aproveitar as máquinas?

— Mas nos divertimos muito — esclareceu Archanjo. — Tanto eu como compadre Lídio achamos que valeu a pena.

Tadeu entrou, veio até eles, beijou a mão do padrinho. Lídio, comovido, o tomou nos braços:

— Está um lorde!

— Na minha posição, devo apresentar-me bem-vestido.

Pedro Archanjo considerou com olhos de amizade o importante senhor de pé em sua frente. Tadeu devia andar pelos trinta e cinco anos, tinha catorze quando Doroteia o trouxera ao terreiro e o entregara a Archanjo: só fala em leitura e em conta, não me serve para nada, mas não posso torcer o destino, mudar a sina do moleque. Também eu não posso torcer o destino, mudar os caminhos, parar o tempo, impedir a subida, compadre Lídio, meu bom. Tadeu Canhoto anda seu caminho, chegará ao topo da escada, para tanto se preparou, e nós, meu camarada, o ajudamos. Veja, Doroteia, seu menino a subir, vai longe.

— Quero saber como posso ajudar. Tenho um dinheiro meu, reservara para um problema a resolver na Europa. Já sabem, não? Obtive uma bolsa do governo para um curso de urbanismo na França. Lu vai comigo. Ao todo, levaremos um ano viajando. Na volta devo assumir o lugar do chefe que vai se aposentar. Assim pelo menos consta, está mais ou menos certo.

— Você não escreve, como se havia de saber? — queixou-se Lídio.

— Cadê tempo? Vivo numa corrida, tenho sob minhas ordens duas equipes de engenheiros, todas as noites compromissos, saímos muito, Lu e eu. Um inferno — pelo tom da voz era fácil compreender quanto gostava daquele inferno. — Eu dizia que tenho um dinheiro, algumas economias. Pensava aplicá-las num tratamento para ver se Lu consegue atravessar uma gravidez sem abortar. Já perdeu três meninos.

— Guarde seu dinheiro, Tadeu, faça o tratamento de Lu, nós não precisamos de nada. Decidimos acabar com a tipografia, muito trabalho, pouco lucro, Lídio se matando dia e noite. Para nós é melhor assim: o compadre risca seus milagres, veja que beleza de quadro está pintando. Eu ensino quando tenho tempo, ensinei a vida toda, agora o italiano me encomendou um livro, estou fazendo. Não precisamos de dinheiro, você precisa mais, uma viagem dessas não é brinquedo.

Tadeu mantivera-se de pé, a ponta da bengala fincada nas tábuas podres do assoalho. De súbito ficaram os três sem assunto, sem conversa. Finalmente Tadeu falou:

— Senti muito a morte de Zabela. O coronel Gomes me contou que ela sofreu muito.

— Engano do coronel. Zabela tinha muitas dores, estava entrevada, adorava se queixar. Mas viveu alegre e contente até o último dia.

— Antes assim. Agora tenho de ir. Nem imaginam o mundo de despedidas que ainda temos a fazer. Lu desculpa-se por não ter vindo. Dividimo-nos, eu para um lado, ela para outro, só assim poderemos dar conta. Pediu-me que lhes transmitisse suas lembranças.

Após os abraços e os votos de boa viagem, quando Tadeu atravessava o batente da porta, Archanjo andou para ele, foi alcançá-lo na rua:

— Me diga uma coisa! Nessas suas andanças, você passará na Finlândia?

— Na Finlândia? Com certeza, não. Nada tenho a fazer lá. Nove meses na França, o tempo do curso. Depois uma vista--d'olhos na Inglaterra, na Itália, na Alemanha, na Espanha, em Portugal, *a vol d'oiseau*, como diria Zabela — sorriu, ia retomar caminho, susteve o passo: — Finlândia, por quê?

— Por nada, não.

— Então, até outra.

— Adeus, Tadeu Canhoto.

Da porta, Archanjo e Lídio viram-no subir a ladeira, o passo firme, girando a bengala na mão, um senhor importante, bem-vestido, anel no dedo, circunspecto e distante, o dr. Tadeu Canhoto. Desta vez a despedida era para sempre. Perturbado, Lídio Corró retomou a pintura do milagre:

— Nem parece o mesmo.

Para que lutamos nós, compadre Lídio, meu bom, meu camarado? Por que estamos aqui, dois velhos sem vintém no bolso? Por que fui preso, por que acabaram com a tipografia? Por quê? Porque nós dissemos que todos devem ter direito a estudar, a ir avante. Você se lembra, compadre, do professor Oswaldo Fontes, do artigo na gazeta? A negralhada, a mulataria está invadindo as faculdades, preenchendo as vagas, é preciso um freio, pôr cobro, proibir essa desgraça. Recorda a carta que escrevemos e mandamos à redação? Virou artigo de fundo e as páginas do jornal foram coladas nos muros do terreiro. Tadeu partiu daqui, aqui começou sua escalada, subiu e já não é daqui, meu bom, é do Corredor da Vitória, da família Gomes, é o dr. Tadeu Canhoto.

Na escola de Budião, os capoeiristas cantavam moda antiga, da época da escravatura:

> *No tempo que eu tinha dinheiro*
> *Comia na mesa com ioiô*
> *Deitava na cama com iaiá*
> *Camaradinho, eh*
> *Camarado!*

O dr. Fraga Neto diz que não há branco nem negro, há rico e pobre tão somente. O que é que você quer, compadre? Que o moleque estude e continue aqui na pobreza do Tabuão? Foi para isso que ele estudou? Dr. Tadeu Canhoto, genro do coronel, herdeiro de terras e de gado, bolsa na França, viagem na Europa, não há branco nem negro, no Corredor da Vitória o dinheiro embranquece, aqui miséria negra.

Cada um com sua sina, meu bom. Os moleques dessa rua, camarado, vão se dividir, cada um o seu destino. Alguns calçarão sapatos, usarão gravata, doutores de faculdade. Outros prosseguirão aqui, com a bigorna e o malho. A divisão de branco e negro, meu bom, se acaba na mistura, em nossa mão já se acabou, compadre. A divisão agora é outra e quem vier atrás feche as cancelas.

Adeus, Tadeu Canhoto, em teu caminho para cima. Se passares na Finlândia procura pelo rei da Escandinávia, Oju Kekkonen, é teu irmão, dá-lhe lembranças minhas. Diz-lhe que seu pai, Pedro Archanjo Ojuobá, vai muito bem, nada lhe falta.

— Doutor Tadeu Canhoto, homem ilustre e rico, compadre. A vida anda sem parar, a roda não gira para trás. Vamos sair e passear, meu bom. Onde há uma festa hoje, camarado?

2

Dias depois, no fim da tarde, de volta do sebo de Bonfanti onde fora receber provas do livro sobre culinária baiana, ao chegar na Tenda dos Milagres, Pedro Archanjo encontrou Lídio Corró, compadre, amigo, irmão, mabaça, caído morto em cima do milagre inconcluso, sangue verdadeiro a transbordar dos trilhos.

A brocha do pintor apaga as letras na fachada, já não existe a Tenda dos Milagres. Um velho desce a ladeira, em passo lento.

3

Inicialmente restrita aos motorneiros, condutores, fiscais de bondes e demais funcionários da Companhia Circular da Bahia, estendida depois às suas subsidiárias, Companhia de Energia Elétrica e Companhia Telefônica, a greve encontrou mestre Pedro Archanjo a subir e descer as ladeiras do Pelourinho, Carmo, Passo, Tabuão, a percorrer a Baixa dos Sapateiros, apresentando contas de luz. Por intermédio do dr. Passarinho, advogado da empresa, obtivera o emprego. Cansativo e mal pago, ainda assim o prefere ao trabalho sedentário de ensinar meninos. Entregando recibos, vai de casa em casa, de loja em loja, de tenda em tenda. Conversa, ouve um caso, conta outro, comenta acontecimentos, aceita um trago de cachaça. Onde fora a Tenda dos Milagres, um turco abriu um armarinho, bazar de miudezas.

Apesar do pessoal da Energia Elétrica ter demorado uns dias para aderir à greve, tão logo os motorneiros e condutores a iniciaram, Pedro Archanjo não mais perdeu reunião do sindicato, em atividade e em entusiasmo contagiantes: poucos moços podiam competir com aquele velho na ação e na iniciativa. Porque ele não o fazia a mando, por obrigação, para cumprir tarefa de grupo ou de organismo partidário. Fazia-o por achar justo e divertido.

Pela primeira vez, em seis anos, parou na porta da Faculdade de Medicina. Os alunos de seu tempo já se haviam formado, Archanjo não conhecia os atuais nem era por eles conhecido. Os lentes, porém, ao reconhecer o antigo bedel, sustinham o passo. Alguns lhe disseram boa-tarde. Pedro Archanjo aguardava o docente Fraga Neto, a ele se dirigiu ao vê-lo aparecer entre estudantes, em conversa acalorada.

— Professor...

— Archanjo! Há quanto tempo... Quer falar comigo? — Perguntou aos estudantes: — Vocês sabem quem é este?

Os rapazes voltaram-se para o mulato pobre, a roupa no fio, velha porém limpa, os sapatos conservados no brilho da graxa. O hábito da limpeza resistia à crescente pobreza e à velhice.

— Esse é o falado Pedro Archanjo. Foi bedel da faculdade durante uns trinta anos e é profundo conhecedor da vida baiana, dos costumes populares, é um antropólogo com livros impressos, livros sérios. Foi demitido da faculdade porque escreveu um livro respondendo a um trabalho racista do professor Nilo Argolo. Archanjo provou, com seu livro, que na Bahia somos todos mulatos. Foi um escândalo...

— Já ouvi falar. Foi por isso que o monstro Argolo se aposentou, não foi?

— É verdade. Os estudantes não lhe perdoaram a intransigência. Só o chamavam pelo nome de... Como é mesmo, Archanjo?

— Oubitikô.

— Por que esse nome?

— É um dos sobrenomes do professor, um que ele nunca usou. Sobrenome herdado de Bomboxê, um negro, tataravô do professor. E, por coincidência, também meu...

— "Meu primo, professor Argolo" — relembrou Fraga Neto. — Desculpem-me, senhores, despeço-me, vou com Archanjo, há muito não o vejo.

O professor e o ex-bedel sentaram-se no Bar Perez, como antes.

— O que é que você toma? — perguntou Fraga Neto.

— Não recuso um trago de caninha. Se o senhor também tomar...

— Não, não posso. Álcool nenhum, nem cerveja, infelizmente. Complicações de fígado. Mas bebo uma água tônica.

De esguelha examinava Archanjo: caíra muito. Não somente envelhecera; tampouco conservava a imponência antiga. Por quanto tempo ainda perduraria o esforço para manter a roupa limpa, os sapatos engraxados? O professor não via Archanjo há anos, desde a morte de frei Timóteo. Estiveram juntos no convento velando o corpo do frade holandês. Noutra ocasião fora procurá-lo para ver se obtinha um exemplar dos *Apontamentos*, não mais encontrou a Tenda dos Milagres. No local, o armarinho de um turco. Pedro Archanjo? Endereço certo não tinha, às vezes era visto por ali, se quisesse deixar um recado... Fraga Neto desistiu. Na mesa do bar constatava: caíra muito o velho Archanjo.

— Professor, vim lhe procurar a propósito da greve da Circular.

— Da greve? Geral, não? Parou tudo, não foi? Bondes, pranchas, o Elevador Lacerda, o Xarriô, tudo parado. Formidável, hein!

— Formidável, sim! Movimento justo, professor, os salários

são miseráveis. Se a Energia Elétrica e a Telefônica aderirem...
nossa vitória é certa.

— Nossa? O que é que você tem a ver com isso?

— É verdade, o senhor não sabe. Sou funcionário...

— Da Circular?

— Da Energia Elétrica, no fundo é a mesma coisa. É o truste, como o senhor diz, professor.

— É verdade, o truste imperialista — riu Fraga Neto.

— Pois, professor, eu sou membro de uma comissão de solidariedade aos grevistas. E vim lhe ver...

— Dinheiro...

— Não, senhor. Quer dizer: dinheiro também ajuda, é claro, mas isso é com outra comissão, a de finanças. Se o senhor
quiser cooperar com dinheiro, falo com alguém das finanças e
ele vai lhe procurar. O que eu queria era outra coisa; a presença
do senhor no sindicato. Estamos em sessão permanente, dia e
noite, e muita gente vem trazer solidariedade, os jornais publicam, é importante. Têm vindo professores de direito, deputa-
dos, jornalistas, literatos, muita gente boa, estudantes à beça.
Eu pensei que o professor, com suas ideias...

— Com minhas ideias... Teve razão em pensar em mim,
tenho minhas ideias, não mudei. Para os trabalhadores não há
nada mais justo do que a greve, é sua arma. Só que eu não posso ir. Não sei se você está a par: vou fazer concurso para catedrático...

— E o professor Virajá? Sei que está vivo, ainda há poucos
dias vi notícias dele no jornal.

— O professor Silva Virajá aposentou-se, não achou correto
manter a cadeira ocupada já que não estava lecionando e não
pretende retornar. Fiz tudo para impedi-lo, não consegui.
Tenho dois concorrentes, Archanjo. Um bastante capaz, livre-
-docente da matéria no Recife. O outro é uma besta daqui mesmo, cheio de pistolão por todos os lados. Vai ser uma batalha
das nossas, mestre Archanjo. Espero ganhar mas estou sendo
vítima de uma campanha terrível, usam tudo contra mim, especialmente as minhas ideias, essas a que você se refere. Se eu for

ao seu sindicato, meu caro, posso dar adeus à cátedra... Compreende, Archanjo?

Fez que sim, com a cabeça. O professor completou:

— Não sou político. Tenho minhas convicções mas não exerço ação política. Talvez devesse exercê-la, seria o certo. Mas, meu bom Archanjo, não é todo mundo que tem sua fibra e joga empregos e títulos para defender ideias. Não me julgue mal.

— Um título de bedel... Bem pouco, professor, se comparado ao de catedrático. Cada coisa tem seu preço, seu valor. Por que haveria eu de querer julgá-lo, professor? Vou dizer aos companheiros da comissão de finanças que procurem o senhor.

— À noite, em casa, é melhor.

Archanjo punha-se de pé, Fraga Neto levantou-se também, tirava a carteira para pagar a despesa:

— Qual é o seu emprego na Energia Elétrica?

— Entregador de contas de luz.

Baixando a voz, um tanto emocionado, o professor perguntou:

— Posso lhe ajudar em alguma coisa, Archanjo? Será que você aceitaria... — puxava uma cédula da carteira.

— Não me ofenda, professor. Guarde o dinheiro, junte ao que vai dar para a greve. Felicidades no concurso. Se eu não estivesse proibido de entrar na faculdade, viria torcer pelo senhor.

Com o olhar, Fraga Neto o acompanhou: diabo de velho irredutível. Intranquilo, em passo hesitante, saiu do bar em direção ao automóvel. Diabo de velho sem juízo, reduzido a entregador de contas. Um concurso é um concurso, cátedra é cátedra. Um jovem candidato à docência, recém-chegado da Europa, tem direito a ser louco e a proclamar-se marxista. Um professor da Faculdade de Medicina, às vésperas de disputar a cátedra enfrentando dois competidores, um competente, o outro protegido de ministros, só irá a um sindicato de grevistas se quiser perder o concurso, encerrar a carreira. É o mesmo que atirar a cátedra pela janela, Archanjo. Título de bedel é uma coisa, título de catedrático é outra, não tem comparação, você mesmo disse. Pobre bedel, miséria e orgulho. Rico catedrático, cadê o orgulho e a decência? Só o bedel pode ser decente, pode ter orgulho? Adianta o passo, quase a correr atrás do velho:

— Archanjo! Archanjo! Espere!

— Professor...

— O sindicato... A que horas, me diga, a que horas devo ir?

— Agora mesmo, se quiser, professor... Venha comigo, meu bom.

O professor Fraga Neto não perdeu a cátedra, brilhantíssimo impôs-se no concurso, derrotou com distinção o competente e o protegido. Pedro Archanjo, sim, perdeu o emprego, pois o demônio do velho não se contentou em levar gente solidária ao sindicato. Meteu-se a agitador, conversou, convenceu, foi um dos que deflagraram a greve na Companhia de Energia Elétrica, logo seguida pela Telefônica. Greve geral, vitoriosa, na ocasião ninguém foi despedido. Um mês depois começaram as demissões. Entre as primeiras, a de Pedro Archanjo.

Desceu o Pelourinho a rir. Desempregado. Sim, Zabela, *chômeur.*

4

Longa e mesquinha relação de empregos, todos de pequena permanência e menor salário. Trabalho para velho já era difícil e o diabo do velho não cumpria horários, largava o serviço pelo meio, chegava tarde, saía cedo, não vinha, esquecido em conversas pelas ruas. Impossível conservá-lo, apesar da boa vontade geral.

Foi reserva de revisor na oficina de um matutino. No começo da noite ia saber se precisavam de seus serviços, hoje falhava um dos efetivos, amanhã outro não vinha, o velho tinha certa prática, bom de gramática e de acento. Pela madrugada, no sarapatel e na cachaça, distribuía as notícias do mundo e do país aos amigos, a Miguel, ao major, a Budião, a Mané Lima, os primeiros a saber. Ia mal o mundo, de confusão em confusão. Os fascistas matando negros na Abissínia, derrubando o trono de Sabá, ai Sabina dos Anjos, Sabá, o teu rei foi posto em campo de concentração! Sucediam-se os massacres de judeus, houve a proclamação oficial do arianismo, a guerra mundial aproxima-se no rufo dos tambores. No Brasil, aquela coisa, o Estado Novo, as bocas cerradas, as prisões cheias. Não tardou e o velho não só foi despedido, teve o nome na lista negra dos jornais.

Tudo leva a crer que o velho empastelou de propósito artigo de endeusamento a Hitler, assinado por grande do governo, o coronel Carvalho, e distribuído às gazetas pelo Departamento de Imprensa e Propaganda com expressa advertência do maior destaque na publicação. Os gatos e pastéis sucederam-se por todo o corpo do artigo. Ainda se podia admitir, disse e repetiu o chefe da censura estadual ao diretor do órgão, aliás seu amigo, em boa-fé ainda se podia admitir que saísse "Hitler, pus do mundo" em lugar de "Hitler, luz do mundo", troca de uma letra, compreensível descuido do linotipista. Bem mais difícil aceitar "matador da humanidade" por "salvador da humanidade" como estava nos originais. Totalmente inaceitável aquela palavra xibungo por duas vezes repetida ao lado do nome do Führer. A sorte é que, no Rio, ninguém sabia que xibungo significa a mesma coisa que puto. Ainda assim, as ordens vindas de lá eram terríveis e ele próprio jogava seu cargo ao reduzir escândalos e castigo à apreensão do número e a suspender a circulação por oito dias, oito dias úteis, além de ordenar aos censores do jornal rápido inquérito para apurar responsabilidades.

Os censores nada puseram a limpo, impossível descobrir as provas revistas, levaram sumiço total. Em arrasadora unanimidade ninguém sabia de nada, todos cegos e mudos. Sendo o velho apenas ocasional substituto, seu nome não veio sequer à baila. Mesmo o proprietário do jornal, furioso com a suspensão e os prejuízos, ainda mais furioso com a ditadura, calou o nome do maluco, embora o inscrevesse na lista negra da imprensa:

"Se continuar a rever provas, acaba nos botando, a todos, na cadeia. Velho porreta!", diziam os linotipistas. O exemplar da gazeta, vendido às escondidas, alcançou bom preço.

Copista de traslados em cartório do fórum, se apenas não trabalhasse não teria importância, conforme explicou o escrivão Cazuza Pivide ao major Damião de Souza. O pior é que não trabalha e não deixa ninguém trabalhar, apenas ele chega e para tudo, o diabo do velho é um porrão de histórias, cada qual mais embrulhada, mais cativante, seu major. Até eu largo o que fazer para ouvir.

Bedel de ginásio, durou um dia no emprego: os meninos internos pareceram-lhe prisioneiros, arrancados do lar e da rua, sujeitos a intolerável disciplina, em permanente fome de comida e liberdade. Na primeira e única noite de guarda, ofereceu aos garotos uma função lítero-musical: poemas e cavaquinho. Chegariam à aurora a cantar se o diretor, chamado às pressas, não fizesse valer sua autoridade pondo fim àquela baderna indescritível. Porteiro de hotel, saía porta afora ao menor convite. Porteiro do cinema Olímpia, na Baixa dos Sapateiros, deixava os moleques entrarem de graça nas matinês dos domingos. Apontador de obra em construção, ao sol e à chuva, puxava conversa com os operários, o ritmo do trabalho caía, o velho não nascera palmatória do mundo, muito menos capitão do mato, capataz de trabalhadores. Afinal, mal pagos, explorados, por que haviam eles, pedreiros, carpinteiros, oficiais e serventes, de se matar para os outros ganharem dinheiro fácil? O velho jamais cumprira horários: mesmo a disciplina no estudo fora interior, não a controlara nos ponteiros do relógio: não se sujeitou jamais a folhinha e calendário.

As roupas gastas, as camisas puídas, os sapatos rotos. Um único terno, três camisas, duas cuecas, dois pares de meias: impossível manter-se bem-posto. Ainda assim, no horror à sujeira, lavava ele próprio aquelas poucas peças, e Cardeal, engraxate no terreiro há mais de vinte anos, escovava-lhe os sapatos, gratuitamente:

— Venha, meu pai, dar um brilho nas botinas.

Contente, de um lado para outro. Na Livraria Dante Alighieri, a chamar Bonfanti de ladrão, "cadê o dinheiro de meu livro de cozinha, seu calabrês?". "Me chame de ladrão, não me chame de calabrês, io sono toscano, Dio merda!" Na tenda de Miguel, nas oficinas do Pelourinho, nas barracas do Mercado do Ouro, do Mercado Modelo, do Mercado de Santa Bárbara, passava manhãs e tardes em conversas. Comia aqui e ali, alegre convidado. Permanente na mesa de Terência, agora servido pela sobrinha Nair, jovem de vinte e cinco anos e mãe de seis filhos pequenos. O primeiro, neto de Terência, pois Nair o tivera do primo Damião, que não era tolo de deixar para nenhum ousado aquele pitéu familiar. Os outros cinco, um de cada pai, numa escala de cores que ia do loiro ao negro, Nair não tinha preconceitos nem perdia tempo.

— Assim nunca vi... Não pode ver calça... — queixava-se Terência, a cabeça branca, os olhos postos no compadre. — Não tem o seu orgulho, compadre.

— Meu orgulho, comadre? Por que diz isso?

Nos olhos dolentes leu a resposta: tantos anos à espera de uma palavra, de um pedido, de uma súplica. Não foi orgulho, comadre, foi respeito. Tanto você falava no Torto Souza, voz de raiva, coração de espera. Eu comia seu pão, ensinava o moleque a ler, respeitei a cama vazia pensando que... O compadre tão inteligente, o compadre que é os olhos de Xangô, ah!, compadre, por que não soube ver? Agora é tarde, dois velhos sem remédio. Tão sem remédio assim, comadre? De quem é o penúltimo de Nair, o capeta reinador? Ainda não completou dois anos, e o pai, comadre, fique sabendo, se não sabe, é esse seu criado às ordens...

Nas escolas de capoeira, a discutir com Budião e Valdeloir, nos pastoris, na sede do afoxé dos Pândegos da África, nos terreiros, nas madrugadas nas Sete Portas, em Água dos Meninos. De conversa em conversa, tomando notas na pequena caderneta preta, fazendo rir e chorar com casos e acontecidos, numa correria, viveu o velho Pedro Archanjo os últimos anos de sua vida. Tanta corrida, tanta gente, tão sozinho.

Sozinho desde a morte de Lídio Corró. Demorara a se recuperar, foi preciso a energia inteira, a paixão de viver. Aos poucos, o compadre ressuscitou no herói predileto de mil histórias. Tudo quanto o velho vira e realizara, fizera-o em companhia de Lídio, obra comum. Irmãos, mabaças, xifópagos. "Uma vez, há muitos anos, o compadre Lídio e eu fomos a uma festa de Iansã num caminho longe, para os lados da Gomeia, no tempo do delegado Pedrito, quando o pau comia solto nas costas da gente de santo. Compadre Lídio..."

Vendo-o tão pobre e necessitado, mãe Pulquéria, a quem ele tanto auxiliava na solução dos problemas do terreiro, lhe propôs função remunerada. Precisava de alguém que se ocupasse de cobrar as mensalidades dos membros do axé, renda e foro de casebres erguidos em terras da roça, habitações de parentes e aderentes de filhas de santo. Alguém de confiança que fizesse as contas, ela não tinha tempo. A paga era pequena mas sempre servia para alguma coisa, um dinheirinho para o bonde. Bonde ele não pagava, desde a greve. Comida tinha farta, em muitas mesas, variada escolha. Tomo a incumbência, mãe Pulquéria, obrigação de Ojuobá e prazer de amigo, com uma condição: faço de graça, não aceito pagamento, não me ofenda, minha mãe. Pensou consigo: se ainda acreditasse no mistério, se não houvesse penetrado o segredo da adivinha, talvez pudesse, crente e convicto, receber dinheiro do santo. Agora não, mãe Pulquéria: quem cumpre o encargo é apenas amigo devotado. Paga-se ao irmão de crença, não se paga ao amigo, a amizade não se aluga, não se vende, seu preço é outro, diferente: eu que o diga! Até o fim da vida, Pedro Archanjo se ocupou com as mensalidades dos membros da seita, filhos do terreiro de Pulquéria, o foro e a renda dos inquilinos e moradores, levou com perfeição as contas do axé e ainda, quando os teve, pôs níqueis de seu bolso na cuia do orixá, no peji de Xangô, na morada de Exu.

Certa feita, sumiu durante dias, quando os amigos deram tento foi um rebuliço. Procura que procura, em toda parte, e nada; onde estará vivendo? Desde que deixara a mansarda sobre o mar, moradia de trinta anos, nunca mais teve dormida certa, mudou de quarto e cama cada mês, viveu ao deus-dará. Finalmente descoberto por Ester, dona de casa de mulheres no Maciel de Cima, casteleira respeitada e sua filha-pequena. Quando mocinha e garçonete de café, fizera santo. Já a velha Majé Bassã mal podia andar e Ojuobá muito a ajudou a conduzir aquele barco de iaôs ao porto seguro do oruncó, dia do nome. Na hora de raspar Ester, Majé Bassã, sem forças, tomou de empréstimo a mão de Ojuobá, deu-lhe a navalha.

Numa pocilga infecta, sem leito, sem colchão, um cobertor rasgado, um trapo, o caixote com livros — miséria assim Ester ainda não vira —, Archanjo queimava de febre e dizia que não era nada, simples resfriado. O médico diagnosticou princípio de pneumonia, receitou pílulas e injeções, e o imediato traslado do enfermo. Para hospital jamais, opôs-se Archanjo, em hospital não punha os pés. Pobre em hospital é defunto certo. O médico sacudiu os ombros: para qualquer lugar onde um cristão possa viver, não pode de maneira alguma permanecer nesse buraco úmido onde nem os ratos resistem.

Nos fundos do castelo, Ester tinha um quartinho destinado ao garçom que servia cerveja, vermute e conhaque aos fregueses, assegurava a ordem e protegia as raparigas. Funções tão várias e responsáveis achavam-se entregues à competência de Mario Formigão. Sarará dobrado e pai de família exemplar, residia com a mulher e os filhos. O quartinho encontrava-se vago. Casa de putas não era lugar para pai Ojuobá, mas outro jeito não viu Ester já que o velho cabeçudo não admitia falar em hospital.

Naquele quarto dos fundos do castelo de Ester, um cubículo estreito, viveu os últimos tempos, feliz da vida. De emprego em emprego — não eram mais empregos: bicos, biscates —, atravessou sem comemorações os setenta anos de idade; antes de completar os setenta e um a guerra teve começo e foi seu emprego único, ocupou-lhe os dias, as horas, os minutos.

Em todos os recantos da cidade, dos castelos aos mercados, das feiras às tendas, das oficinas aos terreiros, nas casas e nas ruas, discutiu e se exaltou. Tudo quanto pensara e fizera estava em jogo, corria perigo, perigo mortal.

Foi soldado e general, ele, o paisano mais paisano. Tático e estrategista, traçou e desenvolveu batalhas. Quando todos desanimaram e se deram por vencidos, ele assumiu o comando de um exército de mulatos, de judeus, de negros, de árabes, de chineses, e partiu a enfrentar as hordas do nazismo. Vamos, meu bom, vencer a morte desatada, a infame!

5

Inveterado andarilho, o velho acompanhou o desfile, do ponto de partida no Campo Grande até à praça da Sé, onde a imponente manifestação pela passagem do quarto aniversário da Segunda Guerra Mundial se encerrou num comício monstro. Para aguentar a caminhada, forrara com pedaços de papel os sapatos furados na sola, já não procurava esconder as manchas do paletó, os rasgões da calça.

As forças antifascistas haviam reunido milhares de manifestantes, um jornal falou em vinte e cinco mil pessoas, outro em trinta mil. Estudantes, intelectuais, operários, homens públicos, gente do povo de todas as categorias sociais. À luz de archotes acesos com o proibido petróleo brasileiro — cuja existência era oficialmente negada, muitos foram vítimas de processo e cumpriram pena de prisão porque a afirmaram —, em imensa e vagarosa procissão, a massa se deslocava a repetir slogans, em gritos de viva e morra.

Bandeiras dos países aliados, cartazes e faixas, enormes retratos dos líderes da guerra contra o nazifascismo. Abrindo o cortejo aos ombros dos membros da diretoria da Frente Médica, o retrato de Franklin Delano Roosevelt. O velho reconheceu, a segurar os varais daquela espécie de andor, o professor Fraga Neto, a cabeça erguida, o cavanhaque polêmico, o bigode ruivo. Fora dos primeiros a romper com as proibições policiais e a reclamar em praça pública o envio de tropas brasileiras para os campos de batalha.

Seguiam-se os retratos de Churchill, de Stálin, entre delirantes aclamações, de De Gaulle, de Vargas. Duas palavras de ordem dominavam a passeata. A primeira exigia a formação imediata de um corpo expedicionário, capaz de retirar à declaração de guerra do Brasil às potências do Eixo o caráter puramente simbólico para transformá-la em participante realidade. A outra reclamava medidas que efetivassem a pesquisa e a exploração do petróleo brasileiro, já provadamente descoberto no Recôncavo. Ouviam-se também os primeiros apelos de anistia aos presos políticos. Quanto à liberdade, o povo a estava conquistando na prática, em passeatas e comícios. O velho esmolambado e vagaroso não perdia manifestação, tinha preferência por determinados oradores, era capaz de distinguir a coloração política de cada um, todos agora em frente única pela vitória na guerra.

Diante da Escola Politécnica, em São Pedro, o desfile fez breve parada e de uma janela no primeiro andar elevou-se voz fogosa na denúncia dos crimes do nazismo racista e totalitário, no elogio dos soldados da democracia e do socialismo. Cada palavra arrancava aplausos. Com esforço, o velho subira num banco para ver melhor o orador, um de seus preferidos, Fernando de Sant'Ana, aluno de engenharia e líder inconteste dos estudantes, voz cheia, frases redondas. Magro e moreno, da mesma cor de Tadeu. Muitos anos antes, quando da Primeira Guerra Mundial, o velho ouvira o estudante Tadeu Canhoto exigir daquela mesma janela a participação do Brasil no conflito contra o militarismo germânico. Aquela primeira grande guerra não o afetara maiormente, se bem houvesse gasto saliva e argumento a favor da França e da Inglaterra. Vibrava, isso sim, com os discursos de Tadeu, a fascinante inteligência do rapaz, a frase justa, o raciocínio claro. Há poucos dias, lera nos jornais, entre elogios ao "talento do notável urbanista baiano", a notícia da nomeação do engenheiro Tadeu Canhoto para secretário de Obras Públicas da Prefeitura do Distrito Federal. Os Gomes haviam-se mudado para o Rio de Janeiro, a fim de ajudar na criação dos netos finalmente nascidos. Tratamento de

330

Lu, na França, ou promessa de dona Emília ao Senhor do Bonfim, na Bahia?

Agora é diferente: o velho bebe, ávido, cada palavra do moço estudante, árdego mestiço a acusar o racismo, juventude impetuosa a vislumbrar o futuro. Desce do banco: nessa guerra é veterano, nela combate há muitos anos, em suas trincheiras consumiu a vida.

Novamente deteve-se o cortejo na praça Castro Alves e a multidão sobrou para a Barroquinha, a Montanha, uma parte ainda na ladeira de São Bento. Dali, do meio da ladeira, o velho de passo tardo viu o major no pedestal do monumento ao poeta, o dedo em riste. O velho só pôde ouvir os aplausos, até ele não chegavam as palavras do orador. Nem era necessário: conhecia-as todas, termos e frases, os adjetivos grandiloquentes, as interjeições, "oh!, povo, povo da Bahia!". Distribuído na cidade inteira, justiça dos pobres, esperança dos presos, providência dos necessitados, saber dos analfabetos, Rábula do Povo, o seu menino Damião, de pé no pequeno degrau da estátua. Já um tanto quente àquela hora, uma boa quantidade de cachaça no bucho, lúcido e brilhante, jamais alguém conseguiu surpreendê-lo bêbado. Cada um dos outros oradores era representante dessa ou daquela organização, frente, sindicato, classe, união, partido perseguido e clandestino. Só o major falava pelo povo. Quase no nível da rua, sobre o pequeno degrau da estátua.

Em serpenteio gigantesco a passeata subiu a rua Chile, da sacada do palácio o interventor acenou para a multidão. Da prefeitura, o professor Luis Rogério dirigiu a palavra à massa: "Venceremos!". O velho lembra-se dele, mocinho, estudante de medicina no pândego enterro simbólico do professor racista; no terreiro em discurso contra a demissão do bedel.

Na praça da Sé, em alegre palanque de bandeiras, o comício de encerramento. O velho se infiltra no aperto, pede passagem quando por acaso o reconhecem, abrem-lhe caminho. Consegue aproximar-se do tablado. Jovem, alto e belo mulato cabo-verde, voz de baixo, discursa em nome da Frente Médica antifascista, seu nome é dr. Divaldo Miranda. Formado recentemente, o velho não o conhecera, mas eis que, naquele primeiro de setembro de 1943, o rapaz evoca acontecimentos esquecidos, desenterra sombras e fantasmas. Refere-se a estudo para projeto de lei de autoria de um certo professor da Faculdade de Medicina, Nilo Argolo de Araújo, pelo qual os mestiços brasileiros seriam isolados em regiões inóspitas do país e os que resistissem vivos ao clima e às enfermidades deportados para a África. A proposta não teve seguimento, provocou riso e indignação. Quando Hitler assumiu o poder na Alemanha e anunciou o começo do milênio racista, o professor ainda era vivo e o saudou em delirante artigo: "O enviado de Deus". Enviado de Deus para exterminar negros e judeus, árabes e mestiços, a mulataria sórdida, para transformar em lei o projetado genocídio.

Na praça a admirar o moço tão belo e impetuoso, o velho recordou um diálogo, antigo de mais de trinta e cinco anos. Vinha de publicar seu primeiro livro e o professor Argolo o interpelara no corredor da escola. "Trata-se de um cancro" — dissera o lente referindo-se à mestiçagem —, "há que extirpá-lo. A cirurgia aparenta ser forma cruel de exercer-se a medicina, em realidade é benéfica e indispensável." Archanjo, jovem de peito aberto igual ao moço na tribuna, prendera o riso e perguntara: "Matar-nos a todos um a um, professor?". Luz amarela, de fanatismo, acendera-se nos olhos do catedrático. Pronunciou a impiedosa, implacável condenação: "Eliminar a todos, um mundo só de arianos, de seres superiores, conservar apenas os escravos indispensáveis às tarefas torpes". Um gênio, um líder, um enviado de Deus tomaria em suas mãos a espantosa ideia, invicto senhor da guerra a cumprir missão suprema: limpar o mundo de judeus, árabes e amarelos, varrer do Brasil "essa escória africana que nos enlameia".

Tudo quanto o professor reclamara e previra fizera-se realidade. Tudo quanto o velho pregara e defendera estava em perigo. Teses e ideias em confronto, novamente. Não mais num debate intelectual, agora de armas na mão. Corria o sangue, as legiões de soldados empunhavam a morte.

Se Hitler vencesse, Hitler ou outro qualquer fanático racista, poderia terminar com todos eles, na morte e na escravidão? O professor disse que sim, conclamou o líder capaz de fazê-lo, das brumas da Alemanha Hitler respondeu: Presente! Se vencesse, poderia acabar com o povo, em mortos e escravos? O velho busca uma resposta nas palavras dos oradores.

Giocondo Dias, revolucionário provado na ação, saudou os combatentes do mundo livre em nome dos trabalhadores brasileiros e disse a palavra anistia, repetida pela massa num clamor contínuo que só foi se extinguir quando as portas das prisões se abriram, às vésperas da vitória. Nestor Duarte, professor de direito, escritor, a voz rouca, a palavra candente, atacou as limitações à liberdade, produtos da ditadura, reclamou democracia, "em defesa da democracia os soldados empunham as armas contra o nazismo". Rosto apaixonado e sofrido, na voz a dor dos guetos e dos pogroms, o professor Tzalie Jucht representa os judeus. Figura popular e benquista, orador de voo largo, Edgard Mata encerra o comício em gongórico vaticínio: "Flagelo de Satanás, Besta do Apocalipse, Hitler rastejará na lama da derrota!".

A multidão aplaude, gritos, palmas, entusiasmo e pressa. Movimenta-se a massa colossal, comprime-se, começa a evacuar a praça. Aos empurrões, o velho busca saída, lá se vai com a pergunta sem resposta: alguém poderá realmente terminar com todos eles? Hitler ou um outro qualquer, hoje ou amanhã? Quase esmagado, aproveita o caminho aberto por um marinheiro, escapa, respira com dificuldade.

Inicia a marcha em direção ao terreiro de Jesus, a dor o atinge, brusca. Não é a primeira vez. Tenta apoiar-se na parede do palácio episcopal mas não a alcança. Vai cair, a moça acorre e o sustém. Refaz-se o velho, o coração se recompõe, a dor cede, agora é fino corte de punhal, distante.

— Obrigado.

— O que é que o senhor está sentindo? Diga, sou estudante de medicina. Quer que o leve a um hospital?

Tinha horror aos hospitais, pobre em hospital é encomenda de caixão de defunto. Não foi nada, apenas no meio do aperto fiquei com falta de ar, senti-me sufocado. Nada sério, muito obrigado.

Os olhos gastos fitam a moça morena que o ampara. Beleza sua conhecida, íntima, familiar. Ah!, só pode ser a neta de Rosa! A doçura, o dengue, a ânsia, a sedução, a extrema formosura, ele a reconhece inteira:

— Você é a neta de Rosa? A filha de Miminha? — a voz infinitamente cansada porém alegre.

— Como sabe?

Tão igual e tão diferente, quantos sangues se misturaram para fazê-la assim perfeita? Os longos cabelos sedosos, a pele fina, os olhos azuis e o denso mistério do corpo esguio e abundante.

— Fui amigo de sua avó. Assisti ao casamento de sua mãe. Como é seu nome?

— Sou Rosa, como ela. Rosa Alcântara Lavigne.

— Estuda medicina?

— Estou no terceiro ano.

— Pensei que nunca fosse ver mulher tão bonita quanto sua avó. Rosa Alcântara Lavigne... — olhou a moça nos olhos azuis francos e curiosos, herança dos Lavigne. Ou dos Alcântara? Olhos azuis, pele morena: — Rosa de Oxalá Alcântara Lavigne...

— De Oxalá? De quem o nome?

— De sua avó.

— Rosa de Oxalá... Uma beleza, acho que vou adotar...

Um grupo de estudantes reclama: Rosa! Rosa! Vamos, Rosa! Já vou, respondeu Rosa neta de Rosa tão igual tão diferente.

Dissolvia-se o comício, o povo lotava os bondes, a noite caía nos postes de lâmpadas apagadas, o velho sorriu, cansado e alegre. A moça percebia confusamente que aquele trôpego ancião, talvez enfermo, de enxovalhado paletó, calças com remendo, buracos nos sapatos, roto coração, era-lhe próximo, um parente quem sabe? Da família da avó jamais tivera notícia exata, rastro perdido, silenciado mistério, a família de Oxalá.

334

— Adeus, minha filha. Foi o mesmo que ter visto Rosa, novamente.

Num ímpeto, impelida não sabe por que estranha força ou sentimento, a moça tomou da mão escura e pobre e a beijou. Depois, saiu correndo para o álacre grupo de colegas, a cantar desceram a rua em sombras.

Devagar, o velho atravessou o terreiro de Jesus no rumo do Maciel de Cima, era hora da janta no castelo de Ester. Poderia alguém, por mais poderoso senhor de exércitos, terminar com o povo todo na morte e na escravatura, terminar com Rosa e sua neta, com a perfeição?

— A bênção, meu pai — pede a rapariga, menina quase, em busca do primeiro freguês daquela noite.

As sombras envolvem o velho, passo trôpego, duro enigma, quem lhe daria a chave da adivinha?

6

Após o noticiário, os boletins de guerra, "esses russos são uns porretas!", Maluf serviu uma pinga, comentaram a passeata e o comício, o valor dos indômitos ingleses, a epopeia americana nas ilhas perdidas da Ásia, as façanhas soviéticas. Ataulfo, um pessimista, não considerava a vitória certa e segura. Longe disso. Hitler tinha ainda muita coisa escondida na manga do paletó, armas secretas, capazes de destruir o mundo.

Destruir o mundo? Se Hitler ganhasse a guerra poderia matar e escravizar todos os que não fossem brancos puros, arianos comprovados? Acabar com a vida e a liberdade, mortos ou, pior ainda, escravos todos nós, sem exceção?

Pegou fogo a discussão, pode, não pode, por que não pode? Ora se pode! O ferreiro se retou:

— Nem Deus que fez o povo pode matar tudo de uma vez, vai matando de um a um e quanto mais ele mata mais nasce e cresce gente e há de nascer, crescer e se misturar, filho da puta nenhum vai impedir!

Ao bater sobre o balcão a mão enorme que nem a de Manuel de Praxedes ou a de Zé Alma Grande, emborcou o copo e lá se foi o resto da cachaça. O turco Maluf, homem bom e solidário, concedeu outra rodada.

O velho Pedro Archanjo repetiu a resposta finalmente ouvida:

— ... há de nascer, crescer e se misturar, ninguém pode impedir. Tem razão, camarada, é isso mesmo, ninguém pode acabar com a gente, nunca. Ninguém, meu bom.

Já era tarde, ainda sentia a dormência no braço, a dor lá no fundo, à espreita. Alegre se despediu: até amanhã, meus bons, paga a pena viver quando se tem amigos, um trago de cachaça e uma certeza assim tão certa. Vou-me embora, quem vier atrás feche as cancelas.

Na escuridão da ladeira, em passo tardo, em derradeiro esforço, mestre Pedro Archanjo galga o caminho, anda para a frente. A dor o abre em dois. Apoia-se na parede do sobrado, rola no chão. Ai, Rosa de Oxalá!

DA GLÓRIA DA PÁTRIA

O ínclito dr. Zezinho Pinto previra corretamente, escolhera com acerto: o salão nobre do Instituto Histórico e Geográfico da Bahia, pequeno e imponente, ficou repleto. Ao ver tão ilustre assembleia, o diretor da Faculdade de Medicina disse a sua excelência o governador: se caísse naquela hora uma bomba sobre o prédio do instituto, a Bahia perderia de golpe o melhor de sua inteligência, capital e reservas. Realmente, para celebrar o centenário de nascimento de Pedro Archanjo, ali se encontraram as figuras de prol, os grandes da terra. Unânimes no cumprimento de um dever cívico dos mais gratos: exaltar autêntica glória da pátria.

Ao abrir a Magna Sessão e convidar o governador para dirigi-la, em pequena e elegante alocução, o presidente do instituto não se absteve do prazer de lançar uma farpa destinada aos hipócritas e pretensiosos: "Reunimo-nos aqui para celebrar a grandiosa efeméride centenária daquele que nos ensinou os nomes completos de nossos antepassados". Apesar da idade avançada e da obra relevante de historiador, o presidente Magalhães Neto era amigo de um bom epigrama e os rimava na melhor tradição baiana.

Composta a mesa, o governador deu a palavra ao dr. Zezinho Pinto, proprietário do *Jornal da Cidade*, dono da função. "Ao promover esses grandiosos festejos, o *Jornal da Cidade* efetiva um dos mais importantes itens de seu programa: honrar e divulgar os nomes dos varões excelsos cujo exemplo ilumina o caminho das novas gerações. Alertada pelos clarins do *Jornal da Cidade* a Bahia, finalmente em marcha célere sobre os trilhos do desenvolvimento e da indústria, vem saldar a dívida de gratidão contraída com Pedro Archanjo, que fatura glórias para a pátria, fornece-lhe divisas de sucesso internacional."

A seguir, o professor Calazans, contente de chegar vivo e em liberdade ao fim da maratona, leu a tradução da carta dirigida pelo grande James D. Levenson à comissão de honra. O prêmio Nobel, além de louvar a iniciativa, prestava contas do sucesso obtido pelas traduções dos livros do baiano, não só nos Estados Unidos — em todo o mundo culto. "A divulgação da obra de Pedro Archanjo fez com que a original e notável contribuição brasileira à solução do problema de raças, alta expressão do humanismo, antes ignorada, seja atualmente objeto de interesse e estudo apaixonante nos mais diversos e presunçosos centros científicos."

O dr. Benito Mariz, em nome da Sociedade dos Médicos Escritores, celebrou em Pedro Archanjo, antes de tudo, o estilista de linguagem apurada, "louçã e escorreita" que "aprendeu no convívio dos mestres da medicina a manejar a ciência e as belas-letras". O diretor da Faculdade de Medicina insistiu em conhecida tese: "Pedro Archanjo pertence à Faculdade de Medicina, é patrimônio da grande escola, ali trabalhou e construiu, a faculdade concedeu-lhe ambiente e condições".

Pela Faculdade de Filosofia não falou ninguém, pois o professor Azevedo, ainda estomagado com a proibição do seminário sobre miscigenação e apartheid, recusara o convite: sua homenagem a Archanjo era o livro já no prelo. Explicou os motivos a Calazans:

— São capazes de pedir meu discurso para ler e censurar.

— Quem? — perguntou a secretária do Centro de Estudos Edelweiss Vieira, cada vez mais distante das sutilezas de linguagem, indispensáveis em tempos de confusa vida política e clara intervenção na cultura.

— Intervenção de quem? Por favor, dona Edelweiss, não pergunte mais nada, tenha a palavra, ocupe a tribuna.

Na tribuna, em página comovida, Edelweiss Vieira agradeceu ao "pai dos estudos folclóricos baianos" a imensa riqueza preservada do esquecimento e salva do abandono nas páginas de seus livros. Mulata branca de rosto redondo e manso falar, sorriso modesto, simpatia de pessoa, ao término do texto de gratidão e amor, dirigiu-se ao finado e lhe pediu: "A bênção, pai Archanjo". Pesquisando em terra por ele desbastada, percorrendo veredas e atalhos abertos pelo autor de *A vida popular na Bahia*, a folclorista, em meio a tanta formalidade, a todo aquele eloquente e vazio palavreado, parecia reverente filha de terreiro posta de joelhos ante o pai-pequeno. Naquele instante, nítida, se projetou na sala a figura de Archanjo. Por um breve momento apenas, pois em seguida teve a palavra o preclaro acadêmico Batista, orador principal da noite, já que o professor Ramos, do Rio de Janeiro, deixara de vir: motivos idênticos aos alegados pelo professor Azevedo. "Suscetibilidades de donzelas", comentou o dr. Zezinho. Puta velha da política, cabia-lhe engolir sapos e cobras.

Até aquele momento todos os discursos tinham sido razoavelmente curtos, nenhum ultrapassara a meia hora, os oradores mantiveram-se obedientes às considerações do secretário-geral Calazans: "Meia hora para cada um fazem três horas de retórica, é o máximo que o público pode aguentar". Quando, porém, o nosso conhecido Batista assumiu a tribuna, o desânimo estampou-se na assistência e se não houve debandada geral foi em consideração ao *Jornal da Cidade*, ao dr. Zezinho, à presença do governador e, diga-se toda a verdade: a certo sentimento de medo. O professor Batista era homem de proa da situação, responsável, segundo diziam, por muitas denúncias e alguns processos de elementos subversivos. Em tais condições, não havia lugar para esperanças: livre estava para abusar quando quisesse, prolongar-se por laudas e laudas, à vontade.

Parte da alentada oração fora escrita há bastante tempo, quando da passagem de Levenson pela Bahia. Destinava-se a jantar de homenagem recusado pelo extravagante prêmio Nobel, mais curioso da vida popular e dos encantos de Ana Mercedes do que do trato das personalidades eminentes. A esse introito antigo, o copioso Batista acrescentara capítulos referentes a Archanjo e a problemas de interesse geral e imediato. Assim compôs "peça magistral de erudição e patriotismo", conforme a classificou o redator do *Jornal da Cidade*. Magistral e interminável.

Um tanto polêmica, igualmente. Para início de conversa, Batista polemizou com James D. Levenson, provando que ciência e cultura não eram privilégios do gringo: ele próprio, orador, se bem reconhecesse os méritos do norte-americano, não lhe temia o confronto. Aplaudiu sobretudo em Levenson os títulos, a cátedra, a nomeada, a nacionalidade digna de todos os louvores. Criticou-lhe a constante heresia científica, a falta de acatamento pelos nomes feitos, a facilidade com que destruía tabus e tratava augustas sumidades de "graves charlatães". Em seguida polemizou com Archanjo. A seu ver, o homenageado da noite, alvo do generoso aplauso dos presentes, jamais deveria ter ultrapassado os limites das pesquisas folclóricas: "ainda que eivadas de imperfeições quantiosas, representam tentativa promissora e merecem ser admitidas na prática dos eruditos". Ao querer, porém, lavorar em messe de grandes sábios da estatura de Nilo Argolo e Oswaldo Fontes, "grafou extravagâncias sem a mais reduzida base de infrágil sustentação". Não conduziu muito adiante o tema Pedro Archanjo. Ocupou a maior parte do discurso no elogio da "verdadeira tradição, única efetivamente digna de culto, a da família brasileira e cristã". O professor Batista assumira recentemente a presidência da benemérita Associação de Defesa da Tradição, da Família e da Propriedade, sentia-se responsável pela segurança nacional. Arguto olho policial, em toda parte enxergava inimigos da pátria e do regime. Mesmo certas figuras do governo estadual eram-lhe suspeitas de conluio com os subversivos e consta ter denunciado algumas — por favor não pergunte quais nem a quem, dona Edelweiss.

Tudo acaba um dia, também a peça do ameaçador Batista chegou ao fim por volta das onze e meia da noite, a sala em pesado silêncio, unânime mal-estar. Pelo visto e ouvido, se Archanjo aparecesse ali, provavelmente o orador chamaria os soldados.

Com um suspiro de alívio, o governador ia encerrar a sessão:

— Não havendo quem queira usar da palavra...

— Peço a palavra!

Era o major Damião de Souza. Em atraso, como sempre; os olhos injetados pois àquela hora da noite já absorvera boa parte do álcool da Bahia, penetrara na sala ao começo da maçante xaropada do virtuoso Batista. Vinha em companhia de malvestida mulata, em adiantado estado de gravidez, pouco à vontade em tão fausto ambiente. O major ordenou ao poeta e sociólogo Pena:

— Bardo! Ceda a cadeira aqui para a coitada que está esperando menino e não pode ficar em pé.

Levantara-se Fausto Pena e, com ele, solidária e derretida, levantou-se franzina literata, recente estreia na Coluna da Jovem Poesia, a mais nova cria do poeta.

— Sente-se, minha filha — disse o major à mulata.

Sentou-se ele próprio na outra cadeira vaga, fixou o olho no orador e imediatamente adormeceu. Acordou com os aplausos, a tempo de pedir a palavra.

Na tribuna, após um olhar melancólico para o copo de água mineral — "quando oferecerão cerveja aos oradores?" —, dirigiu-se às autoridades e àquele buquê de talentos ali reunido para festejar Pedro Archanjo, mestre do povo e do próprio major, a quem ensinara as primeiras letras, sábio que se fizera grande à custa do próprio esforço, nome exponencial da Bahia, a compor com Rui Barbosa e Castro Alves a "Suprema Trindade do Gênio". Após o torvo discurso de Batista, pontilhado de subentendidos e ameaças, as palavras do major, grandiloquentes, barrocas, baianíssimas, faziam o ar novamente respirável e mereceram festivas palmas do auditório. O major estendia os braços, dramático:

— Muito bem, minhas senhoras, meus senhores! Todas essas homenagens prestadas a mestre Archanjo no decorrer do mês de dezembro, reunindo o que há de mais excelso na inteligência da Bahia, todas elas muito justas e maravilhosas, porém...

— Se alguém acender um fósforo em frente à sua boca, ele pega fogo... — sussurrou o presidente do instituto ao governador, mas o disse com enorme simpatia, mil vezes a voz roufenha e o bafo de cachaça do major Damião de Souza do que a voz empostada e o olhar sinistro do abstêmio Batista.

Braços abertos, voz em soluços, o major chegou à peroração: tanta festa, tanto discurso, tanto elogio a Archanjo, merecedor disso tudo e de muito mais ainda — mas eis o reverso da medalha! A família, os descendentes de Archanjo, seus parentes, esses morriam à míngua, vegetavam na maior miséria, na fome e no frio. Ali mesmo, minhas bondosas senhoras, meus ilustres senhores, naquela sala em festa tão grandiosa, ali mesmo padecia uma parenta próxima de Archanjo, mãe de sete filhos, às vésperas do oitavo, viúva ainda a chorar a morte do esposo estremecido, necessitada de médico, hospital, remédios, dinheiro para comida dos meninos... Ali, naquela sala onde eram ouvidos tantos louvores a Pedro Archanjo, ali...

Apontava a mulata na cadeira:

— Levante-se, minha filha, ponha-se de pé para que todos vejam em que estado se encontra uma descendente, uma parenta próxima do imortal Pedro Archanjo, glória da Bahia e do Brasil, glória da pátria!

De pé, cabeça baixa, sem saber onde botar as mãos e para onde olhar, a barriga estofada, os sapatos cambaios, o vestido surrado, ínfima pobreza. Alguns erguiam-se das cadeiras para ver melhor.

— Senhoras e senhores, em vez de adjetivos e elogios, agora eu vos peço a dádiva de um óbolo para essa pobre mulher em cujas veias corre o sangue de Archanjo!

Disse e desceu da tribuna com o chapéu na mão. Começando pela mesa da presidência, de um a um dos presentes recolheu dinheiro. Quando chegou ao fim da sala, o governador dava a sessão por encerrada, "no meritório exercício cristão da caridade", e o major despejou no colo da vexada beneficiária as cédulas de valores diversos, a dinheirama toda. Vazio o chapéu, tomando o braço de Arno Melo, lhe propôs:

— Meu negro, venha me pagar uma cerveja, tenho a boca seca e estou teso.

342

Lá se foram para o Bar Bizarria. Os dois e Ana Mercedes. Ana Mercedes pelo braço de Arno, finalmente ancorada no porto da promoção e da publicidade. Impressionante revelação de contato, não havia freguês capaz de resistir a seus argumentos. Na rua, Arno pediu licença ao major: deixe-me beijá-la, há três horas não sinto o sabor de sua boca, e ouvi tanta bobagem, estou ávido e posso morrer se não o fizer. À vontade, meu caro, se desaperte, mas ande depressa, não esqueça que a cervejinha espera. Depois, se quiser, lhe ensino onde fica um castelo discretíssimo, do tempo de Archanjo.

Enquanto a sala se esvaziava, o professor Fraga Neto, de cavanhaque e bigodes brancos, ancião ainda espigado e discutidor, aproximou-se da parenta pobre e próxima de Pedro Archanjo:

— Fui amigo de Archanjo, minha filha, mas não sabia que tivesse família, que houvesse deixado descendentes. Você é filha de quem, qual é o seu grau de parentesco?

Ainda encabulada, segurando com força a bolsa ordinária onde pusera as notas — nunca vira tanto dinheiro junto! —, a mulata olhou para o velho curioso em sua frente:

— Meu senhor, não sei nada disso. Esse tal de seu Archanjo eu não conheci, não sei quem é, ouvi falar dele hoje pela primeira vez. Mas o resto é tudo certo: a precisão, os meninos pequenos, não são sete mas são quatro, sim senhor, o meu homem não morreu mas foi embora e me deixou sem tostão em casa... Não vê que então eu fui atrás do major pedir um auxílio. Encontrei ele no Bar Triunfo, me disse que estava sem dinheiro mas que eu viesse com ele num lugar onde ia me arranjar ajuda. Me trouxe aqui... — sorriu e lá se foi porta afora; apesar de grávida rebolava as ancas, num passo gingado igual ao do falecido Archanjo.

O professor Fraga Neto também sorriu, balançou a cabeça. Da primeira ideia de Zezinho Pinto até às últimas palavras do discurso de Batista, Tradição e Propriedade — perigosa besta! —, nessas comemorações tudo fora farsa e embuste, um colar de absurdos. Talvez a única verdade tenha sido a invencionice do major, a mulata prenhe e sem comida, precisada e sestrosa, falsa parenta, parenta verdadeira, gente de Archanjo, universo de Archanjo. Repetiu de memória: "A invenção do povo é a única verdade, nenhum poder conseguirá jamais negá-la ou corrompê-la".

DO TERRITÓRIO MÁGICO E REAL

No Carnaval de 1969, a escola de samba Filhos do Tororó levou às ruas o enredo "Pedro Archanjo em quatro tempos", obteve grande sucesso e alguns prêmios. Ao som do samba-enredo de Waldir Lima, vitorioso sobre cinco ótimos concorrentes da ala dos compositores, a escola desfilou pela cidade a cantar:

> *Escritor emocionante*
> *Realista sensacional*
> *Deslumbrou o mundo*
> *Oh!, Pedro Archanjo genial*
> *Sua vida em quatro tempos*
> *Apresentamos neste Carnaval*

Finalmente Ana Mercedes pôde ser Rosa de Oxalá e nada ficou a lhe dever em requebro e dengue. A bunda solta, os seios livres, sob a bata de cambraia e rendas, o olhar de frete a pedir cama e estrovenga competente — porque essa mulata, ai, não é para qualquer bimbinha de fazer pipi —, enlouqueceu a praça e o povo. Quem não sonhou com as coxas altas, o ventre liso, o oferecido umbigo? Bêbados e caretas arrojaram-se a seus pés de dança.

Exibia-se Ana Mercedes entre os principais passistas das gafieiras e cada um deles figurava um personagem do enredo: Lídio Corró, Budião, Valdeloir, Manuel de Praxedes, Aussá e Paco Muñoz. No carro alegórico, o afoxé dos Filhos da Bahia, o embaixador, o dançador, Zumbi e Domingos Jorge Velho, os negros de Palmares, os soldados do Império, o começo da luta. Despedaçavam-se no canto:

Do território mágico e real
Grandeza da inteligência nacional
Extraiu dos seres e das coisas
Um lirismo espontâneo

Kirsi de neve e trigo, vestida de estrela-d'alva, à frente do pastoril, tão loira e branca, linda sarará da Escandinávia. Dezenas e dezenas de mulheres, grande parte da ala feminina onde se acham inscritas beldades, estrelas, princesas e domésticas da mais alta qualidade, todas em poses sensuais num leito colossal a ocupar sozinho um dos carros alegóricos, talvez o de maior impacto. Precedendo-o no tablado, o mestre de cerimônias exibe um cartaz com o título daquela alegoria de tantas mulheres reunidas em leito comum e infinito: O DOCE OFÍCIO DE PEDRO ARCHANJO. Lá estavam todas elas em conversê e risos, as comborças, as comadres, as raparigas, as casadas, as cabaçudas, as negras, as brancas, as mulatas, Sabina dos Anjos, Rosenda, Rosália, Risoleta, Terência pensativa, Quelé, Dedé, cada uma sua vez. Do leito partiam seminuas para a roda do samba:

Glória glória
Do mundo brasileiro
Contemporâneo
Glória glória

Nos atabaques, agogôs, chocalhos e cabaças, o candomblé de feitas, iaôs e orixás. Procópio apanha de chicote no balé sinistro dos secretas, Ogum, imenso negro do tamanho de um sobrado, bota o delegado auxiliar Pedrito Gordo a correr na rua, a se mijar de medo. Prossegue a invencível dança.

Os capoeiristas trocam golpes impossíveis, Mané Lima e a Gorda Fernanda bailam o maxixe e o tango. A velha de sombrinha aberta, saia de babados e ritmo de cancã, é a condessa Isabel Tereza Martins de Araújo e Pinho, para os íntimos Zabela, princesa do Recôncavo, mundana de Paris.

Com chifres de diaba, envolta em chamas de papel vermelho, Doroteia anuncia o término do cortejo, desaparece num fogaréu de enxofre.

> *Louvemos pois as glórias alcançadas*
> *Nas suas grandes jornadas*
> *Nesse mundo de meu Deus*
> *E tudo que expomos nas avenidas*
> *São histórias já vividas*
> *Contadas nos livros seus*

Capoeiristas, filhas de santo, iaôs, pastoras, orixás, o terno de reis e o afoxé, passistas e formosas cantam, dançam e abrem alas, mestre Pedro Archanjo Ojuobá pede passagem:

> *Glória glória*
> *Glória glória*

Pedro Archanjo Ojuobá vem dançando, não é um só, é vário, numeroso, múltiplo, velho, quarentão, moço, rapazola, andarilho, dançador, boa prosa, bom no trago, rebelde, sedicioso, grevista, arruaceiro, tocador de violão e cavaquinho, namorado, terno amante, pai-d'égua, escritor, sábio, um feiticeiro.

Todos pobres, pardos e paisanos.

> *Vila Moreira, na casa fraternal de Nair e Genaro de*
> *Carvalho, Bahia, de março a julho de 1969*

Posfácio
RAÇA, POLÍTICA E HISTÓRIA NA TENDA DE JORGE

João José Reis

Tenda dos Milagres é um apaixonado manifesto em defesa da mestiçagem, que é insistentemente definida como "a solução brasileira para o conflito racial" pelo herói Pedro Archanjo. Mas se este é o tema central do romance que Jorge Amado disse ser seu predileto, muitos outros o atravessam. Amado fala de hierarquias sociais e luta de classes, de colonialismo cultural, ditadura militar, das limitações do pensamento da juventude esquerdista na era pós-Stálin, da ameaça da cultura popular pela modernização, entre outros assuntos que o preocupavam no final da década de 1960.

O elogio da miscigenação racial, combinado com o do sincretismo cultural, sobretudo o religioso, não era novidade quando o romance foi escrito. Desde o início do século XX, a mestiçagem foi vista positivamente por intelectuais brasileiros, alguns deles, a exemplo de Silvio Romero e Oliveira Viana, por apostarem num crescente branqueamento da população pela predominância genética da que consideravam ser a "raça" superior. Outros viam a mestiçagem como síntese de "raças" e culturas, como Manoel Bonfim. Embora rechaçasse o antilusitanismo deste último, Gilberto Freyre é de alguma forma seu herdeiro. O clássico de Freyre, *Casa-grande & senzala*, publicado em 1933, deu início a uma obra em que a mestiçagem, e o reconhecimento de um lugar específico para o mestiço na hierarquia social brasileira, tornar-se-ia o grande diferencial das relações raciais no Brasil. Foi um passo para que o mestiço se tornasse o principal argumento para a formação de uma ideologia da democracia racial. Na obra de 1933 Freyre atribuía a paternidade desse fenômeno ao português, que, ao contrário de outros colonizadores, não cultivaria o preconceito racial, sobretudo quando se tratava de escolher sua parceira sexual. Neste ponto, os grandes intérpretes do Brasil na época, como Sérgio Buarque de Holanda e Caio Prado Jr., assinavam embaixo, mesmo se discordavam do sociólogo pernambucano em tantos outros temas. Mas, dessa geração, coube a Freyre conceber uma visão otimista do Brasil derivada da miscigenação, como a parte mais relevante da identidade nacional do país.

O fenômeno da mestiçagem e o elogio da mestiçagem não eram, porém, exclusividade brasileira. No final do século XIX, o cubano José Martí já se referia a *"nuestra America mestiza"*. Tendo como componente principal a mistura entre europeus e indígenas, a América espanhola também construiu sua identidade com base na *mestizaje*, sobretudo o México. No Caribe francês, igualmente, a reflexão, o debate intelectual e a própria organização social em torno à *métissage* têm uma longa história, ainda em curso, ainda polêmica. É bom que se repare nisso porque muitos brasileiros acreditam que somos excepcionais nesse tema, como o próprio Jorge Amado parecia acreditar.

Tenda dos Milagres sugere que a mestiçagem é um etos brasileiro desde há muito, que no Brasil, e em particular na Bahia, os sangues se têm misturado de cima a baixo da hierarquia social, e que o preconceito de cor seria uma ideia fora de lugar. Não seriam poucos nem fracos os que formavam as hostes racistas, fossem acadêmicos, autoridades do governo, proprietários, aos quais no entanto se opunham gente das mesmas classes e sobretudo os setores populares. Racismo e antirracismo é o embate ideológico e cultural que ocupa o centro da cena do romance de Amado. Uma história da Bahia pode ser escrita nessa mesma chave.

Com efeito, *Tenda dos Milagres* pode ser lido como história social, cultural e até intelectual, alegórica mas verossímil em muitos aspectos. Ajuda a criar essa impressão o fato de Jorge Amado ter construído personagens e tramas a partir da história real. Veja-se, por exemplo, de onde deriva boa parte do pensamento e da ação dos personagens Pedro Archanjo, o protagonista do livro, e Nilo Argolo, seu mais formidável adversário. A figura de Nina Rodrigues é o modelo para a criação do personagem Nilo Argolo. Já Pedro Archanjo resultaria de uma operação mais complicada. Amado declarou ser sua criação "a soma de muita gente misturada", destacando Miguel *Archanjo* Barradas Santiago de Santana (1896-1974), descendente de avôs ibéricos (um espanhol, outro português) e avós africanas (uma tapa, outra ganense). Santana chegou a ser próspero homem de negócios no porto de Salvador dos anos 1930, dono de alvarengas e de uma empresa de intermediação da estiva, o que nada tem a ver com o personagem de Amado. Mas, como Pedro Archanjo, Miguel Archanjo seria mulherengo e tinha o alto posto de obá Aré no terreiro do Axé Opô Afonjá. Esse o lado "popular" de Pedro Archanjo. Mas o lado "intelectual" e militante foi inspirado no mestiço Manuel Querino (1851-1923), abolicionista, professor de desenho, sindicalista e estudioso da história e cultura do negro na Bahia, inclusive do candomblé.

É exercício interessante cotejar o romance de Jorge Amado com os escritos de Nina Rodrigues e Manuel Querino, a partir dos quais muitos dos embates entre Archanjo e Argolo foram concebidos. Uma das fontes usada por Amado é o livro de Nina Rodrigues *As raças humanas e a responsabilidade penal no Brasil*, mesmo título atribuído a um livro escrito por Nilo Argolo. O livro de Nina foi dedicado, entre outros, aos professores italianos Cesare Lombroso, Enrico Ferri e R. Garofalo, ali chamados de "chefes da nova escola criminalista". Esses representantes do chamado "racismo científico" europeu são citados em *Tenda dos Milagres* como mentores intelectuais do personagem Nilo Argolo. Lombroso era o mais famoso deles e influenciou juristas e médicos brasileiros ao longo da primeira metade do século XX.

Pois bem, Nina Rodrigues, em *As raças humanas*, entre outras delicadezas, atribui à psicologia dos negros uma "organização infantil", mas diante da enorme e crescente miscigenação no Brasil, os mestiços de negros se tornariam talvez sua principal preocupação na prática da medicina legal. Ele os dividia em mestiços superiores e inferiores, os primeiros, naturalmente, tinham assegurado "a predominância da raça civilizada na sua organização hereditária". Parece animador mas não é. Para Nina, "mesmo nos mestiços mais disfarçados, naqueles em que o predomínio dos caracteres da raça superior parece definitivo, não é impossível revelar-se de um momento para o outro o fundo atávico do selvagem". Se assim acontecia com os mestiços "superiores", que dizer dos definidos como "comuns". Estes seriam

> produtos socialmente aproveitáveis, superiores às raças selvagens de que provieram, mas que, já pelas qualidades herdadas dessas raças, já pelo desequilíbrio mental que neles operou o cruzamento, não são equiparáveis às raças superiores e acham-se em iminência constante de cometer ações antessociais [sic] de que não podem ser plenamente responsáveis.

O mestiço era, fatalmente, um degenerado, acreditava ele. Nina mediu crânios, decifrou fisionomias, hipnotizou criminosos para chegar a essa conclusão. O livro visava estabelecer regras teóricas para detectar "criminosos natos" entre os descendentes das "raças selvagens", com o intuito de propor um código criminal diferenciado para brancos e negro-mestiços, o que Amado transforma num plano acabado de separatismo racial na mente de Nilo Argolo.

Quanto à relação entre Manuel Querino e Pedro Archanjo, há muita coisa debaixo da tenda do saber. Querino escreveu *A arte culinária na Bahia*, assim como Pedro Archanjo escreveu livro de culinária; Querino escreveu *A raça africana e seus costumes no Brasil* (1916), assim como Archanjo, com apenas dois anos de diferença, publica *Influências africanas nos costumes da Bahia* (1918). Além da polêmica racial, detalhes etnográficos fazem parte do embate entre Archanjo e Argolo, e algo disso Amado foi garimpar nas obras de Nina e de Querino. Este descobriu, por exemplo, a presença na Bahia de cucumbis, um folguedo popular, enquanto aquele não os conseguiu encontrar. O achado de Querino migra para o livro *Tenda dos Milagres* para demonstrar a superioridade das pesquisas de Archanjo sobre as de Argolo: "Já no primeiro livro o mestiço contestara afirmações de Argolo e agora encerrava o assunto com tal cópia de provas que…". No plano da militância social, Querino atuou no movimento operário de seu tempo, da mesma forma que Archanjo organiza greves de trabalhadores em *Tenda dos Milagres*. E por aí vai.

Querino não se meteu abertamente em querelas teóricas com o pensamento racista instalado na Faculdade de Medicina da Bahia, onde Nina Rodrigues tinha feito escola. Sua estratégia era aquela adotada pelo Archanjo maduro, que com o progredir da escrita de seu último livro abandona a polêmica teórica para mergulhar na etnografia dos "costumes populares". Mas, além de descrever a vida popular da Bahia de seu tempo, Querino não deixou de emitir opiniões fortes em relação ao preconceito contra o negro, que considerava o criador da riqueza material do país, além de outros talentos. Em *O africano como colonizador*, ele escreveu: "A observação há demonstrado que entre nós, os descendentes da raça negra têm ocupado posições de alto relevo, em todos os ramos do saber humano, reafirmando a sua honorabilidade individual na observância das mais acrisoladas virtudes". E como Archanjo, Querino foi enfático quanto ao valor dos mestiços na formação intelectual do Brasil: "Do convívio e colaboração das raças na feitura deste país procede esse elemento mestiço de todos os matizes, donde essa plêiade ilustre de homens de talento, que no geral representaram o que há de mais seleto nas afirmações do saber, verdadeiras glórias da nação". Cidadania plena para negros e mestiços, este um dos objetivos da militância intelectual, sindical e política de Manuel Querino.

Naturalmente, as nuanças e as contradições do pensamento e do comportamento de Nina Rodrigues e de Manuel Querino não se refletem nos personagens Nilo Argolo e Pedro Archanjo. A realidade se mostrou mais complexa. Querino, por exemplo, tinha uma cabeça ainda presa às ideias evolucionistas predominantes em sua época, considerando as sociedades africanas mais adiantadas que as indígenas, e mais atrasadas que as europeias. Na abertura de *A raça africana*, deixava "consignado o nosso protesto contra o modo desdenhoso e injusto por que se procura deprimir o africano, acoimando-o constantemente de boçal e rude, como qualidade congênita e não simples condição circunstancial, comum, aliás, a todas as raças não evoluídas". Ao protesto contra o preconceito se junta o deslize para o evolucionismo.

Quanto a Nina, a par de suas teses racistas, combateu a repressão policial aos candomblés, no que talvez cumprisse uma das funções de ogã honorífico do terreiro do Gantois, segundo reza a tradição oral. Chegou a contestar a legalidade das perseguições: "Em que direito se baseia, pois, a constante intervenção da polícia na abusiva violação dos templos ou terreiros africanos, na destruição dos seus ídolos e imagens, na prisão, sem formalidades legais, dos pais de terreiros e diretores de candomblés?". Ao contrário, em *Tenda dos Milagres* Nilo Argolo aplaude com entusiasmo a "guerra santa" do subdelegado Pedrito Gordo contra os candomblés.

Pedrito é outro personagem de *Tenda dos Milagres* com equivalência na história real. Trata-se do delegado Pedro Azevedo Gordilho, tristemente famoso nas tradições orais do povo de santo como um policial despótico, perseguidor incansável de candomblés nos anos 1920. Porém, como afirma uma estudiosa do caso, Ângela Lühning, é difícil separar lenda de realidade. A própria lenda o tem como personagem contraditório. Assim como Nina protestava contra a violência policial, Pedrito, que invadia terreiros, destruía altares, confiscava atabaques e prendia pais e mães de santo, seria, ele também, protetor de algumas casas de culto nunca atacadas. O historiador e folclorista José Calasans — aliás também personagem de *Tenda dos Milagres* — recolheu cordel sobre Pedrito, em cujos versos lê-se:

Lembro-me de d. Silvana
A velha da bruxaria
Eu cerquei a sua casa
com minha cavalaria
E mesmo assim não pude
trazê-la à delegacia.

Outra tradição tem o delegado como protetor do terreiro de Silvana e mesmo como seu parceiro amoroso. No tempo de Pedrito, a imprensa, mais do que aplaudir seus assaltos aos terreiros baianos, vivia a criticar a polícia por tolerá-los e até protegê-los.

Passagens inteiras do romance de Amado expressam o espírito antipopular da imprensa, que via as manifestações culturais de extração africana como bárbaras, um obstáculo ao avanço da civilização em terras baianas. Amado fez pesquisa específica para escrever sobre isso. Ironicamente o fez em livro de Nina Rodrigues, seu modelo para o racista professor Nilo Argolo. Em *Os africanos no Brasil*, Nina reproduziu matérias de jornais da época contra candomblés e afoxés que nosso romancista copiou *ipsis litteris* em seu livro. Nina usou muitas das matérias sobre/contra o candomblé para ilustrar a repressão policial, por ele condenada, como já disse.

Esse o "tempo passado" de *Tenda dos Milagres*, aquele em que Pedro Archanjo viveu. No tempo presente, aquele em que Jorge Amado escreve seu livro e a obra de Archanjo é revelada para o mundo, o romancista passa em revista alguns assuntos que o incomodavam. É o caso do que podemos chamar de colonização mental, representado pela maneira subserviente como a opinião de um professor americano muda a vida intelectual e cultural da Bahia no ano de 1968, o ano das revoltas estudantis no mundo, da passeata dos 100 mil no Brasil, da publicação do Ato Institucional nº 5, do fechamento do Congresso, da censura prévia, da repressão ao movimento estudantil — e o ano também do centenário do nascimento de Pedro Archanjo. O mestiço baiano se torna foco de interesse para estudos eruditos, homenagens de políticos oportunistas, seminários em institui-ções acadêmicas e culturais adormecidas, motivo de peças tea-trais, celebrações de aniversário de nascimento, redações cole-giais, cobertura da imprensa e até campanhas publicitárias enganadoras criadas por profissionais muito bem pagos.

É o momento do livro em que Jorge Amado confronta a ditadura militar. Estudantes baianos ouvem e ovacionam pales-tras do sábio professor da Universidade de Columbia, James Levenson, nas quais, entre outras tiradas, ele garante que só haverá mundo civilizado quando as fardas se tornarem peças de museu. Por suas ideias progressistas, o americano desconfia estar sendo seguido por secreta, porque estudara "os hábitos dos países subdesenvolvidos e de suas ditaduras". Amado lamenta a proibição de comícios políticos pelos militares, denuncia a censura à imprensa e a perseguição a estudantes e professores universitários, considera aquele um período *"de cotidiano melancólico e intranquilo"*, e inclui em sua narrativa epi-sódio que de fato se verificou, a invasão pela polícia do mostei-ro de São Bento para prender estudantes que protestavam nas ruas vizinhas contra a ditadura. Na época chefiava o mosteiro o abade d. Timóteo Amoroso Anastácio, também personagem do livro, onde figura como amigo de mãe de santo e estudioso do sincretismo religioso que pôs nas mãos de Pedro Archanjo a obra de Franz Boas — antes de este ter sido professor de Gil-berto Freyre na Universidade de Columbia nos anos 1920.

Amado arrisca-se um pouco mais, embora com uma sutile-za que parece ter escapado à inteligência dos generais. Me refi-ro a uma alusão ao líder guerrilheiro Carlos Marighella, ex--companheiro do romancista no Partido Comunista, do qual se afastaria, em 1966, para fundar a Aliança Libertadora Nacional (ALN), organização clandestina que fez a luta armada contra a ditadura. Assim como Marighella, que escreveu uma prova em versos quando estudante de engenharia, o personagem Tadeu Canhoto lavrou "prova em versos decassílabos" na mesma Escola Politécnica onde estudara o líder da ALN. Marighella, aliás, era mestiço como Tadeu, filho de imigrante italiano com

356

uma negra descendente de negros haussás, muçulmanos que protagonizaram várias revoltas escravas na Bahia da primeira metade do século XIX. Marighella morreu assassinado em operação comandada pelo delegado Sérgio Paranhos Fleury, em novembro de 1969, poucos meses depois de Amado ter finalizado *Tenda dos Milagres.*

Na pena do romancista, a ditadura, claro, seria inimiga de qualquer discussão sobre questões raciais — no que ele estava certo —, mas também contra, supõe o autor, o projeto de miscigenação celebrado em *Tenda dos Milagres.* Daí terem sido os professores Ramos e Azevedo — respectivamente Arthur Ramos (1903-49) e Thales de Azevedo (1904-95), ambos renomados antropólogos na vida real — desencorajados a organizar o simpósio sobre relações raciais, um dos eventos a celebrar os cem anos do nascimento de Pedro Archanjo. Vá lá que os estudantes decidem aproveitar a ocasião para sair em passeata em apoio aos negros norte-americanos, a manifestação vira anti--imperialista, o consulado é apedrejado... A ditadura, no livro, é feita ainda aliada da África do Sul. Os generais, assim, seriam antibrasileiros porque, num país onde predominavam relações raciais basicamente amenas, eles faziam negócio com um regime racista.

O movimento negro norte-americano não seria consumição para os generais apenas. Amado também temia sua possível influência num Brasil que já teria encontrado na mestiçagem a solução para os problemas raciais. O momento em que *Tenda dos Milagres* foi escrito (1969) era de grande ebulição do movimento negro nos Estados Unidos. Em abril do ano anterior, tinha sido assassinado o líder pacifista e pastor Martin Luther King, que conseguira uma mobilização fabulosa de negros e aliados brancos em prol dos direitos civis em seu país. Com sua morte, setores do movimento negro se radicalizaram e ganhou força entre os mais jovens a pregação do Poder Negro, concretizada em organizações como os Panteras Negras, que chegaram a pregar a separação racial e a defesa armada contra os ataques de racistas brancos. O romancista brasileiro prestava atenção a esse quadro e temia que os negros do Brasil viessem a adotar aqueles ideais e atitudes, pondo em perigo a ideologia da mestiçagem.

Amado trabalha essa temática principalmente em dois momentos do livro. O professor Ramos, em carta ao professor Azevedo, planeja um simpósio sobre a obra de Archanjo, para afirmar mais uma vez "a grandeza da solução brasileira" para o problema racial. Na carta Ramos deseja contrastar, naqueles dias de 1968, Brasil e Estados Unidos, "onde o Poder Negro é um fator novo e sério". Azevedo cita o próprio Archanjo numa de suas inspiradas obras: "Se o Brasil concorreu com alguma coisa válida para o enriquecimento da cultura universal, foi com a miscigenação". Portanto, nada de Poder Negro por cá.

Amado retoma o tema a partir da montagem de uma peça sobre a vida de Pedro Archanjo. Na peça, obra a várias mãos, um dos autores, branco, classe média, esquerdista apesar de sobrinho de general, e desconfia-se que racista — fora o único dos envolvidos na produção que não tentou seduzir a bela mulata Ana Mercedes —, propõe com muito empenho que Archanjo seja retratado como um militante negro *made in USA* e se faça pregador do separatismo racial. É um dos momentos mais caricaturais do romance, mas Amado dá seu recado com todas as letras: a identidade negra não interessa ao Brasil, interessa ao Brasil a identidade mestiça.

Nesse compasso, Amado antecipa-se à polêmica que se instaurou no país desde meados da década de 1970, com a constituição de um novo movimento negro brasileiro, e que se estende até hoje. De um lado se colocam aqueles que abominam o que consideram uma "americanização" das relações raciais no Brasil pelo movimento, ao pregar um sistema binário branco/negro que aumentaria a separação e animaria o racismo, agora também por parte dos negros; do outro, os que veem a promoção de uma identidade negra como um mecanismo eficaz de mobilização para reivindicar políticas públicas que favoreçam esse setor discriminado e menos favorecido da população, agora definido como afrodescendente ou simplesmente negro.

Mas ao mesmo tempo que prega, principalmente pela voz

de Pedro Archanjo, a mestiçagem, Jorge Amado denuncia vigorosamente o racismo, que muitas vezes se esconde sob a capa da tolerância hipócrita de cordial convívio racial. Prova-o a trajetória do personagem Tadeu Canhoto, que desfruta o convívio de uma família supostamente branca e muito rica, até quando ousa pretender a mão da moçoila da casa. Tadeu representaria os dilemas enfrentados pelos mestiços em processo de ascensão social num mundo dominado por brancos, ou gente que assim se considera, o que do ponto de vista sociológico dá no mesmo. No final tudo se ajeita com a família da jovem, mas, ao mesmo tempo que Tadeu ascende, ele se afasta das pessoas e dos valores da comunidade popular — com o candomblé no centro — que o viu crescer, o protegeu e o financiou, inclusive de seu "padrinho" Pedro Archanjo. Sem falar no fato de ele ter ido servir de "braço direito" do engenheiro Paulo Frontin, responsável pelas reformas do prefeito Pereira Passos no Rio de Janeiro da *belle époque*, entre 1902 e 1906, que resultaram na destruição de moradias populares para que se construíssem largas avenidas para o trânsito e o lazer "civilizado" da crescente classe média local.

O mulato Tadeu encerra sua participação em *Tenda dos Milagres* a caminho da França, onde sua mulher, branca alvíssima, fará tratamento para engravidar. Os doutores de Paris, capital europeia da *belle époque*, modelo de civilização para a elite brasileira, permitirão, imagina-se, que o casal cumpra o papel para que foram criados pelo romancista: misturar o sangue. Ele, mestiço bem-sucedido, ela, branca filha de fazendeiro rico. Estratégia de casamento familiar que o romance de Jorge Amado ilustra com brilho.

João José Reis é doutor em história pela Universidade de Minnesota e professor do departamento de história da Universidade Federal da Bahia.

CRONOLOGIA

Tenda dos Milagres se constrói sobre dois eixos temporais alternados: a vida adulta de Pedro Archanjo (1868-1943) e o final da década de 1960, quando são celebrados os cem anos de seu nascimento. A repressão aos terreiros de candomblé, que ocorreu de fato nas décadas de 1920 e 1930, é um dos temas centrais do romance. Jorge Amado faz também diversas menções ao golpe militar de 1964.

1912-1919
Jorge Amado nasce em 10 de agosto de 1912, em Itabuna, Bahia. Em 1914, seus pais transferem-se para Ilhéus, onde ele estuda as primeiras letras. Entre 1914 e 1918, trava-se na Europa a Primeira Guerra Mundial. Em 1917, eclode na Rússia a revolução que levaria os comunistas, liderados por Lênin, ao poder.

1920-1925
A Semana de Arte Moderna, em 1922, reúne em São Paulo artistas como Heitor Villa-Lobos, Tarsila do Amaral, Mário e Oswald de Andrade. No mesmo ano, Benito Mussolini é chamado a formar governo na Itália. Na Bahia, em 1923, Jorge Amado escreve uma redação escolar intitulada "O mar"; impressionado, seu professor, o padre Luiz Gonzaga Cabral, passa a lhe emprestar livros de autores portugueses e também de Jonathan Swift, Charles Dickens e Walter Scott. Em 1925, Jorge Amado foge do colégio interno Antônio Vieira, em Salvador, e percorre o sertão baiano rumo à casa do avô paterno, em Sergipe, onde passa "dois meses de maravilhosa vagabundagem".

1926-1930
Em 1926, o Congresso Regionalista, encabeçado por Gilberto Freyre, condena o modernismo paulista por "imitar inovações estrangeiras". Em 1927, ainda aluno do Ginásio Ipiranga, em Salvador, Jorge Amado começa a trabalhar como repórter policial para o *Diário da Bahia* e *O Imparcial* e publica em *A Luva*, revista de Salvador, o texto "Poema ou prosa". Em 1928, José Américo de Almeida lança *A bagaceira*, marco da ficção regionalista do Nordeste, um livro no qual, segundo Jorge Amado, se "falava da realidade rural como ninguém fizera antes". Jorge Amado integra a Academia dos Rebeldes, grupo a favor de "uma arte moderna sem ser modernista". A quebra da bolsa de valores de Nova York, em 1929, catalisa o declínio do ciclo do café no Brasil. Ainda em 1929, Jorge Amado, sob o pseudônimo Y. Karl, publica em *O Jornal* a novela *Lenita*, escrita em parceria com Edson Carneiro e Dias da

Costa. O Brasil vê chegar ao fim a política do café com leite, que alternava na presidência da República políticos de São Paulo e Minas Gerais: a Revolução de 1930 destitui Washington Luís e nomeia Getúlio Vargas presidente.

1931-1935

Em 1932, desata-se em São Paulo a Revolução Constitucionalista. Em 1933, Adolf Hitler assume o poder na Alemanha, e Franklin Delano Roosevelt torna-se presidente dos Estados Unidos da América, cargo para o qual seria reeleito em 1936, 1940 e 1944. Ainda em 1933, Jorge Amado se casa com Matilde Garcia Rosa. Em 1934, Getúlio Vargas é eleito por voto indireto presidente da República. De 1931 a 1935, Jorge Amado frequenta a Faculdade Nacional de Direito, no Rio de Janeiro; formado, nunca exercerá a advocacia. Amado identifica-se com o Movimento de 30, do qual faziam parte José Américo de Almeida, Rachel de Queiroz e Graciliano Ramos, entre outros escritores preocupados com questões sociais e com a valorização de particularidades regionais. Em 1933, Gilberto Freyre publica *Casa-grande & senzala*, que marca profundamente a visão de mundo de Jorge Amado. O romancista baiano publica seus primeiros livros: *O país do Carnaval* (1931), *Cacau* (1933) e *Suor* (1934). Em 1935 nasce sua filha Eulália Dalila.

1936-1940

Em 1936, militares rebelam-se contra o governo republicano espanhol e dão início, sob o comando de Francisco Franco, a uma guerra civil que se alongará até 1939. Jorge Amado enfrenta problemas por sua filiação ao Partido Comunista Brasileiro. São dessa época seus livros *Jubiabá* (1935), *Mar morto* (1936) e *Capitães da Areia* (1937). É preso em 1936, acusado de ter participado, um ano antes, da Intentona Comunista, e novamente em 1937, após a instalação do Estado Novo. Em Salvador, seus livros são queimados em praça pública. Em setembro de 1939, as tropas alemãs invadem a Polônia e tem início a Segunda Guerra Mundial. Em 1940, Paris é ocupada pelo exército alemão. No mesmo ano, Winston Churchill torna-se primeiro-ministro da Grã-Bretanha.

1941-1945

Em 1941, em pleno Estado Novo, Jorge Amado viaja à Argentina e ao Uruguai, onde pesquisa a vida de Luís Carlos Prestes, para escrever a biografia publicada em Buenos Aires, em 1942, sob o título *A vida de Luís Carlos Prestes*, rebatizada mais tarde *O cavaleiro da esperança*. De volta ao Brasil, é preso pela terceira vez e enviado a Salvador, sob vigilância. Em junho de 1941, os alemães invadem a União Soviética. Em dezembro, os japoneses bombardeiam a base norte-americana de Pearl Harbor, e os Estados Unidos declaram guerra aos países do Eixo. Em 1942, o Brasil entra na Segunda Guerra Mundial, ao lado dos aliados. Jorge Amado colabora na *Folha da Manhã*, de São Paulo, torna-se chefe de redação do diário *Hoje*, do PCB, e secretário do Instituto Cultural Brasil-União Soviética. No final desse mesmo ano, volta a colaborar em *O Imparcial*, assinando a coluna "Hora da guerra", e publica, após seis anos de proibição de suas obras, *Terras do sem-fim*. Em 1944, Jorge Amado lança *São Jorge dos Ilhéus*. Separa-se de Matilde Garcia Rosa. Chegam ao fim, em 1945, a Segunda Guerra Mundial e o Estado Novo, com a deposição de Getúlio Vargas. Nesse mesmo ano, Jorge Amado casa-se com a paulistana Zélia Gattai, é eleito deputado federal pelo PCB e publica o guia *Bahia de Todos-os-Santos*. *Terras do sem-fim* é publicado pela editora de Alfred A. Knopf, em Nova York, selando o início de uma amizade com a família Knopf que projetaria sua obra no mundo todo.

1946-1950

Em 1946, Jorge Amado publica *Seara vermelha*. Como deputado, propõe leis que asseguram a liberdade de culto religioso e fortalecem os direitos autorais. Em 1947, seu mandato de deputado é cassado, pouco depois de o PCB ser posto fora da lei. No mesmo ano, nasce no Rio de Janeiro João Jorge, o primeiro filho com Zélia Gattai. Em 1948, devido à perseguição política, Jorge Amado exila-se, sozinho, voluntariamente em Paris. Sua casa no Rio de Janeiro é invadida pela polícia, que apreende livros, fotos e documentos. Zélia e João Jorge partem para a Europa, a fim de se juntar ao escritor. Em 1950, morre no Rio de Janeiro a filha mais velha de Jorge Amado, Eulália Dalila. No mesmo ano, Amado e sua família são expulsos da França por causa de sua militância política e passam

a residir no castelo da União dos Escritores, na Tchecoslováquia. Viajam pela União Soviética e pela Europa Central, estreitando laços com os regimes socialistas.

1951-1955

Em 1951, Getúlio Vargas volta à presidência, desta vez por eleições diretas. No mesmo ano, Jorge Amado recebe o prêmio Stálin, em Moscou. Nasce sua filha Paloma, em Praga. Em 1952, Jorge Amado volta ao Brasil, fixando-se no Rio de Janeiro. O escritor e seus livros são proibidos de entrar nos Estados Unidos durante o período do macarthismo. Em 1954, Getúlio Vargas se suicida. No mesmo ano, Jorge Amado é eleito presidente da Associação Brasileira de Escritores e publica *Os subterrâneos da liberdade*. Afasta-se da militância comunista.

1956-1960

Em 1956, Juscelino Kubitschek assume a presidência da República. Em fevereiro, Nikita Khruchióv denuncia Stálin no 20º Congresso do Partido Comunista da União Soviética. Jorge Amado se desliga do PCB. Em 1957, a União Soviética lança ao espaço o primeiro satélite artificial, o *Sputnik*. Surge, na música popular, a Bossa Nova, com João Gilberto, Nara Leão, Antonio Carlos Jobim e Vinicius de Moraes. A publicação de *Gabriela, cravo e canela*, em 1958, rende vários prêmios ao escritor. O romance inaugura uma nova fase na obra de Jorge Amado, pautada pela discussão da mestiçagem e do sincretismo. Em 1959, começa a Guerra do

363

Vietnã. Jorge Amado recebe o título de obá Arolu no Axé Opô Afonjá. Embora fosse um "materialista convicto", admirava o candomblé, que considerava uma religião "alegre e sem pecado". Em 1960, inaugura-se a nova capital federal, Brasília.

1961-1965

Em 1961, Jânio Quadros assume a presidência do Brasil, mas renuncia em agosto, sendo sucedido por João Goulart. Yuri Gagarin realiza na nave espacial *Vostok* o primeiro voo orbital tripulado em torno da Terra. Jorge Amado vende os direitos de filmagem de *Gabriela, cravo e canela* para a Metro-Goldwyn-Mayer, o que lhe permite construir a casa do Rio Vermelho, em Salvador, onde residirá com a família de 1963 até sua morte. Ainda em 1961, é eleito para a cadeira 23 da Academia Brasileira de Letras. No mesmo ano, publica *Os velhos marinheiros*, composto pela novela *A morte e a morte de Quincas Berro Dágua* e pelo romance *O capitão-de-longo-curso*. Em 1963, o presidente dos Estados Unidos, John Kennedy, é assassinado. O Cinema Novo retrata a realidade nordestina em filmes como *Vidas secas* (1963), de Nelson Pereira dos Santos, e *Deus e o diabo na terra do sol* (1964), de Glauber Rocha. Em 1964, João Goulart é destituído por um golpe e Humberto Castelo Branco assume a presidência da República, dando início a uma ditadura militar que irá durar duas décadas. No mesmo ano, Jorge Amado publica *Os pastores da noite*.

1966-1970

Em 1968, o Ato Institucional nº 5 restringe as liberdades civis e a vida política. Em Paris, estudantes e jovens operários levantam-se nas ruas sob o lema "É proibido proibir!". Na Bahia, floresce, na música popular, o tropicalismo, encabeçado por Caetano Veloso, Gilberto Gil, Torquato Neto e Tom Zé. Em 1966, Jorge Amado publica *Dona Flor e seus dois maridos* e, em 1969, *Tenda dos Milagres*. Nesse último ano, o astronauta norte-americano Neil Armstrong torna-se o primeiro homem a pisar na Lua.

1971-1975

Em 1971, Jorge Amado é convidado a acompanhar um curso sobre sua obra na Universidade da Pensilvânia, nos Estados Unidos. Em 1972, publica *Tereza Batista cansada de guerra* e é homenageado pela Escola de Samba Lins Imperial, de São Paulo, que desfila com o tema "Bahia de Jorge Amado". Em 1973, a rápida subida do preço do petróleo abala a economia mundial. Em 1975, *Gabriela, cravo e canela* inspira novela da TV Globo, com Sônia Braga no papel principal, e estreia o filme *Os pastores da noite*, dirigido por Marcel Camus.

1976-1980

Em 1977, Jorge Amado recebe o título de sócio benemérito do Afoxé Filhos de Gandhy, em Salvador. Nesse mesmo ano, estreia o filme de Nelson Pereira dos Santos inspirado em *Tenda dos Milagres*. Em 1978, o presidente Ernesto Geisel anula o AI-5 e reinstaura o *habeas corpus*. Em 1979, o presidente João Baptista Figueiredo anistia os presos e exilados políticos e restabelece o pluripartidarismo. Ainda em 1979, estreia o longa-metragem *Dona Flor e seus dois maridos*, dirigido por Bruno Barreto. São dessa época os livros *Tieta do Agreste* (1977), *Farda, fardão, camisola de dormir* (1979) e *O gato malhado e a andorinha Sinhá* (1976), escrito em 1948, em Paris, como um presente para o filho.

1981-1985
A partir de 1983, Jorge Amado e Zélia Gattai passam a morar uma parte do ano em Paris e outra no Brasil — o outono parisiense é a estação do ano preferida por Jorge Amado, e, na Bahia, ele não consegue mais encontrar a tranquilidade de que necessita para escrever. Cresce no Brasil o movimento das Diretas Já. Em 1984, Jorge Amado publica *Tocaia Grande*. Em 1985, Tancredo Neves é eleito presidente do Brasil, por votação indireta, mas morre antes de tomar posse. Assume a presidência José Sarney.

1986-1990
Em 1987, é inaugurada em Salvador a Fundação Casa de Jorge Amado, marcando o início de uma grande reforma do Pelourinho. Em 1988, a Escola de Samba Vai-Vai é campeã do Carnaval, em São Paulo, com o enredo "Amado Jorge: A história de uma raça brasileira". No mesmo ano, é promulgada nova Constituição brasileira. Jorge Amado publica *O sumiço da santa*. Em 1989, cai o Muro de Berlim.

1991-1995
Em 1992, Fernando Collor de Mello, o primeiro presidente eleito por voto direto depois de 1964, renuncia ao cargo durante um processo de *impeachment*. Itamar Franco assume a presidência. No mesmo ano, dissolve-se a União Soviética. Jorge Amado preside o 14º Festival Cultural de Asylah, no Marrocos, intitulado "Mestiçagem, o exemplo do Brasil", e participa do Fórum Mundial das Artes, em Veneza. Em 1992, lança dois livros: *Navegação de cabotagem* e *A descoberta da América pelos turcos*. Em 1994, depois de vencer as Copas de 1958, 1962 e 1970, o Brasil é tetracampeão de futebol. No mesmo ano, Jorge Amado recebe o prêmio Camões. Em 1995, Fernando Henrique Cardoso assume a presidência da República, para a qual seria reeleito em 1998.

1996-2000
Em 1996, alguns anos depois de um enfarte e da perda da visão central, Jorge Amado sofre um edema pulmonar em Paris. Em 1998, é o convidado de honra do 18º Salão do Livro de Paris, cujo tema é o Brasil, e recebe o título de doutor *honoris causa* da Sorbonne Nouvelle e da Universidade Moderna de Lisboa. Em Salvador, termina a fase principal de restauração do Pelourinho, cujas praças e largos recebem nomes de personagens de Jorge Amado.

2001
Após sucessivas internações, Jorge Amado morre em 6 de agosto de 2001.

1ª edição Companhia das Letras [2008] 12 reimpressões
1ª edição Companhia de Bolso [2022] 1 reimpressão

Esta obra foi composta pela Verba Editorial em Janson Text
e impressa em ofsete pela Gráfica Bartira sobre papel Pólen
da Suzano S.A. para a Editora Schwarcz em julho de 2025

A marca fsc® é a garantia de que a madeira utilizada na fabricação do papel deste livro provém de florestas que foram gerenciadas de maneira ambientalmente correta, socialmente justa e economicamente viável, além de outras fontes de origem controlada.